Corine Hartman & Tomas Ross
Operation Butterfly

PIPER

Zu diesem Buch

Der niederländische Diplomat Jan-Willem de Brauw verschwindet auf einer Undercover-Mission spurlos, mit ihm der »Schmetterlingsatlas«, ein verschlüsseltes Geheimdokument, das brisante Informationen der NATO enthält. Würden diese in die falschen Hände geraten, könnten sie sogar den Ausbruch eines Dritten Weltkriegs bedeuten. Charles Cavendish, Leiter des NATO-Sicherheitsdienstes, vermutet zunächst die sizilianische Mafia hinter der Entführung und beordert ein Team aus zwei ungewöhnlichen Geheimagenten, um das Leben des Botschafters zu retten und den geraubten Code wiederzubeschaffen: Carrie Montevagio, die ein ganz persönliches Schicksal mit den Machenschaften der Cosa Nostra verbindet, sowie das ehemalige Mitglied der Special Forces, Adam Kaplan, der vom tragischen Tod seiner Frau schwer gezeichnet ist. Während Adam sich auf die Suche nach dem verschwundenen Dokument macht, die ihn nach Rhodos und später über die Türkei nach Syrien führt, reist Carrie in ihre alte Heimat Sizilien. Doch schnell wird den beiden Agenten klar, dass nicht nur die Mafia hinter dem »Schmetterlingsatlas« her ist, sondern noch weitaus mächtigere Gegner an diesem gefährlichen Wettlauf beteiligt sind.

Corine Hartman wurde 1964 in Den Haag geboren. Neben zahlreichen Nominierungen für den niederländischen Krimipreis »Gouden Strop« wurde sie mehrfach mit dem »Crimezone Thriller Award« ausgezeichnet.
Tomas Ross, geboren 1944 in Den Bommel, hat bisher über vierzig Kriminalromane, mehrere Kinder- und Jugendbücher sowie Drehbücher verfasst. Er ist dreifacher Gewinner des »Gouden Strop«.
»Operation Butterfly« ist das erste auf Deutsch erschienene Buch des Duos.

Corine Hartman & Tomas Ross

OPERATION BUTTERFLY

Thriller

Aus dem Niederländischen
von Stefanie Schäfer

PIPER

Mehr über unsere Autoren und Bücher:
www.piper.de

MIX
Papier aus verantwortungsvollen Quellen
FSC® C083411
FSC
www.fsc.org

Deutsche Erstausgabe
ISBN 978-3-492-31046-8
August 2017

Titel der niederländischen Originalausgabe:
»Doodskopvlinder«, Cargo, ein Imprint von
Uitgeverij De Bezige Bij, Amsterdam/Antwerpen

Umschlaggestaltung: Network! Werbeagentur GmbH
Umschlagabbildung: Alexandre Cappellari/Arcangel (Patronen);
ilbusca/Getty images (Schmetterling)
Satz: Uhl + Massopust, Aalen
Gesetzt aus der Dante
Druck und Bindung: CPI books GmbH, Leck
Printed in the EU

»Mankind must put an end to war,
or war will put an end to mankind.«
John F. Kennedy

PROLOG

Es war lange her, dass Adam Kaplan Angst gehabt hatte. Doch jetzt hatte er Angst. Todesangst. Er zitterte am ganzen Leib und hätte am liebsten laut geschrien, aber schon das kleinste Geräusch hätte ihn verraten können. Seine Lungen füllten sich mit Luft, so heiß wie der Wüstenwind vor so vielen Jahren in der Felsspalte, in der er damals festgesteckt hatte. Ihm donnerten wieder die Geschütze der Hamas in den Ohren, aber das geschah nur in seinem Kopf, denn er war nicht in Gaza, und nichts als das monotone Brummen eines Lüftungsmotors durchbrach die Stille.

An seiner Angst änderte das nichts.

Meter für Meter kroch er wie eine Raupe durch einen endlosen, zu engen Kokon und ignorierte die Schmerzen in der Leiste, die durch den Druck der Pistole verursacht wurden. Es kam ihm vor, als arbeitete er sich schon seit Stunden durch das dunkle Röhrensystem, dabei war noch keine Viertelstunde vergangen, seitdem er den Mann im Park vor dem Haus getötet hatte.

Von irgendwoher ertönte Gelächter, und er erstarrte, als er einen spitzen Schrei hörte. Eine Welle der Wut durchlief ihn und verdrängte seine Angst. Er robbte um eine Kurve von fast neunzig Grad. Hinter einem Lüftungsgitter schimmerte Licht. Er hörte einen Mann reden – nasale Stimme, Englisch mit starkem Akzent.

»Konzentrierte Salzsäure, Fräulein von Löwenstein. Anorganische Säure, stark ätzend.«

Kaplan unterdrückte die Schmerzen im Brustkorb und rutschte vorsichtig weiter, bis er das Gitter erreicht hatte und in den Raum unter sich blicken konnte.

»Ich bewundere Ihren Mut, Fräulein von Löwenstein, nur wird er Ihnen leider nicht helfen. Ihre Kollegen können Sie auch nicht mehr retten. Wo sind sie, wenn Sie sie am nötigsten brauchen?«

Vera lag unter einer grellen Lampe auf einem Metalltisch, nackt, die Handgelenke mit Metallklammern gefesselt, die Beine weit gespreizt. Wehrlos. Grellrote Flecken auf der Haut. Selbst wenn er die brennende Zigarette nicht gerochen hätte, hätte er gewusst, wodurch sie verursacht worden waren. Links von ihr stand ein Mann, eine dunkle Gestalt außerhalb des Lichtkreises.

Oh, Vera, meine Vera! Mit der linken Hand versuchte er vergeblich, die Pistole im Hosenbund zu erreichen. Sein Messer? Sinnlos, selbst wenn genügend Platz zum Werfen gewesen wäre.

Wieder ertönte die Stimme.

»Sie wissen, dass Sie sterben werden. Jeder Mensch hofft auf einen schnellen und schmerzlosen Tod. Ihrer wird gnädig sein, wenn Sie die Namen nennen, wenn aber nicht … nun, dann wird Ihr Tod lange und äußerst schmerzhaft sein. Es liegt an Ihnen.«

Diese Stimme! Er kannte sie. Sie gehörte einem der Männer, die vor einigen Monaten beim Nuklearen Sicherheitsgipfel in Den Haag einen Anschlag geplant hatten.

»Ich weiß nicht, wovon Sie sprechen. Das habe ich Ihnen schon gesagt.« Vera musste höllische Schmerzen leiden, wirkte aber dennoch gefasst.

»Sie lügen! Heute Abend haben Sie mit dem blauäugigen Mann zu Abend gegessen.«

Mit mir, dachte Kaplan und verfluchte sich dafür, nicht

bemerkt zu haben, dass sie beobachtet worden waren. Nachdem sich seine Augen an das Licht gewöhnt hatten, erkannte er weitere Gestalten, zwei, drei. Dann sah er eine Lichtreflexion. Eine Spritze!

»Ich gebe Ihnen zehn Sekunden. Das ist nicht viel, reicht aber aus, um sich vorzustellen, was in Ihrem Körper geschehen wird, wenn ich die Säure hineinspritze. Zehn … neun … Was sagtest du gleich wieder, mein Freund, wie wird sich die Dame fühlen? Als würde sie bei lebendigem Leib verbrennen?«

Jemand lachte auf, zynisch und laut, und sagte etwas in einer fremden Sprache.

Kaplan starrte auf die Hand, die die Spritze hielt, und für einen kurzen Augenblick sah er das magere Gesicht eines Mannes mit schwarzem glattem Haar und dunklen Augen, der sich in den Lichtkreis beugte und die Nadel zwischen Veras Schenkel schob.

Salzsäure. Mafia? Oder Russen? Osteuropäischer Akzent, dieses Lachen. Kaplan lief es eiskalt den Rücken hinunter. Russen. Gnadenlos. Sie würden sie in jedem Fall töten, auch wenn sie seinen und Charles' Namen nannte.

»Machen Sie sich keine Illusionen, Fräulein … Sieben …«

Während die nasale Stimme erbarmungslos rückwärts zählte, zwang sich Kaplan dazu, sich auf den Rücken zu drehen, obwohl sein Brustkorb schmerzte, als würde er zerquetscht.

»Ich weiß nicht, was Sie wollen«, wiederholte Vera. »Ich habe Ihnen doch gesagt, Sie müssen mich mit jemandem verwechseln. Ich arbeite für die NATO, ich setze mich für den Frieden ein und für …«

Der Mann unterbrach sie. »Ich irre mich nie. Sie und der Mann mit den blauen Augen haben zwei unserer Kameraden getötet. Vier …«

Mit äußerster Anspannung, den Schmerz unterdrückend, gelang es ihm endlich, seine Pistole herauszuziehen. Er atmete mehrmals konzentriert ein und aus, um die Beherrschung wiederzugewinnen.

»Ich weiß nicht, wen Sie meinen.« Veras Stimme klang ausdruckslos, doch Adam hörte heraus, dass sie am liebsten laut geschrien hätte.

»Drei …«

Der Mann mit der Spritze blickte auf einmal schräg nach oben, und Adam befürchtete, er hätte ihn entdeckt, doch dann wandte er das Gesicht wieder ab.

»Sie sind nicht nur tapfer, sondern auch dumm. Ich frage Sie noch ein letztes Mal: Wer sind sie?«

»Sie werden euch finden und töten«, stieß Vera hervor. »Euch alle.«

Ein spöttisches Lachen. »Eins …«

»Halt! Halt, in Gottes Namen!«

»Wer sind sie?«

»Der ältere Mann ist ein Kollege. Er arbeitet für die NATO wie ich.«

»Seinen Namen!«

»Fox.«

»Fox. Und weiter? Wer ist der Mann mit den blauen Augen?«

»Ich … ich weiß es nicht.«

»Schade, Sie haben Ihre Chance gehabt.«

Vera schrie auf. Ihr Becken zuckte, ihre Augen drehten sich weg.

Innerlich fluchend zielte Adam und schoss. Der Mann mit dem mageren Gesicht stieß einen Schrei aus, Adam sah, wie er sich wegduckte, und sofort prasselte eine Salve von Geschossen gegen das Lüftungsgitter. Kaplan dachte, ihm würde das Trommelfell platzen, aber es kümmerte ihn nicht, er hatte nur Augen für Vera. Sie blickte hoch, als könnte sie ihn sehen, als wüsste sie, dass er da war. Ihre Lippen bewegten sich, ihr Blick war bittend, und er verstand, was sie von ihm wollte. Er kannte es, dieses stumme Flehen. Vor so vielen Jahren hatte er es schon einmal in den brechenden Augen des Mannes unter ihm in der Felsspalte gesehen. Einen Moment zögerte er noch. Dann zielte er. Und schoss.

Noch bevor ihm die Tränen die Sicht nahmen, sah er, wie das Blut zwischen ihren Augen hervorquoll.

1

Der schmale Weg schlängelte sich steil zwischen den riesigen Felsbrocken empor, die im Sonnenlicht glänzten wie polierter Stahl. Die Landschaft erinnerte Charles an das schottische Hochland: rau und kahl, der Horizont begrenzt von Gebirgskämmen, deren Gipfel in Wolken gehüllt waren. Hin und wieder sah er in einer Haarnadelkurve das Meer, aus dem Felsen wie prähistorische Ungeheuer aufragten.

Charles Spencer Cavendish liebte Schottland, vor allem den typischen Single Malt, dabei war er genauso englischer Herkunft wie der gemietete Land Rover, mit dem er unterwegs war. Und zwar nach Calibera, einem kleinen Dorf im zentralen Bergmassiv Siziliens, das nur noch eine Handvoll Einwohner zählte; alte Leute, die ihre Kinder nach Neapel, Rom oder ins Ausland hatten fortgehen sehen und nun auf den Tag warteten, an dem Pastore Vizzini ihnen die letzten Sakramente spenden würde. Paolo Vizzini war mit seinen einundsechzig Jahren vermutlich der jüngste Einwohner. Sie kannten einander schon über dreißig Jahre, hatten sich aber lange nicht gesehen, und Charles fühlte sich unwohl, weil es kein reiner Freundschaftsbesuch war. Er brauchte dringend Hilfe.

Es war schon merkwürdig, wie das Schicksal die drei alten Kriegsveteranen jetzt wieder zusammenführte: ihn als Leiter von Securicor, einer Untergruppe des Sicherheitsdiensts der NATO, Paolo, der das Schwert gegen das Evangelium eingetauscht hatte, und Ethan Boydd, General und Mitglied des Militärkomitees der NATO.

Geschickt manövrierte Charles das Allradfahrzeug durch die Kurven und fragte sich zum x-ten Mal, wo Jan-Willem de Brauw sein konnte und ob er noch lebte. Der Diplomat hatte eine Affäre mit einer sizilianischen Rechtsanwältin angefangen, Gina Fioretti, doch Charles bezweifelte, dass der Seitensprung ihrerseits unschuldig-romantischer Art war. De Brauw sah zwar gut aus für einen Fünfundfünfzigjährigen, aber warum sollte sich eine junge, schöne Sizilianerin in ihn verlieben?

Es wäre nicht das erste Mal gewesen, dass die Cosa Nostra einen Diplomaten entführte. Wie zynisch es auch sein mochte, so hoffte Charles, dass bald eine Lösegeldforderung eingehen würde. Doch die Chancen standen nicht gut, denn de Brauw war nicht hier, sondern auf Rhodos verschwunden, wo er gerade einen Auftrag ausgeführt hatte. Seitdem hatte niemand mehr etwas von ihm gehört. Auf Rhodos sollte er auf seine Frau warten, mit der er dort einen Kurzurlaub verbringen wollte. Sein Gepäck war in seinem Hotel auf Rhodos abgeholt und die Rechnung bar bezahlt worden. Aber nicht von ihm. Es konnte kaum ein Zufall sein, dass Gina Fioretti mit einem berüchtigten Mafioso liiert war und sich dieser jetzt ebenfalls auf dem Weg nach Rhodos befand. Gina von den Carabinieri vernehmen zu lassen, erschien ihm sinnlos, denn sie würde alles leugnen, und Charles hielt sowieso nicht besonders viel von der sizilianischen Kripo. Lieber kümmerte er sich selbst um die Sache, vor allem, falls de Brauw von einer anderen Organisation als der Mafia entführt worden war.

Ein Flugzeug stieg über den Bergen auf, und Charles dachte an den australischen Diplomaten, der im vergangenen Jahr bei der Katastrophe mit der MH17 umgekommen war. Auch dieser war in einer NATO-Mission unterwegs gewesen. Eine Operation gegen Putins Aggressionspolitik. Dringend notwendig, denn genau wie Ethan machte Charles sich keinerlei Illusionen: Wladimir Putin wollte seinen megalomanen Traum verwirklichen, das alte Sowjetreich wieder aufzubauen. Vor gut einem Jahr hatte eine kleine Task Force unter Charles' Führung einen Anschlag während des Nuklearen Sicherheitsgipfels in Den Haag verhindern können. Ein Anschlag – geplant von russischen Söldnern.

Er bremste angesichts einer Herde Ziegen und musste warten. Überall zwischen den Sträuchern flatterten Schmetterlinge umher, was ihn an seine Frau erinnerte, die jetzt zu Hause in Il Giardino dell'Eden in der Toskana mit ihren Faltern experimentierte. Sarah war Biologin, spezialisiert auf Schmetterlinge aus der Türkei und dem Mittleren Osten und schon seit Jahren der Frage auf der Spur, wie manchmal spontan neue Arten entstanden.

Charles grüßte den Hirten der Ziegenherde, gab Gas und nahm die letzte Steigung zum Bergdorf in Angriff. In Gedanken roch er bereits den Duft von Paolos Brot. Sein alter Kamerad verkaufte sogar Wein, Olivenöl und frisches Fleisch von den Hühnern und Ziegen, die er eigenhändig schlachtete. Er war hierhergezogen, als das Dorf noch einige Hundert Einwohner gezählt hatte und die kleine Kirche bei jeder Messe brechend voll gewesen war. Paolo Vizzini hatte Dutzende Babys getauft, Ehen geschlossen, Tote begraben und deren Erbe geregelt. Er hatte auch Kranke getröstet und sogar gepflegt, denn vor langer Zeit war er einmal ein junger, vielversprechender Arzt gewesen. Doch niemand in Calibera wusste Genaueres über die Vergangenheit des Priesters.

Ganz im Gegensatz zu Charles. Jedes Mal, wenn er einen Stich im linken Oberschenkel spürte, so wie jetzt, weil er in der Kurve zurückschalten musste, sah er in Gedanken kurz das wettergegerbte Gesicht des jungen Paolo vor sich. Paolo hatte genau wie er und Ethan Menschen getötet, doch im

Gegensatz zu ihnen hatte er jahrelang mit seinem Gewissen gerungen, bis ihm eines Tages die Jungfrau Maria erschienen war. Ethan hielt das für blanken Unsinn, aber Charles war sich da nicht so sicher.

Kurze Zeit später parkte er den Rover in einer Einbuchtung vor dem ersten Haus. Zwischen Sträuchern hindurch führte ein kleiner Pfad hinauf zur Kirche und zu Paolos Haus, dessen Dachziegel inmitten der graugrünen Olivenbäume blau leuchteten. Als Charles den Motor ausschaltete, seine Tasche nahm und ausstieg, war es bis auf das Plätschern von Wasser totenstill, als wären auch die letzten Einwohner gestorben. Doch Charles wusste, dass sie das fremde Auto schon lange entdeckt hatten.

Der Pfad war mit Steinen übersät. Er hatte Paolo einmal gefragt, warum er ihn nicht einebnete, sodass die Gemeindemitglieder leichter hinaufkämen, doch der Padre war der Meinung, der Kirchgang müsse beschwerlich sein: der schmale, dornige Pfad, der zu Gottes Herrlichkeit führte. Dornig war der Weg nicht; Paolo hatte das Wasser des Bergbachs teilweise umgeleitet, sodass trotz der Höhenlage und des trockenen Bodens überall wunderschöne und seltene Pflanzen blühten.

Charles überquerte eine kleine Brücke und hörte Paolos Hund bellen. Kurz darauf kam der schwarze Cane Corso angerannt. Das große, kräftige Tier sprang an ihm hoch und leckte ihm schwanzwedelnd die Hände. Lachend schob Charles ihn von sich weg.

»Vielen Dank, Johannes. Genug. *Basta!*«

Paolo hatte den Hund nach Papst Johannes XXIII. benannt, nicht nur aus Bewunderung, sondern auch, weil durch den viereckigen Kopf und das gutmütige Gesicht eine gewisse Ähnlichkeit bestand.

»Er erkennt dich noch, Charlie!«

Obwohl Charles auf Italienisch sogar streiten und träumen konnte, sprachen sie Englisch miteinander.

»Paolo.« Charles küsste selten einen Mann, aber dieser Freund bildete eine Ausnahme. »Du siehst gut aus.« Sie umarmten sich, und Charles war gerührt. Unvorstellbar, dass sie beide mittlerweile über sechzig waren. Ihn schätzte man manchmal jünger, obwohl auch sein welliges Haar inzwischen silbrig weiß geworden war. Ebenso wie Charles war Paolo sonnengebräunt, doch es war nicht zu übersehen, wer von ihnen der Brite und wer der Italiener war. Charles verkörperte den kultivierten Aristokraten, der in seinem schicken Sommeranzug aussah wie ein Bankier, Paolo Vizzini den jovialen Dorfpastor, der das gute Landleben genoss – mit Händen, die heute segneten, aber einst Menschen getötet hatten.

»Wie geht es Sarah?«, fragte Paolo.

»Gut. Ich soll dich herzlich grüßen und fragen, wann du uns mal wieder in Il Giardino besuchen kommst.«

Mit einer raumgreifenden Geste deutete Paolo um sich. »Was soll ein Sizilianer in der Toskana? Ich lebe hier in meinem eigenen Garten Eden.«

Charles klopfte ihm auf die Schulter. »Du weißt, dass ich deine Entscheidung für Gott respektiere, aber ich habe nie verstanden, wie du ohne eine Frau auskommen kannst.«

»Du weißt doch, was Kipling über Frauen gesagt hat, Charlie. *A woman is only a woman, but a good cigar is a smoke.* Komm, bestimmt hast du Lust auf eine Zigarre. Und einen Drink.«

Sie gingen durch die Olivenbäume zu seinem aus dem Mittelalter stammenden Haus, das »die Pastorei« genannt wurde.

Charles wurde warm, und er zog sein Sakko aus. Seine weiße Leinenhose und das Hemd sahen trotz der langen Autofahrt makellos aus, und seine Kalbslederschuhe glänzten, als wären sie eben erst geputzt worden, ja, sogar der Knoten in seiner Travellers-Club-Krawatte saß noch perfekt.

»Du hättest Sarah mitbringen sollen«, bemerkte Paolo und deutete auf die Schmetterlinge, die um die blühenden Pflanzen flatterten. »Bestimmt fliegt da der ein oder andere, den sie noch nicht hat.«

»Das bezweifle ich. Aber ich komme nicht direkt aus der Toskana, ich war in Brüssel.«

»Die NATO also.« Paolo zwinkerte ihm zu. »Ich habe mir schon gedacht, dass du nicht nur um der alten Zeiten willen kommst. Wie geht es Ethan, unserem alten Eisenfresser? Steht er unseren muslimischen Mitmenschen immer noch so unversöhnlich gegenüber?«

»Nicht nur denen, auch den russischen«, erwiderte Charles, »vor allem nach dem Abschuss der MH17.«

»Ist es sicher, dass es die Russen waren?«

Charles zuckte mit den Schultern. »So gut wie. Aber Beweise haben wir nicht.«

Das Gesicht seines alten Freundes verdüsterte sich, und Charles wusste, warum. Obwohl Paolo nach dem Vorbild Jesu Versöhnung und Vergebung suchte und predigte, galt das nicht für die Kommunisten, die Russen und das libysche Staatsoberhaupt Gaddafi. Die Russen hatten Gaddafi damals chemische Waffen geliefert und taten das Gleiche jetzt mit seinem syrischen Verbündeten Assad.

»Wladimir Putin«, grollte Paolo, »ist nichts weiter als ein selbstherrlicher Tyrann, der Gott leugnet. Ein Muslim glaubt wenigstens an Allah, er aber nur an das Schwert. Dabei ist er der Sohn einer gläubigen orthodoxen Christin.« Er schien noch etwas hinzufügen zu wollen, schwieg dann aber.

Charles bedrängte ihn nicht. Hass vertrug sich zwar nicht mit der Lehre des Neuen Testamens, doch Paolos Abneigung war durchaus verständlich: Sein Vater war in den Achtzigerjahren ein fanatischer Kommunist gewesen wie so viele Italiener.

Paolo betrat die Terrasse, die im Schatten des Hauses lag. »Das Gleiche wie immer?«

»Gern«, antwortete Charles.

Gefolgt von Johannes, verschwand Paolo in der Küche. Charles lehnte sich über die Balustrade, atmete tief ein und genoss den Duft des Frühlings. Von der Terrasse aus blickte man über das Dorf, die Berghänge und den Fluss, der sich wie eine Girlande hinunter ins Tal schlängelte. Weiter weg beschien die späte Sonne die geborstenen Säulen eines Tempels.

Er setzte sich an den uralten Marmortisch, der in Rom ein kleines Vermögen eingebracht hätte. Aus einer Nische heraus blickte Maria mit ihren steinernen Augen auf ihn nieder. Zu ihren Füßen lag eine weiße Orchidee.

Kurz darauf stellte Paolo ein Glas zwölf Jahre alten Aberfeldy Single Malt ohne Eis vor ihn hin, daneben eine Kiste Zigarren. »Du bleibst doch zum Essen, oder?«

»Natürlich.«

Paolo schenkte sich ein Glas blutroten Palari ein, und sie stießen an. »Auf unsere Freundschaft.«

Schweigend genossen sie den Augenblick. Der Hund trank aus seinem Wassernapf und streckte sich dann unter dem Tisch aus. Die Sonne versank hinter den Bergen, und von irgendwoher ertönte das erste hohe Zirpen einer Grille. Charles' Gedanken wanderten unwillkürlich zurück zu ihrer ersten Begegnung, und er wusste genau, dass es seinem alten Freund in diesem Augenblick nicht anders ging. Dieses Bewusstsein machte die Stille so wohltuend. Es schwang eine Mischung aus Frieden und dem Respekt vor der Unbegreiflichkeit von Vergangenheit und Zukunft darin mit. Paolo knüpfte zweifellos religiöse Gedanken daran, aber auch ohne den Glauben an eine höhere Macht spürte Charles, wie kostbar dieser Moment war. Wie von selbst stiegen die Erinnerungen in ihm auf. Damals, in der libyschen Wüste. Paolo, der Militärarzt, der ihm das Leben gerettet hatte, nachdem Gaddafis Soldaten ihn mithilfe russischer Folterexperten wochenlang gequält hatten. Er konnte von Glück sagen, dass er mit durchgeschnittenen Oberschenkelmuskeln davongekommen war. Ethan ging es mit seinen gebrochenen Rippen ähnlich schlecht. Ein dritter Sergeant war vor ihren Augen enthauptet worden. Die Freundschaft zwischen Paolo, Ethan und ihm hatte ihre Wurzeln im gemeinsamen Überleben.

»Ich hoffe, dass du mir helfen kannst«, sagte er, holte seinen Laptop aus der Tasche, stellte ihn auf den Tisch und klappte ihn auf. »Ich möchte, dass du dir das hier mal ansiehst.« Er öffnete ein Video.

Paolo beugte sich nach vorn und blickte auf den Monitor. »Der Flughafen von Palermo«, stellte er fest.

»Aufnahmen der Sicherheitskameras. Entschuldige, die Qualität ist nicht die beste.« Er zeigte auf eine Frau auf dem Bildschirm. »Es geht um diese Dame mit den langen dunklen Locken. Sie wartet auf einen Mann, er kommt gleich auf sie zu.« Er hielt das Bild an.

Paolo überlegte einen Moment, dann nickte er. »Ja, ich glaube, ich kenne sie. Gina Fioretti. Anwältin.«

Charles atmete erleichtert auf. »Ich bin froh, dass du sie erkannt hast. Die Kriminalpolizei von Palermo hat ihren Namen ausfindig gemacht, und sie wussten auch, dass sie in Ficanto di Mare geboren und aufgewachsen ist. Da fiel mir ein, dass du dort jahrelang Priester gewesen bist.«

»Ich kann mich irren, schließlich muss es an die dreißig Jahre her sein, aber ich habe sie vermutlich sogar getauft. Leider ist sie nicht weiter auf Gottes Wegen gewandelt. Sie soll inzwischen die Geliebte eines Mafiabosses sein.«

Mafia. Auch das hatte die Kripo angedeutet, wenn auch nur zwischen den Zeilen. Aus Angst, vermutlich. Charles hoffte, dass der Besuch bei seinem alten Freund nicht umsonst war, und schämte sich gleich darauf für diesen Gedanken. Er erhob das Glas. Sie stießen noch einmal an. Diesmal auf das Leben. »Weißt du, mit wem sie zusammen ist?«, fragte Charles dann.

»Mit Silvio Carlentini, einem Capo der Cosa Nostra hier auf Sizilien. *Cavolo*, Charlie, auf was hast du dich da eingelassen?«

Charles blies den Rauch nachdenklich in Richtung der kleinen Marienstatue, während er die Aufnahme weiterlaufen ließ. Kurz darauf zeigte er Paolo auf dem Bildschirm den verschwundenen de Brauw. »Diesen Mann muss ich unbedingt finden, Paolo. Er ist Diplomat.«

»Möchtest du mir erzählen, worum es geht?«, fragte Paolo.

Charles schwieg einen Moment und sagte dann: »Er könnte sich auf Rhodos befinden. Dort sollte er etwas für uns abliefern, und das hat er auch zuverlässig getan.«

»Weiß Gina Fioretti, wo der Mann ist? Oder hat Carlentini damit zu tun?«

»Möglicherweise«, antwortete Charles. »Und genau das würde ich sie gerne selbst fragen. Gibt es noch etwas, was du mir erzählen kannst?«

Paolo zögerte, schüttelte dann den Kopf und verzog das Gesicht. »Ich heize jetzt mal den Ofen an. Ich vermute, du möchtest noch einen Whisky?«

»Das wäre wunderbar.« Charles seufzte noch einmal tief. Die intensiven Farben Siziliens verursachten ihm plötzlich Kopfschmerzen.

Paolo wandte sich in Richtung Haus, blieb aber in der Tür stehen. »Ich kenne jemanden«, sagte er, »der dir vielleicht helfen kann. Caressa. Eine junge Frau, die früher Ginas beste Freundin war.«

»War?«

»Ja«, antwortete Paolo. »Sie ist es inzwischen nicht mehr.«

»Weißt du, warum?«

»Ja, das weiß ich.«

»Wohnt sie hier auf der Insel?«

Paolo sah ihn wortlos an und verschwand dann in der Küche.

2

Die Sonne war noch nicht aufgegangen, als Carrie über den Strand zum Wasser rannte. Die See war an diesem Morgen aufgewühlt, es schien ein Sturm heraufzuziehen. Schaumkronen tanzten auf dem Wasser, der Wind riss an ihren Haaren. Doch sie ließ sich nicht davon aufhalten. Frühmorgens schwamm sie am liebsten hinaus, wie damals schon, in einem anderen Leben. Allerdings ging sie nie zur selben Zeit an den Strand. *Vermeide Gewohnheiten! Verfalle nicht in Wiederholung! Das ist gefährlich. Das kann tödlich sein.*

Sie nahm Anlauf, füllte ihre Lungen mit salzigem Sauerstoff und hechtete in eine hohe Welle. Knapp eine Minute später erst tauchte sie wieder auf und schnappte nach Luft, gerade rechtzeitig, bevor die nächste Welle herantoste. Trotz der Kälte und der tückischen Strömungen schwamm sie unter Wasser weiter hinaus aufs Meer, bis sie hinter der Brandung wieder an die Oberfläche kam. Die Küstenlinie blieb leer und verlassen, während sie geschmeidig daran entlangkraulte und in Gedanken die Schläge zählte. Fünfhundert südwärts, fünfhundert nordwärts. Noch nie war es ihr gelungen, den Strand an genau derselben Stelle wieder zu erreichen. So auch an diesem Tag.

Noch keuchend vor Anstrengung, rannte sie in die Dünen, wrang das Wasser aus den Haaren, setzte sich und zog ihre Turnschuhe an. Sie blickte sich um und schloss kurz die Augen. Die düstere Nordsee wich in ihrer Vorstellung dem Mittelmeer mit seinen unzähligen Blautönen, die mit dem gleichmäßig blauen Himmel verschmolzen. Ihre Kindheit und Jugend war voller Farben gewesen. Leuchtend. Fröhlich. Damals war sie sorglos gewesen, heute witterte sie überall Gefahren. Es gab nur einen einzigen Grund, warum sie noch lebte: weil Silvio Carlentini sie lebend wollte. Er wollte ihr in die Augen sehen, während er ihr den Todesschuss versetzte. Silvio Carlentini, *capo di tutti i capi* der Cosa Nostra. Sie zitterte bei dem Gedanken an seinen Handlanger Luigi Monti, der sie letztes Jahr in Stockholm in die Falle gelockt hatte. Ein Mann mit Schlangenaugen. Im letzten Moment war es ihr gelungen, zu entkommen, aber ihr graute vor dem Tag, an dem er sie hier aufspürte und ihre Wachsamkeit einen Moment nachließ.

Sie riss sich zusammen, dehnte die abkühlenden Muskeln und rannte los, bevor die Kälte tiefer in ihren Körper kriechen konnte. Es schien, als könnte sie auch physisch nicht mehr ohne die Hitze des Südens leben. Die See, der frische Fisch, der Morgenhimmel hier in Seeland, all das war durchaus sehr schön, aber die Sehnsucht nach ihrem vertrauten Ficanto di Mare wurde immer stärker. Während sie die Dünen hinauf- und hinunterjoggte, sah sie sich auf den schmalen weißen Treppen der kleinen Stadt, in der sie aufgewachsen war. Wo sie jede Straße, jedes Haus, jeden Einwohner kannte. Wo sie bis spätabends mit ihren Brüdern draußen gespielt hatte oder mit ihrer Freundin schwimmen gegangen war. Manchmal hatten sie Schüsse gehört, einen Angstschrei, die quietschenden Reifen eines schnell wegfahrenden Autos, doch was auch geschehen war, das Licht des Leuchtturms war nachts stets in beruhigendem Rhythmus durch ihr Zimmerfenster hereingefallen.

Ein Hund rannte bellend auf sie zu, wedelte mit dem Schwanz, als er sie erkannte, und lief neben ihr her. Früher hatte sie streunende Hunde mit Resten gefüttert. Heimlich, denn ihre Mutter hatte es verboten. »Auch wenn sie brav aussehen, *prediletto*«, hatte sie gewarnt, »können sie ganz plötzlich zubeißen.« Anschließend hatte sie das Kreuz geschlagen.

Mama, werde ich dich jemals wiedersehen?

Bei dem Gedanken an ihre Mutter kehrte sie voll Schreck wieder zurück in die kalte Realität. Sie blickte sich wie jedes Mal in der Umgebung um, sah aber niemanden. Der Hund rannte einem Fasan hinterher und verschwand zwischen den Dünen.

Manchmal fühlte sie sich so allein, dass sie fast hoffte, irgendetwas würde geschehen, auch wenn sie wusste, dass sie dann wieder würde flüchten müssen. Sie würde wieder in einer Wohnung Unterschlupf suchen müssen, die niemals ihr Zuhause werden würde. Sie konnte nicht mehr, wollte nicht mehr. Und obwohl die See hier meistens kalt und grau war, war es hier besser als an all den Orten voller Beton, hektischem Verkehr und Menschenmassen, an denen sie sich in den letzten Jahren mit unterschiedlichem Erfolg verborgen gehalten hatte.

Hier bin ich sicher, dachte sie, doch sie würde dieses Gefühl nie als Selbstverständlichkeit betrachten.

Als sie die letzten Meter zu Marcos Bauernhof zurücklegte, wurde es endlich hell.

Auf dem Küchentisch lag ein Zettel.

Bin schon nach Middelburg gefahren. Bin heute Nachmittag wieder zurück. Denkst du daran, dass jemand von dem flämischen Weinmagazin wegen des Palari kommt? M.

Sie war Marco Tavecchio zu großem Dank verpflichtet. Trotz seiner Abneigung gegen alles, was mit Drogen und der Mafia zu tun hatte, hatte er keinen Augenblick gezögert, als sie bei ihm vor der Tür gestanden hatte, mit nichts anderem als den Kleidern, die sie auf dem Leib trug. Er hatte keine Fragen gestellt und ihr angeboten, so lange zu bleiben, wie sie wollte. Marco war ein Freund des einzigen Mannes auf Sizilien, dem sie vertraute und mit dem sie sporadisch noch Kontakt aufzunehmen wagte. Pastore Paolo Vizzini.

»Marco ist Witwer«, hatte Paolo erzählt. »Er wohnt schon seit Jahren in den Niederlanden, doch sein Wein und sein Herz sind italienisch, und er wird dir gerne helfen.«

Pastore Paolo. Zu ihm hatte sie sich zuerst geflüchtet, vor fünf Jahren, mit dem Blut des Mannes, den sie ermordet hatte, auf ihren Kleidern.

Sie duschte, zog frische Kleidung an, schloss den Bauernhof ab und machte sich auf den Weg in die nahe gelegene Stadt, um das Geschäft aufzuschließen, in dem sie für Marco arbeitete.

Es war erst halb zehn, doch auf der Straße drängten sich schon die Passanten. Im Geschäft fragte eine Frau nach einem guten Weißwein als Geburtstagsgeschenk für eine Freundin.

Während Carrie einen Collio-Sauvignon auswählte und in Geschenkpapier verpackte, beobachtete sie genau, was draußen vor sich ging. Passanten, die etwas länger als nötig ins Schaufenster blickten, Autos, die auffällig langsam vorbeifuhren. Ja, jede Abweichung der täglichen Routine weckte sofort ihre Aufmerksamkeit, ihr Misstrauen. Sie band eine violette Schleife um das knisternde Zellophan, und obwohl sie nicht so richtig zufrieden mit dem Resultat war, schob sie die Flasche eilig über den Tresen.

»Das macht achtzehn fünfundneunzig«, sagte sie in holprigem Niederländisch. »Es ist ein wunderbarer Wein, Ihre Freundin wird bestimmt viel Freude daran haben.«

Die Frau dankte ihr, gab ihr zwanzig Euro und sagte, den Rest könne sie behalten.

Carrie hielt ihr die Tür auf und spähte automatisch die Straße hinunter. Ein paar Meter weiter stieg ein Mann aus einem Auto mit belgischem Kennzeichen. Das war nicht weiter ungewöhnlich. Regelmäßig reisten Belgier an, um sich bei Marco mit gutem Wein einzudecken. Vielleicht war es der Journalist der flämischen Zeitschrift? Doch dieser ältere Mann war kein normaler Kunde. Das sagte ihr nicht nur ihre Intuition, sondern auch seine elegante Kleidung und die selbstsichere Art, mit der er sich umblickte.

Sie tat so, als rückte sie einen Aushang am Schaufenster zurecht, während sie ihn aus dem Augenwinkel heraus beobachtete. Als er vor einem Herrenbekleidungsgeschäft stehen blieb, kehrte sie ins Geschäft zurück und schloss die Tür. Sie arrangierte Weinflaschen neu, behielt dabei die Tür im Auge und bereitete sich auf eine mögliche Konfrontation vor.

»Jetzt benimm dich nicht so idiotisch«, murmelte sie, während sie sich an den Computer setzte und die Website von *La Sicilia* öffnete. In Bagheria waren Mitglieder der Cosa Nostra verhaftet worden, las sie. Fünfhundert Beamte der Provinz Palermo hatten ein Dutzend Leute aufgespürt. Man beschuldigte sie des Mordes, der Erpressung und des illegalen Waffenbesitzes. Bagheria. Mit Silvio hatte das nichts zu tun. Carrie wusste nicht, ob sie sich freuen sollte, falls Silvio erwischt würde. Man würde sie ohnehin nicht in Ruhe lassen, solange er noch Befehle erteilen konnte. Nicht einmal die Mauern eines Gefängnisses würden ihn aufhalten. Die Mafia vergaß und vergab nie, vor allem nicht Silvio Carlentini.

Als sie wieder aufblickte, stand der ältere Mann draußen vor dem Geschäft. Er hielt den Kopf ein wenig gesenkt, als betrachte er etwas im Schaufenster. Ein breitkrempiger Leinenhut verbarg sein Gesicht teilweise. Er war groß, kräftig gebaut und trug hochwertige Kleidung, die zugleich lässig wirkte. Das Sakko hatte er locker über die Schulter gehängt.

Am liebsten wäre Carrie weggelaufen, zwang sich aber, stehen zu bleiben, als die Ladenglocke klingelte und er eintrat. Er zog das linke Bein ein wenig nach und wirkte nicht wie ein Mann, der mit dem Geruch holländischer Miesmuscheln aufgewachsen war. Das hätte sie eigentlich besonders misstrauisch machen müssen, aber plötzlich fühlte sie sich ganz ruhig. Er sah nicht aus wie ein Italiener, auch nicht wie ein Belgier, eher wie ein britischer Gentleman, doch das hatte im Grunde nichts zu bedeuten. Die Mafia war überall. Selbst wenn er eine Waffe gehabt hätte, hätte er sie nicht hier niedergeschossen, da sich auf der Straße zu viele Leute aufhielten. Er kam näher, und jede Faser in ihrem Körper spannte sich an.

»Kann ich Ihnen helfen?«

Sein Lachen war entwaffnend, und sein Gesicht war zwar von den Spuren der Jahre gezeichnet, aber gerade das machte ihn attraktiv. Er könnte adelig sein, dachte sie, mit seinem verfeinerten und charmanten Aussehen. Sein getrimmter Schnurrbart war silbrig weiß, und die Augen, die sie musterten, waren tiefbraun.

»Es ist mir ein Vergnügen, Sie endlich persönlich kennenzulernen«, sagte er in gewähltem Englisch, während er mit einem eleganten Schwung den Hut vom Kopf zog und sich vor ihr verbeugte. Sein dickes, welliges Haar war genauso weiß wie sein Schnurrbart. »Mein Name ist Fox. Charles Fox. Ich bin ein Freund von Paolo Vizzini.«

Sie erstarrte. Was hatte dieser Mann mit Pastore Paolo zu tun? Sie befürchtete, dass Silvio erfahren hatte, dass der Pastor ihr geholfen hatte. Bestimmt hatte er ihn gefoltert, und Paolo hatte ihren Namen genannt. Ihren neuen Namen.

Er musste die Panik in ihren Augen bemerkt haben, denn er nickte beruhigend und sagte dann in makellosem Italienisch: »Machen Sie sich keine Sorgen, Caressa. Ihm geht es gut.«

Sie wollte erwidern, dass sie nicht Caressa, sondern Carrie heiße und kein Italienisch spreche, verkrampfte sich aber, als er mit einer Hand in sein Sakko fuhr. Er legte einen Zettel neben den Laptop.

»Er lässt Sie grüßen.«

Die Buchstaben tanzten vor ihren Augen, doch dann erkannte sie die schwungvolle Handschrift.

Liebe Caressa, Charles ist ein alter Freund. Du kannst ihm vertrauen. Weißt du noch, was ich gesagt habe, als du fortgegangen bist? Dass ich jeden Tag eine weiße Orchidee für dein Seelenheil zu Marias Füßen niederlege. P.

Mit Tränen in den Augen wurde ihr bewusst, dass niemand anderer als Paolo dies wissen konnte. Niemand konnte ihn gezwungen haben, das zu schreiben.

Der Mann sah sie freundlich an. »In Ordnung?« Sie nickte.

»Ich möchte Sie etwas fragen«, sagte er, zog ein Foto aus der Tasche und hielt es ihr hin. »Es hat etwas mit dieser Frau zu tun. Kennen Sie sie von früher?«

Sie erkannte Gina sofort, obwohl sie sich lange nicht gesehen hatten.

»Gina Fioretti«, fuhr der Besucher fort. »Ihre frühere Klassenkameradin und Freundin. Sie wohnt jetzt in Palermo. Ich weiß, dass Ihr Leben deswegen in Gefahr geraten könnte, aber ich brauche unbedingt Ihre Hilfe.«

3

Dass sie seinen Namen kannten und wussten, dass er ein Militärattaché der NATO war, überraschte ihn nicht. Jan-Willem de Brauw war klar, dass diese Informationen öffentlich und leicht herauszufinden waren. Dass sie von dem Schmetterlingsatlas wussten, war jedoch rätselhaft. Sie mussten ihm auf Rhodos bis zum Petaloudes, dem Schmetterlingstal, gefolgt sein und beobachtet haben, wie er den Atlas der Stewardess gab.

Er hätte misstrauisch werden müssen, als der große, muskulöse Kerl mit dem gebräunten Gesicht und dem kurzgeschorenen blonden Haar auf ihn zugekommen war und behauptet hatte, sie würden sich von einer Konferenz in Rom Anfang des Jahres kennen. Er hatte sich nicht an ihn erinnert. Er wusste nur noch, dass er damals Gina kennengelernt hatte.

Der Mann hatte seinen Namen genannt, doch er hatte ihn kaum verstanden, und zweifellos war es ohnehin nicht sein richtiger gewesen. Er hatte eine tiefe, dunkle Stimme gehabt und gut Englisch gesprochen trotz des starken osteuropäischen Akzents.

»Freut mich, Sie wiederzusehen, Mister de Brauw«, hatte er gesagt. »Was, wenn ich fragen darf, tun Sie auf Rhodos?«

Er hatte geantwortet, er warte auf seine Frau Marije, mit der er einen Kurzurlaub auf der Insel verbringen wolle. Was der Wahrheit entsprach.

»Aha. Kommen Sie, ich würde Sie gern zu einem Drink einladen.«

In dem Getränk mussten wohl irgendwelche K. o.-Tropfen gewesen sein.

»Seien Sie vorsichtig, de Brauw«, hatte ihn Sir Charles gewarnt, als er ihm in Il Giardino den Atlas überreicht hatte. »Und vergessen Sie nicht, uns zu informieren, ob alles reibungslos verlaufen ist. Natürlich wünsche ich Ihnen auch einen schönen Urlaub mit Ihrer Frau.«

Das war Standardroutine. Man bestätigte immer, ob eine Mission gelungen war, doch das hatte er diesmal nicht getan, ja, er hatte gar nicht die Möglichkeit dazu gehabt. Er hoffte inständig, dass man in Brüssel inzwischen alarmiert war.

Ob Charles mittlerweile wusste, dass er erst zu Gina gefahren war? Sie hatte ihm am Telefon gesagt, dass sie sich nach ihm sehne. Vor seinem Termin auf Rhodos könne er doch sicher leicht noch einen kleinen Zwischenstopp in Sizilien einlegen? Er hatte Marije angerufen und behauptet, er wäre schon auf Rhodos. Eine Lüge.

Doch war das nicht der Kern der Diplomatie?

Er hatte Schmerzen im linken Arm, konnte aber nicht erkennen, ob ihm die Säure die Haut verätzt hatte. Es war dunkel, und seine Brille war kaputt. Er hatte das Knirschen von Glas unter Schuhsohlen gehört. Minus fünf Dioptrien. Ohne die Brille war er so gut wie blind. Wahrscheinlich hatten sie sie absichtlich zerstört, damit er sie nicht identifizieren konnte. Auch den blonden Kerl hatte er nicht mehr erkannt, sein Gesicht war nur noch ein verschwommener Fleck auf seiner Netzhaut gewesen. Sie würden ihn freilassen, sobald ihnen klar würde, dass er nur ein kleines Rädchen war.

»Wie lautet der Code?«

»Welcher Code?« Sie hatten ihm eine Kopie des Schmetterlingsatlas vor die Nase gehalten. Wie waren sie an diese Kopie gekommen? Durch die Stewardess vielleicht, eine schöne junge Frau mit brillantenbesetzter Sonnenbrille, dunklem Haar und gebräunter Haut, von der er kaum den Blick hatte abwenden können? Aber warum dann eine Kopie?

»Den Code, Meneer de Brauw, im Tausch gegen Ihr Leben. Die Entscheidung kann doch nicht so schwer sein.«

Er hatte geschworen, dass er nichts von einem Code wisse, und ihnen alles, alles erzählt, was sie nur wissen wollten. Dass er nach Rhodos geflogen war, um dort den Urlaub mit seiner Frau zu verbringen, die später nachkommen würde. Dass ein Kollege ihn gebeten hatte, einen Schmetterlingsatlas mitzunehmen für jemanden, der ihn im Schmetterlingstal ansprechen würde.

»Ich verstehe nicht, was los ist und warum Sie mich festhalten.« Er hatte außerdem erklärt, dass er Regierungsbeamter sei und daher nach den international geltenden Konventionen behandelt werden müsse.

»Warum kamen Sie aus Palermo?«

Hatten sie ihn schon die ganze Zeit beobachtet?

»Ich habe dort eine gute Freundin besucht.«

»Eine gute Freundin?«

»Ja.« Er hatte es sogar geschafft, einen kleinen Witz zu machen. »Eine schöne Sizilianerin. Aber bitte erzählen Sie das nicht meiner Frau.«

»Aha. Sizilianerin. Sie haben einen guten Geschmack, Meneer de Brauw. Wenn Sie Wert darauf legen sie wiederzusehen, seien Sie so vernünftig und verraten Sie mir den Code.«

»Ich habe es Ihnen doch schon gesagt. Ich weiß nichts von einem Code.«

Sizilien! Gina! Was für ein Zufall, dachte er nun, dass er sie genau auf der Konferenz in Rom kennengelernt hatte, von der der blonde Mann geredet hatte. Er glaubte nicht an Zufall, doch schon allein der Gedanke, Gina könnte mit alldem etwas zu tun haben, erschien ihm absurd. Sie war strikt gegen die Mafia und wusste nichts von dem Atlas. Und Gina liebte ihn. Sie wäre gern mit ihm nach Rhodos gekommen, doch das hatte er natürlich nicht gewollt.

Sie hatten einen Tropfen von irgendeiner ätzenden Säure auf seine Haut geträufelt. Es hatte wie Feuer gebrannt. Beim zweiten Tropfen hatte er laut geschrien.

Dass man ihn auf einem Schiff gefangen hielt, erkannte er, als er zur Besinnung kam und das Klatschen von Wellen sowie den brummenden Motor hörte. Später schien ein Sturm aufzukommen. Vom heftigen Seegang wurde ihm übel. Mühsam versuchte er, von dem schmalen Bett aufzustehen, und erschrak, als ihm ein schneidender Schmerz durch den nackten Fuß fuhr. Er bückte sich und fasste mit einer Hand in etwas Scharfes. Die Scherben seiner Brillengläser, von denen eines so gut wie unbeschädigt war. Vorsichtig hielt er sich das Stück Glas wie ein Monokel vor das Auge, doch auch dadurch konnte er so gut wie nichts sehen. Dennoch war das etwas, das ihm gehörte, und als er es in die Hosentasche steckte, fühlte es sich wie ein Sieg an, wie klein auch immer. Seine Knöchel und Handgelenke waren gefesselt, sodass er wie ein Vogel zur Toilette hüpfte, entlang der glatten Wand ohne Bullauge. Im Raum roch es nach Urin, Kot und Schweiß, und es gab nichts außer einem Metallbett, einem Waschbecken und einer Toilette.

Sie mussten sein Gepäck aus dem Hotel geholt haben, denn mehrmals kam ein Mann, der ihn schweigend losmachte, sodass er sich waschen und frische Unterwäsche anziehen konnte. Aus seinem eigenen Koffer. Er vermisste allerdings sein Portemonnaie, sein Handy und seine Uhr.

Seinem Gefühl nach war er hier inzwischen schon seit Wochen eingesperrt, doch er wusste, dass Angst die Tage und Nächte unendlich ausdehnt. Angst hatte er natürlich. Todesangst.

Doch sie mussten ihm glauben, ganz sicher, es konnte nicht anders sein. Sie sagten nichts, aber sie waren nett, boten ihm Zigaretten an, gaben ihm zu essen und zu trinken. Bestimmt würden sie ihn wieder gehen lassen. Vielleicht schon bald, denn seit einer Weile war das Motorengeräusch verstummt, und das Schiff schaukelte leicht auf den Wellen.

Wider besseres Wissen versuchte er erneut, seine Handgelenke von den Fesseln zu befreien, hörte damit aber auf, als ihn der brennende Schmerz von aufgeschürfter Haut an frühere Versuche erinnerte. Wenn er seine Hände und Füße befreien konnte, würde er vielleicht entkommen können. Und dann? Ein heroisches Ende mit einem Sprung ins Wasser und einer Kugel im Rücken?

Einen Atlas abliefern. Ein einfacher Auftrag. Als Diplomat war er ein idealer Kurier. Besuch einer Touristenattraktion. Warten, bis eine Stewardess in der Uniform der Turkish Airlines ihn ansprach.

»Wussten Sie«, hatte sie ihn gefragt, »dass der Totenkopffalter trotz seines Namens nicht gefährlich ist, aber als Raupe gemein beißen kann?«

Er hatte ihr im Namen von Atropos, der mythologischen Schicksalsgöttin, danken müssen. Es war ganz einfach gewesen.

Danach war er noch ein wenig in dem herrlichen Schmetterlingspark umherspaziert, von dem ihm Charles' Frau Sarah bereits erzählt hatte. Er hatte ein Selfie gemacht, um es Marije zu schicken, und sich kurz darauf noch einmal von einem Griechen fotografieren lassen. Ein netter junger Mann, Dimitrios, der ihm angeboten hatte, ihm ein bisschen die Insel zu zeigen. Ein lukrativer Nebenjob, hatte er erklärt, ebenso wie das Fotografieren der Touristen. In einer Bar in einem kleinen Küstenort hatte er etwas mit dem jungen Mann getrunken und, nachdem Dimitrios gegangen war, auch etwas zu essen bestellt. Später war der blonde Mann hereingekommen.

Von dem Moment an war seine Erinnerung nur noch lückenhaft. Fetzen von lautem Lachen und anzüglichen Witzen, die er nur halb verstanden hatte. Er hatte Sirtaki getanzt und wäre beinahe von einer Laufplanke gestürzt. Die Gestalt eines Mannes, der ihm Essen und Trinken brachte, Lampenschein, der auf eine Tätowierung in Form eines Wolfs auf seinem Oberarm fiel.

Er schluckte einen Kloß im Hals hinunter. Wo Marije jetzt wohl war? Er hatte sich vorgenommen, ihr von seinem Ausrutscher zu erzählen, aus schlechtem Gewissen, in der Hoffnung, sie würde verstehen, dass er nicht bewusst danach gesucht hatte und dass sie ihm vergeben würde. Marije, seine erste Liebe, die Mutter seiner Töchter, die inzwischen schon studierten, die perfekte Gattin für einen Spitzendiplomaten. Er liebte sie noch immer. Sie konnte besser Tennis spielen als er, sie lachten viel zusammen, waren unschlagbar als Bridgepartner.

Hoffentlich hatte seine Nachricht sie misstrauisch gemacht.

Der blonde Mann hatte ihn gezwungen, ihr eine Mail zu schicken, dass er leider ihren Urlaub wegen unerwarteter Entwicklungen absagen müsse. Er hatte das Selfie aus dem Schmetterlingstal angehängt und hinzugefügt: *Zeigst du dieses Foto bitte Charles' Frau? Ich versuche, so bald wie möglich anzurufen. Dein Jan-Willem.* Diese Nachricht solle Marije alarmieren – schließlich wusste sie, dass er mit Sarah kaum zu tun hatte. Und sobald sie sich an Charles selbst wenden würde, würde dieser eins und eins zusammenzählen.

»Was steht da auf Niederländisch?«

»Dass ich ihr ein Foto von mir im Schmetterlingsgarten mitschicke.« Er hatte den Männern das Foto gezeigt. Ganz unschuldig.

Die hatten nichts dagegen gehabt. Jetzt musste er darauf vertrauen, dass Marije das Foto Sarah geschickt hatte. Sie kannten einander oberflächlich von Partys in Brüssel. Charles musste ohnehin wissen, dass von »unerwarteten Entwicklungen« keine Rede sein konnte, wenn er nicht schon dadurch alarmiert war, dass er keine Nachricht über die ordnungsgemäße Ablieferung des Atlas erhalten hatte. Dennoch … Er konnte hoffen, was er wollte, sie würden ihn nicht finden, er hatte keine Ahnung, wo er war. Auf einem Schiff, na schön. Irgendwo auf See. Er konnte überall sein.

Er fuhr zusammen, als er polternde Schritte hörte. Die Tür flog auf. Zwei Männer, die nach Alkohol stanken, packten ihn unter den Achseln und rissen ihn grob auf die Füße. Schmerz durchfuhr ihn, als er aufrecht stand. Die Männer flüsterten miteinander in einer Sprache, die er nicht verstand, doch er konnte sich nicht auf ihre Stimmen konzentrieren, weil er alle Kraft brauchte, um nicht laut zu schreien. Sie schleppten ihn mit, seine nackten Füße schleiften über Metallstufen.

Plötzlich war er an der frischen Luft. Er holte tief Atem, roch und hörte das Meer, sah aber nichts weiter als Flecken in einem grauen Nebel. Dann erkannte er vage eine Laufplanke mit Reling. Die beiden Männer hielten ihn, als sie darüberliefen. Er hatte keine Koordination, ihm wurde wieder übel, und er schloss die Augen. Seine Füße berührten eiskalten Felsboden, und er schrie auf, als er plötzlich schwungvoll hochgehoben wurde und mit dem Rücken auf einem kalten Untergrund auftraf.

Ein metallisches Geräusch. Der Kofferraum eines Autos. Dann Stille, der Geruch von Öl, ein anspringender Motor. Er versuchte, sich in eine weniger schmerzhafte Position zu bringen, fand jedoch keine. Die Angst lähmte ihn. Eine Autofahrt. Sie würden ihn liquidieren. Aber das hätten sie doch an Bord erledigen und seine Leiche in die See werfen können? In der stickigen Wärme betete er zum ersten Mal seit seiner Kindheit, obwohl er schon lange nicht mehr an einen Gott oder das Jenseits glaubte, geschweige denn an ein ewiges Leben.

Das Auto hielt an. Trotz seiner Panik war er erleichtert, als sie ihn aus dem Kofferraum hoben und in ein Haus trugen. Hohl hallten alle Geräusche wider, und es stank nach verrottetem Fisch. Die Angst erfasste ihn wieder mit voller Heftigkeit, als sie ihn auf einen Stuhl setzten und seine Hände und Füße an die Stuhlbeine fesselten. *Bitte nicht wieder die ätzende Säure! Nicht in Panik geraten. Langsam einatmen, langsam ausatmen.* Er sehnte sich nach der frischen Luft von vor wenigen Minuten im Freien, auf dem Schiff, wollte fluchen, brachte aber keinen Laut heraus.

»Der Code, *porca miseria*!«

Er erschrak von dem Fluch so dicht an seinem Ohr, zuckte zusammen und schüttelte den Kopf.

»Ich kenne ihn nicht. Glauben Sie mir, ich kenne ihn nicht.« Seine Stimme klang dünn und brach dann. Aus dem Augenwinkel heraus sah er einen gläsernen Gegenstand glitzern.

»Mein Kollege hier«, hörte er den Mann sagen, »liebt es, Opfer schreien zu hören. Ein wenig exzentrisch, ich weiß, aber ich kann Ihnen nur eines raten: Erzählen Sie, was Sie wissen. In der Spritze ist Salzsäure. Sie haben schon gemerkt, wie weh es tut, wenn sie die Haut verätzt. Was meinen Sie, wie es sich anfühlt, wenn er sie Ihnen in den Arsch spritzt?«

4

Auf dem Flug von Amsterdam nach Pisa waren ihr plötzlich Bedenken gekommen, ob sie wirklich die richtige Entscheidung getroffen hatte, aber inzwischen war Carrie davon überzeugt, dass sie sich diese Chance nicht entgehen lassen durfte. Sie saß im Bademantel und mit einer herrlich duftenden Tasse Espresso am Pool und blickte über die vertraute italienische Landschaft. Sogar so früh am Morgen wärmte die Sonne schon, und es war, als erwachte ihre Haut zu neuem Leben, als wollte ihr Blut wieder schneller fließen, als spürte jede Faser in ihrem Körper: Hier bin ich zu Hause. Nun ja, nicht ganz, aber jedenfalls schon ein gutes Stück in die richtige Richtung.

Sie streckte sich und betrachtete genießerisch die mit frühjahrsgrünen Zypressen bedeckte hügelige toskanische Landschaft. Ihrem Gefühl nach war sie Lichtjahre vom kalten, grauen Seeländisch Flandern entfernt, ja, sie fühlte sich beinahe wie auf einem anderen Planeten. Sie war wieder hier. In Italien, ihrem Vaterland, von dem sie geglaubt hatte, nie wieder dorthin zurückkehren zu können. Zum ersten Mal seit Jahren hatte sie ruhig und tief geschlafen und war nicht aus einem Albtraum aufgeschreckt. Sie war aus der Hölle ins Paradies gelangt, und noch immer erschien es ihr wie ein Traum, dass der ältere, distinguierte Mann sie im Weinladen besucht und ihr seinen Vorschlag unterbreitet hatte. Sir Charles, ein alter Freund von Pastore Paolo Vizzini. Sie erinnerte sich daran, dass ihr Paolo manchmal von zwei alten Freunden erzählt hatte, mit denen er vor langer Zeit als Soldat gekämpft hatte. Zwei Briten, von denen einer Charles hieß. Ihm hatte er in der libyschen Wüste das Leben gerettet.

Sir Charles Spencer Cavendish, nicht Charles Fox. Ein englischer Aristokrat, Chef des Sicherheitsdienstes der NATO, obwohl man ihn eher für einen Privatier hätte halten können, der sich aus dem regnerischen Frühlingswetter Englands ins warme Italien geflüchtet hatte. Il Giardino, wohin er sie gebracht hatte, war ein Paradies auf Erden: ein mehrere Hektar großes bewaldetes Grundstück, Kräutergärten, kleine Teiche, Volieren mit tropischen Vögeln und ein herrlicher Schmetterlingsgarten, durch den Sarah sie geführt hatte.

»Wir haben ein Penthouse in Brüssel für den Fall, dass Charles sich beruflich dort aufhalten muss, in der Nähe des NATO-Hauptquartiers«, hatte ihr Sarah, seine Frau, erzählt. »Aber ich bin viel lieber hier.«

»Das Klima«, bemerkte Carrie verständnisvoll.

»Und meine Sammlung seltener Falter. Ich bin Lepidopterologin.«

»Entschuldigung, wie bitte?«

»Lepidopterologin. Ich bin von Haus aus Biologin, habe mich aber auf Schmetterlinge spezialisiert.«

»Klingt eher, als würdest du dich mit furchterregenden Krankheiten beschäftigen.«

»Falter sind einzigartige Insekten«, hatte sie mit einem warmen Lachen geantwortet. »Es gibt an die hundertsechzigtausend Arten.«

Sarah hatte präzisiert, sie sei auf seltene Schmetterlinge aus dem Mittleren Osten spezialisiert und habe jahrelang Forschungen im Irak betrieben. Deswegen habe sie das Landgut hier »Garten Eden« genannt, nach dem biblischen Paradies, das einst im alten Mesopotamien gelegen haben soll. »Augenblicklich erforsche ich hauptsächlich den *Acheron-*

tia atropos, besonders die Arten in der Türkei, rings um das Schwarze Meer und im Süden Syriens und des Iraks. Mein Ziel ist es, eine neue Schmetterlingsart zu züchten.«

Sarah hatte nicht nach dem Grund für Carries Aufenthalt hier gefragt, aber bestimmt war sie informiert. Schließlich wusste sie sogar, dass Carrie aus Sizilien stammte.

»Kennst du den Großen Perlmutterfalter? Er kommt dort häufig vor.«

Später hatte Carrie in einem der beiden kleinen Gästebungalows vor dem Schlafengehen noch ein wenig in Zeitschriften geblättert und war dort auf Sarahs Namen unter einem Artikel gestoßen. Sie publizierte unter ihrem Geburtsnamen, Dr. Sarah Supardjojo, und schien eine Koryphäe auf ihrem Gebiet und unter Fachkollegen weithin bekannt zu sein. Sie zeichnete die Schmetterlinge auch selbst wie Miniaturen, hauchfein und wundervoll koloriert.

Carrie durfte gar nicht daran denken, dass ihre Tage an diesem traumhaften Ort gezählt waren. Und doch ließ die Sonne auf ihrem Gesicht sogar den Gedanken an eine Rückkehr in ihr geliebtes Sizilien weniger Furcht einflößend erscheinen. Sie war bereit dazu. Nach Jahren des ziellosen Umherschweifens, der Flucht und der beständigen Wachsamkeit hatte sie im Grunde keine andere Wahl, als sich endlich der Vergangenheit zu stellen.

Charles wollte, dass sie nach Sizilien ging.

Sicilia!

Seit fünf Jahren war sie nicht mehr dort gewesen, fünf endlose Jahre, in denen sie mit niemandem dort unten außer mit Padre Paolo Kontakt gehabt hatte, nicht einmal mit ihrer Mutter. Immer auf der Flucht, immer auf der Hut, immer voller Todesangst. Angst vor Silvio. Trotz der Hitze lief es ihr kalt den Rücken herunter, als sie daran dachte, wie sie nur knapp dessen Handlanger Luigi Monti entkommen war. Wie sie ihr Aussehen hatte verändern lassen und anschließend voller Verzweiflung wieder Paolo angerufen und ihn um Hilfe gebeten hatte. Bei Marco hatte sie sich sicher gefühlt, obwohl auch bei ihm ihre Wachsamkeit nie nachgelassen hatte. Bis vor einigen Tagen Charles den Weinladen betreten hatte.

»Ich brauche Ihre Hilfe.«

Gina.

Sie waren unzertrennlich gewesen, beide Töchter von Mafiabossen, den Montevagios und den Fiorettis, immer zusammen, von klein auf. Zusammen träumten sie von reichen Männern, vom Drogenschmuggel für ihre älteren Brüder, von Partys, von Reisen nach Rom, ja, sogar nach Amsterdam und nach Istanbul, fast wie Schwestern, die einander ewige Treue geschworen hatten. Bis Ginas Vater bei einem Bandenkrieg erschossen wurde. Carries Vater wurde dafür verurteilt, auch wenn er immer beteuert hatte, am Tod von Ginas Vater unschuldig zu sein, und sie ihm geglaubt hatte. Er hatte es nicht getan! Papa – so viele Jahre unschuldig im Gefängnis, gebrochen und verbittert. Und war dann eines gewaltsamen Todes gestorben.

»Ihr Vater hat es nicht getan. Silvio hat Ginas Vater erschossen.«

»Woher wissen Sie das?«

Silvios Mutter hatte es auf ihrem Sterbebett Paolo gebeichtet. Padre Paolo, der daraufhin das Beichtgeheimnis verletzt hatte.

Ob Gina ihr glauben würde?

Erschrocken blickte sie auf, weil im Gebüsch gegenüber etwas schimmerte, als würden die Sonnenstrahlen reflektiert. Unmittelbar darauf hörte sie Zweige knacken. Ein Gärtner? Luca? Sie richtete sich auf und ging zögernd zu den Sträuchern hinüber, über denen Falter tanzten. Sie lauschte. Bis auf das Gezwitscher der Vögel war alles still. Das Landgut war umzäunt, aber es wäre keine große Schwierigkeit, über die Einfriedung zu klettern. Sie schüttelte den Kopf und kehrte zum Swimmingpool zurück. *Komm schon, Carrie, hör auf damit. Niemand kann wissen, dass du hier bist. Nicht einmal Marco.* Sie blieb stehen und blickte auf die glatte Wasseroberfläche.

Sie sah sich um. Und wenn doch jemand hier war? Sie streifte den Bademantel ab und sprang nackt ins Wasser. Während sie ihre Bahnen zog, dachte sie über Sarah nach. Eine liebenswerte Frau, mütterlicher Typ, die zugleich ganz in ihrer Arbeit aufging, von der sie so spannend erzählen konnte.

»Nach jahrelangen Forschungen, Zuchtversuchen und Fehlschlägen scheint es mir jetzt endlich geglückt zu sein, eine einzigartige neue Schmetterlingsart zu züchten. Schau mal!« Bei ihrem Rundgang hatte Sarah auf eine Glasvitrine gewiesen. »Aus den Eiern schlüpfen Raupen. Ich habe damals aus dem Irak *Acherontia-styx*-Puppen mitgebracht, eine Unterart aus der Familie der *Sphingidae*, der Schwärmer, sozusagen ein Bruder des *Acherontia atropos*.«

»Wessen Bruder?«

»Auf Niederländisch nennt man ihn Totenkopfschwärmer.«

»Netter Name für einen Schmetterling. Wie willst du die neue Art nennen? Darfst du ihr deinen eigenen Namen geben?«

»Das könnte ich, aber ich würde ihn *Acherontia sophiae* nennen. Die Gattungsbezeichnung *Acherontia* geht auf den mythischen Fluss im Irak und in Syrien zurück, der ebenso wie der Styx im antiken Griechenland die Grenze zwischen dem Tod und der Unterwelt bildete, und Sophie ist der Name unserer Tochter.«

Sie hatte Carrie Fotos von ihrer Tochter und deren Familie

gezeigt, und Carrie war fast ein wenig neidisch geworden: Sie sah eine junge, attraktive Frau, ungefähr genauso alt wie sie, aber mit Mann und Kindern.

»Charles lacht darüber«, erklärte Sarah, »aber ich darf gar nicht daran denken, was wäre, wenn Sophie die gleiche Arbeit machen würde wie ihr. Dann weiß ich sie lieber in sicherer Entfernung, obwohl ich sie schon ein halbes Jahr nicht gesehen habe.«

Carrie geriet in Versuchung, ihr zu erzählen, dass ihre Mutter im Vergleich zu Sarahs Tochter ganz in der Nähe wohnte, sie sie aber bereits seit viel längerer Zeit nicht mehr gesehen hatte. Doch dann hätte sie auch erzählen müssen, warum, und es erschien ihr klüger, es für sich zu behalten.

Die gleiche Arbeit wie ihr.

Besser gesagt: wie die von Charles.

Die NATO arbeitete mit den Geheimdiensten aller Bündnispartner zusammen, unterhielt aber auch eigene Sicherheitsdienste. Einer davon war die Military Intelligence Group, die MIG. Charles hatte Carrie in Seeland erklärt, er leite eine eigene operationelle Abteilung, Securicor, die Sondereinsatzkommandos befehligte. Kleine Gruppen, häufig nicht mehr als zwei oder drei Leute. »Genau wie die Terroristen, die wir bekämpfen«, sagte er. »Gut ausgebildete Profis, die undercover in Ländern operieren, die die NATO als gefährlich und feindlich einstuft. Russland, Syrien, das Kalifat des IS.«

Carrie war nur nicht klar, was die Mafia und Gina damit zu tun hatten, und ein gut ausgebildeter Profi war sie schon gar nicht. Doch das spiele keine Rolle, hatte Charles gemeint. Sie brauche nur die Verbindung zu Gina herzustellen.

»Was Sarah für Natur und Umwelt tut, ist unendlich viel wichtiger als unsere Kriege und Konflikte«, hatte er gestern Abend beim Essen erzählt. »Und der Schmetterlingsgarten ist ihre große Leidenschaft.«

»Schade, dass du dann erst an zweiter Stelle kommst«, hatte Carrie bemerkt. »Das tut mir leid für dich.«

Doch Sarah konnte nur herzlich darüber lachen. »Und dabei hat er noch Glück«, hatte sie gesagt und ihn geküsst. Ein beneidenswertes Paar, der aristokratische Exmilitär und die zierliche Javanerin.

Konflikte, Kriege. Sie konnte es noch immer nicht ganz fassen. Ein Spitzenmann der NATO, der sie brauchte. In Gedanken hörte sie wieder seine Stimme mit dem aristokratischen Tonfall im Ohr: »Glauben Sie mir, wenn Sie diesen Auftrag für mich erledigen, wird das auch für Sie von Vorteil sein.«

Der Kopf Silvios.

Trotz der Hitze erschauerte sie.

Sie war sechzig Bahnen geschwommen, ein Kinderspiel, und wollte eigentlich noch die Hundert vollmachen, als sie Charles rufen hörte.

»In einer Viertelstunde gibt es Frühstück!«

»Ich komme!«

Sie stemmte sich am Rand des Swimmingpools hoch, schlüpfte wieder in den Bademantel und ging an der Schmetterlingsvoliere und an Sarahs Arbeitsräumen vorbei. Gespannt beobachtete sie, wie zwei große Bienen einen schwarz-weißen Falter verfolgten. Sogar hier gab es Krieg.

Luca trat mit voller Putzausrüstung aus einem der Gästebungalows heraus. Er lebte zusammen mit seiner Frau Gratia auf dem Gelände, und die beiden kümmerten sich um das Landgut und um Charles und Sarah. Er fragte Carrie, ob das Wasser nicht zu kalt sei. Sie schüttelte den Kopf. »Nein, es ist herrlich. *Grazie.*«

Wenn der wüsste, wie kalt die Nordsee sein konnte!

Carrie ging an Charles' Bentley vorbei zum Landhaus,

hielt aber erschrocken inne, als sie Schritte hörte. Es waren nicht die von Charles. Diese klangen anders, nicht ganz gleichmäßig, als setzte der Ankömmling einen Fuß vorsichtiger auf als den anderen. Es waren auch nicht die eleganten, hochhackigen Schuhe von Gratia oder Sarah. Vielleicht doch ein Eindringling? Jemand, der wusste, dass sie hier war? Carrie huschte zu einer großen Agave, hockte sich dahinter, duckte sich und verfluchte ihren schneeweißen Bademantel. Zwischen den Blättern sah sie einen hochgewachsenen Mann ohne Eile den Weg entlanggehen und hätte sich vor den Kopf schlagen können. Das musste der Gast sein, von dem Sarah erzählt hatte, ein Mann, der hier schon seit einer Weile wohnte und für Charles arbeitete, gestern aber nicht hier gewesen war. Mein Gott, wie konnte sie die Situation retten? Auf einem Blatt dicht neben ihr saß ein rotvioletter Schmetterling, auf dessen Flügeln weiß umrandete Ringe wie geschminkte Augen prangten. Sie richtete sich auf und deutete darauf.

»Guten Morgen«, grüßte sie. »Was für ein herrliches Exemplar! Glauben Sie, der ist selten?«

»Nein. Das Tagpfauenauge oder *Aglais io* kommt in ganz Europa häufig vor, sogar in den Niederlanden.«

Sie roch den süßlichen Geruch von Haschisch, gemischt mit Blütendüften. »Oh.« Sie lächelte den Mann ein wenig verlegen an. Er war um die vierzig, trug eine makellos weiße gebügelte Hose mit passendem Poloshirt, hatte schwarzes Haar und war gebräunt, als hätte er sich wochenlang in der Sonne aufgehalten. Er war attraktiv, hatte aber einen gequälten Blick in den funkelnden blauen Augen.

Carrie zog den zu großen Bademantel enger um sich, verfluchte sich für das Handtuch, das sie nachlässig um das nasse Haar geschlungen hatte, und streckte ihm die Hand entgegen. »Carrie. Aber das wissen Sie wahrscheinlich schon.«

Er nickte kaum merklich, ergriff ihre Hand nicht und schwieg mit mürrischem Blick. Arroganter Stoffel! Doch dann erinnerte sich Carrie daran, dass Sarah ihr erzählt hatte, er sei hier, um sich von einer posttraumatischen Belastungsstörung zu erholen. Warum, hatte sie nicht verraten. Carrie blickte auf, weil sie Schritte hörte, und sah Charles lachend auf sie zukommen.

»Guten Morgen. Gerade zur rechten Zeit, wie ich sehe«, bemerkte er. »Carrie, das ist Adam, Adam Kaplan, Adam, das ist Caressa Montevagio, Carrie für Freunde.«

»Adam«, wiederholte Carrie. »Das passt ja, hier im Garten Eden. Und Kaplan? Ist das Polnisch?«

Er kniff die hellblauen Augen zu Schlitzen zusammen. »Niederländisch.«

Mit dem dunklen Haar und der gebräunten Haut wirkte er keineswegs wie ein Niederländer, eher mediterran, italienisch. »Aber bestimmt mit italienischen Wurzeln.«

Adam lächelte, ohne dass das Lächeln die hellblauen Augen erreichte. Sie funkelten kalt wie Diamanten. Carrie erschauerte innerlich. Ein schöner, aber zugleich grausamer Mund, ein Mund wie der von Silvio. »Genau wie Sie«, erwiderte er.

Carrie verspürte den Impuls, ihren Koffer zu packen und wieder zu verschwinden. Egal wohin, Hauptsache, weg von hier. Von ihm.

Doch Charles legte den Arm um sie. »Das schafft doch schon eine Gemeinsamkeit zwischen euch beiden, oder? Kommt, lasst uns frühstücken. Sarah erwartet uns. Du siehst gut aus, Adam. Es tut mir leid, dass du meinetwegen deinen Urlaub auf Kreta unterbrechen musstest.«

5

Charles' Büro erinnerte an eine Bibliothek aus dem 19. Jahrhundert. Es roch nach Papier. Nach Papier und Zigarren, mit einem Hauch von schottischem Whisky. Kaplan hielt sich gerne dort auf; er fühlte sich an Zuhause erinnert, wo er sich als kleiner Junge in der Bibliothek in einem Sessel zusammengerollt hatte, während ihm sein Vater spannende Geschichten vorlas.

»Nochmals willkommen auf unserem Landgut«, begann Charles, »wo wie immer das Briefing und später auch das Debriefing stattfinden wird.«

»Bei einer von Sarahs köstlichen indonesischen Reistafeln«, unterbrach ihn Adam. »Ich kenne das und weiß es zu schätzen. Aber eines verstehe ich nicht: dass du mir in meiner jetzigen Situation zumutest, ausgerechnet mit einer Frau zusammenzuarbeiten.«

Carrie versuchte ihren Unmut nicht zu zeigen, der sie bei diesen Worten überlief.

»Zusammenarbeiten ist vielleicht ein wenig zu viel gesagt.« Charles sah Adam freundlich an und öffnete seinen Laptop. Mit sanfter, aber unmissverständlich befehlender Stimme fuhr er fort: »Du hast gesagt, du wärst bereit, wieder an die Arbeit zu gehen, und ich sehe das genauso. Carries Unterstützung beschränkt sich auf diesen Einsatz. Du kennst mich lange genug. Du weißt, wie gewissenhaft ich vorgehe. Ich kann dich nicht zwingen, bitte dich aber, mir zu vertrauen. Einverstanden?« Ohne Adams Antwort abzuwarten, fuhr er den Laptop hoch. »Du bist der ideale Mann für diesen Job, aber ich habe Carrie nicht umsonst um Hilfe gebeten. Wir brauchen sie, um an eine alte Freundin von ihr heranzukommen, die hoffentlich weiß, wo sich einer unserer Diplomaten befindet, der vermisst wird.« Er nickte Carrie aufmunternd zu.

»In der MH17 saß auch ein Diplomat«, bemerkte Adam. »Hat es etwas damit zu tun?«

»Bisher deutet nichts darauf hin. Uns geht es um Jan-Willem de Brauw, den niederländischen Militärattaché in Brüssel. Er ist vor vier Tagen auf Rhodos spurlos verschwunden. Wir hoffen, dass er noch lebt.«

Er startete ein Video auf dem Laptop und zeigte Carrie und Adam einen Mann, der sich in einer Menge von Reisenden bewegte – hochgewachsen, um die fünfzig, kleines Bordcase in der Hand, Brille, leichter Sommeranzug. Lachend ging er auf eine Frau zu und umarmte sie so innig, dass sie fast in der Umarmung verschwand. Charles hielt das Video an. »Das ist de Brauw. Vierundfünfzig Jahre alt und verheiratet, aber nicht mit dieser Dame. Gina Fioretti. Wir sehen ihn hier nach seiner Ankunft auf Falcone e Borsellino, dem Flughafen von Palermo. Wir wissen, dass er den Tag mit dieser Frau verbracht hat; danach ist er nach Rhodos geflogen, um einen Schmetterlingsatlas für die türkischen NATO-Befehlshaber abzuliefern.«

»Er sollte einen Atlas abliefern?«, fragte Carrie. »Entschuldigung, aber das klingt ziemlich altmodisch.«

»Da haben Sie recht«, pflichtete ihr Charles bei. »Und trotzdem ist das in unserem digitalen Zeitalter tatsächlich die sicherste Methode. Im gegebenen Fall haben wir eine codierte Nachricht übermittelt, die sich verschlüsselt in einem Schmetterlingsatlas befand.«

»Einem Schmetterlingsatlas. Von Sarah?«, fragte Adam.

Charles zündete sich einen Zigarillo an. »Nein, allerdings

wären wir ohne sie tatsächlich niemals auf diese Idee gekommen.«

»Hat de Brauw den Atlas abgegeben?«, fragte Carrie.

Charles nickte. »Er übergab ihn einer Stewardess der Turkish Airlines, die den Atlas noch am selben Tag nach Istanbul brachte. Bis dahin kein Problem, alles verlief nach Plan. Doch de Brauw schickte keine Bestätigung wie vereinbart und ist seitdem spurlos verschwunden.«

»Wenn er den Atlas abgeliefert hat, hat sein Verschwinden also nichts damit zu tun«, vermutete Adam.

»Das hoffen wir.« Charles hielt einen Moment inne, als Sarah an die Tür klopfte und ihnen eine Kanne Kaffee mit Tassen, Zucker und Milch brachte.

»Alles gut bei euch?«, fragte sie.

»Wunderbar«, erwiderte Charles und zwinkerte ihr zu.

Nachdem seine Frau sie versorgt hatte und wieder gegangen war, sagte er: »Gina Fioretti ist die Freundin eines sizilianischen Mafiabosses, Silvio Carlentini, den Carrie nur allzu gut kennt. Gina selbst ist eine ehemalige enge Freundin von Carrie. Es könnte sich um eine Entführung handeln. Kidnapping ist schließlich ein Markenzeichen der Mafia und ein mindestens so lukratives Geschäft wie Drogenhandel, Glücksspiel und Prostitution. Und wir reden hier von einem Spitzendiplomaten. Das Problem ist allerdings, dass noch keine Lösegeldforderung eingegangen ist.«

»Außerdem hätte die Mafia ihn auf Sizilien entführt«, wandte Carrie ein.

Charles nickte anerkennend. »Es mag sich merkwürdig anhören, aber wir hoffen trotzdem, dass es sich um eine Entführung handelt. Ein anderes Szenario wäre nämlich viel beunruhigender.«

»Lass mich raten«, sagte Adam. »Die Russen.«

»Das war auch Ethan Boydds erster Gedanke.« Charles

warf Carrie einen kurzen Blick zu. »Ethan Boydd ist unser Vorgesetzter, Mitglied des Militärkomitees der NATO. Und ein alter Freund, auch von Paolo.«

»*Capiche*«, sagte sie. »Aber ich habe keine Ahnung, was Adam mit seiner Bemerkung über die Russen gemeint hat.«

Charles sah für einen Moment beide an. Carrie warf Adam einen finsteren Blick zu, während dieser sie vollkommen ignorierte. Sarah hatte schon gestern nach dem Abendessen angedeutet, es herrsche eine ziemliche Spannung zwischen den beiden. Charles ließ sich einen Augenblick Zeit und sagte dann zu Carrie: »Ich glaube, es ist nur fair, dass du trotz deines bescheidenen Beitrags an dieser Mission erfährst, worum es geht.« Carrie schien schon ungeduldig darauf zu warten. Das gefiel ihm. »Wladimir Putins großer Traum ist es, seine Macht und sein Reich zu erweitern. Die Krim hat er bereits zurückerobert – du bekommst ja mit, was in der Ukraine los ist –, und er will auch Georgien und Armenien, die beiden Länder nördlich der Türkei, wieder seinem neuen russischen Reich einverleiben. Zusätzlich muss sich die NATO jedoch damit auseinandersetzen, dass im Süden, in Syrien, Putins Verbündeter Assad mit dem IS und den Kurden kurzen Prozess machen will.«

»Und womit rechnen Sie?«, fragte Carrie.

»Putin und Assad wissen verdammt genau«, fuhr Charles fort, »dass die NATO im Fall eines Angriffs zurückschlagen würde. Sie können jedoch nur bei einem Erstschlag der NATO aktiv werden: Wenn wir Syrien angreifen, wird Syrien sich zu Recht verteidigen wollen und die russischen Verbündeten um Hilfe bitten. Das ist legal und legitim. Aber die NATO wäre verrückt, so etwas zu tun. Wir werden uns nur dann einmischen, wenn sich zum Beispiel herausstellt, dass einer unserer Verbündeten bedroht wird. Artikel fünf der Grundakte. Wird eines unserer Mitglieder attackiert, ist es ein Angriff auf unser Bündnis.« Er blickte Carrie für einen Moment fragend an.

»Verstehe«, sagte sie.

»Gut. Wir haben Hinweise darauf, dass genau das der Fall ist. Die Türkei wird bedroht. Vom syrischen Präsidenten Assad, weil sich im Grenzgebiet zur Türkei IS-Truppen verstecken, die er beseitigen will. Die Türken wollen das ebenfalls, unternehmen aber nichts gegen den IS. Präsident Erdoğan, selbst Muslim und antiwestlich eingestellt, ist gegen Assad und würde am liebsten angreifen, und das möchte auch die NATO, allen voran Ethan Boydd, aber wir tun es nicht. Putin würde seinen syrischen Freunden zu Hilfe eilen. Und das würde Krieg bedeuten.«

»Krieg«, wiederholte Carrie leise und schüttelte ungläubig den Kopf.

»Ja, leider«, sagte Charles. »Russland würde in diesem Fall auch Georgien und Armenien angreifen, um sich gegen die türkische Aggression zu verteidigen. In diesen beiden Ländern gibt es nicht zuletzt viele Pro-Moskau-Rebellen, die sich Russland gerne wieder anschließen würden, so wie es schon auf der Krim und in der Ostukraine der Fall war.« Er wartete kurz, bis sie die Informationen verarbeitet hatte, und schenkte ihnen allen dreien Kaffee nach.

»In dem Gebiet wurden auch heimlich russische Einheiten stationiert«, sagte Adam. »Das solltest du vielleicht hinzufügen.«

»Ja, das stimmt.« Charles gab zwei Stücke Zucker in seinen Kaffee. »Vielen Dank. Okay, wir haben es also mit einem aggressiven türkischen Verbündeten und mit Syrern und einem Putin zu tun, die ebenso aggressiv sind und nur auf eine Gelegenheit warten. Ein Pulverfass im Mittleren Osten. Das ist eine Herausforderung für die NATO. Daher haben wir Erdoğan gezwungen, nicht anzugreifen, und schicken

Verstärkung an die Grenzen, sowohl im Norden als auch im Süden, zu den Stellen, von denen wir wissen, dass syrische und russische Truppen in der Nähe lagern. Wir müssen diese Mission geheim halten, sonst würden Assad und Putin diese Unterstützung als Provokation betrachten und angreifen.«

»Ich nehme an, dass der Schmetterlingsatlas damit zu tun hat«, bemerkte Carrie.

»Genau«, antwortete Charles. »Diese geheimen Standorte, etwa zehn im Norden und genauso viele im Süden, sind im Schmetterlingsatlas verzeichnet, verschlüsselt in Scheininformationen, in denen Sarahs Totenkopffalter der Art *Acherontia atropos* häufig vorkommen.«

»Das ist ja alles schön und gut«, bemerkte Adam, »aber wenn du glaubst, dass de Brauws Verschwinden etwas mit dem Atlas zu tun hat, ist es doch merkwürdig, dass Istanbul ihn bereits hat.«

»Es könnte aber sein, dass die anderen es gesehen haben«, sagt Charles. »Oder kopiert.«

»Es könnte die Frau gewesen sein«, meinte Adam, »oder der Mafioso.«

»Das wäre möglich.«

»Ist die Stewardess vertrauenswürdig?«, fragte Carrie.

»Die Türken behaupten es«, antwortete Charles.

Adam schüttelte den Kopf. »Genauso vertrauenswürdig wie Sizilianer.«

Carrie schnaubte. »Sie haben nicht zufällig Vorurteile, was?«

Charles lächelte. »Die Türken sind unsere Verbündeten, lieber Adam. Aber wir können nichts ausschließen, das ist ja gerade das Problem. Im Übrigen kenne ich Sizilianer, für die ich die Hand ins Feuer legen würde.« Er warf Carrie einen kurzen Blick zu, und als sie ihm zunickte, wusste er, dass auch sie an Paolo dachte. »Kommen wir noch einmal kurz auf die Türken zurück. Erdoğan selbst ist radikaler Muslim. Nicht umsonst hat er Castro angeboten, kostenlos eine Moschee auf Kuba zu errichten. Zugleich ist er jedoch auch unser Verbündeter und mit dem Westen befreundet. Deswegen hat er auch im eigenen Land große Probleme, mit linken, marxistischen Gruppen, die von Putin beeinflusst werden, und mit rebellischen Militärs, Nationalisten und orthodoxen Muslimen wie den Grauen Wölfen, die ein großtürkisches Reich anstreben.«

»Die Grauen Wölfe gibt es überall in Europa«, gab Adam zu bedenken. »Auch hier in Italien, und manchmal arbeiten sie mit der Mafia zusammen. Putin und Assad sollen diese Gruppen angeblich unterstützen.«

»Sogar in den Niederlanden sind sie aktiv«, fügte Carrie hinzu. »Nur Seeland ist wohl bislang von ihnen verschont geblieben.«

»Aber wie passt für dich die Mafia ins Bild?«, fragte Adam.

Charles überlegte kurz, Adam zu tadeln, weil er Carrie hartnäckig ignorierte, beschloss aber, kein Öl ins Feuer zu gießen. »Die Mafia arbeitet mit jedem zusammen, sowohl mit Dschihadisten als auch türkischen Grauen Wölfen oder Neonazis. Hauptsache, sie zahlen. Und Putin zahlt. Vor allem in dieser Situation.«

»Kennt de Brauw den Code?«, fragte Adam.

»Nein«, antwortete Charles. »Das ist so üblich bei solchen Missionen. Der Kurier weiß von nichts. Aber das wissen seine Entführer nicht. Wenn die Russen dahinterstecken, ist es auch nicht so abwegig, dass sie die Mafia eingeschaltet haben. Die hat weltweit Auftraggeber und Kontakte zu ihresgleichen, egal ob in Moskau, Damaskus oder Istanbul.«

Wieder blickte Adam auf den Bildschirm. »Und wenn wir umsonst nach ihm suchen, weil er heimlich ausgekniffen und zu seiner Italienerin zurückgekehrt ist?«

Charles schüttelte den Kopf und spulte das Video vor. »Das wüssten wir. De Brauw hat außerdem von Rhodos aus noch eine Mail an seine Frau geschickt. Sie hatten geplant, sich dort zu treffen und ein paar Tage miteinander zu verbringen. Es wäre unlogisch.« Er sprang im Video nach vorne. Auf dem Bildschirm sah man de Brauw jetzt aus einem weißen Alfa Romeo steigen. Er wartete, bis Gina den Wagen abgeschlossen hatte, und dann gingen die beiden gemeinsam zum Abflugterminal. In gewissem Abstand folgte ihnen ein Mann mit glänzendem schwarzem Haar und Schnäuzer. An seinem Zeigefinger glänzte ein goldener Siegelring.

»Das war einen Tag später«, erklärte Charles. »Gina begleitet de Brauw zu Falcone e Borsellino, von wo aus er nach Rhodos weitergeflogen ist. Carlentini, der den beiden folgt, saß in derselben Maschine, und möglicherweise war er auch dabei, als de Brauw den Atlas im Petaloudes der Stewardess übergab.«

»Petaloudes?«, fragte Carrie.

»*Petalouda* bedeutet Schmetterling«, erklärte Charles.

Adam ignorierte Carrie noch immer und schaute ihn weiterhin starr an. »Du willst, dass ich nach Rhodos fliege. Das ist in Ordnung, aber ich fliege allein.«

»Schon gut«, sagte Carrie. »Mit Ihnen würde ich sowieso nicht fliegen. Nur über meine Leiche.«

»Ich weiß, wie es dir geht«, sagte Charles ruhig zu Adam. »Aber du kannst Carrie nicht für das bestrafen, was geschehen ist. Es wäre hilfreich, wenn du ein wenig freundlicher wärst.«

Adam schwieg.

»Mach dir keine Sorgen«, fuhr Charles fort. »Carrie hat nur einen Auftrag, und sie operiert getrennt von dir. Danach wird sie hoffentlich wieder ein freies Leben führen können …« Er schwieg abrupt, stand auf und trat ans offene Fenster, weil Sarah draußen wütend schrie. »Was ist denn los?«

»Die verdammten Bienen haben schon wieder Falter totgestochen!«

Charles zuckte mit den Schultern. »Die Natur, Liebling. Fressen oder gefressen werden. Warum besorgst du dir nicht ein paar Bienenfresser?«

»Weil *die* Schmetterlinge noch lieber essen.«

Kopfschüttelnd kehrte Charles an den Tisch zurück.

»Was ist ein Bienenfresser?«, fragte Carrie.

»Ein Vogel«, erklärte Adam, den Blick auf Charles geheftet. »Noch eine Frage: Könnte de Brauw selbst für die Gegenseite spionieren?«

»Nein. Dann hätte er auftragsgemäß der NATO gemeldet, dass er den Atlas abgeliefert hat, und danach auf seine Frau gewartet, um mit ihr Urlaub zu machen. Aber das alles hat er nicht getan.« Charles klappte den Laptop zu und holte zwei Umschläge hervor. Einen gab er Adam, den anderen Carrie.

»Wenn Sie noch immer dabei sind, muss ich Ihnen noch ein paar Dinge erklären, beispielsweise, wie man Orte anhand ihrer Koordinaten findet.«

Carrie ignorierte Adams verächtliches, irgendwie ungläubiges Schnauben und öffnete ihren Umschlag. Er enthielt ein Flugticket auf den Namen Carrie de Graaff nach Sizilien, eine Kreditkarte von American Express auf denselben Namen, ein Smartphone und zwei Bündel Geldscheine, Euros und amerikanische Dollars.

»Wenn wir von Gina die erwünschten Informationen bekommen, kümmern wir uns um Silvio«, sagte Charles, »sodass Sie endlich Ihr eigenes Leben wieder aufnehmen können.« Er legte kurz eine Hand auf ihren Arm. »Sie müssen sich im Klaren darüber sein, was das bedeutet. Noch können Sie zurück.«

»Nein«, erwiderte sie. »Ich bin dabei. Es gibt kein Zurück mehr.«

Charles sah, wie Adam sie zum ersten Mal interessiert ansah.

»Haben wir einen Code?«, fragte Adam.

Charles nahm seinen Zigarillo, zog bedächtig daran und blickte zum Fenster. »Was haltet ihr von *The Birds and the Bees*?«

6

Die Nummer auf dem Display war ihr unbekannt, daher zögerte sie, den Anruf anzunehmen. Fast täglich riefen irgendwelche Leute an, die ihr mit rührseligen Geschichten oder obskuren Werbeangeboten das Geld aus der Tasche ziehen wollten. Doch sie hatte den ganzen Tag noch mit niemandem geredet, und es konnte ebenso gut eine Freundin sein, die eine neue Nummer besaß. Oder, worauf sie noch mehr hoffte, die Redaktion der Zeitschrift, von der sie noch keine Antwort erhalten hatte, nachdem sie letzten Monat einen Artikel hingeschickt hatte. Vorsichtshalber nannte sie ihren Namen nicht. Das tat sie übrigens nie.

»Hallo?«

»Maria? Bist du das?«

Sie erstarrte. Eine Stimme aus einer fernen Vergangenheit. Eine tiefe männliche Stimme, die sie schon längst vergessen gehabt hätte, wenn sie sie nicht manchmal in ihren Albträumen hören würde. Genau wie diesen Namen. Maria. Starr blickte sie aus dem Fenster, doch statt der sanften Hügel erblickte sie trostlose Arbeiterviertel, einen verregneten kleinen Park und einen städtischen Mülleimer, in dem sie einen Umschlag deponierte.

»Ich weiß, dass du es bist, Maria. Hab keine Angst.«

Keine Angst … Er hatte leicht reden. All die Jahre hatte sie sich vor diesem Anruf gefürchtet, bis die Spannung allmählich nachgelassen hatte. Jetzt kehrte sie zurück wie eine eiskalte Flutwelle.

»Bist du allein?«

»Lasst mich in Ruhe!« Ihre Stimme überschlug sich.

»Wir brauchen dich.«

Wir. Er und ihr früherer Liebhaber. Statt des Parks sah sie jetzt sein Gesicht mit den kalten, blassen Augen vor sich. Der Mann, den sie leidenschaftlich geliebt hatte, der sie jedoch missbraucht und erniedrigt hatte. Der Mann, der sie Maria nannte, nach seiner Mutter. Wut loderte in ihr auf und verdrängte die Angst.

»Nein. Nie wieder. Das war die Abmachung. Ich habe getan, worum ihr mich gebeten habt. Ihr habt bekommen, was ihr wolltet. Ich auch. So war die Vereinbarung.«

Sie musste auflegen. Sofort. Dieses Gespräch musste ein Ende nehmen. Aber sie wagte es nicht. Weil sie begriff, dass es sinnlos war und er wieder anrufen würde. So war es damals auch gewesen, jedes Mal, wenn er sie brauchte.

»Ich weiß. Und es tut mir leid, dass ich dich belästigen muss.« Der Mann hüstelte, sie sah sein Gesicht vor sich. Im Sommer hatte sie es im Fernsehen gesehen, kaum verändert: mager, kantig, stechende Augen wie die eines Raubvogels, der sich seiner Beute gewiss ist.

»Er lässt dich grüßen, Maria.«

In glücklichen Momenten hatte sie sich eingeredet, dass sie endgültig aus der Sache raus war und sie sich ganz unnötig Sorgen machte: Schließlich hatten sie nichts mehr gegen sie in der Hand. Die Filme, die Dokumente. Alles vernichtet, gelöscht, genau wie ihre Vergangenheit. Doch in anderen, dunklen Momenten… »Ihr… Es gibt nichts mehr, womit ihr mich erpressen könntet. Ihr habt mich nicht mehr in der Hand.«

»Wir haben noch etwas gefunden.«

Sein Lachen jagte ihr einen eiskalten Schauder über den Rücken, als wäre es mitten im Winter. Als säße sie mit ihm in einem schneebedeckten Auto irgendwo außerhalb von Berlin. Sie zog eine Zigarette aus dem Päckchen und fluchte, als das Feuerzeug nicht ansprang.

»Was denn?«

»Ist dein Computer an?«

Bestürzt drehte sie den Kopf zum Bildschirm.

»Du hast gerade eine Mail erhalten.«

Am unteren Rand war ein kleines Fenster erschienen. Die weißen Buchstaben tanzten vor ihren Augen. Ein Name, der ihr nichts sagte. Eine Gmail-Adresse.

»Öffne den Anhang, Maria.«

Wie ferngesteuert glitten ihre Finger über die Tastatur. Ihre Augen blieben auf den Monitor geheftet, auf dem die neue Mail erschien.

»Siehst du es?«

Sie sagte nichts, starrte stumm auf ihr Bild, ihr um Jahre jüngeres Gesicht, erschöpft, aber lachend dem Arzt und ihrem Geliebten zugewandt, der sich zu ihr herunterbeugte. Wo hatten sie das her? Wie war diese Aufnahme entstanden? Mit zitternden Händen gelang es ihr schließlich doch, ihre Zigarette anzuzünden. Sie inhalierte tief. »O mein Gott!«

»Du siehst es also. Wie geht es ihm?«

Ihm.

»Gut?« Warum sagte sie das? Was hatten die noch damit zu tun? Aber das war es ja gerade. Alles. Sie hatten alles damit zu tun.

»Ich würde mich gern mit dir treffen, Maria.«

Sie inhalierte so tief, dass ihr einen Augenblick lang die Luft wegblieb. »Wann?«

»In einer halben Stunde.«

Voller Panik blickte sie aus dem Fenster. Eine halbe Stunde. Dann musste er ganz in der Nähe sein.

»Parke hinter der Kirche und überquere die Brücke. Dort warte ich auf dich.«

Nein!, hätte sie am liebsten geschrien. *Nein! Er hat mir versprochen, es wäre vorbei, er würde mich nie wieder belästigen.* Doch sie schrie nicht. Während sie mit Tränen in den Augen wieder auf den Bildschirm starrte, rang sie um Fassung und versuchte, das Zittern ihrer Hände zu unterdrücken.

»Dann sehen wir uns gleich, Maria. Ich freue mich darauf, nach all den Jahren.« Wieder lachte der Mann. »Und vergiss nicht, die Mail zu löschen.«

Noch bevor er das Gespräch beendete, hörte sie durch den Hörer die Kirchturmuhr schlagen. Sie blieb reglos sitzen, mit einer Hand ihr Telefon umklammernd, als wolle sie es zerquetschen.

7

Adams Jacht war eine gut zehn Meter lange Defender, die er *Freya* getauft hatte, nach seiner norwegischen Mutter, von der er die diamantblauen Augen geerbt hatte. Es tat ihm gut, nach den beiden Flügen gestern und vorgestern das Salz wieder auf den Lippen zu schmecken und den Meereswind auf der Haut zu spüren. Er hasste Flugzeuge, den beengten Raum, die abgestandene Luft.

Gestern war er wieder von Rom zurück nach Kreta geflogen, wo er die *Freya* letzte Woche im Hafen von Iraklio zurückgelassen hatte, während einer kurzen Auszeit von Il Giardino, wo er ansonsten die letzten Monate verbracht hatte. Nichts gegen Sarah oder Charles, aber er verspürte ein starkes Bedürfnis, wieder allein zu sein. Und sich, so wie jetzt, wieder auf den Weg zu machen.

Charles hatte ihn angerufen, als er gerade auf Kreta eingetroffen war.

»Nimm das erste Flugzeug nach Pisa. Luca kommt dich dort abholen.«

Arbeit.

Es wurde Zeit. Das äußerte er auch Charles gegenüber, obwohl sein Schmerz und die Trauer über Veras Tod noch frisch waren und er bezweifelte, ob er diesen Fall allein bewältigen konnte. Aber lieber allein, als mit Carrie zusammenzuarbeiten.

Sie roch süßlich, ein Duft, der ihn an Vera erinnerte. Das störte ihn.

Er wollte sie nicht in seiner Nähe haben. Nicht nur weil niemand Vera ersetzen konnte, sondern weil sie Amateurin war, eine Mafiatochter, getrieben von Angst. Und Angst war ein schlechter Ratgeber.

Gestern um diese Zeit war er über Sizilien geflogen. Hätte es an ihm gelegen, hätte er sie dort niemals hingeschickt, nicht mal mit dem einfachen Auftrag, sich ihrer ehemaligen Freundin zu nähern. Doch er konnte Charles nicht im Stich lassen. Vor allem nicht jetzt. In all den Jahren, die er für ihn gearbeitet hatte, hatte er ihn noch nie so besorgt gesehen. Er wusste, dass Charles ein vollendeter britischer Gentleman war und stets die Fassung bewahrte, aber trotz allem hatte er ihm seine Besorgnis angesehen. Und ihm war aufgefallen, dass er stärker als sonst das Bein nachzog.

Er holte ein paarmal tief Luft. Allein auf dem Wasser zu sein, sich auf den Kurs zu konzentrieren, den Kampf mit den Wellen aufzunehmen, Herr und Meister seines Schiffs zu sein. Er hoffte, es würde seine erschütterte Zuversicht wieder aufbauen, dass er sein Leben im Griff hatte. Zumindest sein eigenes. Außerdem war das Schiff eine perfekte Tarnung. Er spielte den wohlhabenden Norweger, der im Alleingang die Weltmeere besegelte.

Zu den Klängen von Bob Segers *Against the Wind* nahm er Kurs auf Rhodos. Weit war es nicht mehr; er war die Nacht durchgefahren, um Zeit zu gewinnen. Er schlief ohnehin nie viel. Nur in Il Giardino hatte er anfangs viel geschlafen. Draußen vor dem Gästebungalow unter einem Mückennetz. Er war nachts immer wieder aufgewacht, weil er in engen Luftschächten nach Atem rang, das hohe Schreien von Vera und das zynische Lachen des Mannes im Ohr, der die Injektionsnadel in ihre Vagina stach, und ihren flehentlichen Blick sah, mit der Bitte, sie zu töten. Die Albträume hatte er hinter sich, doch die Erinnerung war geblieben, und der Gedanke an Rache war stärker als je zuvor.

Charles und er hatten nicht herausgefunden, wer die Männer gewesen waren. Er wusste auch nicht viel über sie. Sie hatten Englisch gesprochen, und einer von ihnen hatte ein mageres Gesicht und glattes schwarzes Haar gehabt – der Mann, den er getroffen hatte, wenn auch nicht tödlich. Er war entkommen, schreiend vor Schmerz. Von dem anderen, dem Mann, der Vera bedroht und erbarmungslos den Countdown heruntergezählt hatte, hatte er nur die Stimme gehört. Diese nasale Stimme mit dem Akzent, die er wiedererkannt hatte, weil er sie auch während des Nuklearen Sicherheitsgipfels in Den Haag gehört hatte. In einer Villa gegenüber dem Den Haager World Forum war ein russischer Raketenwerfer gefunden worden, ein ultramoderner 9K34 Strela-3. Russen.

Die Umgebung des World Forums war hermetisch abgeriegelt worden, und dennoch hockten drei Männer mit diesem Raketenwerfer in einer leer stehenden Bürovilla keine hundert Meter weit schräg gegenüber des Zugangs. Charles ging noch immer davon aus, dass sie Obama im Visier gehabt hatten. Zwar hätte das Geschoss der Rakete die gepanzerte Staatslimousine nicht sprengen können, doch der Präsident hätte genau wie die anderen hochrangigen Gäste aussteigen und noch einige Meter zu Fuß zurücklegen müssen. Ein leichtes Ziel für die Scharfschützen Wladimir Putins, der stinksauer war, weil er nicht eingeladen worden war. Nur durch einen glücklichen Zufall hatte ein Anwohner nachts zwei Männer im Garten des Hauses Luft schnappen sehen. Vera hatte einen von ihnen getötet, einen dunkelhaarigen Mann, dessen Identität nie geklärt werden konnte, ebenso wenig wie die der anderen beiden, die entkommen waren – und die Vera einige Monate später folterten, bis er sie von ihrem Leiden erlöste.

Er wischte sich Salzwasser und Tränen aus den Augen. Noch immer wurde er von Schuldgefühlen zerrissen und machte sich Vorwürfe, weil ihn seine eigenen Ängste daran gehindert hatten, sie schon vorher zu befreien.

Vera. Die Liebe seines Lebens. Eine Buddhistin, die Shiatsu praktizierte, eine Meisterin im Kendo, dem traditionellen japanischen Kampf mit dem Bambusschwert. Eine Frau, die ebenso viel über mittelalterliche Mystik wusste wie über die modernsten Feuerwaffen. Die Frau, mit der er den größten Gefahren getrotzt und jahrelang ein perfekt aufeinander abgestimmtes Einsatzteam der NATO gebildet hatte. Immer unter falscher Identität, als Entwicklungshelfer, Dozenten, Geschäftsleute oder Touristen, so wie er auch diesmal. Die beste Tarnung war jedoch die des glücklichen Ehepaares auf Hochzeitsreise. Sie war auch die glaubwürdigste, denn sie waren wirklich glücklich miteinander gewesen. Obwohl es im Grunde Charles' Grundsätzen widersprochen hatte: In seiner Vorstellung gingen Profis keine intime Beziehung miteinander ein. Im Gegensatz zu Sarah, die zwar nur wenig über ihre Arbeit wusste, aber der Meinung war, dass er richtig gehandelt hatte.

»Niemand kann ohne Liebe leben«, hatte sie gesagt.

Bevor er zu seiner Fahrt aufgebrochen war, hatte er Veras Grab besucht. Ein schlichter Stein, nur mit ihrem Namen, auf einem kleinen Friedhof in Süddeutschland. Er war noch nie zuvor dort gewesen, er hatte es nicht vermocht. Als er sich mit verhaltenen Schritten ihrem Grab genähert hatte, war ihm, als hörte er ihre Stimme.

»Ich liebe dich. Bleib am Leben. Für mich.«

Seine Fantasie hatte ihm natürlich einen Streich gespielt, aber dennoch fühlte er sich beinahe fröhlich und heiter, als er weiße Orchideen auf ihr Grab legte und den Stein küsste.

»Du musst weiterleben«, hatte ihn auch Sarah in den vergangenen Monaten immer wieder ermahnt und ihn mehr oder weniger dazu gezwungen, ein geregeltes Leben zu führen: gesundes Essen, kein Fleisch, kein Alkohol, stattdessen viel Wasser und Fruchtsaft, nach dem Essen ein Spaziergang, bei Sonnenuntergang zu Bett, bei Sonnenaufgang aufstehen und hundert Bahnen im Swimmingpool schwimmen. Sarah schwor auf Jamu, die traditionelle Heilkunst ihres Vaterlandes, die Heilkraft der Pflanzen, Blumen und Kräuter. Ob sie ihm tatsächlich geholfen hatte, wusste er nicht, Tatsache war aber, dass er sich besser fühlte. Viel besser. Obwohl sein Kummer, die Schuldgefühle und der Rachedurst nie verschwunden waren.

Das Reden hatte wahrscheinlich auch geholfen. Er hatte von Aaron erzählt und wie er seinen Kameraden in den Händen der Hamas hatte zurücklassen müssen, und über seine rastlosen Irrwege nach seiner Flucht aus Israel. Und natürlich von Vera, mit der er glaubte endlich ein normales Leben führen zu können.

»Du wirst den Verlust immer spüren«, sagte Sarah, »aber du musst ihn akzeptieren, und das dauert seine Zeit.«

Akzeptieren.

Und dann kam ihm Charles mit einer kleinen katzenäugigen Sizilianerin. Weil sein alter Freund Paolo sich für sie verbürgt hatte. Er fluchte und versuchte, sich von der Musik aus dem Ohrhörer ablenken zu lassen. Sarah hatte ihn gefragt, welche Musik er mochte, und die Antwort darauf war ihm nicht leichtgefallen. Musik hatte ihm nie viel bedeutet, im Gegensatz zu Vera. Sarah schlug ihm zu seiner Überraschung keine tibetischen Klangschalentöne vor, sondern Oldies. Bob Seger. Das hatte ihn überrascht. *Against the Wind.* Wie mit ihr zusammen.

Running against the Wind.

Ihre CDs lagen noch unten in der Kajüte. Eine mit Oldies, speziell für ihre gemeinsam verbrachte Zeit auf seiner Jacht. *I'm on Fire* von Bruce Springsteen. *Love is in the Air. I Am Sailing.* Sogar ein niederländischer Hit: *One Way Wind.* Heute hörte er sich die CD zum ersten Mal ganz bewusst an.

Sarah hatte ihm dazu geraten. »Jede Musik besitzt heilende Kräfte, lieber Adam.«

Während seiner Zeit beim Sondereinsatzkommando in Israel hätte er darüber gelacht. Aber er konnte nicht abstreiten, dass die Musik ihn auf andere Gedanken brachte.

Die Sonne ging über den Felsen von Rhodos auf. Er passierte einige Fischerboote und eine Fähre mit winkenden Touristen. Es war Mai, aber so heiß wie im Hochsommer. Die Masten der Segelboote im Hafen leuchteten im Sonnenlicht. Er fuhr weiter zur Stadt Rhodos, wo es zwar voller sein würde, aber sicherer. Ein weiterer Grund war, dass Jan-Willem de Brauw dort in einem Hotel gewohnt hatte, bevor er den Atlas in den Schmetterlingsgarten brachte.

Er dachte an Charles' Antwort, als er ihn gefragt hatte, ob Sarah auf die Idee mit dem Schmetterlingsatlas gekommen sei.

»Nein«, hatte Charles erwidert, »aber sie hat wichtige Anregungen gegeben.«

Wir. Er und Ethan Boydd, zusammen in Il Giardino. Und diese Frau, die Boydd kurz zuvor abends in ein Hotel begleitet hatte. Wer war sie gewesen? Jedenfalls nicht Boydds Frau Helen, mit der Sarah befreundet war. Eine Geliebte, hatte Adam gedacht, vielleicht ein Escortgirl. Er hatte damals ein paar Tage segeln gehen wollen, aber das Wetter war zu schlecht gewesen, weshalb er wieder zurückgekehrt war. Als er in Castelfiorentino nach Il Giardino abbiegen wollte, hatte er zu seiner großen Überraschung beobachtet, wie Boydd einen Koffer aus seinem Mercedes geholt und zusammen mit einer jungen Frau mit kurzem, dunklem Haar ein Hotel betreten hatte. Adam hatte noch etwa eine Minute lang gewartet, aber Boydd war nicht mehr herausgekommen. Als er in Il Giardino angekommen war, hatte Charles bereits geschlafen, und Sarah war irgendwo in der Türkei auf einer Konferenz gewesen. Boydd ließ sich im Gegensatz zu seiner Frau Helen so gut wie nie auf dem Landgut blicken. Was hatte er mit dieser Unbekannten in Castelfiorentino gemacht? Charles hatte am nächsten Tag nichts von einem Besuch Boydds erwähnt, aber Adam war inzwischen klar, dass sie damals an dem Atlas gearbeitet hatten.

Natürlich hatte er Sarah nichts über die Frau erzählt. Sie hätte ihm ohnehin nicht geglaubt. Er wusste im Voraus, was sie entgegnet hätte: »Nicht Ethan. Helen und er führen eine vorbildliche Ehe. Sie haben zusammen so viel durchgemacht.«

Sarah. So klug sie war, so naiv glaubte sie an das Gute im Menschen. Sie behauptete sogar, dass Vera ihn auf dem Friedhof tatsächlich gerufen habe. Indonesischer Aberglaube.

Er kreuzte an dem langen Damm entlang, der den Jachthafen der Stadt Rhodos schützte, und manövrierte die *Freya* zwischen dem Durcheinander von Schiffen und Booten zu dem ihr zugewiesenen Liegeplatz. Es wurde bereits dunkel, und er hatte Hunger. Er legte an, vertäute das Schiff und nahm an Deck eine der Seezungen aus, die er unterwegs gefangen hatte, wobei er einen Joint rauchte.

Von irgendwoher ertönte Musik. Italienisch, eine nölige Stimme sang *O sole mio*. Genervt schüttelte er den Kopf, weil ihn das Lied an Carrie erinnerte, und ging die Treppe hinunter in die kleine Kombüse hinter der Kajüte.

Unten lagen immer noch Veras Kleider. Ihre Schminksachen. Ihre Bücher. Der Roman, den sie abends im Bett gelesen hatte, war sogar noch aufgeschlagen. Vielleicht würde er bald alles wegräumen können. Vielleicht auch nicht.

Gerade als er sich zum Essen setzen wollte, meldete sich sein Handy. Charles oder Carrie. *Let me tell you 'bout the birds and the bees*. Eine alte Nummer von Dean Martin, der übrigens Kontakte zur Mafia unterhalten hatte. Charles' Sinn für Humor. Adam öffnete die Textnachricht.

Unser italienischer Freund wurde zuletzt
im Küstenort Karimou gesehen. Dein Vater

8

Eine Flugbegleiterin kam den Gang entlang, um leere Becher und gebrauchte Servietten einzusammeln. Das Anschnallzeichen leuchtete auf. Pisa–Palermo. Der Pilot brauchte nur einmal ordentlich Gas zu geben, dann konnte er auch schon wieder zur Landung ansetzen, ging es Carrie durch den Kopf. Die Boeing 737 schien reglos über Sizilien zu schweben, und ihr Herz schlug schneller beim Anblick der Landschaft unter ihr: die azurblauen Buchten, die smaragdgrünen Felder, das beschneite Ätnamassiv. Dann glitt die Stadt unter ihnen vorbei; das Sonnenlicht funkelte auf den roten Dächern, den Türmen des Campo Argentino de Polo und den Hunderten Jachten in der Bucht. Weiter in der Ferne färbte sie das Conca d'Ora giftgrün, das paradiesische Tal, über dem die jahrhundertealte Kathedrale aufragte. Hier schien die Zeit stillgestanden zu haben.

Palermo. Irgendwo dort in dem lang gestreckten Wirrwarr von Häusern, Bürogebäuden und Kirchen, hinter den alten Stadtmauern und der Kirche Santa Maria della Gancia befand sich Ginas Kanzlei. Carrie war nie da gewesen. Gina war zwar bereits Anwältin gewesen, als ihre Freundschaft zerbrochen war, hatte aber damals noch keine eigene Kanzlei gehabt. Carrie zweifelte nicht daran, dass Gina mittlerweile ein angenehmes Leben führte. Sie hatte Luxus seit jeher geliebt.

Würde Gina ihr glauben?

»Mein Vater hat deinen nicht getötet, es war Silvio.«

Wie oft sie den Satz in Gedanken nun schon ausgesprochen hatte …

Gina wisse vielleicht, was mit Jan-Willem de Brauw geschehen sei, hatte Charles gemeint, vor allem aber würde sie selbstverständlich wissen, wo sich ihr Geliebter aufhielt, Silvio Carlentini, der anscheinend mit der Sache zu tun hatte. Erst jetzt, wo sie fast wieder mit beiden Füßen auf heimatlichem Boden stand, erfasste Carrie, wie unumkehrbar ihr Entschluss war. Silvio. Vor dem sie bereits seit Jahren auf der Flucht war.

Paolo wolle es ihr gern selbst erzählen, hatte Charles gesagt, und kurz darauf hatte sie der Padre abends nach dem Essen in Il Giardino angerufen.

»Es war Silvio, *mi cara*. Er hat Ginas Vater ermordet. Silvios Mutter hat es mir auf ihrem Sterbebett gebeichtet.«

Als sie Silvio wiedergesehen hatte, dort auf Charles' Computer, war es ihr eiskalt den Rücken hinuntergelaufen. Sein selbstsicherer Blick, die dunklen Augen. Am kleinen Finger seiner rechten Hand hatte ein goldener Siegelring geschimmert. Die Hand, mit der er schoss. Erbarmungslos, rachsüchtig. Er war der Quell ihrer Albträume, der Grund, warum sie stets auf der Hut war, wo immer sie auch hinging. Der Mann, der ihr Schwager geworden wäre, wenn sie sich bereitwillig den Plänen der beiden Familien untergeordnet hätte.

Als sie aus dem Flugzeug ausgestiegen war und sich geduldig in die Schlange zum Terminal einreihte, atmete sie die Luft ein, die sie so sehr vermisst hatte, und dachte über ihre nächsten Schritte nach.

Charles hatte ihr genau erklärt, wie sie vorgehen sollte. Sie sollte Gina neugierig machen und sie dazu überreden, sich mit ihr zu treffen, weil sie ihr etwas zu sagen habe, was ihre frühere Freundschaft betraf. Charles hoffte, dass sie bei einem Treffen auch über Silvio reden würden und Carrie herausfinden könnte, wo er sich aufhielt.

Carrie brauchte ihren Pass nicht vorzuzeigen, und insgeheim bedauerte sie das. So ein kleiner Test, ob ihre falsche Identität einer Prüfung standhielt, wäre doch nett gewesen. Carrie de Graaff. Niederländerin, dunkelblond, einen Meter einundsiebzig groß. Kleine, gerade Nase, grüne Augen dank farbiger Kontaktlinsen. Caressa Montevagio gehörte der Vergangenheit an. Doch als einer der Sicherheitsleute sie auffällig lange ansah, befürchtete sie, er hätte sie durchschaut und würde sie jeden Moment aufhalten. Man würde sie durchleuchten, festsetzen, und ihre Mission wäre gescheitert, bevor sie überhaupt richtig begonnen hatte. Als sie ohne Zwischenfall das Terminal verließ, atmete sie erleichtert auf. Es war dieselbe Halle, in der Gina den verschwundenen Diplomaten umarmt hatte und Silvio ihm gefolgt war, als er nach Rhodos geflogen war. Charles zufolge war Silvio noch nicht zurückgekehrt, doch Carrie behielt ihre Umgebung wie immer scharf im Auge, während sie zur Autovermietung ging. Im Charterflugzeug hatte sie nur Kaffee getrunken, war aber nicht hungrig.

Kurz darauf trat sie tüchtig aufs Gas, um den gemieteten Alfa Romeo ordentlich auszufahren. Der Wind wehte zum Fenster herein und zerzauste ihr Haar, während sie sich in den dichten Verkehr auf der vierspurigen Straße einfädelte, der sie einige Kilometer folgen würde. Dann würde sie endlich wieder zu Hause sein. Sie fühlte sich unbehaglich, als ein Jeep ihr eine Zeit lang zu folgen schien, doch der Wagen bog beim Centro Commerciale Poseidon links ab. Worüber sollte sie sich auch Sorgen machen? Silvio hielt sich höchstwahrscheinlich nicht auf der Insel auf und konnte unmöglich wissen, dass sie hier war. Und selbst dann würde sie niemand erkennen. Er nicht und auch Gina nicht. Gina. Noch immer konnte Carrie kaum glauben, dass sie nun endlich einen Beweis für die Unschuld ihres Vaters hatte und Gina davon erzählen konnte. Sie sehnte sich so danach! Ihr war, als wäre das alles erst gestern geschehen, während sie nun wieder den vertrauten Straßen folgte.

La Cosa Nostra. Unsere Sache.

Unsere Sache, was für eine Heuchelei!

Gina würde ihr nicht glauben, aber Carrie würde sie mit zu Padre Paolo nehmen. Das Wort eines Priesters würde sie überzeugen. Paolo konnte Gina von der Beichte erzählen, die Silvios Mutter auf ihrem Sterbebett abgelegt hatte.

Sie bog auf die Straße nach Ficanto di Mare ab. Die Dämmerung brach herein, als sie in die kleine Stadt hineinfuhr. Zu Hause, ja, es fühlte sich wieder wie zu Hause an. Abendessenszeit, Geräusche von Restaurantterrassen, Musikfetzen. Auch hier im Ort schien sich wenig verändert zu haben: Das alte Haus am Hafen sah noch immer so aus, als könnte es jeden Moment einstürzen, und selbst das kleine Pizza- und Pasta-Restaurant von Antonio gab es noch, auch wenn das Rot und Grün der Markise inzwischen so ausgeblichen war, dass keiner mehr die nationale Trikolore darin erkennen würde. Sie parkte das Auto am Wasser. Wärme. Das Meer. Jetzt erst wurde ihr klar, wie sehr sie diese Insel vermisst hatte. Ein größerer Kontrast zu der kahlen Landschaft Seelands und den trüben Wellen bei Cadzand war kaum denkbar. Sie atmete den Duft des Meeres tief ein und betrat dann ein kleines Café, wo sie eine Cola bestellte und fragte, ob sie telefonieren könne.

War es riskant, sich zu verabreden? Aber wie sollte sie es sonst anstellen? Wenige Minuten später lauschte sie nervös Ginas Stimme: »Hier ist die Mailbox von Gina Fioretti. Bitte hinterlassen Sie eine Nachricht nach dem Ton. *Grazie.*«

»Gina, du weißt, wer ich bin. Ich muss dich sprechen, es ist dringend. Ich möchte dich gerne sehen, mich mit dir verabreden … Da, wo wir früher nach Schnecken getaucht haben, an diesem Stück Strand, dort in der Nähe, du weißt, welche Stelle ich meine. Ich … Es geht um unsere Freundschaft, damals, Gina. Bitte, ich muss dich sprechen. Ich rufe morgen früh wieder an, Gina, ich hoffe, dass ich dich dann erreiche.«

Sie trank ihre Cola aus, zahlte und ging hinunter ans Ufer. Das Meer lockte, sie zog die Schuhe aus, und als ihre bloßen Füße das Wasser berührten, dankte sie im Stillen dem charmanten Briten, der dies ermöglicht hatte. Möglicherweise würde sie es mit ihrem Leben bezahlen müssen, aber sie wusste jetzt schon, dass dies der schönste Moment seit Jahren war, vor allem mit der Aussicht auf die Erfüllung ihrer lang ersehnten Rache.

Plötzlich stieg ein Gedanke in ihr auf und ließ sich nicht verjagen: Wenn sie sowieso im Augenblick nichts tun konnte … Dann konnte sie doch, anstatt zu schwimmen, den Abend nutzen, um kurz ihre Mutter zu besuchen. Warum nicht? Die Sehnsucht, ihre Mutter zu sehen, war stärker als ihre Angst, und schließlich war sie doch nur eine gewöhnliche holländische Touristin. Sie startete das Auto und fuhr absichtlich erst ein wenig herum und blickte dabei ständig in den Rückspiegel, bis sie in einer ruhigen schmalen Straße parkte.

Bilder von früher drängten sich ihr auf, von engen Gassen voller Schatten, Gelächter von Männern auf einer Terrasse, von ihrem Vater, der am Kopf der Tafel saß und als Erster aß, Gekicher wegen der Jungs auf dem kleinen Platz, ihre Erstkommunion. *Ave Maria. Ave Caressa.*

In der Straße standen nur wenige Häuser, und in keinem brannte Licht. Die meisten Bewohner waren wahrscheinlich irgendwo essen gegangen. Carrie verriegelte den Wagen und schlenderte lässig mit ihrer Tasche und ihrer Kamera zu einem Platz, wo ein älterer Mann auf einer Bank saß. In dem Moment, als er sie ansah, erkannte sie in ihm einen ihrer ehemaligen Nachbarn. Sie wollte schon auf dem Absatz kehrtmachen, riss sich aber zusammen und fragte ihn auf Englisch, ob sie ein Foto von ihm machen dürfe. Er nickte freundlich und fragte, wo sie herkäme.

»Aus Holland.«

»Marco van Basten.« Den Nachnamen sprach er mit einem endlos langen »A« aus.

»Genau«, sagte sie. Na bitte. Nicht wiederzuerkennen.

Sie machte ein paar Fotos, dankte dem Mann und betrat die kleine Sackgasse, in der sie geboren war. Noch etwas, das unverändert war: das rechteckige, terrakottafarbene Haus am Ende. Sie erinnerte sich an Nachmittage auf dem Balkon mit Blick auf das Wasser, als sie an ihren Hausaufgaben saß, ungeduldig und voller Vorfreude auf das, womit sie später am Tag vom Meeresgrund hochtauchen würde.

Wieder blickte sie sich um und wagte sich dann in den Garten der Nachbarn, wo sie blitzschnell über die Mauer kletterte und dann durch den Garten ihr Elternhaus betrat. Geräuschlos schlich sie durch die Diele, die genau wie früher nach Kräutern duftete, sah hinter einer offen stehenden Tür Licht und stand dann, jetzt doch schrecklich nervös, in der Küche, vor ihrer Mutter. Nur deren schlanke Finger bewegten sich, genau wie früher, und spielten mit den Perlen des Rosenkranzes. Sie war älter geworden, hatte sich ansonsten aber wenig verändert.

Zögerlich streckte Carrie die Hand aus. »Nicht erschrecken, Mama. Erkennst du meine Stimme?«

Ihre Mutter riss ungläubig die Augen auf, ihre Lippen zitterten, sie ließ den Rosenkranz fallen und richtete sich auf, die Hände auf dem Tisch abgestützt. »Caressa?«, flüsterte sie.

»*Si*, Mama, *prego*, bleib doch sitzen.«

Als ihre Mutter drohte, das Gleichgewicht zu verlieren, schob ihr Carrie von hinten den Stuhl hin. Auf dem Herd stand ein dampfender Topf. An der Wand hing ein großes Foto von ihrem Vater und ihrem Bruder neben einer Marienstatue. Auf dem Tisch stand ein kleines Glas neben einer angebrochenen Flasche Grappa.

»Kann ich auch einen haben?«

Ihre Mutter nickte nur. Kopfschüttelnd zupfte sie ihr eng anliegendes Kleid zurecht. Mit ihren sechzig Jahren war sie noch immer eine auffällige Erscheinung, und wieder einmal fiel Carrie auf, wie sehr sie sich in ihrem zierlichen Körperbau ähnelten.

Sie setzte sich und hob das Glas, Tränen in den Augen.

»Ich konnte nicht früher kommen, verstehst du das, Mama? Auch nicht anrufen oder einen Brief schicken. Aber ich habe dich vermisst, jeden Tag an dich gedacht und für dich gebetet.«

»Ich … ich dachte, du wärst tot, und mein Gott, Caressa, du siehst so anders aus …« Dann berührte ihre Mutter sie, streichelte ihre Wange und zog sie an sich. Als sie einander umarmten, fühlte Carrie, wie die Schultern ihrer Mutter zuckten. So viele Gefühle durchfluteten sie – und zugleich lauschte sie nach Schritten.

»Mio pesciolino«, seufzte Carries Mutter schniefend und blinzelte mit feuchten Augen. Sie schlug ein Kreuz, bückte sich und hob die Perlen auf. »Wo bist du die ganze Zeit gewesen?«

»Überall und nirgends. In Stockholm. In den Niederlanden. Ein Freund hat mir geholfen zu entkommen, nachdem ich Giovanni getötet hatte. Ich konnte nicht anders, Mama, er hat mich vergewaltigt.«

»V-vergewaltigt? Ach, mein Schatz, was du alles durchmachen musstest! Ich wusste immer, dass du so etwas nur mit einem guten Grund getan hättest. Du hast dich gegen ein Unrecht gewehrt.«

»Giovanni war ein Schwein.« Selbst jetzt, Jahre später, hatte sie noch seinen widerlichen Geschmack im Mund, und ihr wurde übel, wenn sie an sein Geschlecht dachte. Daran, dass er es mit Gewalt in sie hineingestoßen hatte. »Er hat bekommen, was er verdient hat.«

Die dunklen Augen füllten sich mit Tränen. Carries Mama wirkte im ersten Moment schockiert von den harten Worten ihrer Tochter, doch dann streichelte sie ihr über die Wange. »Warum bist du zurückgekommen?«

»Deinetwegen, Mama.« Sie nahm die Hand ihrer Mutter. »Hat irgendjemand nach mir gefragt? Die Polizei? Silvio?«

»O ja.« Wieder ließ Carries Mutter klickend die Perlen des Rosenkranzes durch die Finger gleiten. »Aber ich wusste ja nicht, wo du warst – und wenn, hätte ich es ihnen nie gesagt. Und die Carabinieri waren nicht böse darüber, dass Giovanni tot war. Auch nicht, als später Papa und Alberto tot waren. Die sind wir los, dachten sie wohl.«

»Papa … Wusstest du, dass Silvio Ginas Vater umgebracht und Papa den Mord in die Schuhe geschoben hat?«

»Ich habe es vermutet.« Ihre Mutter starrte das Foto an der Wand an. »Woher … woher weißt du das?«

»Silvios Mutter hat es auf ihrem Sterbebett Padre Vizzini anvertraut.«

Paolo. Sie sieht ihn vor sich in seinen Stiefeln und dem Holzfällerhemd. »Er hätte es eigentlich nicht verraten dürfen. Das Beichtgeheimnis, du weißt schon.«

»Padre Vizzini aus Calibera.« Mit traurigem Blick betrachtete Carries Mutter weiterhin das Foto ihres verstorbenen Mannes. »Er ist ein guter, aufrechter Mann, ich hätte es gerne gesehen, wenn er hier bei uns geblieben wäre. Und ich bin froh, dass ich jetzt Gewissheit habe. Silvio hat Ginas Vater gehasst, weil er mächtiger war als seiner. Und er war mit dem *Comandante* der Carabinieri befreundet, der von seiner Familie bezahlt wurde. Aber … die Pistole, Papas Pistole mit seinen Fingerabdrücken …«

»Silvio muss sie gestohlen haben«, spekulierte Carrie.

»Weiß Gina schon Bescheid?«

»Nein. Noch nicht. Ich möchte es ihr gerne erzählen. Aber jetzt bin ich bei dir, Mama.«

Ihre Mutter lächelte. »Ich bin so froh, dass du da bist, *mio pesciolino*. Hast du schon gegessen?« Klappernd holte sie einen großen Topf aus dem Schrank. »Komm, ich koch dir was Leckeres, doch, du musst etwas essen, du bist zu mager, schon früher hast du so schlecht gegessen, immer wolltest du nur ans Meer. Morgens, mittags und sogar abends hast du dich aus dem Staub gemacht, wann immer sich die Gelegenheit dazu ergab.«

Carrie küsste sie und stand auf. Sie ging auf die Toilette. Dort duftete es noch immer nach Rosen, Mamas Lieblingsblumen. Carrie kämmte sich die Haare, wusch sich die Hände und spritzte sich kaltes Wasser ins Gesicht.

Als sie in die Küche zurückkehrte, stand ihre Mutter am Herd und streute Nudeln in den Topf.

»Willst du hier übernachten?«

Carrie nickte, obwohl das eigentlich nicht so geplant war. »Natürlich. Ich hole meine Tasche aus dem Wagen.«

Draußen war es inzwischen fast dunkel. Sie machte sich auf den Weg zu ihrem Auto. Ihr Gewissen plagte sie, weil sie sich nicht an den Plan hielt. Andererseits konnte es Charles doch egal sein, ob sie in einem unpersönlichen Hotelzimmer übernachtete oder hier, bei ihrer Mutter. Ihr dagegen war das keineswegs egal.

Ihre Gedanken schweiften ab, und sie dachte darüber nach, wie fantastisch es wäre, wenn Gina ihr wirklich verraten würde, was mit dem Diplomaten geschehen war! In

Gedanken sah Carrie die kalten, blauen Augen von Adam Kaplan vor sich. Den verächtlichen Blick. Sie fragte sich, ob Adam bereits auf Rhodos war und was er in Gottes Namen gegen sie hatte. Na schön, sie war eine Frau, aber es musste noch etwas anderes dahinterstecken – irgendetwas an ihm war merkwürdig.

Als sie um die Ecke bog, erstarrte sie und schlug ohne nachzudenken ein Kreuz. Hinter dem Alfa stand ein anderes Auto, und sie glaubte, die Silhouette eines Mannes neben ihrem Mietwagen zu erkennen. Dann hörte sie ein beunruhigendes, vertrautes Geräusch: das Entsichern einer Pistole. Sie presste sich eng gegen die Mauer und hielt die Luft an. Es war Zufall, es hatte nichts mit ihr zu tun, sondern mit jemand anderem, eine Abrechnung, wie sie hier so oft vorkamen.

Nein. Davon durfte sie nicht ausgehen.

Schritte näherten sich. Sie duckte sich wie eine Katze und schlich zurück in die sicheren Schatten der Häuser. Die Gestalt glitt über die Pflastersteine auf sie zu, in ihrer Hand glänzte Metall. Carrie atmete tief durch, hechtete mit einer Rolle vorwärts auf ihn zu, federte hoch und trat ihn mit beiden Beinen in den Schritt. Ein Schuss krachte, aber der Mann war schon aus dem Gleichgewicht, und die Kugel schlug in einer Wand hinter Carrie ein. Sie trat dem Mann gegen die Knie, riss ihm die Pistole aus der Hand und knallte ihm den Kolben mit aller Kraft seitlich gegen den Kopf. Keuchend wartete sie ab, aber er lag am Boden und blieb dort liegen. Reglos. In dem Moment, als sie ihn mit der Pistole berührte, erkannte sie ihn: ein kleiner, untersetzter Mann mit Schlangenaugen, eingehüllt von einem schwachen Geruch nach Bodylotion. Demselben Geruch, der ihr in ihrer kleinen Wohnung in Stockholm aufgefallen war, der ihn verraten hatte. Luigi. Luigi Monti. Silvios Neffe. *Mannaggia!* Hatte er auf sie gewartet? Woher wusste er, dass sie hier war?

Sie durchsuchte seine Hosentaschen, holte sein Smartphone heraus und schaltete es aus. Keuchend lauschte sie, die Hand wie einen Schraubstock um seine Pistole geklammert, aber es blieb still. Zum Glück waren sie in Sizilien. Falls jemand in den umliegenden Häusern den Schuss gehört hatte, würde er sich dreimal überlegen, herauszukommen. Und Luigi schien allein hier zu sein. Sie verpasste ihm ein paar Ohrfeigen. Stöhnend kam er zu Bewusstsein.

Sie presste ihm den Lauf der Pistole ins Gesicht und fragte auf Englisch: »Warum bist du hier?«

Beinahe hätte sie Italienisch gesprochen.

Verwirrt blickte er sie an.

»Warum?«

Er kniff die Schlangenaugen zusammen und spuckte ihr mitten ins Gesicht.

»Verdammt! Arschloch!«

In rasender Wut rammte sie ihm den Ellbogen gegen den Kopf. Er sank in sich zusammen und blieb regungslos liegen. Würgend wischte sie sich den ekligen Speichel von den Wangen und fasste einen Entschluss. Sie richtete sich auf, rannte zum Alfa, startete ihn und parkte ihn neben dem bewusstlosen Monti. Sie zerrte ihn hoch und wuchtete ihn mit aller Kraft auf den Rücksitz. Sie legte ihm den Sicherheitsgurt um, sodass es aussah, als hätte sie einen schlafenden Passagier dabei, und fuhr los, nach links in eine Gasse, wo Fledermäuse um die Außenlampen kreisten. Am Ende der Gasse bog sie wiederum links ab und bremste. Schräg gegenüber fiel das Licht einer Straßenlaterne auf die Haustür ihrer Mutter. Sie griff nach der Pistole und wollte schon aussteigen, als sie auf der anderen Straßenseite einen kleinen Jungen sah. Sie öffnete die Autotür und rief ihn zu sich. »Willst du dir was verdienen?«

Er blickte sie neugierig an, und seine Augen leuchteten

auf, als sie ihm einen Zehn-Euro-Schein zeigte. »Kennst du Signora Montevagio, die da drüben wohnt?«

Er nickte, den Blick begierig auf den Geldschein gerichtet.

»Geh zu ihr und sag ihr, dass alles in Ordnung ist, dass ich aber wegmusste.«

Wieder nickte er und griff hastig nach dem Geld. Sie schloss die Autotür und sah ihn zur Haustür laufen. Er klopfte an. Es dauerte nicht lange, bis die Tür geöffnet wurde und sie ihre Mutter sah. Sie blickte den Jungen an, der etwas sagte und dann hinter sich auf den Alfa zeigte. Carrie kurbelte das Fenster herunter, warf ihrer Mutter eine Kusshand zu, fuhr los und bog mit Tränen in den Augen aus der Gasse ab, ohne noch einmal in den Rückspiegel zu blicken. An der Hauptstraße zögerte sie, als sie den Wegweiser nach Palermo sah, verzog das Gesicht und fuhr in die andere Richtung.

Sie fragte sich, ob Luigi ihr gefolgt war. Vielleicht hatte sie es sich doch nicht eingebildet, dass sie in Il Giardino beobachtet worden war. Logischer erschien ihr jedoch, dass Gina ihn geschickt hatte. Sie musste ihre Nachricht abgehört haben und davon ausgegangen sein, dass sie nach all den Jahren ihre Mutter besuchen würde.

Carrie gab Gas und versuchte, sich an den Weg nach Calibera zu erinnern. Den Weg zu Padre Paolo.

9

Er musste das Bewusstsein verloren haben. Jetzt erst bemerkte Jan-Willem, dass er sich in die Hose gepinkelt hatte. Er erinnerte sich an seine Angst angesichts der Drohung, sein panisches Kopfschütteln. *Nein, nicht, ich weiß nichts, bitte …* Verzweifelt hatte er versucht, sich auf Marije zu konzentrieren, sich Mühe gegeben, nur an sie zu denken. Schmerz war eine Emotion, man konnte ihn ausschalten. Das war sein Mantra geworden, während er Marije vor Augen gehabt hatte, ihr lachendes Gesicht, die Arme weit ausgebreitet, bereit, ihn an sich zu drücken.

Sie hatten gedroht, die Spritze in ihn hineinzujagen, sodass seine inneren Organe zerfressen würden. Er hatte schon geglaubt, die Nadel zu spüren, und dann hatte er nicht mehr gekonnt, er war überzeugt gewesen, dass er sterben würde. Danach war alles schwarz geworden. Aber offenbar war es doch bei der Drohung geblieben.

Vage erinnerte er sich daran, dass er Ginas Gesicht inmitten eines Schwarms monströs großer Falter gesehen hatte und dass er zwischendurch klatschnass geschwitzt aufgewacht war. Er fragte sich, ob sie ihn verraten hatte. Ob sie sich ihm in Rom wegen des Schmetterlingsatlas angenähert und ihn verführt hatte. Aber das konnte nicht sein, damals hatte er noch gar nichts von dem Atlas gewusst.

Verzweifelt versuchte er noch einmal, sich loszumachen. Vergeblich. Es tat zu weh. Er roch den Gestank faulender Fische und hörte den Wind, manchmal das Donnern der

Brandung. Sonst nichts. Sie mussten ihn in einem verlassenen Haus zurückgelassen haben, irgendwo an einer Küste. Vermutlich in einem Fischerhaus. Er konnte kaum etwas erkennen, die Fenster waren mit Läden verschlossen. Er konnte sie nicht erreichen, weil er wie ein Hund an den eisernen Fuß eines schweren Ofens gekettet war. Sie hatten ihn alleingelassen mit seiner Todesangst und seinen Schmerzen. Aber sie mussten irgendwo sein. Er hatte Suppe bekommen und Brot. Vielleicht sollte er trotz seiner Verletzungen froh sein, obwohl die Wunden höllisch brannten – froh, dass sie ihm das Zeug nicht gespritzt hatten. Er wagte gar nicht daran zu denken, wie er dann hier gelegen hätte. Eine Leiche, angefressen von Salzsäure. Oder auf dem Meer treibend.

Er erschrak, als jemand die Tür aufschloss. Er hörte die polternde Stimme des blonden Mannes.

»Schnell! Werdet ihn los. Nicht hier in der Nähe, zu viele Patrouillen. Fahrt in die Berge, sucht eine Stelle, wo sie ihn niemals finden werden.«

Loswerden. Er bekam nicht genug Luft, um zu schreien, er konnte nur heulen.

»*Porca miseria!* Der Arsch hat sich in die Hose gepisst.«

Porca miseria. Der Italiener. Er fluchte. De Brauw erkannte schemenhaft ein Gesicht, dunkle, glänzende Haare, eine Sonnenbrille trotz der Finsternis.

Dann lachte ein anderer; er erkannte die Stimme des blonden Mannes. »Viel Gelegenheit zum Pissen wird er nicht mehr haben.«

Loswerden.

»Silvio. Du gehst zurück nach Rhodos. Der Mann ist dort. Der Fischer bringt dich zum Flugplatz von Adana. Ich nehme Kontakt zu dir auf, sobald wir in Istanbul sind. Ich fahre zum Fluss des Schmerzes.«

»Warum übergeben wir ihn nicht den Wölfen? Die sind doch am Fluss des Schmerzes.«

Wölfe? Der Fluss des Schmerzes? Jan-Willem hatte keine Ahnung, wovon sie redeten. Aber was spielte es noch für eine Rolle?

Loswerden. Das allerdings verstand er sehr wohl. Er wurde von seinen Fesseln befreit und auf die Beine gezerrt, wollte sich wehren, hatte aber keine Kraft. *Marije, liebe Marije, es tut mir leid, ich liebe dich, ich liebe dich, vergib mir.* Unablässig wiederholte er im Geiste diese Worte. Aus dem Augenwinkel heraus erkannte er ein Auto, dessen Kofferraum geöffnet wurde. Er sah wenig, glaubte aber, in der Ferne undeutliche Lichter zu erkennen, Lichter, die sich in einer geraden Linie fortbewegten, Reihen von Scheinwerfern, als verlaufe dort eine viel befahrene Straße. *Der Fischer bringt dich zum Flugplatz von Adana* – es konnte sein, dass sie in der Nähe waren, dort verliefen Autobahnen.

Sie stießen ihn in den Kofferraum, und er hörte nichts mehr außer dem Brummen des Motors. Die Fahrt dauerte lange, endlos lange, der Wagen rumpelte, und er spürte regelmäßig, wie sein Gewicht nach einer Seite gezogen wurde – das Auto fuhr bergauf und bergab, und aufgrund der Unebenheiten vermutete er, dass sie auf einer Bergstraße unterwegs waren. Als der Wagen anhielt und sie ihn aus dem Kofferraum zerrten, schwankte er im Stehen.

»Aufhören«, flehte er. »In Gottes Namen, aufhören. Ich kenne den Code.«

Jemand schlug ihn in den Nacken und lachte spöttisch. »Du bist ein schlechter Lügner, Schlappschwanz.«

Er stolperte und fiel, wurde aber grob hochgerissen und auf die Knie gezwungen. Ein anderer zog ihm eine Kapuze über den Kopf. Er erschlaffte und sank vornüber. Es war, als verabschiedete er sich bereits von seinem Körper, als blickte sein Geist darauf hinab und wäre kein Teil mehr von ihm. Er dachte an Marije und seine Kinder, sah aber Gina vor sich, lachend, nackt auf ihm sitzend. Wie hatte er nur so dumm sein können, sich verführen zu lassen wie ein Schuljunge! Notgeil hatte er sich einfach von seinem Schwanz lenken lassen. Gina. *O, Jan-Willem, ti amo!*

Die Wut verlieh ihm plötzlich ungeahnte Kräfte. Er würde sich nicht wie ein willenloses Schwein abschlachten lassen! Wenn er schon sterben musste, dann auf seine Art, und wenn er es allein für sich tat, für den letzten Funken Selbstachtung, den er noch in sich hatte. Vielleicht nicht wie ein Held, aber wenigstens wie ein Mann.

Er ließ sich noch tiefer auf die Knie sinken und sprang dann auf. Dabei setzte er seinen Körper wie eine Sturmramme ein. Mit dem Kopf erwischte er einen, und es war, als pralle er gegen einen Stein. Ein Schmerzensschrei, eine Hand, die ihn packte, doch er riss sich los, und ehe er sich's versah, rannte er weg, blind unter der Kapuze, im Zickzack, gebückt, so schnell ihn seine Beine trugen. Erneut hörte er Geschrei, wütendes Fluchen, dann knallte ein Schuss, und die Kugel pfiff an seinem Ohr vorbei. Instinktiv duckte er sich, die Arme vor dem Gesicht verschränkt … Dann war da plötzlich nichts mehr, nur ein seltsames Ziehen im Magen wie in einem plötzlich absackenden Flugzeug. Im ersten Moment glaubte er, er wäre doch getroffen worden und müsste sterben, schwebend im luftleeren Raum zwischen Leben und Tod, bis ihm der Wind wie ein Orkan um die Ohren brauste und ihm klar wurde, dass er fiel. Endlos lange. In den Tod? Nicht gestorben durch einen Schuss, der schnell und barmherzig gewesen wäre …

Flatternd wie ein angeschossener Vogel zog er die Beine an, um seinen Fall zu bremsen, wie er es beim Fallschirmspringen gelernt hatte, während ihm die Kapuze vom Kopf flog und unter ihm eine glänzend schwarze Düsternis auftauchte. Plötzlich war da ein ohrenbetäubendes Rauschen, Kälte, klatschnasse Kälte, bis ihn eine überwältigende Stille umfing. Wasser. Schnaufend und gurgelnd strampelte er wild mit den Beinen, ignorierte die Schmerzen und arbeitete sich in den eiskalten Fluten nach oben, im Kopf den alles überwältigenden Gedanken: nach oben. Ins Leben, an die Luft.

Mit hämmernden Schläfen kam er an die Oberfläche und holte tief Atem, sog die Lungen voll mit kalter Luft. Es war stockdunkel. Seine Muskeln waren steif vor Kälte. Das Wasser, das er ausspuckte, schmeckte nach nichts. Kein Meer. Ein Fluss. Ein See. Irgendwo musste Land sein, ein Ufer, aber er zwang sich wassertretend zur Ruhe. Während sich seine Augen an die Dunkelheit gewöhnten, tauchten vage Konturen von Bergen rings um ihn auf. Er musste in einen Bergsee gefallen sein.

Plötzlich hallte über ihm das Röhren eines Automotors wider, hellgelbe Scheinwerfer wurden von der Dunkelheit verschluckt. Vielleicht glaubten sie, er wäre tot. Aber es konnte auch eine Falle sein. Zum ersten Mal seit langer Zeit war er dankbar für die Finsternis. Sie konnten ihn unmöglich sehen. Er musste ans Ufer, so schnell er konnte, bevor die Kälte ihn lähmte. Er schwamm, langsam. Er hatte keine Ahnung, ob es die richtige Richtung war, seine Schuhe zogen ihn bleischwer nach unten, bis sie plötzlich Boden berührten. Seine Hände verkrallten sich im Sand, bis er genügend Mut gesammelt hatte, um sich weiter nach oben zu arbeiten.

Allmächtiger! Er hatte es geschafft. Er war seinen Folterern entkommen, wer auch immer sie sein mochten. Erschöpft, zerschlagen, aber er lebte noch. Am liebsten hätte er es laut herausgeschrien: »Marije, hörst du? Ich lebe noch! Habe ich es nicht immer gesagt? Ich habe einen Schutzengel.« Keuchend kroch er zwischen den Büschen hindurch und blieb liegen.

Er hatte Durst, wagte es aber nicht, von dem Wasser zu trinken. Er nieste und zitterte im Wind; seine Kleider trieften vor Wasser. Hier liegen zu bleiben war keine Option, so gerne er es auch getan hätte. Ausruhen, schlafen. Hilfe, er brauchte Hilfe. Er war verwundet. Sie hatten ihm alles abgenommen. Er hatte kein Geld, kein Telefon, nichts.

Adana… Was wollten Russen in der Türkei? Wenn es denn Russen waren, obwohl er das im Grunde nicht bezweifelte. Schließlich hatten die Russen ihre eigene Mafia, die mit der türkischen und italienischen zusammenarbeitete. Und warum sollte der Italiener zurück nach Rhodos gehen?

Der Mann ist da.

Welcher Mann?

Sein Brillenglas, das er vor, wie es schien, Ewigkeiten in seinem Verlies vom Boden aufgehoben hatte – es steckte noch heil in seiner Gesäßtasche. Als er es vor ein Auge hielt, sah er vor sich Bäume, die sich scharf vor dem Nachthimmel abzeichneten. Er richtete sich auf. Es war totenstill. Man hörte nichts als das Rauschen des Windes und das Plätschern des Wassers. Wie sollte die NATO ihn hier bloß finden? Wenn sie ihn suchten, würden sie eventuell herausfinden, dass er an Bord dieses Schiffes entführt worden war. Es hatte im kleinen Hafen in der Nähe dieser Bar auf Rhodos gelegen. Irgendjemand könnte die Jacht gesehen haben und vielleicht wissen, wohin sie unterwegs war. Außerdem besaßen seine Peiniger ein Auto. Sie hatten ihn damit schon zu dem Haus gebracht, wo sie ihn folterten.

Spuren. Er musste Spuren hinterlassen, wie er es vor langer Zeit als Pfadfinder gelernt hatte. Zähneklappernd sah er sich um. Ein Baum. Sträucher. Kieselsteine. Er bückte sich, tastete mit beiden Händen umher und hob einen spitzen Stein auf. Einen Augenblick lang zögerte er. Falls seine Peiniger ihn suchten, machte er es ihnen damit leicht. Aber dann war es eben so. Mit der Spitze des Steins kratzte er in die Baumrinde, so gut es ging, seine Initialen. JW. Dann ging er weiter, während der Wind ihm durch die Kleider pfiff, blieb erneut stehen und kerbte den NATO-Stern in einen Stamm.

Er erreichte einen bewaldeten Abhang, brach drei Zweige ab und legte sie in Form eines Pfeils auf den Boden. Dann kletterte er mühsam hoch, sich im Dunkeln an den Baumstämmen entlangtastend, und hielt ab und zu durch das Brillenglas Ausschau nach Anzeichen von Leben, von Zivilisation. Und er fand eines: Hoch über ihm blinkten die Lichter eines Flugzeugs. Es schien zu sinken und verschwand dann. Adana. Er musste in diese Richtung, wo immer er auch sein mochte, wie weit es auch sein mochte. Als plötzlich ein sintflutartiger Regen niederging, lachte er auf und hob sein Gesicht zum Himmel, den Mund weit geöffnet, um zu trinken. Dann ging er weiter. Ignorierte den brennenden Schmerz. Schmerz war Emotion. Jeder Schritt brachte ihn der Zivilisation näher. Und damit der Rettung. Das hoffte er zumindest.

10

Es war kühl im Petaloudes. Der Wind rauschte durch die Baumkronen, die Blätter der Sträucher und Pflanzen tropften noch vom letzten Regen, die Amberbäume glänzten wie frisch gestrichen, und es duftete nach Harz, Kräutern und blühenden Büschen. Überall flatterten Schmetterlinge, manche größer als die Singvögel im Geäst, andere klein wie Bienen. Verglichen mit dem Petaloudes war Sarahs Anlage tatsächlich nur ein Garten.

Adam folgte einem gewundenen Pfad den Bach entlang und dachte, dass er genauso gut im tropischen Regenwald von Saba hätte sein können, im Dschungel auf Sumatra, im brasilianischen Urwald oder in den Nebelwäldern Zentralafrikas. Doch im Amazonasgebiet gab es keine Spazierwege, durch das Kongobecken liefen nicht Hunderte Tagesausflügler mit Ferngläsern um den Hals, und anstatt Affen hingen Wolken von Schmetterlingen wie bunt gemusterte Girlanden zwischen den Bäumen. Es gab nur wenige Orte auf der Welt, an denen Adam noch nicht gewesen war, und Rhodos gehörte dazu. Es war nicht gerade seine Lieblingsumgebung. Wälder wirkten generell beklemmend und deprimierend auf ihn, und hier trug zu seiner schlechten Stimmung noch die Horde Touristen bei, die ihn lachend und fotografierend umdrängte. Er sehnte sich zurück nach der Weite des Meeres.

Er schlug einen Seitenweg ein, und der Duft von Jasmin stieg ihm in die Nase. Veras Lieblingsparfüm hatte danach gerochen, sodass er sich kurz einbildete, sie wäre vor ihm hergegangen und würde irgendwo auf ihn warten, um ihn zu umarmen.

Jetzt, wo er wieder für Charles unterwegs war, vermisste er sie besonders schmerzlich. Jahrelang hatten sie ein ideales Team gebildet, aufeinander eingespielt wie Yin und Yang, auch als Mann und Frau. Jetzt musste er allein weitermachen. *Wobei … besser als mit dieser Carrie.* Er grinste verbittert.

»Versuch es wenigstens«, hatte Sarah ihm in Bezug auf Carrie geraten. »Gib ihr eine Chance und hör auf, sie mit Vera zu vergleichen.«

Als wäre das möglich.

Eine ältere Frau wandte sich überrascht auflachend ihrem Mann zu, als der Klingelton von Adams Handy ertönte. »Hörst du das, Schatz?« Sie sang laut mit, während das Paar Arm in Arm seinen Weg fortsetzte. *»Let me tell you 'bout the birds and the bees, and the flowers and the trees, and a thing called love.«*

Adam nahm den Anruf an. »Ja?«

»Hallo, Sohn.«

»Hallo, Vater. Wie geht's?«

»Gut, mein Junge, danke dir. Wo bist du?«

»Im Petaloudes.«

»Und? Schon ein besonderes Exemplar entdeckt?«

Typisch Charles, dachte Adam beinahe gerührt: misstrauisch gegenüber allem, was nach moderner Technik roch. Codesprache trotz gesicherter Telefonverbindung. Ein besonderes Exemplar. Jan-Willem de Brauw.

»Noch nicht. Aber ich komme gerade aus dem Hotel. Dort wurde ein anderes, bisher unbekanntes Exemplar gesichtet. Näheres erkläre ich dir später per Mail.«

»In Ordnung. Ich wollte dir nur kurz Bescheid sagen, dass deine Tante das Buch hat schätzen lassen. Es ist tatsächlich eine Erstauflage.«

Adam zog die Augenbrauen hoch. Tante bedeutete Securicor, ein Teil des Sicherheitsdienstes der NATO. Bei dem Schmetterlingsatlas, den de Brauw hier der Flugbegleiterin übergeben hatte, handelte es sich also nicht um eine Fälschung, sondern um das Original.

»Machst du bitte Fotos für sie? Du weißt, wie sie sich darüber freut.«

»Natürlich. Hier finde ich hoffentlich gleich ein Motiv.«

Ein schwarz-gelber Falter kroch in den Kelch einer Blüte hinein. Adam erkannte die kleinen Klauen an den Beinchen. Ein Totenkopffalter, wie Sarah sie in Il Giardino züchtete.

»Ich bin gespannt. Fährst du auch noch in den Küstenort, von dem sie erzählt hat? Er scheint wirklich etwas Besonderes zu sein.«

»Ja. Gleich nach meinem Besuch hier.«

»Schön. Ich fasse mich kurz, denn ich will deine Schwester noch anrufen.«

»Hast du etwas von ihr gehört?«

»Nein, deswegen ja. Gut, Junge, ich hoffe, es gefällt dir dort. Grüße von deiner Mutter, und ich baue darauf, dass wir bald wieder von dir hören.«

»Versprochen. Sag ihr Grüße.«

Adam beendete den Anruf und überquerte eine kleine Holzbrücke. Papa, Tante, Schwester, deine Mutter. Charles schwor darauf, genau wie auf die altmodische Feldarbeit, die er früher für den Secret Service geleistet hatte: persönliche Beschattung, Infiltration, lokale Informanten.

Er hatte Charles' Worte noch im Ohr: »Was nützen einem Drohnen und Satelliten, wenn der Feind mit Kurieren arbeitet und Nachrichten per Kamel verschickt?«

Da war was dran. Trotz aller Satelliten und Abhörsysteme war Osama bin Laden dank eines Informanten aufgespürt worden. Andererseits war de Brauw trotz aller Vorsichtsmaßnahmen dem Feind ins Netz gegangen. Nichts und niemand war unfehlbar. Auch diese Ansicht war typisch für Charles.

Angeblich hatte de Brauw ausgecheckt. Allerdings hatte das ein anderer für ihn erledigt. Die Rechnung war in bar bezahlt worden, gegen Mitternacht. Schlau. Ein großes Hotel, ein Empfang mit einem schläfrigen Mitarbeiter, der nicht misstrauisch wurde, wenn ein Gast mit Zimmerschlüssel und Gepäck zahlen wollte. Aber nach der Beschreibung des Mitarbeiters hatte es sich anscheinend nicht um de Brauw gehandelt. Auch der Mietwagen war in jener Nacht von einer anderen Person abgegeben worden.

»Ein großer, blonder Kerl«, sagte der Mann von der Autovermietung. »Er sprach Englisch, aber mit Akzent.«

Kein Wunder, dass die Griechen es nicht mal schafften, ihr eigenes Land zu verwalten.

Hoffentlich konnte der griechische Fotograf des Petaloudes ihm weiterhelfen. Laut der Flugbegleiterin, mit der de Brauw verabredet gewesen war, hatte ein junger Mann den Diplomaten inmitten der Schmetterlinge fotografiert. Die Stewardess hatte mit dem Atlas den Petaloudes verlassen, um das Flugzeug nach Istanbul zu erwischen, aber sie hatte noch gehört, wie de Brauw den jungen Mann gefragt hatte, ob er vielleicht ein gutes Restaurant kenne. Am Eingang hatte Adam erfahren, dass der Fotograf Dimitrios hieß und sich mit seinem Job nebenbei Geld verdiente, und hatte ihm ausrichten lassen, dass er sich gerne mit ihm treffen würde.

Es war fünf vor elf, als er durch die bewaldete Schlucht den Weg hinuntereilte, der zum Restaurant führte. Obwohl er die Hitze gut vertrug, klebte ihm das Hemd am Rücken, und seine Zunge war knochentrocken. Die Enge verursachte ihm Beklemmungen, als würde er durch einen Tunnel rennen.

Er war erleichtert, als er die Restaurantterrasse erreichte. Es waren nicht viele Gäste dort, aber als er unter einem Sonnenschirm Platz nahm, behielt er trotzdem die Sonnenbrille auf. Er sprach kein Griechisch, bestellte auf Englisch ein Glas Eistee und bat den Ober, Dimitrios zu sagen, er warte hier auf ihn.

Während er seinen Eistee trank, betrachtete er das Foto auf seinem Handy, auf dem de Brauw inmitten Dutzender flatternder Spanischer Flaggen stand, den rot-gelben Schmetterlingen, die den Petaloudes weltberühmt gemacht hatten. Das Bild eines Mannes in den Fünfzigern, weißer Leinenanzug, eine Hand in der Seitentasche seines Sakkos. De Brauw hatte das Foto am Abend seiner Frau Marije gemailt mit der Nachricht, er müsse leider ihren Kurzurlaub wegen unerwarteter Entwicklungen absagen.

Unerwartete Entwicklungen – das konnte man wohl sagen.

Zweifellos hatten ihn seine Entführer zu der Nachricht gezwungen, aber er war so klug gewesen, seine Frau zu bitten, das Foto an Sarah weiterzuschicken. Die NATO-Kreise in Brüssel waren klein, aber Marije de Brauw kannte Sarah kaum, also wollte de Brauw damit Charles alarmieren. Dieser war ja bereits misstrauisch geworden, weil de Brauw entgegen seinen Instruktionen nicht bestätigt hatte, dass er seine Mission erfüllt hatte, obwohl ihm das sehr wohl gelungen war, denn der Atlas war zur türkischen NATO gelangt. Andererseits musste es irgendwie um dieses Buch gehen, denn falls Carlentini de Brauw nur hätte kidnappen wollen, hätten er es auf Sizilien tun können.

Codierte Standorte von NATO-Truppen an den Grenzen der Türkei. Kein Wunder, dass die Russen daran Interesse hatten, und Charles lag wahrscheinlich richtig: Sie dachten, de Brauw würde den Code kennen.

Carrie hatte offenbar bisher noch nichts von sich hören lassen. Das musste nichts bedeuten; es war noch früh. Caressa Montevagio. Adam fand es noch immer unverantwortlich, dass Charles sie nach Sizilien geschickt hatte, wenn auch mit verändertem Äußeren. Sie war eine Anfängerin. Wenn sie scheiterte, hatten sie ein Problem: Sie wusste viel, auch über ihn, und er kannte die Verhörmethoden der Mafia. Angenommen, man bot ihr einen Deal an, und sie verriet alles, um ihr Leben zu retten? Sizilianer untereinander – man konnte ihnen genauso wenig trauen wie Israelis. Gina Fioretti zum Beispiel. Sie hatte den notgeilen de Brauw verführt. Einen Typ Mitte fünfzig, der glaubte, er wäre noch dreißig. Militärattaché bei der NATO, weshalb es nicht abwegig war, dass die Russen ihn beobachten ließen, besonders in Anbetracht der gegenwärtig angespannten Lage zwischen Ost und West sowie Putins Drohung mit einem neuen Kalten Krieg. Besonders schwierig konnte es nicht gewesen sein, de Brauw beschatten zu lassen, vor allem nicht, wenn die italienische Mafia mit ins Boot geholt worden war. De Brauw war in Il Giardino gewesen. Das Landgut war zwar abgeschirmt, und Charles war ganz sicher, dass niemand de Brauw gesehen haben konnte, aber Charles hatte auch nicht gewusst, dass de Brauw zuerst nach Palermo und von dort aus nach Rhodos geflogen war. Angenommen, er hatte dort zu viel geredet oder Gina hatte den Atlas entdeckt …

Adam seufzte, trank seinen Eistee aus, winkte den Ober und bestellte ein Glas Orangensaft.

Am Tisch neben ihm unterhielten sich zwei Amerikaner angeregt über die Frauen, mit denen sie gestern Abend ausgegangen waren. Zweifellos Prostituierte, von denen wimmelte es auf der Insel. Als Adam gestern angelegt hatte, hatten sie ihn bereits auf den Fähren von den anderen Inseln und von der Türkei her erwartet. Junge Mädchen, die die *Freya* bestaunten. Manche waren sogar attraktiv, aber er war Profi genug, um sich zu beherrschen. Und außerdem bezahlte er niemals für Sex.

»Entschuldigen Sie, Sie haben nach mir gefragt?«

Neben seinem Tisch stand ein junger Mann, der ihn mit fragendem Lächeln ansah. Er trug ein makellos weißes Hemd und um den Hals eine teure Leica. Ende zwanzig, tiefschwarze Augen, Bartschatten, gekräuseltes, tintenschwarzes Haar. Adam fand, dass er wie ein junger Israeli aussah.

»Ich bin Dimitrios Karamanlis.«

Adam stand auf und gab ihm die Hand. »Ole«, sagte er. »Ole Ullmann. Setzen Sie sich, nett, dass Sie gekommen sind. Darf ich Sie auf ein Getränk einladen?«

»Gerne, eine Cola, bitte. Ullmann?«

»Das ist Norwegisch.«

»Norwegen. Ein schönes Land, aber kalt, oder?«

»Ja, kalt, aber schön.«

»Sie sehen nicht aus wie ein Norweger, bis auf die Augen.«

»Nur meine Mutter war Norwegerin«, erwiderte Adam. »Und Sie? Haben Sie jüdische Wurzeln? Israelische?«

»Meine Mutter war Palästinenserin.«

»War?«

»Sie wurde bei einem Verwandtenbesuch in Gaza von einem israelischen Soldaten getötet, als sie ihr Portemonnaie aus der Tasche holen wollte. Der Soldat glaubte, dass sie eine Pistole zog.«

»Idioten«, sagte Adam und dachte zurück an damals, vor vielen Jahren, als er im Tunnelschacht festgesteckt hatte, Aaron unter ihm wie ein Schild. Er bestellte eine Cola, als der Ober seinen Orangensaft brachte, und zeigte dem Fotografen dann das Selfie von de Brauw.

»Ich suche diesen Mann. Er war vor anderthalb Wochen hier im Petaloudes.«

Dimitrios betrachtete das Bild, zögerte einen Moment und nickte dann. »Ein Holländer, der hier mit seiner Frau ein paar Tage Urlaub machen wollte.«

»Ja. Er wohnte in einem Hotel in Rhodos-Stadt, aber dort ist er nicht mehr. Und niemand hat seitdem etwas von ihm gehört.«

»Oh. Äh ...« Dimitrios kniff die Augen zusammen. »Aber Sie als Norweger sind doch wohl nicht von der Polizei.«

»Nein. Nennen Sie mich doch Ole. Wollen wir uns nicht duzen? Ich sollte das Paar hier treffen, um mit ihnen segeln zu gehen. Die hiesige Polizei unternimmt nichts, denn de Brauws Hotelzimmer wurde bezahlt, und es gibt keinen Hinweis auf ein Verbrechen. Aber seine Frau macht sich natürlich große Sorgen. Er hatte hier im Petaloudes eine Verabredung mit einer Flugbegleiterin. Sie hat ihn auch gesprochen und sagte mir, du hättest ihn fotografiert und wärst anschließend mit ihm gemeinsam weggegangen.«

»Das stimmt. Ich arbeite auf der Insel auch manchmal als Reiseführer, und der Holländer fragte mich, ob ich ein gutes Restaurant wüsste.«

»Und wo hast du ihn hingeführt?«

»Nach Karimou. In die *Pirate Bar.* Ein Bekannter von mir arbeitet dort, ein Niederländer marokkanischer Abstammung, daher dachte ich, das wäre vielleicht nett für ihn.«

Karimou. Wo sie auch Silvio Carlentini zuletzt gesehen hatten.

»Und dann?«

»Nichts. Er hat mir etwas zu trinken angeboten, aber es war schon spät, und ich musste noch arbeiten. Ich wohne nicht weit von dort.«

»Er ist also dortgeblieben.«

»Ich glaube schon. Er saß jedenfalls noch da, als ich ging.«

»Allein oder in Gesellschaft?«

»Allein.« Dimitrios grinste. »Entschuldigung, aber könnte er nicht mit der Flugbegleiterin durchgebrannt sein, wenn er schon eine Verabredung mit ihr hatte? Sie war eine schöne Frau und hat den Kopf weggedreht, als ich sie fotografieren wollte.«

Lächelnd antwortete Adam: »Nein. Aber es könnte sein, dass er dort noch mit jemand anderem gesprochen hat. Einem Italiener, um die vierzig, glatte schwarze Haare, Schnäuzer. Oder mit einem kräftigen blonden Mann, der Englisch mit einem Akzent spricht.«

Dimitrios schüttelte den Kopf. »Davon habe ich nichts mitbekommen. Aber hier gibt es auch so viele Touristen.«

Adam nickte und trank sein Glas aus. »Vielen Dank. Ich würde mich auch gerne noch in dem Restaurant erkundigen und muss heute Abend sowieso etwas essen. Es wäre nett, wenn du mich deinem Bekannten, der dort arbeitet, kurz vorstellen könntest. Ich bezahle dein Abendessen.«

Gegen sechs saß er neben einem Taxifahrer und war auf dem Weg nach Karimou. Er hatte Charles durchgegeben, dass de Brauw dort gewesen war, und außerdem das besondere Exemplar beschrieben, das de Brauws Hotel bezahlt und seinen Wagen abgegeben hatte. Ein großer, blonder Kerl, der Englisch mit ausländischem Akzent sprach. Er hatte die Mail so gut wie möglich verschlüsselt und an Sarah geschickt. Es wäre nicht das erste Mal gewesen, dass die Russen den Server der NATO in Brüssel gehackt hätten. Anschließend war er schwimmen gegangen und hatte dann kurz geschlafen.

Der Taxifahrer steuerte sein Fiat-Cabrio wie ein Profirennfahrer, aber Adam genoss die rasante Fahrt. Zwischen den Zypressen unter ihnen tauchten die Bucht und die Häuser von Karimou auf. Der Wind zerzauste ihm das Haar, die Sonne stand wie ein hellroter Ball tief über dem Meer.

Die Fahrt erinnerte ihn daran, wie er früher mit seinen Kameraden in Militärjeeps durch die Dünen bei Tel Aviv gejagt war. Er war gerade erst achtzehn gewesen, ein stiller, zurückhaltender Junge, das einzige Kind eines niederländisch-polnischen Vaters, der wie so viele Juden nach Israel emigriert war und dabei die schöne Norwegerin Freya kennengelernt hatte. Fasziniert vom Ideal des jüdischen Staates, hatten sie sich einbürgern lassen. Adam war mit diesem idealisierten Zionismus aufgewachsen, aber zugleich mit den drückenden Problemen der Siedlung, in die seine Eltern gezogen waren. Er musste zum Militär und wurde in Ramat Aviv nördlich von Tel Aviv stationiert, die Stadt, die damals, Anfang der Neunzigerjahre, als das Paris Israels bezeichnet wurde. Die einzige sexuelle Erfahrung, die er bis dahin gehabt hatte, war mit dem Nachbarsmädchen gewesen, abends heimlich in der Wüste. In der Armee lernte er den etwas älteren Aaron kennen, einen Leutnant, mit dem er sich anfreundete und der ihn mitnahm zu Festen und Partys, die ihm eine ganz neue Welt eröffneten.

Er schloss kurz die Augen, um die Erinnerung an Aaron in der Felsspalte zu verdrängen, und war dankbar, als der Fahrer anhielt und ihm die Bar zeigte.

Vor der *Pirate Bar* ging es ruhiger zu als in den offenen Tavernen am Hafen. Violette Oktopusse hingen zum Trocknen an Leinen, und in der Ferne sah man einige Jachten und Fischerboote reglos auf dem Wasser liegen. Auf der Terrasse saßen ein paar Männer im Schatten und blickten ebenso wie er erschrocken auf, als mit lautem Getöse eine alte hellrote Kawasaki angebraust kam. Adam erkannte Dimitrios erst, als er den Helm abnahm und die Männer grüßte.

Aus der Bar ertönte lauter Rap, auf Niederländisch und im Slang der Marokkaner aus Amsterdam.

»Typisch griechisch«, bemerkte Adam ironisch.

»Ich hab dir doch gesagt, dass der Barkeeper aus Holland stammt.«

Sie schüttelten sich die Hand und betraten die Bar. Es roch nach frittiertem Fisch. Sie waren die einzigen Gäste. Hinter der Theke spülte ein dunkelhäutiger junger Mann Gläser ab und sang laut und falsch mit. Dimitrios wechselte ein paar Worte auf Griechisch mit ihm und deutete dann auf Adam.

»Das ist ein Freund aus Norwegen. Ole, das ist Hamid.«

»Norwegen«, sagte Hamid. »Schöne Frauen, große Titten.« Er drehte die Musik leiser. »Sie sehen gar nicht aus wie ein Norweger. Wollt ihr etwas trinken?«

Dimitrios bestellte ein Glas Retsina, Adam ein stilles Wasser. »Kommst du aus Amsterdam?«

»Ja. Sprichst du Niederländisch?«

»Nein, aber ich habe einen niederländischen Freund.« Adam zückte sein Handy. »Dimitrios hat gesagt, dass er vor ein paar Tagen hier gewesen ist.« Er zeigte ihm das Foto von de Brauw.

Hamid nickte. »Ja. Netter Typ. Ich habe mich eine Weile mit ihm unterhalten, er kannte Marokko gut. Er hat mir sogar Fotos von seinen Töchtern gezeigt. Hübsche Mädchen. Er wartete wohl auf seine Frau, die in ein paar Tagen nachkommen wollte. Ist etwas mit ihm?«

Adam warf Dimitrios einen warnenden Blick zu. »Nein. Nur so. Dimitrios hat gesagt, dass man hier gut essen kann, und das wollte ich auch mal ausprobieren.«

»Natürlich. Dein Freund hat sich hier auch mit jemandem zum Essen getroffen.«

»Zufällig mit einem Italiener?«

Hamid schüttelte den Kopf. »Nein. Es war ein blonder Typ, so künstlich blond wie gefärbt, du weißt schon.«

»Hat er Englisch mit ausländischem Akzent gesprochen?«

»Das tun fast alle hier, aber ja, hat er. Die beiden kannten sich anscheinend aus Rom. Der Blonde hat nur Wasser getrunken. Aber später kam tatsächlich ein Italiener dazu, keine Ahnung, wer das war. Jedenfalls ging es deinem Freund auf einmal nicht gut, und die beiden anderen haben ihn rausgebracht. Das Essen haben sie stehen gelassen. Der Blonde hat mir allerdings ein großzügiges Trinkgeld gegeben. Sonst sind Touristen ja eher knauserig.«

»Hattest du den Blonden vorher schon einmal gesehen?«

»Nein.«

»Und sie haben auch nicht gesagt, wo sie hinwollten?«

Hamid schüttelte den Kopf. »Was ist denn eigentlich los?«

»Ich habe gesehen, dass ihr frischen Oktopus habt«, lenkte Adam ab. »Bekomme ich bei euch *Oktapodi Kokkinisto*?«

Es war schon kurz vor Mitternacht, als er am Jachthafen aus dem Taxi stieg und über den schmalen Holzsteg zwischen den Jachten und Segelschiffen zur *Freya* ging. Hier und da brannte Licht auf den anderen Schiffen, aber es war still, bis auf den Wind, der an den Takelagen zupfte. Drüben an der Strandpromenade funkelten die bunten Lichter der Außenterrassen und Cafés. Musik und Gelächter schallten herüber, und vor dem Nachthimmel zeichneten sich die Umrisse der Mühlen auf dem Hafendamm ab.

Adam gab den Sicherheitscode ein, verriegelte die Tür hinter sich und ging hinunter in die Kajüte, um zu duschen. Er fühlte sich wohlig nach dem köstlichen Oktopus in Tomatensoße, zugleich aber auch unzufrieden: Das Gespräch hatte ihn kaum weitergebracht. Während er das heiße Wasser auf seinen Körper prasseln ließ, konstatierte er verärgert, dass er noch viel zu wenig wusste. De Brauw hatte das Lokal in Begleitung eines blonden Mannes verlassen, wahrscheinlich unfreiwillig: Es musste derselbe Typ gewesen sein, der de Brauws Hotelrechnung bezahlt und das Auto zurückgebracht hatte.

Als er die Duschkabine verließ und einen Bademantel überzog, blieb er stehen. Über ihm, irgendwo auf dem Vorderdeck, ertönten Schritte. Dimitrios? Er hatte dem jungen Mann seine Telefonnummer gegeben für den Fall, dass ihm noch irgendetwas einfiel. Er zögerte, griff aber dann nach seiner Pistole und schlich die sechs Stufen zur Tür hinauf. Dahinter hörte er wieder die Schritte. Er beugte sich nach vorn und riss die Tür auf.

»O Jesus!«, schrie eine Frau auf Englisch. Sie lag mit halb offener Bluse im Arm eines Typen, der Adam besoffen anglotzte. Der Typ grinste blöde und behauptete verlegen stotternd, sie hätten das falsche Boot erwischt. *»So sorry!«*

»Schon okay«, sagte Adam und blickte ihnen nach, wie sie über den Steg zu einer anderen Jacht stolperten. Er wartete noch einige Minuten, schloss dann die Tür ab und ging zu Bett, die Pistole in Reichweite.

Er lauschte den nächtlichen Geräuschen, bedrückt von dem Gedanken daran, dass er kurz gezögert hatte, einzugreifen, als Gefahr drohte. Und dass seine Hand dabei gezittert hatte.

Das machte ihm Sorgen.

11

Die Bilder aus ihrem Unterbewusstsein lösten sich auf wie Morgennebel in der Sonne, Fetzen eines Albtraums. Die blutige Leiche Giovannis, an der Hunderte monströse große Schmetterlinge fraßen. Gina, die vom Dach in Stockholm sprang, während Adam laut lachend zusah. Der Kopf ihres Vaters, der sich langsam in einen Totenschädel verwandelte und ihr zurief: »Caressa, glaub mir, ich habe Ginas Vater nicht ermordet!« Verzweifelt schrie sie zurück: »Ich bin nicht Caressa, siehst du das nicht? Caressa ist tot. Ich heiße Carrie. Carrie de Graaff.« Klatschnass vor Schweiß öffnete sie die Augen und zählte die Schläge der kleinen Kirchturmglocke. Genauso wie damals, vor fünf Jahren, als sie hierher geflüchtet war.

»Sono le dieci«, stellte sie fest. Es war zehn Uhr.

Sie streckte sich, gähnte und fuhr sich mit den Händen durchs Haar. Ein dumpfes Pochen im Kopf erinnerte sie an Paolos Rotwein. Sie glaubte, genug davon getrunken zu haben, um ruhig schlafen zu können, aber stattdessen hatte sie wach gelegen, während ihr die Ereignisse des vorherigen Abends durch den Kopf spukten. Wie sie bei ihrer Mutter das Gepäck aus dem Auto hatte holen wollen, Luigi mit der Pistole entdeckt und ihn daraufhin bewusstlos geschlagen hatte. Paolo hatte vermutet, dass er das Haus ihrer Mutter bewacht und Verdacht geschöpft hatte, als eine junge Frau mit Carries Statur aus dem Alfa gestiegen war.

Carrie dachte zurück an ihren Traum und konnte immer noch kaum glauben, dass sie zurück auf Sizilien war, und noch weniger an die Gründe dafür: Ihr Vater war unschuldig. Silvio hatte es getan, er hatte Ginas Vater ermordet.

»Vielen Dank, dass du es mir gesagt hast«, hatte sie auf Padre Paolos Frage hin erwidert, ob es sie beruhige, dass ihr Vater unschuldig sei.

»Ich bete dafür, dass ihr euch wieder versöhnt, Gina und du«, hatte er gesagt, »und dass das Blutvergießen ein Ende nimmt. Nur deswegen konnte ich mit Gott einen Kompromiss aushandeln und das Beichtgeheimnis verletzen.«

Sie hatten auf ihre Rückkehr getrunken.

Mehrmals hatten sie nach Monti gesehen. Paolo hatte vergeblich versucht, ihn aufzuwecken, aber er hatte nicht reagiert. »Was hast du mit ihm gemacht, mein Kind?«

»Ihm ordentlich eine verpasst.«

Paolo hatte kopfschüttelnd erwidert: »Ich befürchte, du hast zu fest zugeschlagen. Sein Herz schlägt regelmäßig, aber er ist immer noch bewusstlos.«

Pah! Bei so einem konnte man nie zu fest zuschlagen. Wenn sie gewusst hätte, dass er sie angreifen würde, wäre sie gestern Abend zum Korallenriff geschwommen und hätte dort nach ein paar Kegelschnecken getaucht: ein Schluck reines Schneckengift, und tschüss, Luigi Monti.

»Hoffentlich überlebt er.« Paolo hatte ein Kreuz geschlagen. »Du weißt doch, *mi cara*, du sollst nicht töten.«

Carrie hatte ihm nicht gestanden, dass sie vom Gegenteil überzeugt war. Was blieb einem denn übrig, wenn ein anderer einen umbringen wollte?

Sie stand auf, duschte und dachte an das überhebliche Gesicht Adam Kaplans und den Spott in seinen kalten Augen, wenn er davon erfahren würde. Sie hätte nie zu ihrer Mutter fahren dürfen.

Und sie konnte nur hoffen, dass Gina ihr vertraute. »Wir werden für immer Freundinnen bleiben, Caressa.«

Mannaggia!

Ihre Mutter war bestimmt ganz krank vor Sorge, trotz der Nachricht des kleinen Jungen und ihrer Kusshand aus dem Auto heraus. Vielleicht war sie ihr auch böse. Am liebsten hätte sie sie sofort angerufen.

»Mach dir keine Sorgen«, hatte Paolo gesagt. »Die Liebe einer Mutter ist bedingungslos. Sie würde dich jedes Mal wieder mit offenen Armen empfangen.« Er hatte ihnen noch einmal nachgeschenkt. »Wie schmeckt dir mein Palari?«

»Wunderbar! Noch genauso köstlich wie früher. Marco trinkt ihn auch gerne.«

»Weiß er, warum du weggegangen bist?«

»Ich habe es ihm nicht erzählt«, hatte sie geantwortet. »Kennt er Charles?«

»Nein. Aber ich habe Charles einen Brief für Marco mitgegeben mit der Nachricht, dass es um eine gute Sache geht.« Er hatte eine Rauchwolke ausgeblasen und sie neugierig betrachtet. »Hast du dort in Seeland inzwischen einen Freund?«

»Nein, sogar Freunde können gefährlich sein.«

»Schade. Du bist ein schönes Mädchen.« Er hatte geseufzt. »Als ich jung war … Aber nun ja, damals war ich auch noch kein *pastore.*«

Sie war mit Vollgas zu ihm gefahren. Auf den Straßen war nicht viel los, und es war nicht weit, aber eine schöne Fahrt war es trotzdem nicht: Bewusstlos hatte Luigi an der hinteren Tür gelehnt, wachsbleich im Gesicht und mit geschlossenen Augen, den Sicherheitsgurt stramm um die Brust gespannt. Seine Pistole hatte sie auf den Sitz neben sich gelegt. Sie war erleichtert gewesen, als sie die riesigen Felsblöcke bei Calibera passiert hatte. Der Legende nach hatten Riesen sie vom Ätna aus auf Odysseus geschleudert … Sie hätten nur ein bisschen fester werfen müssen. Carrie hatte aufpassen müssen, nicht daran entlangzuschrammen. Bald darauf war die kleine Kirche von Calibera erschienen. Die wenigen betagten Bewohner, die dort zurückgeblieben waren, hatten schon lange geschlafen – alle außer Paolo. Carrie hatte am Straßenrand angehalten, die Scheinwerfer ausgeschaltet und gewartet, bis sie davon überzeugt gewesen war, dass niemand ihr folgte.

Kaum hatte sie den Wagen vor Paolos Haus geparkt und war ausgestiegen, als ihr ein bellender Hund entgegengekommen war. Wie beruhigend: Das große Tier mit dem Quadratschädel, das auf den Namen Johannes hörte, hatte brav gehorcht, als sie »aus« gesagt hatte, würde aber zweifellos auch anschlagen, falls ungebetene Gäste auftauchten.

Genau wie ihre Mutter hatte auch Paolo sie an ihrer Stimme erkannt. »Ich dachte mir schon, dass du zu mir kommen würdest. Charles hat mich angerufen und erzählt, dass du den Auftrag angenommen hast und hierher unterwegs bist.« Er hatte nur kurz die Stirn gerunzelt, als er den bewusstlosen Luigi im Auto hatte liegen sehen. »Wer ist das?«

»Luigi Monti. Ein Cousin von Silvio.«

»Aha. Was in Gottes Namen hast du mit ihm angestellt?«

»Er wollte mich umbringen.«

In der totenstillen Nacht hatten sie Luigi in die Pastorei getragen und dort auf ein Bett gelegt. Paolo hatte seinen Herzschlag kontrolliert, der regelmäßig ging. Zur Sicherheit hatte Carrie seine Handgelenke ans Kopfende gefesselt. Danach hatte sie Paolo erzählt, was geschehen war.

Paolo hatte immer wieder wiederholt, wie sehr er sie vermisst habe.

»Du hast dich verändert, *prediletto*. Du bist noch genauso schön wie früher, aber deine Augen … grün wie die einer

Katze, dein Haar so blond wie holländisches Stroh. Und was ist das auf deinem Oberarm? Ein Rosenkranz?«

»Ja. Eine Tätowierung zu Ehren von Mama. Ich habe sie so sehr vermisst.«

Paolo hatte zustimmend genickt, als sie erzählte, warum sie Luigi mitgenommen hatte.

»Nicht nur, weil er mich gesehen hat, sondern auch, weil ich will, dass er Gina morgen früh anruft, verstehst du? Ich will ihn dazu zwingen, ihr zu sagen, dass ich hierher geflüchtet bin und sie kommen muss.« Damit sie Gina endlich überzeugen konnte, dass Silvio ihren Vater getötet und seine schmutzigen Lügen ihre Freundschaft zerstört hatten.

Zum ersten Mal seit Tagen hatte sie ein wenig entspannen können. Unter dem Sternenhimmel mit dem vertrauten Zirpen der Zikaden und dem köstlichen Wein hatten Tod und Verderben weit weg geschienen. Trotz der nächtlichen Stunde hatte Paolo noch eine warme Mahlzeit für sie zubereitet. Es hatte Carrie an damals erinnert, vor langer Zeit, da hatte er *Agnello trippato* für sie gekocht, nachdem sie zu ihm geflüchtet war.

»Ich werde dir ewig dankbar sein für deine Hilfe damals. Silvio und seine Männer hätten mich erwischt und gelyncht, wenn du mich nicht auf die Fähre gebracht hättest. Haben sie jemals Verdacht geschöpft, dass du etwas damit zu tun gehabt hast?«

Paolo hatte gelacht. »Wieso sollten sie? Da waren doch nur ein kleiner alter Pfaffe und eine Nonne. Außerdem wusste niemand, dass du zu mir gekommen warst, als du untertauchen musstest.«

Er hatte sie damals zur Fähre nach Messina gebracht. Der ehrwürdige Pastor Vizzini und eine Frau in der weißen Ordenstracht mit dem schwarzen Schleier einer verstorbenen dominikanischen Nonne, die den Haushalt bei ihm geführt hatte. Carrie hatte die Frau noch von früher gekannt, als sie als Mädchen auf ihrem Roller kleinere Aufträge für ihren älteren Bruder Salvatore erledigt hatte. Da sie so flink gewesen war, hatte sie Pakete abliefern dürfen. Drogen. Einmal war sie von den Carabinieri verfolgt worden, geflüchtet und bei Paolo gelandet, der damals noch Pastor in Ficanto di Mare gewesen war. Zur Strafe hatte sie hundert Ave-Maria beten und ihm versprechen müssen, mit dem Schmuggeln aufzuhören. Dafür könne sie jederzeit zu ihm kommen, wenn sie Probleme habe. Dieses Angebot hatte sie regelmäßig in Anspruch genommen, und Probleme hatte sie jetzt auch wieder.

Doch darüber hatten sie an diesem Abend nicht gesprochen.

»Ich weiß noch, wie du mir Geschichten erzählt hast. Von einem Mann, der im Bauch eines Walfisches reiste, und von einem Baby in einem Körbchen auf dem Wasser. Ich habe oft daran gedacht.« Sie hatte geseufzt. »Ach, wie schön, dass ich wieder hier bin.«

»Vielen Dank, *mi cara*. Es tut mir gut, das zu hören.« Er hatte ihr noch etwas Wein nachgeschenkt und gefragt, was sie von Charles halte.

»Ein echter Gentleman. Höflich. Und verlässlich, seinen Augen nach zu urteilen.«

»Bis in den Tod, Caressa.«

Sie hatten bis tief in die Nacht geredet, nicht über ihren Auftrag, sondern über früher, als er noch kein Pastor gewesen war, sondern mit Charles für die NATO in Libyen gekämpft hatte. Er erzählte, wie er Charles das Leben gerettet hatte, nachdem er den Folterkellern Gaddafis entflohen war, dass Charles ihn gerne als Agent angeheuert hätte, weil er so viel über den Kommunismus wusste und gut Russisch sprach, wie ihm aber eines Tages die Jungfrau Maria erschienen sei und er erkannt habe, worin seine eigentliche Berufung lag. Charles, er und ihr alter Kamerad Ethan Boydd waren all die Jahre über Freunde geblieben trotz der unterschiedlichen Wege, die sie eingeschlagen hatten. Der Wein hatte ihre Sinne benebelt, und als sie zu Bett gegangen war, war sie zum ersten Mal seit langer Zeit fast glücklich gewesen. Luigi Monti war noch immer bewusstlos.

Sie zog sich an und ging eilig nach unten. Paolo schien für sämtliche Bewohner Caliberas Frühstück vorbereitet zu haben. Neben warmem, frisch gebackenem Brot und Aufschnitt gab es gebratene und gekochte Eier, Ziegenkäse, Tomaten und Obst. Hungrig setzte sie sich an den Tisch und fragte: »Ist Luigi schon aufgewacht? Hat er etwas gesagt?«

»Luigi Monti wird nie wieder etwas sagen, Caressa, er ist tot.« Traurig sah er sie an, als sie entsetzt ein Kreuz schlug. »Das hast du also nicht verlernt.«

»Wie kann er tot sein? Verdammter Mist! Er hätte uns helfen können.«

Paolo runzelte die Stirn: »Fluch doch nicht so, *mi cara.*«

»Tut mir leid.« Sie steckte sich verärgert ein Stück Brot mit luftgetrocknetem Schinken in den Mund und dachte fieberhaft nach. »Ich habe eine Idee! Wir können den Dreckskerl noch gebrauchen.«

»Caressa, hier ist trotz allem ein Mensch gestorben heute Nacht …«

»Ein Mafioso! Und er wollte mich umbringen. Ich meine es ernst, Paolo. Wir können Gina trotzdem noch herlocken. Ich habe sein Handy. Ich schicke ihr eine Nachricht, dass er hier ist, dass er mich erwischt hat und will, dass sie zur Kirche kommt, um ihm zu helfen. Sie ist Silvios Geliebte, sie wird gern etwas für ihn tun.« Sie legte Luigis Handy auf den Tisch.

Paolo zögerte sichtlich, seufzte tief und schlug ein Kreuz.

»Ich habe schon zu Charles gesagt, dass du genauso klug wie schön bist. Hat er Ginas Nummer gespeichert?«

Natürlich hatte er das. Genau wie die von Silvio. Carrie gab die Nachricht ein, zögerte dann dennoch. Plötzlich wurde ihr klar, wie gefährlich das war. Aber sie wollte es tun. Sie hatte es versprochen.

Paolo kam ihr zuvor. Er drückte auf Senden, und die Nachricht war weg. »Und jetzt trinken wir erst mal Kaffee, *prediletto*.«

»Du bist im Grunde ganz schön hinterhältig«, sagte sie, während sie las: *Nachricht versendet*.

»Das liegt eindeutig an dir.«

»Hilfst du mir dann auch gleich, Luigi an die richtige Stelle zu schleppen?«

Mit Luigis Pistole in der Hand bezog sie hinter dem Beichtstuhl der kleinen Kirche Posten. Paolo hatte gerade von der Tür aus gemeldet, dass ein weißer Alfa Romeo über die gewundene Straße den Berg hinaufkam, und sich dann zurückgezogen. Die Leiche von Luigi wartete in einer Bank sitzend auf Gina.

»Das ist sie.« Gina hatte einen weißen Alfa gefahren, als sie Jan-Willem de Brauw zum Flughafen in Palermo gebracht hatte.

Carrie dachte an Gina und fragte sich, wie ihr Wiedersehen verlaufen würde. Ihre Freundin, ihre allerbeste Freundin, die schon als Zwölfjährige Brüste gehabt hatte, auf die alle anderen Mädchen stinkneidisch gewesen waren. Gina hatte ihre Figur gern mit knappen T-Shirts betont, durch die man ihren Spitzen-BH sehen konnte. Carrie war damals noch platt wie ein Bügelbrett gewesen. Heute war sie ziemlich stolz auf ihre kleinen, festen Brüste, und größere wären ihr im Kampf nur hinderlich. Gina war nett zu ihr gewesen, vielleicht, weil sie von ihr keine Konkurrenz zu befürchten hatte. Als einmal ein Junge aus einer anderen Klasse gemein zu ihr gewesen war, war Gina ihr zu Hilfe gekommen. Nicht, dass sie diese Hilfe gebraucht hätte. Sie hatte dem Typ einen Kinnhaken verpasst. Sie war damals schon eine gute Kämpferin gewesen.

Als sie sich an dem Tag verabschiedeten, hatten sie beide die Faust geballt, sie aneinandergedrückt und gesagt: »Zusammen stark!« Ein Symbol ihrer Freundschaft, ein Zeichen, dass sie einander niemals im Stich lassen würden.

Als Carrie Absätze über den Steinfußboden der Kirche klackern hörte, riss sie sich zusammen. Die Schritte verlangsamten sich, stoppten dann.

»Luigi? *Che è sucesso*?« Ginas Stimme hallte hohl in der Kirche wider, tiefer, als Carrie sie in Erinnerung hatte, aber immer noch wohlvertraut. »Was machst du hier in Gottes Namen? Betest du zur Heiligen Jungfrau um Vergebung deiner Sünden? Dafür ist es ein bisschen spät, *amico*.«

Auch das heisere Lachen erkannte Carrie wieder.

Vorsichtig schlich sie hinter Gina her zur Kirchenbank, in der Luigi saß. Sie sah, wie Gina misstrauisch wurde und der Leiche einen Stoß versetzte. Als diese von der Bank rutschte, schrie sie angewidert auf und stolperte rückwärts.

»*Buongiorno,* Gina.« Sie zielte mit der Pistole auf sie. »Kennst du mich noch?«

Entsetzen spiegelte sich in Ginas geschminktem Gesicht wieder. Sie riss ihre mit Kajal umrandeten Augen weit auf, ihre Hände mit den knallrot lackierten Nägeln umklammerten die Kirchenbank. »Wer bist du?«

»Erkennst du meine Stimme nicht?«

Gina riss die Augen auf. »Caressa?«

»Ja.« Carrie ging auf sie zu.

»Was willst du?«

»Ich will mit dir reden, Gina, denn ich weiß jetzt ganz sicher, dass mein Vater deinen nicht ermordet hat. Es war Silvio. Silvios Mutter hat es auf ihrem Sterbebett Pater Paolo gebeichtet.«

»Du lügst! Du bist aus einem ganz anderen Grund hier!«

Carrie zögerte und schüttelte dann den Kopf. »Ich schwöre es. Paolo kann es bezeugen, wenn du mir nicht glaubst.«

»Was willst du von mir?«

Carrie seufzte, überlegte kurz und beschloss dann, ihre Taktik zu ändern. Sie zielte weiterhin mit der Pistole auf ihre alte Freundin. »Informationen. Über Jan-Willem de Brauw. Wo ist er?«

»Wer soll das sein?«

»Dein Spielzeug für einen Tag.«

»Jan-Willem, ach so, du willst wissen, wo er ist ...« Gina verdrehte die Augen. »Er wollte nach Rhodos fliegen, soweit ich weiß. Es interessiert mich nicht, ich kenne ihn kaum, er ist ein Versager im Bett. Warum willst du das wissen? Bist du eifersüchtig? Du kannst ihn haben.«

»Warum arbeitest du mit Luigi Monti zusammen?« Carrie zielte auf Ginas Herz. »Und mit Silvio?«

Ginas Gesicht war jetzt von Hass verzerrt. »Du hast eine große Klappe für jemanden, der auf seiner Todesliste steht, Caressa. Und Silvio wäre nicht erfreut, wenn mir etwas zustößt, verstehst du?«

»Halt die Klappe!«

»Und was soll der Scheiß mit deinem Vater?« Verächtlich stieß Gina die Worte hervor. »Du bildest dir doch wohl nicht ein, dass ich dir auch nur ein Wort glaube? Du hast Luigi ermordet! Und Giovanni! Jeder weiß, dass dein Vater, die Ratte ...«

Carrie zielte, konzentrierte sich einen Augenblick und schoss. Einer von Ginas goldenen Ohrringen zersprang in

Stücke. Schreiend stürzte sie auf Monti und stieß die Leiche angewidert von sich weg. »Du kannst dein Aussehen verändern, wie du willst, er wird dich trotzdem finden, wo immer du bist. Du bist schon genauso verdorben wie dein Vater!«

Carrie schoss erneut, und die Kugel bohrte sich ins Holz der Kirchenbank, wieder genau da, wo sie sie haben wollte. »Ich lüge nicht, Gina. Silvio hat deinen Vater erschossen und das Ganze meinem Vater in die Schuhe geschoben. Wenn du mir nicht glaubst, schön und gut, aber warum sollte der Padre lügen? Oder Silvios Mutter?«

Gina richtete sich auf und starrte sie schweigend an.

»Wo ist Jan-Willem de Brauw, Gina?«

»Ich … ich weiß nicht. Silvio wollte, dass ich mich in Rom an ihn ranmache und ihn verführe. Ich sollte ihn bitten, mich in Palermo zu besuchen. Er hatte etwas bei sich, was Silvio gerne haben wollte.«

»Was?«

»Einen Schmetterlingsatlas.«

»Weißt du, warum Silvio ihn haben wollte?«

»Nein.«

»Hast du den Atlas gesehen?«

»Nein, habe ich nicht.«

»Silvio hat es jedenfalls nicht, denn de Brauw hat ihn mit nach Rhodos genommen. Und Silvio war dort, als de Brauw verschwand. Jetzt erzähl mir bloß nicht, dass du nicht weißt, wo er ist. Ich geb dir fünf Sekunden!«

»Mein Gott, Caressa, ich weiß es nicht. Wirklich nicht!« Ginas Stimme schnappte über.

Spielte sie ihr etwas vor? »Wo ist Silvio?«

»Auf Rhodos, glaube ich.«

»Woher wusste er von dem Atlas?«

»Das hat er nicht gesagt. Er hat nur gesagt, dass ich mir viel Geld verdienen kann.«

»Wer ist sein Auftraggeber?«

Gina duckte sich, als Carrie die Pistole erneut auf sie richtete. »Silvio erzählt mir nie etwas.«

»Merkwürdig. Er ist dein Geliebter. Der Mann, der deinen Vater getötet hat und meinen Vater und meinen Bruder. Ein Mörder.«

Gina keuchte und blickte hinunter auf den toten Luigi, dessen leere Augen auf den gekreuzigten Christus starrten, als bete er zu ihm. »Du hast Giovanni ermordet und jetzt Luigi. Bist du etwa einen Deut besser? Wo warst du eigentlich die ganze Zeit? Für wen arbeitest du?«

Carrie schwieg. Von draußen hörte sie Stimmen. Wahrscheinlich Paolo, der mit einem Dorfbewohner redete. Gina bückte sich. »Bleib stehen!«, schnauzte Carrie sie an.

»Entschuldige, ich wollte nur meine Tasche nehmen.« Gina klang auf einmal selbstsicher. »Hörst du die Stimmen draußen, Caressa? Du hast doch wohl hoffentlich nicht geglaubt, ich wäre so dumm, allein hierherzukommen?«

Log sie schon wieder? Paolo hielt draußen Wache. Und dennoch … Diese Stimmen …

»Also, wenn ich du wäre«, sagte Gina und bückte sich erneut, »würde ich mich gehen lassen, bevor sie dich abknallen.« Sie richtete sich auf, ihre Tasche in der Hand, und schüttelte mit einem verächtlichen Lachen den Kopf. »Luigi war ein Verwandter von ihnen und von Silvio.«

Jetzt ging alles blitzschnell. Gina schleuderte ihre Tasche auf Carrie und traf ihre Pistolenhand. Die Waffe fiel zu Boden und schlitterte klappernd über die Steinfliesen. Carrie verlor das Gleichgewicht und stürzte.

Nur wenige Sekundenbruchteile später blickte sie in den Lauf von Luigis Pistole. Sie erstarrte, fühlte die Kugel schon fast in ihren Körper eindringen, das Blut und das Leben aus ihr herausströmen, aber Gina schoss nicht. Einen Moment lang blickten sie einander in die Augen, all die Jahre der Freundschaft und Feindschaft in einem Augenaufschlag, dann duckte sich Carrie reflexhaft hinter ein Steinkreuz. Ein Schuss hallte wider, aber die Kugel schlug einen Meter neben ihr in die Wand: eine Warnung, denn wenn das ein Versuch gewesen sein sollte, sie zu erschießen, war es ein sehr schlechter gewesen. Sie hörte Gina spöttisch lachen, Metall traf auf Stein, dann ertönten eilige Schritte. Carrie sprang hinter der Skulptur hervor und sah Gina gerade noch so verschwinden. Luigis Pistole lag auf dem Boden, und sie nahm sie wieder an sich. Draußen hörte sie Paolo aufschreien. Sie rannte hinaus. Dort wäre sie beinahe über ihn gestolpert. Johannes rannte bellend hinter dem weißen Alfa Romeo her. Ein leichenblasser alter Mann blickte sie an, als wäre sie der Leibhaftige.

»Padre!«

Zutiefst besorgt beugte sie sich über Paolo.

»Padre Paolo! Sag doch was! Bitte, sag was!«

Er stöhnte, aber Gott sei Dank funkelten seine Augen. »*Old soldiers never die*, mein Kind. Bring mir ein Glas Palari, ja?«

Carrie bat den alten Mann, eines zu holen. Er nickte und rannte zu Paolos Haus.

Auf halbem Weg den Berg hinunter verschwand der Alfa hinter Staubwolken und Steinhagel.

»Hat sie dich niedergeschlagen?«

Paolo nickte, richtete sich ein wenig auf und hob mit der rechten Hand seinen linken Arm hoch. Er stöhnte. »Hoffen wir, dass nichts gebrochen ist. Wir müssen hier weg, Caressa.«

»Wie bitte?«

»Ehe sie uns Montis Freunde auf den Hals hetzt.«

Johannes schmiegte sich an Paolo, als wüsste das Tier, dass er Schmerzen hatte.

»Wo sollen wir hin?«

»Nach Il Giardino. Zu Charles.«

Der alte Mann kehrte zurück und reichte Paolo mit zitternder Hand das Glas Rotwein. Gierig trank er davon. »Aber erst müssen wir dafür sorgen, dass sie Monti nicht finden.«

»Wie denn?«

»Giorgio ist Totengräber.«

Carrie wusste, was er vorhatte. »Und dann?«

»Wir nehmen die Fähre nach Messina. Dort kenne ich einen Chirurgen. Wir rufen Charles an und mieten uns ein Auto.«

Carrie starrte ins Leere. Zu Charles. Sie würde ihm erzählen müssen, dass sie so dumm gewesen war, ihre Mutter zu besuchen, und dass sie damit den Auftrag vermasselt hatte.

»Nein«, erwiderte sie.

»Wie bitte?«

»Ich komme nicht mit. Wir fahren zusammen nach Messina, aber von dort aus mache ich mich auf den Weg nach Rhodos.«

12

Obwohl die Skype-Verbindung nicht optimal war, erkannte Sarah vor ihrem Bildschirm im Apartment in Brüssel deutlich, wie erschöpft ihre Tochter Sophie aussah. Sie hatte dunkle Schatten unter den Augen und war aschfahl, als hätte sie nächtelang nicht geschlafen.

»Möchtest du, dass ich zu dir komme?«

»Nein, keine Sorge, Mum. Ich schaff das schon.«

Ihre Tochter war von ihrem Mann verlassen worden, und sie sollte sich keine Sorgen machen? Sie seufzte tief. »Und wie geht es den Jungs?«

»Sie glauben, Bimo hätte geschäftlich in Malaysia zu tun. Mama, alles wird gut, glaub mir. Ich weiß noch nicht, was ich tun werde, aber ich finde schon eine Lösung.«

Sarah dachte an die Worte ihrer eigenen Mutter, damals vor langer Zeit auf Java. Wie man die Scherben auch zusammensetzte, es blieb trotzdem ein Sprung in der Tasse. Aber sie sprach den Gedanken nicht aus. Ihr älterer Enkel, der sechsjährige Charlie, kam im Hintergrund des Bildschirms durch die Palmen hindurch auf die Veranda zu und winkte. »Hallo, Omi, kommst du uns bald besuchen?«

»Hallo, Charlie. Ja, bald.«

»Wenn Papa wieder zu Hause ist«, sagte Sophie und nahm Charlie auf den Arm. »Komm, schick Oma ein Küsschen.«

Der kleine Junge spitzte die Lippen, und Sarah pustete einen Handkuss in Richtung Bildschirm. Hinter Charlie flatterten große Schmetterlinge umher, und Sarah erkannte einen schwarz-weißen aus der Familie der *Danainae*.

»Fahr du mal schön zu Ethan und Helen nach England«, sagte Sophie. »Und Mum, sagst du Papa bitte nichts? Kluge Sprüche nach dem Motto ›Ich hab's ja gewusst‹ kann ich im Moment nicht gebrauchen. Er hat Bimo von Anfang an nicht gemocht.«

»Natürlich, *sayang*.«

»Schönen Urlaub, und du brauchst dir wirklich keine Sorgen zu machen. Ich melde mich nächste Woche wieder, wenn ihr zurück seid. Liebe Grüße an Papa und auch an Ethan und Helen. Küsschen!«

Das Bild flackerte noch kurz nach, der leuchtend grüne Garten hinter der Veranda, der Schrei eines Vogels, dann wurde der Bildschirm dunkel, und das einzige Geräusch war das Prasseln des Regens gegen die Fensterscheiben. Bekümmert klappte Sarah den Laptop zu. *Sayang*. Schätzchen. Wenn sie aufgewühlt war, fiel sie noch immer zurück in das Malaiisch ihrer Jugend. Ihr gegenüber hing das Hochzeitsfoto von Sophie und Bimo, Charles und sie rechts und links neben dem Brautpaar. Sie lächelte, während Charles ein sauertöpfisches Gesicht zog. Er hielt Bimo für einen aalglatten Hund, der nach seinem Geschmack zu alt für Sophie war. Ihr Schwiegersohn bekleidete ein hohes Amt beim staatlichen indonesischen Ölkonzern Pertamina.

»Die sind doch alle korrupt, Sarah, das weißt du genau. Außerdem sind diese Verbrecher die Hauptverantwortlichen für die Zerstörung der Umwelt in Indonesien.«

»Aber nicht Bimo. Er arbeitet ja gerade darauf hin, dass sich etwas ändert.«

»Das glaubst du doch selbst nicht! Komm schon, du stammst von dort. Du weißt, was für eine Vetternwirtschaft da herrscht.«

Sarah schob den Laptop in die Tragetasche und ging ins Schlafzimmer, um ihren Koffer zu packen. Sie hatte Charles' Worte noch im Ohr.

»Wirklich, Schatz, Sophie macht einen Fehler, rosarotes Liebesglück mit einem Javaner, das funktioniert nicht. Wie Rudyard Kipling schon gesagt hat: *East is East and West is West, and never the twain shall meet*, das gilt leider bis heute.«

»Und was ist mit uns?«

»Da gibt es einen kleinen Unterschied: Du bist hier aufgewachsen, in unserer Kultur, und du bist keine Muslimin.«

Sag Papa bitte nichts. Also gut. Natürlich würde Sophie das allein schaffen, schließlich war sie eine erwachsene Frau von fast dreißig.

Sie brauchte nicht viel einzupacken; das meiste, was sie mitnehmen wollte, war noch in dem Koffer, mit dem sie vorgestern aus der Toskana gekommen war.

Sarah dachte über Charles nach. Sie musste aufpassen, ihm gegenüber nicht zu dominant zu werden und nicht zu oft darauf zu drängen, dass er in Pension ging. Andererseits hatte er inzwischen die sechzig überschritten und könnte es durchaus ein wenig ruhiger angehen lassen. Schon seit Jahren lebte sie in ständiger Sorge, wenn er beruflich unterwegs war, und die Angst um seine Gesundheit und seine Sicherheit wuchs von Mal zu Mal. Flugzeuge wurden abgeschossen, unschuldige Menschen geopfert, ihre Kehlen durchgeschnitten, als wären es Schafe auf der Schlachtbank. Es gab willkürliche Entführungen – auch von Diplomaten – und erbarmungslose Morde. Sie wusste nicht viel über seine Arbeit, denn diese unterlag der Geheimhaltung, sie wusste aber, dass er sich große Sorgen um Jan-Willem de Brauw machte. Dieser schwebte jetzt in genau der Art von Gefahr, die auch Charles ständig bedrohte.

Sie kannte de Brauw nur vom Sehen. Seine Frau Marije hatte sie in Brüssel ab und zu bei Veranstaltungen für die Partnerinnen und Partner der Diplomaten getroffen. Was sie jetzt durchmachen musste. Es war einfach furchtbar! Sie hatte zunächst verständnislos reagiert, als sie ein Foto von Jan-Willem im Petaloudes erhielt, bis Charles ihr erklärte, was es damit auf sich hatte. Entgegen seiner Gewohnheit erzählte er ihr auch von der Sizilianerin, die angeblich für die Mafia arbeitete und mit der Jan-Willem fremdgegangen war.

Genau wie Bimo. Sie hatte Marije geschrieben, aber keine Antwort erhalten. Arme Frau.

Sarah betrachtete ihr eigenes Hochzeitsfoto. Charles und sie. Eine lange und gute Ehe trotz kleiner Reibereien und der Belastungen durch seine Arbeit. Früher hatte sie manchmal befürchtet, er hätte irgendwo eine Freundin. Ein attraktiver, galanter Mann, reich, aristokratisch, ein mächtiger Mann, viel unterwegs und nicht unsensibel für weibliche Schönheit, der er oft genug begegnete – bis heute. Zum Beispiel Carrie. Das war natürlich Unsinn. Charles hatte ihr noch nie einen Anlass gegeben, ihm zu misstrauen. Schön, er trank zu viel, auch wenn man es ihm kaum anmerkte, das ginge auch gar nicht in seinem Beruf. Irgendwie hatte sie durchaus Verständnis dafür, bei all dem Stress, andererseits wollte sie ihn gerne noch ein wenig behalten.

Sie schloss die Tür ab und ging mit dem Rollkoffer und dem Laptop zum Lift. Wie luxuriös das Apartment auch war, sie hielt sich nicht gerne dort auf. Brüssel. Im sechsten Stock, inmitten anderer Betongebäude, kein Grün weit und breit. Sie fühlte sich eingeengt; in dieser Hinsicht konnte sie Adam gut verstehen.

Adam. Sie konnte sich vorstellen, dass die Leute Angst vor ihm hatten, dem stillen und erbarmungslosen ehemaligen Elitesoldaten, doch zugleich konnte er manchmal fast jungenhaft entwaffnend sein. Auch charmant, obwohl man das kaum glauben wollte, wenn man sah, wie er mit Carrie umging. Carrie hatte nichts dazu gesagt; sie schien ziemlich gut in der Lage zu sein, auf sich selbst aufzupassen. Über sie wusste Sarah nicht viel, aber es war klar, dass auch sie eine bewegte Vergangenheit hatte.

Wer hatte das nicht?

Insgeheim hatte sie gedacht, dass die beiden einander guttun könnten. Aber Charles hätte sie bestimmt ausgelacht, wenn sie das laut ausgesprochen hätte.

Als sie aus dem Aufzug trat, sah sie durch die Glastüren, dass der Regen in einen Hagelschauer übergegangen war. Am liebsten wäre sie jetzt zurückgekehrt nach Il Giardino, zu ihren zarten Seelen, wie Charles ihre Schmetterlinge spöttisch nannte, obwohl sie sich zugleich auf das ländliche England freute. Ethan und Helen besaßen neben ihrem Haus in Brüssel noch eines in Devon, in der Nähe von Kingsbridge. Helen war oft dort wegen ihres behinderten Sohnes Neil, der in einer Einrichtung in der Nähe wohnte, Ethan jedoch nicht, genauso wie Charles nicht oft in Il Giardino war. Morgen wurden beide Männer in Plymouth erwartet, bei einem NATO-Treffen im Zusammenhang mit den wachsenden Spannungen zwischen Russland und dem Westen. Plymouth lag nicht weit von Kingsbridge entfernt, und sie war froh, dass Charles eingesehen hatte, dass man sich manchmal auch etwas entspannen musste.

Der Wachmann öffnete die Tür, hielt einen Schirm über sie und trug ihren Koffer zum wartenden Taxi. Helen und sie wollten mit Ethans Mercedes durch den Kanaltunnel fahren, aber die Boydds wohnten auf der anderen Seite von Brüssel, und es wäre Unsinn gewesen, wenn Helen quer durch den hektischen Stadtverkehr erst zu Sarahs Apartment gekommen wäre.

Sarah war schon lange nicht mehr bei den Boydds gewesen, aber Helen kam ab und zu in Il Giardino vorbei. Sie war Archäologin mit dem Spezialgebiet etruskische und altrömische Kunst, was sie oft nach Italien führte.

Als das Taxi auf der Auffahrt der Villa anhielt, schob Helen gerade ihr Gepäck in den Kofferraum des funkelnagelneuen Mercedes. Sie sah wie immer beneidenswert jugendlich aus, doch als sie einander umarmten, fiel Sarah auf, dass Helen dunkle Ränder unter den Augen hatte. Genau wie Sophie.

»Und, freust du dich?«, fragte Helen.

»Na klar. Und du?«

»Ich mich auch.« Helen nahm Sarahs Rollkoffer. »Hast du auch dein Schmetterlingsnetz dabei?«

»Was dachtest du denn?«

»Wärst du nicht lieber mit Charles gefahren?«

»Nein, er soll mal schön mit Ethan fliegen. Ich weiß nicht mal genau, wann er kommt, denn er hat mir erzählt, dass Paolo eine Weile bei uns in Il Giardino bleibt und er ausführlich mit ihm sprechen will, bevor er nach Plymouth fliegt. Er ist total überlastet. Auf der einen Seite würde ich ihn gern unterstützen, aber auf der anderen Seite darf er mir ja nichts erzählen. Na ja, das weißt du genauso gut wie ich. Nein, ich bin froh, aus Brüssel wegzukommen. Und ich fahre gerne mit dir, dann kann ich wenigstens mal über etwas anderes reden als über Politik oder längst vergessene Kriege.«

Helen zwinkerte ihr zu. »Die Heldentaten im Kosovo oder in Libyen. Komm, machen wir uns auf den Weg.«

Obwohl sie sich nicht häufig sahen, stellte sich schnell die gewohnte Vertrautheit ein. Sarah war die Enkelin des Sultans von Yogyakarta, also adelig und genau wie Charles mit dem silbernen Löffel im Mund geboren. Sie hatte ihr Studium cum laude abgeschlossen. Helen war ein Mädchen aus einer Bauernfamilie in Arkansas, das es wie so viele junge Amerikaner nach Europa gezogen hatte, nach Amsterdam, London … Bis sie in Deutschland Arbeit fand und in der amerikanischen Botschaft in Bonn Ethans Sekretärin wurde – und nicht lange darauf seine Frau und die Mutter seines Kindes.

Helen war aufgefallen, dass Sarah bedrückt wirkte, denn als sie die Stadt verlassen hatten und auf der Autobahn fuhren, fragte sie: »Was ist los, Sarah?«

Helen konnte sie es erzählen. Irgendjemandem musste sie sich anvertrauen. Daher berichtete sie ihr von Sophie.

»Und Charles weiß nichts davon?«

»Sophie will es nicht.«

»Sehr vernünftig. Er wäre in der Lage, rüberzufliegen und seinem Schwiegersohn eine Tracht Prügel zu verpassen. Wieder so ein Blödmann, der seinem Schwanz hinterherläuft. Mit Charles hast du es wirklich besser getroffen.«

»Und du mit Ethan.« Erstaunt sah sie, wie Helen das Gesicht verzog. »Was ist los?«

»Ich befürchte, dass Ethan fremdgeht.«

»Ethan? Wie kommst du darauf?«

Helen blickte starr geradeaus. »Ich hatte so ein seltsames Gefühl, als er Anfang März bei euch in Il Giardino war.«

»Ach, wirklich?«

»Du warst zu der Zeit in Rom. Ich habe dich doch dort besucht.«

Sarah nickte und erinnerte sich wieder an die Führung für Kollegen. »Kleopatra schlüpfte gerade.«

»Kleopatra?«

»Ja, *Gonepteryx cleopatra*, ein Tagfalter der Gattung *Pieridae*, der Weißlinge.«

»Ach so. Na ja, jedenfalls hatte Ethan zu der Zeit seine eigene Kleopatra.« Helen griff an Sarah vorbei, um das Handschuhfach zu öffnen, und holte ein Päckchen Zigaretten heraus. »Ich habe ihn abends aus Rom angerufen, aber nur seine Mailbox erreicht, deswegen dachte ich, er würde schon schlafen. Als er zurückrief, schlief ich schon. Er hinterließ mir eine Nachricht, er habe überraschend zu Charles fahren müssen.« Sie inhalierte und blies den Rauch mit einem tiefen Seufzer aus. »Ich bin mir sicher, dass ich im Hintergrund eine Frau lachen hörte.«

»Eine Frau? Kann es nicht einfach irgendjemand vom Il Giardino gewesen sein? Gratia?«

»Um zwölf Uhr nachts? Nein. Er war da übrigens auch gar nicht bei euch, sondern in der Nähe, im Hotel *Bella Vista* in Castelfiorentino.«

Sarah schaute sie entsetzt an. »Woher weißt du das?«

Helen sah traurig aus. »Weil ich in seiner Kleidung ein Ticket für den Parkplatz des Hotels mit diesem Datum gefunden habe. Und als ich bei der Rezeption anrief mit der Ausrede, mein Mann hätte möglicherweise sein Handy bei ihnen vergessen, bestätigten sie, dass er in jener Nacht eine Suite gemietet hatte.«

Sarah schwieg, weil auch sie sich daran erinnerte, dass sie bei ihrer Rückkehr aus Rom geglaubt hatte, in ihrem Arbeitszimmer Parfümduft zu riechen. Zuerst dachte sie, Gratia hätte dort sauber gemacht, weil die Notizen auf ihrem Schreibtisch verschoben waren. Aber Gratia war an diesem Wochenende bei Verwandten in Neapel gewesen.

»Hast du Ethan darauf angesprochen?«

»Nein. Ich habe nur gefragt, ob er nette Frauen kennengelernt hätte. Leider nicht, sagte er, er hätte zwei Tage und Nächte mit Charles durchgearbeitet.«

»Es könnte eine Mitarbeiterin von ihnen gewesen sein.«

»In einem Hotel in Castelfiorentino, keine zehn Kilometer von euch entfernt? Mitten in der Nacht? Na klar.«

Schweigend starrte Sarah auf den Verkehr. Es war wirklich merkwürdig.

»Tja«, seufzte Helen, »vielleicht sollte ich mich einfach damit abfinden. Eine Affäre – Männer sind nun mal so.« Helen warf Sarah einen kurzen Blick zu. »Hast du eine Ahnung, ob Charles jemals fremdgegangen ist?«

»Soweit ich weiß, nicht.«

»Und du?«

»Ich auch nicht. Und du?«

Helen schüttelte den Kopf, aber ihr Zögern war Sarah nicht entgangen.

»Komm, lass uns in Gottes Namen über etwas anderes reden«, sagte Helen. »Wie weit bist du mit deinen Zuchtversuchen?«

»Gott sei Dank haben sich die Bestände wieder erholt. Die Bienen haben viele Falter getötet, aber ich hoffe, nächsten Monat die Geburt meiner neuen Art feiern zu können.«

»Wie willst du sie gleich wieder nennen? Nach Sophie, oder?«

»Ja. *Acherontia sophia.*«

»*Acherontia?* Das ist doch der mythologische Fluss in der Unterwelt, den die alten Griechen den Styx nannten?«

»Stimmt. Ich arbeite mit Puppen einer Falterart, die ich aus dem Irak mitgebracht habe, *Acherontia styx styx*, einem nahen Verwandten des *Acherontia atropos.*«

»Pardon?«

»Des Totenkopfschwärmers.«

»Herzallerliebst.«

Sarah lächelte. »So ähnlich hat sich die neue Mitarbeiterin von Charles auch schon ausgedrückt.«

»Eine neue Mitarbeiterin?«

»Ja, eine Italienerin, die für Charles' Team einen Auftrag ausführen soll. Zusammen mit Adam Kaplan.«

»Adam. Also, mit ihm würde ich gerne einmal einen Abend verbringen. Aber er hat mich nicht mal bemerkt. Tja, das

Alter. Hoffentlich hast du ihn mit deiner indonesischen Küche ordentlich gemästet. Gado gado, Panadas, Bapaos … Wusste er deine Kochkunst zu schätzen?«

»Du isst doch auch schon längst nicht mehr nur Hamburger von McDonald's?«

»Um Himmels willen! Ich bin zwar immer noch gerne in den Staaten, aber nicht des Essens wegen. Ehrlich gesagt war ich ein bisschen neidisch auf dich.« Sie drückte ihre Zigarette aus und zwinkerte. »Monatelang allein mit einem attraktiven Mann wie Adam, Charles außer Haus, schönes Wetter, die romantische Toskana, gemeinsam baden gehen bei Mondschein … Komm schon, Sarah, Details bitte!«

»Du kannst mir mal im Mondschein begegnen.«

Helen kicherte.

Sarah schwieg und dachte an Ethan. Sie konnte es sich nicht vorstellen. Er und eine andere Frau. Und warum hatte Helen vorhin kurz gezögert? Hatte sie einen Geliebten gehabt? Oder hatte sie ihn vielleicht sogar immer noch?

Sie und Adam. Helen kam auf Ideen! Seit der Sache mit Vera waren andere Frauen Luft für Adam. Sie hatten viel darüber geredet, als er sich in Il Giardino erholt hatte, und sie hatte ihm prophezeit, dass sein Schmerz früher oder später schwächer werden würde. Er war noch jung, und Vera hätte gewollt, dass er mit einer anderen Frau glücklich werden würde. Aber er wehrte sich dagegen und schien wie besessen von ihrem Andenken zu sein. Das hatte Sarah schon daran gemerkt, wie er Carrie behandelte. Er hatte sie nicht einmal angesehen, dabei war sie eine so schöne, junge und kluge Frau. Ein wenig wie Sophie. Der gleiche Teint, dasselbe Alter.

Sie wusste nicht, warum Carrie für Charles nach Sizilien geschickt worden war, aber es musste etwas mit Paolo zu tun haben. Kurz bevor sie nach Brüssel abgereist war, war Paolo in Il Giardino angekommen, unangekündigt, den linken Arm in einer Schlinge. Von der Kirchentreppe gefallen, hatte er behauptet. Er wolle sich bei ihnen in aller Ruhe erholen und habe sie schließlich schon so lange nicht mehr besucht.

Sie glaubte ihm kein Wort. Paolo verließ nie ohne Grund seine geliebte Insel.

Was war es doch für eine furchtbare Welt! Ein Diplomat entführt, ein Flugzeug mit fast dreihundert unschuldigen Menschen an Bord abgeschossen, Entführungsopfer, die enthauptet wurden, Kinder, die Selbstmordanschläge verübten. Mit dem verglichen war Sophies Kummer nebensächlich.

»Der Tunnel«, verkündete Helen, »und wir brauchen uns nicht in den Stau zu stellen! Wunderbar, jetzt eine kleine Pause und ein Gläschen Sekt im Zug. Kann ich gut gebrauchen. Du wahrscheinlich auch, oder?«

Sarah nickte, fühlte, wie ihr Tränen in die Augen stiegen, und wandte den Blick ab.

13

Jan-Willem de Brauw und sein Schicksal gingen Charles schon die ganze Zeit nicht aus dem Kopf, nun aber während des etwas turbulenten Fluges zum Aeroporto Galileo Galilei, dem Flughafen von Pisa, hatte er endlich Ruhe zum Nachdenken. Charles hielt de Brauw für einen guten Kollegen, allerdings für einen mit einem ärgerlichen Handicap, vor allem für einen Diplomaten: Er war etwas naiv. Das war an sich nichts Schlechtes, bedeutete aber, dass er Situationen und Umstände manchmal falsch einschätzte. Oder ganz einfach Gefahren unterschätzte. Adams Informationen deuteten darauf hin, dass de Brauw seinen Entführern vertraut hatte. Ein blonder Mann, der ihn in einer Taverne auf Rhodos ansprach, unter dem Vorwand, sie hätten einander in Rom während der NATO-Konferenz getroffen. Das war möglich, aber trotzdem vertraute man so jemandem nicht ohne Weiteres. Adam zufolge war es de Brauw nicht gut gegangen. Vermutlich hatten sie ihm etwas ins Essen getan. Ein Italiener hatte sie im Lokal abgeholt. Silvio Carlentini, vermutete Charles.

Sein zweites Handicap – aber vielleicht fiel das auch unter die Kategorie Naivität – waren schöne Frauen. Ein probates Mittel, altmodisch und effizient und gern von den Russen eingesetzt.

Charles sehnte sich nach einem guten Glas Wein und lachte in sich hinein, weil er Sarah sagen hörte: »Dein Handicap ist Alkohol, Darling!«

Sie hatte ja recht, obwohl er fand, dass er ziemlich diszipliniert mit dem Alkohol umgehen konnte. Schwierig wurde es nur, wenn er derart unter Stress stand wie im Moment.

Soweit Charles wusste, trank de Brauw nur wenig Alkohol, aber es konnte durchaus sein, dass Gina ihn in Palermo betrunken gemacht und er ihr von dem Schmetterlingsatlas erzählt hatte. Das wäre an sich keine Katastrophe gewesen, denn er kannte den Code nicht, auch wenn seine Entführer das wahrscheinlich glaubten. Geglaubt hatten. Denn inzwischen mussten sie zu der Erkenntnis gekommen sein, dass das nicht der Fall war. Was de Brauws Lage nur noch besorgniserregender machte. Die Entführer hatten keinen Grund mehr, ihn am Leben zu lassen, es sei denn, sie hatten vor, ihn gegen Informationen auszutauschen. Doch das war unwahrscheinlich, dann hätten sie sich schon längst gemeldet. Und obwohl de Brauw den Code nicht kannte, konnten sie ihn gezwungen haben, seine Auftraggeber zu verraten. Ihn natürlich und Ethan Boydd. Und wer weiß, vielleicht hatte er sogar Il Giardino genannt. Aus diesem Grund reiste er jetzt unter falschem Namen, nicht mal wie sonst unter Charles Fox, und er hatte bei den Carabinieri besonderen Schutz für das Landgut angefordert. Gut, dass Sarah, weit weg von alldem, mit Helen zusammen nach England unterwegs war.

Er würde morgen mit Ethan nachkommen. Vorher mussten sie nach Plymouth, um Gespräche mit dem britischen General Adrian Bradshaw zu führen, dem zweithöchsten Befehlshaber der NATO, der schon früher vor der Bedrohung durch Putin in Georgien und Armenien gewarnt hatte. Danach würde er einen Tag auf Ethans und Helens Anwesen in Kingsbridge verbringen, um sich zu erholen. Er brauchte dringend Ruhe und freute sich auf die übliche Partie Kricket mit Ethans Veteranenteam, woran er in letzter Zeit wegen seines Beines nur selten teilgenommen hatte. Doch zuerst wollte er zu Paolo nach Il Giardino.

Carrie hatte ihm erzählt, dass sie nur knapp einem Mordanschlag entkommen war. Ein Mafioso hatte ihr nach dem Leben getrachtet, und Charles hatte so viel verstanden, dass sie ihn getötet hatte und zu Paolo geflüchtet war. Dort hatte sie anschließend einen missglückten Versuch unternommen, sich mit Gina zu treffen. Missmutig schnallte er sich an, um sich auf die Landung vorzubereiten, und sah Adams ablehnenden Blick schon vor sich, wenn Carrie nachher auf Rhodos eintraf. Sie war bereits unterwegs. Obwohl sie ihn um Zustimmung hätte bitten müssen, hatte er durchaus Respekt für ihre Weigerung aufzugeben. Und Verständnis. Natürlich. Sie wollte Silvio.

Aber woher hatte dieser Mafioso bloß gewusst, dass sie auf Sizilien war und wie sie aussah? War sie auf Il Giardino gesehen worden?

Adam hatte mehrmals darauf gedrängt, das Landgut besser abzusichern, aber dennoch erschien es Charles unwahrscheinlich, dass sie dort ausgespäht wurden, auch wenn die Russen durch die Spannungen in Osteuropa aktiver waren denn je. Ethan glaubte sogar, sie hätten die MH17 runterholen lassen, weil ein NATO-Diplomat mit an Bord gewesen war.

Aber warum hätten sie das Landgut observieren sollen? Niemand außer Ethan und ihm wussten von dem Schmetterlingsatlas. Abgesehen von der Israelin, Tamar Offir, einer äußerst fähigen NATO-Offizierin, der Verbindungsfrau Israels mit der NATO Istanbul. Charles hatte sie vorher nicht kennengelernt, aber das galt für viele seiner Kollegen, mit denen er aus der Ferne zusammenarbeitete. Er wusste auch nicht, ob Tamar Offir ihr richtiger Name war. Das bezweifelte er. Was für ihn galt, traf auch für viele seiner Kollegen überall in Europa zu: Je weniger man über sie wusste, desto sicherer waren sie und ihre Arbeit.

Wie üblich brauchte er einen Moment, um sich an das Tohuwabohu zu gewöhnen: Touristen, klappernde Trolleys, Gepäckwagen mit Bergen von Koffern, hupende Autos und Busse. Er liebte Italien und die Italiener, aber als waschechter Brite fühlte er sich immer wieder überwältigt von dem ausufernden Chaos.

Es gelang ihm, ein Taxi anzuhalten. Viel lieber fuhr er mit dem Bentley von Brüssel zurück nach Italien, weil das einen Tag Entspannung für ihn bedeutete, aber sein Bein bereitete ihm Beschwerden, und außerdem hatte er es eilig und wollte heute Abend wieder zurück in Brüssel sein, um zusammen mit Ethan nach England zu fliegen. Er hatte Sarah nicht erklärt, warum er erst Paolo in Il Giardino aufsuchen wollte. Er hatte deshalb kein schlechtes Gewissen. Sie wusste, dass er nur wenig über seine Arbeit erzählen konnte und durfte.

Gottlob war der Taxifahrer ein wortkarger Mann, sodass Charles über Paolo nachdenken konnte. Sie hatten gestern miteinander telefoniert, und es war sonnenklar, dass Paolo eine Erklärung wünschte.

An der Einfahrt zu Il Giardino bat Charles den Fahrer, auf ihn zu warten. In der Biegung zum Haus sprang Johannes hechelnd und wedelnd an ihm hoch, sodass er beinahe das Gleichgewicht verloren hätte.

»Hallo, Johannes!« Er klopfte dem Hund auf den Rücken und mahnte ihn dann zur Ruhe. »Genug. Basta!«

Paolo begrüßte ihn wie immer mit einer Umarmung, wenn auch diesmal vorsichtig. Er trug den linken Arm in einer Schlinge und verzog schmerzlich das Gesicht, als Charles mit einem Nicken darauf deutete.

»Ist nur eine Kleinigkeit, Charlie, auch wenn Gott mir

offenbar damit zu verstehen geben will, dass ich mich für solche heftigen Konfrontationen nicht mehr eigne.«

»Es tut mir leid, Paolo, ich bedaure das mehr, als ich sagen kann.«

»Dann sag lieber nichts. So, und jetzt? Trinken wir ein Glas Wein auf der Terrasse? Es ist noch wunderbar warm dort, und dein wackerer Hausverwalter hat gerade eine deiner guten Flaschen Palari entkorkt. Oder lieber einen Whisky für dich?« Paolo pfiff nach Johannes, der Anstalten machte, aus dem Swimmingpool zu trinken. Der Hund kam sofort angerannt.

»Ein Glas Wein täte mir gut«, sagte Charles. »Kümmern sich Luca und Gratia gut um dich?«

»Besser geht es gar nicht. Sie sind gerade losgefahren, um in Castelfiorentino toskanisches Lamm für mich zu kaufen. Schade, dass du nicht bleiben kannst. Ist Sarah schon in England?«

»Ja. Soll ich dir mit dem Wein helfen?«

»Geht schon.«

Paolo holte die Flasche und zwei Gläser, während sich Charles vorsichtig auf einen der Terrassenstühle sinken ließ. Dieses verfluchte Bein ging ihm allmählich ziemlich auf die Nerven.

»Der Trost des Weines ist unbezahlbar«, seufzte Paolo und erhob das Glas. »Ich muss jedes Mal wieder zugeben, dass Sarah hier ein kleines Paradies erschaffen hat. Cheerio, Charlie. Du siehst übrigens erschöpft aus. Wenn ich du wäre, würde ich aufhören. Ich würde meine üppige Pension einstreichen, hier ein bisschen den Swimmingpool blätterfrei halten, ab und zu Wildschweine jagen und ein gemütliches toskanisches Leben führen. Nicht wie Gott in Frankreich, aber göttlich in der Toskana.«

»Du hast ja recht.« Charles holte seine Zigarillos hervor und gab Paolo einen.

»Nett, dass du dir Zeit für mich nimmst«, sagte Paolo, während er sich eine Zigarre anzündete. »Ich weiß, dass du es eilig hast, aber es ist wirklich wichtig. Monti tot, ich niedergeschlagen und hier untergetaucht.«

»Was hast du mit Monti angestellt?«

»Begraben. Unter einer anderen Leiche. Spurlos verschwunden.«

Charles schüttelte den Kopf und zog leicht amüsiert an seinem Zigarillo. Padre Paolo Vizzini: schreckte nicht vor einem Mafiatrick zurück.

Ob er die Seele Luigi Montis vorher noch der Gnade Gottes anbefohlen hatte?

Als er ihn danach fragte, erzählte Paolo kurz, was geschehen war, wobei er vor allem betonte, dass Caressa nicht anders gekonnt hatte, als Silvios Cousin zu ermorden. Und dass sie unbedingt nach Rhodos wollte.

Charles nickte. »Das hat sie mir auch gesagt. Ich habe ihr ans Herz gelegt, vorsichtig zu sein.«

»Weißt du schon mehr über diesen Diplomaten?«

»Nein«, sagte Charles, »außer dass Silvio Carlentini tatsächlich etwas mit seinem Verschwinden zu tun hat.«

»Dann ist Caressa also in Gefahr.«

»Das war sie doch ohnehin schon, Paolo. Ich verstehe, dass du gerne wissen möchtest, was los ist, und dass du dir Sorgen um sie machst. Ich darf dir leider nicht viel sagen, aber die Wahrscheinlichkeit ist hoch, dass wir in Kürze in einen Dritten Weltkrieg verwickelt werden.«

»Lass mich raten«, sagte Paolo. »Putin, der sein *Noworossija* anstrebt, von Charkiw bis nach Odessa.«

Charles blies eine Rauchwolke aus. »Ja, genau wie sein Verbündeter Syrien gierig auf Türkisch-Kurdistan schielt. Du weißt, dass ich dir das eigentlich nicht erzählen darf?«

»Natürlich.«

»Wir legen insgeheim Verteidigungslinien an, aber wir befürchten, dass die Russen den Diplomaten entführt haben, um herauszufinden, wo sie verlaufen. Wenn das der Fall ist, würde Putin nicht zögern, dies als Provokation aufzufassen und anzugreifen.«

Paolo hatte noch keinen Schluck getrunken. Nachdenklich rauchte er mit besorgtem Blick. »So weit ist es also schon gekommen.«

Charles nickte und fuhr fort: »Genau wie auf der Krim und in der Ukraine stellt sich also die Frage: Wie stoppt man Putin, ohne einen Krieg zu entfesseln?«

»Der Mann ist ein gewissenloser Mörder«, erwiderte Paolo. »Das hat mein Vater schon vor langer Zeit gesagt. Sogar, als der Marxismus noch sein Allerheiligstes war. Nun ja, bis er …« Er verstummte abrupt.

Charles fragte sich, was er sonst noch hatte sagen wollen. Paolos Vater war früher Mitglied der berüchtigten Roten Brigaden gewesen, die in den Siebziger- und Achtzigerjahren zahlreiche Morde und Anschläge in Italien verübt hatten. Er erinnerte sich daran, dass der hochbetagte Mann vor einer Weile schwer krank gewesen war, was Paolo sehr mitgenommen hatte. Er schämte sich dafür, sich bei seinem Besuch in Calibera nicht nach der Gesundheit seines Vaters erkundigt zu haben. »Was ist, Paolo? Dein Vater ist doch nicht …«

Paolo schüttelte den Kopf. »Nein, er lebt noch, und ich besuche ihn regelmäßig. Er redet viel über früher.«

Charles wartete einen Moment ab, ob Paolo noch mehr erzählen wollte, doch als sein Freund in Gedanken versunken zu sein schien, schaute er auf die Uhr und stand auf. »Entschuldige, aber ich muss schon wieder gehen. Ethan wartet in Brüssel auf mich, um mit mir nach England zu fliegen.«

»Ich bin dir dankbar dafür, dass du vorbeigekommen bist«, sagte Paolo. »Ich verstehe, dass das alles nicht leicht für dich ist. Wie ich sehe, macht dein Bein dir starke Beschwerden. Komm, ich stütze dich, *per favore*.«

Gefolgt von Johannes, gingen sie zum Taxi, wo sie einander noch einmal umarmten.

»Bitte grüß Sarah, Ethan und Helen von mir.«

»Mache ich. Und du erhol dich gut hier. Ich lasse bald wieder von mir hören.« Charles streichelte dem Hund über den Kopf und stieg ein.

»Ich bete für dich, Charlie.« Paolo schloss die Wagentür. »Und ich tue alles für dich, was immer in meiner Macht steht.« Er ging, ohne sich noch einmal umzublicken, mit dem Hund zurück. Charles lehnte sich im Sitz zurück. Paolo. Was sollte ein Mann Gottes unternehmen können, um einen Weltkrieg zu verhindern?

14

Adam kraulte gerade an der Längsseite der *Freya* entlang, als er den vereinbarten Klingelton hörte. Leise fluchend zog er sich aus dem Wasser. *And a thing called love …* Schnaufend hievte er sich an Deck und griff rasch nach dem Handy. »Ja?«

»Tag, Brüderchen. Stör ich dich?«

Gereizt wischte er sich das nasse Haar aus dem Gesicht. Die sizilianische Tussi. »Ja, ich bin bei der Arbeit.«

»Entschuldige, ich hätte dir gerne eine WhatsApp-Nachricht geschickt, aber ich habe mein Handy verloren.« Auch das noch. »Aber ansonsten«, fuhr sie fort, »ist alles paletti. Hast du schon mit Daddy gesprochen?«

»Ja.«

»Dann weißt du, dass ich ein paar Schwierigkeiten mit der Rechtsanwältin hatte.«

Schwierigkeiten? Das konnte man wohl sagen. »Wo bist du jetzt?«

»Auf dem Flughafen von Rhodos. Ich bin gerade gelandet.«

»Aha.« Er fragte nicht, warum. Charles hatte ihm schon alles erklärt.

»Begeistert klingst du nicht gerade.«

Was sollte er denn sagen? Hallo, Schwesterchen, wie ich mich freue, dass du hier bist? »Ich hatte am Bug zu tun«, log er. »Irgendein Depp hat mich geschrammt.«

»Und?«

»Ein Haarriss, nicht weiter schlimm.«

»Dad hat gesagt, du hättest etwas über das Buch von Tante erfahren.«

»Stimmt. Ich habe gleich eine Verabredung in Rhodos-Stadt.«

»Können wir uns dann auch dort treffen?«

Am liebsten hätte er Nein gesagt. »Okay.«

»Und wo?«

Er dachte einen Moment nach und erinnerte sich an ein großes, anonymes Restaurant mit Außenterrasse. »Auf dem Platz hinter dem Rathaus in der Altstadt. Das Lokal heißt *Koloss von Rhodos.*«

»Wie originell. Mal sehen, wie spät ist es?«

Er schaute auf seine Taucheruhr. »Halb sechs.«

»Ich muss mir noch ein Hotel suchen und ein paar Klamotten kaufen… In anderthalb Stunden kann ich bei dir sein. In Ordnung?«

»Ja.«

»Dann bis später. Pass auf dich auf.«

Adam beendete das Gespräch, seufzte und starrte zur Sonne, die tief über dem Meer stand, sodass sich die Jachten und Segelschiffe im Hafen dunkel färbten. Auf der anderen Seite fiel das Licht auf das alte Fort, das den Mandraki-Jachthafen vom Meer abschirmte.

Pass auf dich auf.

Das musste sie gerade sagen. Erst von einem Mafioso überfallen werden und dann Gina entkommen lassen. Inzwischen musste Charles doch begriffen haben, dass das zu nichts führte! Eine Amateurin!

Gähnend trocknete er sich ab und ging nach unten, um sich anzuziehen. Letzte Nacht war es ihm doch besser erschienen, nicht länger in dem kleinen Jachthafen zu bleiben, sondern nach Rhodos-Stadt zu fahren. Dort hatte er nach seiner Ankunft bestimmt noch eine Stunde wach gelegen, bis er endlich eingeschlafen war, und dann hatte Charles ihn schon frühmorgens aus England angerufen, wo er mit Sarah die Boydds besuchte, nachdem er mit Ethan bei einem NATO-Treffen in Plymouth gewesen war.

In seiner kryptischen Geheimsprache hatte Charles ihm erklärt, dass am Abend von de Brauws Verschwinden das einzige Schiff, das bei Karimou abgelegt hatte, eine Luxusjacht aus dem arabischen Katar gewesen war. Die *Amīr al-baḥr*, dem arabischen Wort für »Admiral«. Die Jacht gehörte einem steinreichen Scheich.

Katar machte zwar Geschäfte mit dem Westen, aber auch mit Putin, besonders abwegig war es daher nicht, dass der blonde Mann, Carlentini und de Brauw an Bord waren. Die Frage war nur, wo sie sich jetzt aufhielten, aber Charles würde natürlich alles daransetzen, das so schnell wie möglich herauszufinden.

Eine halbe Stunde später ertönte Adams normaler Klingelton. *Against the Wind*.

»Ole? Bist du das?« Es war Dimitrios. Er klang ganz aufgeregt. »Ich habe mir noch einmal alle Fotos von dem Tag angesehen, an dem dein Freund im Petaloudes war, und ich habe eines gefunden, auf dem die Stewardess zu sehen ist, und auch eines von einem großen blonden Mann.«

Charles sprang auf. »Aha? Und?«

»Das Foto ist nicht sehr scharf. Eine junge Frau in der Uniform der Turkish Airlines, allerdings mit einem Strohhut auf dem Kopf. Von dem Mann sieht man leider nicht viel mehr als das blonde Haar, weil er sich wegdreht. Willst du die Bilder sehen?«

»Unbedingt«, antwortete Adam, obwohl er keineswegs davon überzeugt war, dass ihm das Foto etwas nützen würde. Aber wer weiß. »Wo und wie sollen wir uns treffen?«

»Ich muss hier noch bis fünf Uhr arbeiten. Wo bist du?«

»Ich kann nach Rhodos-Stadt kommen«, schlug Adam vor.

»Okay. Passt dir halb sieben? Kennst du das *Koloss von Rhodos*?«

Adam versuchte im Anschluss an dieses Gespräch sofort, Charles anzurufen, konnte ihn aber nicht erreichen. Bestimmt spielte er Kricket. Ein Spiel für alte Männer in Blazern.

Er überlegte, ob er sein Messer mitnehmen sollte, beschloss aber, es nicht zu tun. Heute Nachmittag, als er an der Restaurantterrasse vorbeigegangen war, hatten griechische Polizeibeamte einige Touristen durchsucht, weil gerade eine Welle von Ladendiebstählen auf der Insel beklagt wurde. Er hatte keine Lust auf Ärger.

Kurz darauf ging er zwischen den Schiffen hindurch über die Stege zum Kai. Vor ihm lagen die gleichen Einheitsläden wie auf allen Touristeninseln. Eine langweilige Meile von Souvenirshops, kleinen Restaurants und überfüllten Restaurantterrassen. Während er daran vorbeiging, hörte er viele Sprachen, nur kein Griechisch. Kahl geschorene englische Hooligans mit Bierflaschen schauten sich johlend ein Fußballspiel auf einem großen Flatscreen an. Übergewichtige, rot verbrannte Männer und Frauen stopften sich den Mund mit gegrillten Garnelen voll, die zweifellos aus der Tiefkühltruhe kamen, alte Knacker rollten mit zu dick geschminkten, gebräunten Blondinen in Luxuscabrios vorbei, unterwegs zu einem Kasino. Rhodos. Wo einst der Koloss gestanden hatte, eines der sieben Weltwunder, wo Dichter und Bildhauer des Hellenismus ihre Kunstwerke angefertigt und die Kreuzfahrer zu ihrer heiligen Mission gegen die Muslime aufgebrochen waren. Letzteres hatte also Tradition.

Er hatte noch reichlich Zeit bis zum Treffen mit Dimitrios. Das hatte er absichtlich so eingerichtet. Schräg gegenüber dem Restaurant lag ein Stadtpark mit Bänken zwischen blühenden Sträuchern. Von dort aus konnte er die Terrasse und den Eingang des Lokals beobachten. Welcher Autor des klassischen Altertums hatte gleich gesagt: Ich fürchte die Griechen, auch wenn sie Geschenke bringen? Vera hätte natürlich gewusst, von wem der Aphorismus stammte. Carrie wüsste es sicher nicht. Ihren ersten Einsatz hatte sie schon mal vermasselt. Und da sie Gina hatte entwischen lassen, schwebte sie noch mehr in Gefahr, denn die Rechtsanwältin wusste jetzt, wie sie aussah.

Lass gut sein, Junge, es war nicht ihre Schuld. Er wusste, was Charles zu seinen Gedanken sagen würde.

Aber wessen dann?

Während es auf den Straßen und den Restaurantterrassen von Menschen wimmelte, war es still in dem kleinen Park. Adam nahm die *Times* zur Hand, die er unterwegs gekauft hatte. Das hätte Charles zweifellos gefallen: altmodisches Handwerk, eine Observierung hinter aufgeschlagener Zeitung im Gebüsch. Gleich auf der Titelseite ging es darum, dass Putin Anfang Juni auf Einladung der Italiener zu einem Staatsbesuch kommen würde, um über die angespannten Beziehungen zu reden. Italiener. Das Sprichwort über die Griechen galt genauso gut für sie. Auf sie war einfach kein Verlass. Ausgerechnet Putin, der ein Auge auf Moldawien und Georgien geworfen hatte, ja, sogar auf die baltischen Staaten. Der seine Truppen angeblich zum Schutz entlang der armenisch-türkischen Grenze stationiert und die russische Flotte vor der syrischen Hafenstadt Tarsus verstärkt hatte und der jetzt wahrscheinlich mit Katar zusammenarbeitete. Und niemand konnte ihn aufhalten, davon war Charles fest überzeugt, nicht einmal die Wirtschaftssanktionen des Westens. Putin würde nur auf einen Militärschlag reagieren, obwohl das nach Charles' Ansicht die Gefahr eines Dritten Weltkriegs mit sich bringen würde. Das war natürlich Unsinn. Wenn man rechtzeitig eingegriffen hätte, hätte es niemals einen

Zweiten gegeben. Aber so war Charles – trotz seiner Spitzenposition in der NATO ein Mann der Harmonie. Nur der Verteidigungsfall war legitim. Wie im Fall der Operation, um die es im chiffrierten Schmetterlingsatlas ging. Doch wenn es stimmte, dass Putin mit diesen Kriminellen vom Islamischen Staat zusammenarbeitete, hielte er es für sinnvoller, Bomber und Elitetruppen loszuschicken anstatt Diplomaten mit einem Schmetterlingsbüchlein. Ethan Boydd würde ihm da ganz bestimmt zustimmen.

Von den Restaurantterrassen klangen heitere Stimmen, Gelächter und Musik herüber. Adam spähte über die Zeitung hinweg zum *Koloss von Rhodos,* wo Touristen einem Straßenmusiker applaudierten.

Er hörte ein Geräusch hinter sich, spannte die Muskeln schon an, atmete aber erleichtert auf, als er ein mageres Mädchen auf sich zukommen sah. Bittend streckte sie die Hand aus. Sie konnte nicht viel älter sein als zwölf.

»Please, Mister!«

Er zückte sein Portemonnaie, und sie lächelte, blickte dann aber nach irgendetwas hinter ihm. Scheiße! Straßenräuber? Er wollte aufspringen, doch da trat sie ihn in den Schritt, und in dem Moment, als er zusammenklappte, spürte er einen flammenden Schmerz im Nacken und fiel von der Bank. Hatte Dimitrios ihn verraten? Schon versank er im tiefen Schwarz der Bewusstlosigkeit.

Als er wieder zu sich kam, roch er Alkohol und Knoblauch. Es herrschte Halbdunkel. Seine Hände waren auf dem Rücken gefesselt, seine Beine an den Knöcheln aneinandergebunden. Ein Übelkeit erregender Schmerz pochte in seinem Unterleib, sein Nacken war wie gelähmt, und er hatte keine Ahnung, wo er war. Er blinzelte gegen das grelle Licht an, das ihm ins Gesicht fiel.

»Wer sind Sie?«, fragte ihn jemand auf Englisch.

»Ole«, stöhnte er. »Ole Ullmann.«

»Er lügt!« Eine andere Stimme. Tiefer. Englisch mit italienischem Akzent. »Er hat in der *Pirate Bar* nach dem Niederländer gefragt.«

Italienisch. Mafia. Carlentini?

Er wurde grob hochgezerrt. An dem kleinen Finger eines Mannes sah er einen Siegelring glänzen. »Was wolltest du von dem griechischen Adonis?«

Er schluckte und hustete. »Keine Ahnung, wen Sie meinen.«

»Für wen arbeiten Sie?«

»Ich bin Tourist, ich bin mit meiner Jacht hier, ich ...«

Eine Faust traf ihn mit voller Wucht am Kinn, und er schmeckte Blut im Mund.

»Den Code, und zwar sofort!«

Adam schwieg und versuchte, sich den Schmerz zu verbeißen. Sie wussten also von dem Atlas. Aber den Code kannten sie nicht. Was hatten sie mit de Brauw angestellt, nachdem ihnen klar geworden war, dass er ihn nicht kannte?

Er wurde hochgerissen und über die Lehne eines Sofas geschleudert.

»Zieh ihm die Hose runter!«

Hilflos über dem Sofa hängend hörte er sie reden, zwei, drei Männer, aber er verstand nicht, was sie sagten, er war wie betäubt und verwirrt von den Schmerzen und der Angst. Ja, er hatte Angst. Sie lachten, ein Unheil verkündendes Geräusch, das in der Dunkelheit gedämpft klang.

Er verkrampfte sich, als er dicht vor den Augen plötzlich eine Injektionsnadel sah. Sofort dachte er an Vera. Die Erinnerung überwältigte ihn.

»Wer bist du?«

Das war eine neue Stimme, auf Englisch mit einem irgendwie osteuropäischen Akzent.

Er schwieg und spannte den ganzen Körper an in Erwartung des Unvermeidlichen.

»Wo ist Caressa, *porca miseria*?«

Also doch. Wut loderte in ihm auf. »Ich habe keine Ahnung, wovon ihr redet«, flüsterte er und stöhnte, weil er etwas Spitzes zwischen den Schenkeln fühlte.

»Sei vernünftig. Das hier ist konzentrierte Salzsäure, die einen langsamen und sehr schmerzhaften Tod verursacht …«

Salzsäure. Genau wie damals bei Vera. Er versuchte, nicht daran zu denken, was dieses Zeug in seinem Körper anrichten würde. Wie er langsam krepierte. Scheiße!

»Eine letzte Chance, dann jagt dir mein Freund hier die Spritze in den Hintern!«

In Gedanken bereitete er sich auf das Unausweichliche vor. Nie, niemals würde er einen Namen nennen. Niemals jemanden verraten. Er war Vera nicht böse, nicht jeder war gleich, war stark genug, das Schweigen aufrechtzuerhalten, wenn die Schmerzen zu stark, ja, überwältigend wurden. Vielleicht sollte er vor allem hoffen, dass es ihm gelang zu schweigen. Er dachte an ihre Stimme, die er an ihrem Grab vernommen hatte.

Bleib am Leben. Für mich …

Er versuchte, sich von seiner Außenwelt abzuschotten, dachte an Vera, an die Möglichkeit, sie vielleicht bald an einem anderen Ort wiederzusehen, obwohl er nie an ein Jenseits geglaubt hatte und es ihm auch jetzt nicht gelang, sich eine Vorstellung davon zu machen.

Und dann, gerade als der Mann den Befehl gab, ihm die Spritze zu geben, ertönten ein Schuss und ein Schmerzensschrei.

Es erstaunte ihn, dass er nichts spürte.

15

Verzweifelt blickte Carrie in Adams leichenblasses Gesicht.

»Adam, Adam, hörst du mich? Bitte, sag doch was!«

Seine Augen waren geschlossen, und Blut floss aus einer Wunde neben dem linken Ohr. War sie zu spät gekommen? Was hatten die Scheißkerle mit ihm gemacht? Ihm irgendein Gift gespritzt? Schlangengift, Kegelschneckengift – Mafiamethoden. Silvio! Sie musste Silvio in die Finger kriegen!

»Er versucht zu sprechen!«, keuchte Dimitrios. »Da, er bewegt die Lippen!«

Eine Welle der Erleichterung durchlief sie. »Adam?«

Er blinzelte.

Carrie richtete sich auf und nahm ihre Pistole, die neben der zerbrochenen Spritze lag. »Mach ihn los und gib ihm etwas Wasser. Ganz vorsichtig«, sagte sie, schon auf dem Sprung in Richtung der Tür, durch die Silvio verschwunden war. Verdammt, sie hatte ihn entkommen lassen, aber sie hatte keine Wahl gehabt. Ein Glück, dass Adam noch lebte! Sie hätte keinen Augenblick später kommen dürfen, sonst hätten sie ihn sicher getötet.

Sie musste Silvio noch einholen können, er hatte nur eine Minute Vorsprung. Zwei Männer waren bei ihm gewesen. Auf den mit der Spritze hatte sie mehrmals geschossen. Anscheinend hatte sie ihn aber nicht richtig erwischt, denn er war hinter Silvio hergerannt.

Carrie sprintete den dunklen Gang entlang, durch den sie vor knapp zehn Minuten mit Dimitrios ins Haus geschlichen war, sie eilte, je drei Stufen auf einmal nehmend, die Treppe hinauf und hörte im Parterre die Haustür zuschlagen. Sie riss sie auf, die Pistole im Anschlag. Ein Automotor heulte auf, begleitet von Sirtakigedudel im Hintergrund. Carrie wandte sich blitzschnell um und sah gerade noch, wie Silvio hinten in einen offenen Jeep sprang, der sofort mit Vollgas an ihr vorbeifuhr. Der Ring an seinem Finger blitzte kurz auf, und dann erkannte Carrie die Frau am Steuer, ihr bleiches Gesicht und das flatternde schwarze Haar, das rasch von der Dunkelheit verschluckt wurde. Alles ging zu schnell, als dass sie hätte schießen können, und es wäre auch zu riskant gewesen, denn auf der anderen Seite, hinter dem kleinen Park, saßen Dutzende Touristen auf der Terrasse des *Koloss von Rhodos*. Die Schüsse im Inneren des Hauses schienen sie nicht gehört zu haben, sonst hätten sie vermutlich nicht mehr dort gesessen.

Gina. Gina war also hergekommen. Aber sie konnte Silvio unmöglich von Adam erzählt haben; Carrie war sich sicher, dass sie in Paolos Kirche nicht von ihm gesprochen hatte.

Sie schloss die Tür und kehrte langsam zurück in den Keller. Silvio. Wenn sie nicht erst Adam zu Hilfe gekommen wäre, hätte sie Silvio töten können.

Vor einer Viertelstunde hatte sie aus dem Taxi heraus zwei Männer aus dem Park kommen sehen, die einen Dritten zwischen sich führten. Sie glaubte zu träumen, als sie Adam erspähte, vornüberhängend, als wäre er betrunken. Sie erkannte sofort das olivfarbene Gesicht Silvios. Carrie stieß die Tür des Taxis auf, warf dem verblüfften Fahrer Geld zu und rannte hinter den dreien her zu dem Haus, in dem sie verschwunden waren. Während sie die Pistole aus dem Schulterholster zog, erschrak sie, als ein junger Mann auf einem Motorrad angeschossen kam. Sie dachte, er gehörte zu Silvio, und hätte ihn beinahe niedergeschossen, bis er schrie, er sei ein Freund von Ole Ullmann.

Dimitrios.

Das Haus schien unbewohnt zu sein wie so viele andere Häuser, an denen sie mit dem Taxi vorbeigekommen war. Die Haustür war abgeschlossen, aber Dimitrios hatte gesehen, dass die Männer durch eine Seitengasse und einen kleinen Garten hineingegangen waren. Dimitrios war mit Adam auf der Terrasse des Restaurants verabredet gewesen. Als er sein Motorrad am Zaun abstellte, hatte er einen Schrei im Park gehört. Er war hingelaufen und niedergeschlagen worden. Gerade hatte er mit dem Motorrad zur Polizei fahren wollen, als Carrie plötzlich aufgetaucht war. Er hatte sie mit ihrer Pistole zunächst selbst für eine Polizistin in Zivil gehalten. Er war unverletzt, aber sie hatten seine Kamera gestohlen. Woher hatten sie gewusst, dass er Adam Fotos des blonden Mannes hatte zeigen wollen?

Als Carrie in den Keller zurückkehrte, sah sie zu ihrer Erleichterung, dass Adam wieder einigermaßen klar aus den Augen blickte. Dimitrios hielt ihm ein Handtuch an den Kopf und berichtete, dass die Blutung schon nachgelassen habe.

Carrie sah Adam an und fragte: »Geht's einigermaßen?«

Er nickte, nicht sehr überzeugend.

»Wir müssen hier weg«, sagte sie, »und zwar schnell. Wo liegt die *Freya*?«

»Hier im Mandraki-Jachthafen.« Adams Stimme klang noch schwach.

Dimitrios verzog nervös den Mund. »Ich würde gerne mitkommen«, sagte er. »Die haben mich gesehen, die wissen, wer ich bin. Ich kann nicht hierbleiben. Bitte!«

Carrie sah Adam an, dass es ihm widerstrebte, aber Dimitrios hatte recht. »Natürlich kommst du mit. Und jetzt schnell! Weißt du, wo der Jachthafen liegt?«

»Ja.«

»Warte dort auf uns.«

»Und mein Motorrad?«, fragte er.

»Das kann bestimmt mit an Bord«, meinte Carrie. »Und jetzt beeil dich!«

Dimitrios rannte zur Tür.

Sobald er verschwunden war, half sie Adam, sich aufzurichten. Als dabei sein T-Shirt etwas hochrutschte, sah sie eine lange, geriffelte Narbe, die sich quer über seinen Bauch zog. »Was meinst du, schaffst du es bis nach draußen? Dann nehmen wir ein Taxi.«

Kurz darauf stolperten sie den Gang entlang. An Adams unsicheren Schritten merkte Carrie, dass er kaum ein Bein vor das andere setzen konnte. Sie unterstützte ihn, und ihre Schultern und ihr Rücken schmerzten unter seinem Gewicht, als sie die Treppe hinaufstiegen.

Draußen sog er die frische Luft tief ein. »Ein kleiner Joint würde mir jetzt guttun.«

»Ich hätte lieber einen Schnaps. Ich habe die Gelegenheit verpasst, Silvio abzuknallen.«

»Die kommt schon wieder. Er wollte von mir wissen, wo du bist. Hat er dich gesehen?«

»Keine Ahnung. Aber Gina saß am Steuer des Fluchtwagens.«

Adam fluchte leise, ob vor Schmerzen oder wegen Gina, war nicht auszumachen.

Carrie näherte sich einem Taxi und erkannte den Fahrer wieder, der sie hierhergebracht hatte. Erstaunt sah er den blutenden Adam an und reichte Carrie dann ihre Tasche. »Ich habe auf Sie gewartet, Sie hatten Ihre Tasche vergessen. Soll ich Sie ins Krankenhaus fahren?«

»Nein, es ist nicht so schlimm. Zum Mandraki-Jachthafen bitte. Und vielen Dank, dass Sie gewartet haben.«

Sie stiegen ein, und Adam atmete auf, als sie losfuhren.

»Hast du eine Ahnung, woher Carlentini gewusst hat, dass ich hier bin? Oder Gina?«

Carrie schüttelte den Kopf. »Nein. Von mir haben sie es nicht, ich bin ja nicht blöd, auch wenn du das vielleicht von mir denkst. Ich habe dich nicht erwähnt.«

»Was ist mit Dimitrios?«

Sie sah ihn erstaunt an. »Wie kommst du darauf? Er wurde auch angegriffen, und er hat mir geholfen. Außerdem haben sie ihm seine Kamera weggenommen, also wussten sie, dass er dir Fotos zeigen wollte. Dimitrios schwebt genauso in Gefahr wie wir.«

»Aber welche Möglichkeit gibt es sonst?«

Carrie zögerte. »Il Giardino. An dem Morgen, an dem wir uns zum ersten Mal begegnet sind, kurz vor dem Frühstück, habe ich mir eingebildet, ein Geräusch im Gebüsch gehört zu haben. Deswegen war ich auch so erschrocken. Aber ich dachte dann einfach, dass ich mal wieder Opfer meiner Paranoia geworden bin.«

Adam nickte nachdenklich. »Ich habe Charles immer wieder gesagt, er soll das Landgut besser absichern lassen. Dann ist man dir wahrscheinlich nach Sizilien und mir hierher gefolgt. Freunde von Carlentini. Das würde erklären, warum du angegriffen wurdest. Und dass ich hier attackiert wurde, liegt wahrscheinlich vor allem daran, dass ich mich nach Jan-Willem de Brauw erkundigt habe.«

»Und Dimitrios wurde vermutlich auch beschattet.«

»Ja.«

Das Taxi erreichte den Jachthafen.

»Apropos Dimitrios«, fuhr Adam fort. »Wir nehmen ihn mit, aber wir setzen ihn so schnell wie möglich irgendwo ab. Ich arbeite nicht gern mit Externen.«

Carrie schnaubte. »Meinst du auch mich damit?«

Schweigend stieß er die Tür auf.

16

Als sie mit ihrer Tasche in der Hand aus dem Auto stieg und es abschloss, hörte sie eine Stimme hinter sich. Sie erstarrte.

»Du hast nicht zurückgerufen, Maria.«

Die Stimme hatte noch immer diesen vorwurfsvollen Unterton, genau wie damals, wenn ihr ein Auftrag missglückt war. Sie drehte sich nicht um, roch aber, dass er bis heute dasselbe Aftershave benutzte. Hatte er es absichtlich aufgelegt, um ihr die Vergangenheit, die sie verdrängt hatte, wieder ins Gedächtnis zu rufen? Als wäre das noch notwendig gewesen.

»Warum nicht, Maria?« Wie sie diesen Namen hasste! Sie konnte nur den Kopf schütteln. »Lass uns ein Stück spazieren gehen.« Willenlos ließ sie zu, dass er ihre Hand nahm, noch immer mit festem Griff, als wäre er um keinen Tag gealtert. »Die reinste Idylle. Bist du oft hier?«

»Nein.« Ihre Stimme klang unsicher. »Nicht so oft, wie ich es mir wünschen würde.«

»Verstehe. Wie geht es ihm?«

»Gut.«

»Er würde ihn sehr gerne kennenlernen, aber du verstehst sicher, dass er es sich nicht erlauben kann, ihn zu besuchen.«

Er. Der Mann, für den sie das alles getan hatte, der Mann, von dem sie geglaubt hatte, dass sie ihn über alle Maßen liebte. Der Mann, von dem sie schwanger geworden war.

Sie spazierten Arm in Arm zwischen den Pappeln hindurch. Wie ein altes Ehepaar, dachte sie, das ein wenig Luft schnappt und dabei über die kleinen Ereignisse des Tages plaudert.

»Ich nehme an, du hast nichts gefunden.«

»Nein.«

»Wie können wir sicher sein, dass du uns nicht belügst?«

Sie blickte kurz zu ihm auf. Er war einen Kopf größer als sie, trotz seines Alters von aufrechter Gestalt, schlank, gepflegt, rechteckiges, gebräuntes Gesicht, das Haar noch schwarz, nur an den Schläfen silbrig. Seine grauen Augen sahen sie ein wenig spöttisch an. Iwan. Iwan Schepanowitsch. Ein Gespenst aus ihrer Vergangenheit, das bereits verblasst war, sich verflüchtigt hatte. Vergessen, ebenso wie sie geglaubt hatte, sie hätten sie vergessen.

»Ich habe getan, worum du mich gebeten hast«, erwiderte sie tonlos, »aber ich habe nichts finden können. Und du weißt auch, dass ich keinen Zugang zum Hauptsitz habe.«

»Könnte er es zu Hause haben?«

Erneut schüttelte sie den Kopf. »Nicht einmal die obersten Führungskräfte dürfen geheime Papiere oder Akten mit nach Hause nehmen.«

Sie zog ihren Arm weg und blieb stehen. »Warum tut er mir das an?«

»Du täuschst dich. Er tut dir nichts an, er liebt dich bis heute. Es ist das System, Maria, du warst ein Teil davon und bist es noch immer.«

Er liebt dich bis heute. Eine Lüge. So wie alles damals eine Lüge gewesen war. Wie oft hatte sie gewünscht, er wäre tot, wie oft hatte sie ihn in ihren Träumen ermordet! Sie wandte das Gesicht ab, sodass er ihre Tränen nicht sah. »Du glaubst also immer noch daran«, sagte sie.

»Natürlich. Mehr denn je.«

»Sogar jetzt, wo ihr Idioten die Ukraine überfallen und diese armen Leute in dem Flugzeug ermordet habt …« Sie schrie auf, als er sie schlug, eine schallende Ohrfeige auf die Wange, sodass sie kurz das Gleichgewicht verlor.

»Nenn uns nicht Idioten, Maria!« Wieder klang seine Stimme vorwurfsvoll, als tadle er seine Tochter. Seine Augen blitzten, und sie erkannte, dass er sich nur mit Mühe zurückhielt. »Wir treten für die Rechte des russischen Volkes ein. Wir nehmen es nicht hin, dass der Westen uns vorschreibt, was wir tun dürfen und was nicht. Die Krim wurde uns gestohlen, genau wie die Ukraine, genau wie Moldawien, Georgien, Abchasien. Und dieses Flugzeug wurde von den Imperialisten in Kiew mit einer von uns erbeuteten Rakete abgeschossen.« Er fuhr sich mit einer Hand durchs Haar. »Du hast die falsche Entscheidung getroffen, Maria.«

Sie schwieg. Ihre Wange glühte wie von der Sonne verbrannt.

»Wir werden ungeduldig, Maria. Du hast noch eine Woche.« Er beugte sich nach vorn und drückte ihr einen Kuss auf die Hand. »Jeder Mensch hat die Folgen seines Handelns zu tragen, das gilt auch für dich.«

Sie starrte mit Tränen des Schmerzes und der tiefen Verzweiflung auf das dunkle Wasser. Vor langer Zeit war ihre Mutter ins Meer gegangen, die Taschen ihres Mantels mit Steinen gefüllt, immer weiter, fest entschlossen, bis das Wasser sie verschluckt hatte.

Ob sie das auch könnte?

Irgendwo hinter sich hörte sie Lachen und Rufen. Als sie sich umdrehte, sah sie, wie auf dem Rasen Jungs Fangen spielten. Sie presste ihre Tasche an sich, als wäre sie ihr Kind, und wischte sich mit der anderen Hand die Tränen weg.

»Eine Woche, Maria. Hörst du?«

17

Mitten in der Nacht waren sie aufgebrochen, mit unbekanntem Ziel, müde, hungrig, aber erleichtert, als die Lichter von Rhodos hinter ihnen verschwanden. Kurz darauf war ein Sturm aufgezogen. Dimitrios hatte sich würgend in die Kajüte zurückgezogen. Carrie sah, dass Adam alle Hände voll zu tun hatte, um die *Freya* zwischen den turmhohen Wellen hindurchzusteuern. Sie fühlte sich auch nicht besonders, aber als ihr auffiel, wie er trotz Schmerztabletten und eines Joints mehrmals vor Schmerz zusammenzuckte, bot sie ihm an, das Ruder eine Weile zu übernehmen.

»Kannst du das denn?«, fragte er.

»Sonst würde ich es dir nicht anbieten.«

»Wo hast du es gelernt?«

»Auf Sizilien. Ginas Vater hatte ein Boot. Und du?«

»Überall und nirgends.«

Gereizt hatte sie ihm nachgeschaut, als er vorsichtig die kleine Treppe zur Kajüte hinunterstieg. Überall und nirgends. Was war das für eine Antwort? Warum benahm er sich noch immer so mürrisch und abweisend? Schließlich hatte sie ihm das Leben gerettet.

Sie hatte nur ein knappes Dankeschön erhalten, als hätte sie ihm den Weg erklärt. Doch ein paar Minuten später kehrte er mit einem Becher heißer Suppe zurück.

»Klappt's einigermaßen?«

»Ja. Und wie geht's dir?«

»Keine bleibenden Schäden.«

Carrie hatte die Wunde an seiner Schläfe gereinigt und desinfiziert. Eine tiefe Platzwunde, verursacht durch einen Schlag mit dem Pistolenkolben. Sie hatte sie mit wasserfestem Pflaster verklebt. Es war nicht auszuschließen, dass er eine leichte Gehirnerschütterung hatte.

Trotz ihrer Müdigkeit genoss sie den heulenden Wind, die mit Schaumkronen bedeckten hohen Wellen, die das Schiff beinahe zum Kentern brachten, die Blitze, die das brodelnde Wasser giftgrün aufleuchten ließen. Adam hatte ihr einen Wollpullover gegeben, der ihr passte wie angegossen, außerdem eine orangefarbene Öljacke. Als sie die Schmerzmittel für ihn geholt hatte, hatte sie in der kleinen Toilette hinten im Arzneischränkchen einen halb leeren Pillenstreifen gefunden. Er hatte also eine Freundin, von der der Pullover und auch die Jacke stammen mussten. Sie konnte es sich seltsamerweise nicht richtig vorstellen, obwohl er nicht hässlich war, im Gegenteil. Aber irgendwie war er für sie eher der Inbegriff des einsamen Wolfs.

»Wie geht's Dimitrios?«

»Leidet wie ein Hund. Und das als Inselbewohner! Wir hätten ihn nicht mitnehmen sollen. Pass auf!«

Vor ihnen erhob sich eine Wand aus Wasser. Carrie drehte den Bug der *Freya* schräg darauf zu, sodass sie wie ein Surfer an der Welle hinauf- und auf der anderen Seite wieder hinunterglitten.

Er sah sie bewundernd an. »Sehr gut!«

»Wo willst du eigentlich hin?«, fragte sie.

»Sobald es hell wird, nehme ich Kontakt zu Charles auf. Hoffentlich wissen die in Brüssel, wo die Jacht aus Katar liegt.«

»Wie heißt sie gleich wieder?«

»*Amīr al-baḥr,* das heißt ›Admiral‹ auf Arabisch.«

»Araber und Russen. Muslime und Kommunisten. Ist das nicht merkwürdig?«

»Keineswegs. Es wäre nicht das erste Mal. Beide leiden unter Größenwahn und hassen den Westen. Warum sollte Putin sonst die Syrer unterstützen? Schließlich hat er mit solchen Leuten schon genügend Probleme in Tschetschenien und Kasachstan. Putin arbeitet mit jedem zusammen, wenn es ihm in den Kram passt. Früher hat er für den KGB spioniert, und damals scheint er einen Deal mit den Amerikanern geschlossen zu haben, um über kurz oder lang die Macht im Kreml zu übernehmen und die Sowjetunion in ihrem Sinne zu reformieren. Und was hat er getan, als er an die Macht kam? Genau das Gegenteil.«

»Kann man das nicht beweisen?«

»Wenn es jemand hätte beweisen können, wäre derjenige längst liquidiert worden. So wie dieser Oppositionelle, Nemzow. Komm, trink deine Suppe, bevor sie kalt wird.«

»Das tut gut.« Das Meer hatte sich etwas beruhigt, und Carrie stellte das Ruder fest. »Wie lange wird de Brauw inzwischen vermisst?«

»Seit knapp zwei Wochen.«

»Dann müsste Silvio also die ganze Zeit auf Rhodos gewesen sein.«

»Vielleicht. Aber möglicherweise haben die Leute an Bord der *Amīr* auch irgendwie erfahren, dass ich auf der Insel bin, und ihn deswegen zurückgeschickt.«

»Um dich zu liquidieren.«

»Ja. Aber auch, weil sie dachten, ich würde den Code kennen. Sie haben mich danach gefragt.«

Carrie nickte nachdenklich. »Woher wissen die eigentlich, dass der Schmetterlingsatlas chiffriert ist?«

»Keine Ahnung. Vielleicht hat de Brauw es verraten, auch wenn er den Code nicht kennt. Es ist aber auch nicht schwer zu erraten: ein NATO-Diplomat, der im Petaloudes ein augenscheinlich harmloses Buch übergibt.«

»Denkst du, sie haben den Atlas kopiert? Silvio könnte es auf Sizilien getan haben, als Gina de Brauw ›beschäftigt‹ hat. Oder es war die Stewardess. Anschließend hat sie das Original nach Istanbul gebracht, um uns in dem Glauben zu lassen, alles wäre ordnungsgemäß verlaufen und sie wäre unschuldig.«

»Charles hält sie für zuverlässig, und sie hätte auch keine Zeit gehabt, den Atlas zu kopieren, weil sie ihren Flieger erreichen musste.«

Adam holte ein Tütchen Gras heraus und drehte sich einen Joint. »Vielleicht ist ihr Chef korrupt. Bei den Türken weiß man nie.«

»Genau wie bei den Sizilianern.«

»Und den Polen. Und den Israelis.« Er zündete den Joint an. »Schade, dass Dimitrios seine Kamera los ist. Die Technikfreaks in Brüssel hätten bestimmt etwas mit den Bildern anfangen können, auch wenn er den Blonden nicht richtig erwischt hat.«

»Sicher. Und mich wurmt es, dass ich Silvio nicht abgeknallt habe. Gina muss ihm erzählt haben, wie ich jetzt aussehe.«

»Wie gesagt, du bekommst deine Gelegenheit schon noch.«

Carrie erschauderte, nicht nur wegen des kalten Winds. Nach den vielen Jahren der Furcht, der ständigen Wachsamkeit, der Angst, niemandem vertrauen zu können, hätte sie mit einem einzigen Schuss dem Albtraum ein Ende bereiten können.

»Versuch, noch ein bisschen zu schlafen. In ein paar Stunden geht die Sonne auf.«

»Und was ist mit dir? Du musst völlig fertig sein.«

Er zuckte mit den Schultern, zog an seinem Joint. »Geht schon wieder. Wenn sich das Meer gleich ein bisschen beruhigt hat, lege ich mich an Deck noch etwas hin.«

»An Deck?«

»Ja. Ich fühle mich ziemlich leicht eingesperrt«, gestand er zögernd. »Deswegen meide ich auch, wann immer es geht, Flugzeuge und Hotelzimmer.«

»Klaustrophobie.«

»Ja, so ähnlich.«

»Ziemlich störend bei deiner Arbeit.« Carrie musste sich beherrschen, um nicht zu lachen.

»Man gewöhnt sich daran. Jeder hat so seine Ängste. Was ist mit dir?«

Ohne zu zögern, antwortete sie: »Ich habe Angst vor Blut.«

»Das ist nicht dein Ernst! So viel zum Thema ›störend‹.«

Jetzt zuckte sie mit den Achseln.

»Dann sorg dafür, dass du beim nächsten Mal nur einmal schießen musst«, bemerkte er. »Danke noch mal, dass du rechtzeitig gekommen bist, sonst würde ich jetzt nicht hier stehen.« Plötzlich streckte er ihr die Hand hin. »Partner?«

Sie nahm seine Hand. »Partner.« Und dann sah sie zum ersten Mal, wie sein Lachen auch seine Augen erreichte.

Als sie wieder erwachte, war das andere Bett in der Kajüte leer. Sie reckte sich und gähnte herzhaft.

»Carrie? Bist du wach? Frühstück ist in fünf Minuten fertig.«

Dimitrios. Es ging ihm also besser. In der Nacht, als sie zu ihm nach unten in die Kajüte gekommen war, hatte er grün und elend vor Seekrankheit ausgesehen. Dennoch war er ein attraktiver Mann, muskulös, schöne Augen, dichte schwarze Locken. Trotz seines Zustands gestern war nicht zu übersehen gewesen, dass er nur Augen für sie gehabt hatte. Carrie hatte zum letzten Mal Sex gehabt, als sie damals auf der Flucht vor Monti gewesen war. Ein Typ hatte sie mitgenommen. Sie hatte vorgegeben, eine Touristin zu sein, die ausgeraubt worden war. Er hatte sie mit in seine Wohnung genommen und ihr etwas Geld gegeben. Nicht umsonst natürlich. Es war keine besonders schöne Erfahrung gewesen, aber jetzt hatte sie durchaus wieder mal Lust. Sie dachte an Paolo. Er hatte sich gewundert, dass sie keinen Freund hatte, und gesagt, sie sei ein schönes Mädchen.

Ob Adam auch an Deck schlief, wenn er seine Freundin dabei hatte? Sie schüttelte den Gedanken daran ab, stand auf und fühlte, wie steif sie vom stundenlangen Stehen am Ruder war. Sie erinnerte sich, wie sie sich todmüde ausgezogen und trotz allem noch geduscht hatte und dann wie ein Stein ins Bett gefallen war, gegenüber dem schnarchenden Dimitrios. Endlich hatte sie wieder einmal ohne Albträume durchgeschlafen, nicht einmal Silvio war ihr erschienen. Sie nahm Jeans und T-Shirt aus ihrer Reisetasche, zog sich an und stieg die Treppe hinauf.

»Spiegelei?«, rief Dimitrios.

»Gern. Den Dotter ganz lassen. Und viel Kaffee!«

Dimitrios glaubte, dass sie für Europol arbeiteten und de Brauw von der Mafia entführt worden war, die jetzt versuchte, ein Lösegeld zu erpressen. Er schien das alles wahnsinnig aufregend zu finden, trotz allem, was er mitgemacht hatte.

Die Sonne war gerade aufgegangen. Am Horizont färbten sich die Berggipfel orange. Ein Dreimaster glitt lautlos durch das spiegelnde, kristallklare Wasser.

»Die Türkei«, sagte Adam, der in Badehose am gedeckten Tisch saß. Ein äußerst erfreulicher Anblick. »Südküste. Ich habe gerade Kurs auf die Provinz Adana genommen.«

»Adana? Warum?«

»Ich habe vorhin von Charles erfahren, dass die *Amīr* vor drei Tagen vierundzwanzig Stunden lang in einem Hafen an der türkisch-syrischen Grenze vor Anker gelegen hat. Charles will wissen, warum. Laut Küstenwache befindet sich die Jacht inzwischen in der Nähe von Izmir und ist offenbar unterwegs nach Istanbul.«

»Warum lauern wir ihr nicht auf?«

»Weil das Schiff unter der Flagge Katars fährt und einem Ölscheich gehört, der in der Regierung sitzt. Wir können uns keine Scherereien erlauben.«

Carrie schnaubte und setzte sich. »Politische Gründe also.«

»Wie immer. Außerdem können wir nicht sicher sein, dass de Brauw an Bord ist.«

»Welches Interesse hat Katar an dem Schmetterlingsatlas?«

»Keine Ahnung. Im Übrigen wohnt dieser Scheich in London und vermietet die Jacht regelmäßig. Es ist also gar nicht gesagt, dass er Bescheid weiß.«

Dimitrios kam und servierte Carrie Toast mit Spiegelei.

»Ich setze dich und Dimitrios in Adana ab. Du fliegst nach Istanbul und wartest dort auf die *Amīr*. Du bekommst Unterstützung von der NATO.«

»Und du?«

»Ich fahre weiter zu der Hafenstadt Richtung Syrien. Vielleicht hat da jemand etwas gesehen oder gehört.«

»Glaubst du, dass de Brauw dort ist?«

»Möglich. Es wäre schon ein merkwürdiger Umweg, wenn man nach Istanbul will. Ich komme so schnell wie möglich nach.«

Carrie schenkte für alle Kaffee ein. »Meine Aufgabe ist es, Silvio zu finden.«

»Schon. Aber de Brauw hat oberste Priorität. Partner, weißt du noch? Und außerdem ist das unsere einzige Spur zu Carlentini und Gina.«

Sie nickte widerwillig und begann zu essen.

»Und was ist mit mir?«, fragte Dimitrios.

»Du gehst deiner Wege«, antwortete Adam, »du hast ja dein Motorrad dabei. Ich gebe dir etwas Geld mit.«

»Ich würde gerne meine Eltern in Thessaloniki besuchen.

Könnte ich nicht mit nach Istanbul fliegen? Geld brauche ich nicht, ich habe dort einen Freund, der mir helfen kann.«

»Du kannst mit dem Motorrad fahren.«

Carrie schüttelte den Kopf. »Überleg doch mal, Adam. Es sind über tausend Kilometer. Dimitrios hat uns geholfen, und wir sind ihm etwas schuldig. Und wenn du sowieso in ein paar Tagen mit dem Motorrad nachkommst, kann Dimitrios doch von Istanbul aus zu seinen Eltern fahren. Oder?«

Adam wirkte weiter ablehnend, nickte dann aber.

Dimitrios strahlte. »Vielen Dank!« Er stand auf. »Habt ihr etwas dagegen, wenn ich ein bisschen schwimmen gehe?«

»Mach, was du willst«, sagte Adam. »Badehosen liegen in einer der vorderen Schubladen.« Er wartete, bis Dimitrios in der Kajüte verschwunden war, und schaute dann Carrie amüsiert an. »Hast du keine Lust? Von Charles weiß ich, dass du viel schwimmst. Kleiner Wettkampf gefällig?«

»Hast du denn auch einen Badeanzug für mich?«

»Bikinis. Müssten deine Größe haben.«

Sie sah ihn fragend an, aber er schwieg und drehte sich einen Joint.

»Los, raus mit der Sprache!«

»Wie meinst du das?«

»Du wolltest doch noch etwas sagen.«

»Okay, du hast recht. Wie die Amerikaner sagen: *I owe you one.*«

»Du hättest das Gleiche für mich getan.«

»Stimmt. Aber ich muss dir ehrlich sagen, dass ich dagegen war, mit dir zusammenzuarbeiten.«

»Das war nicht zu übersehen.«

Er zündete den Joint an. »Tut mir leid.«

»Schon gut, ich verstehe dich. Du hast mich für eine Amateurin gehalten, und im Vergleich zu dir bin ich das ja auch.«

»Ja, aber gestern hast du nicht so gehandelt. Da war ich

der Amateur.« Er zögerte und fragte dann: »Hast du dich mal gefragt, warum ich monatelang in Il Giardino war und Sarah mich so bemuttert?«

Carrie blickte ihn erwartungsvoll an. Aus dem Augenwinkel heraus sah sie Dimitrios vom Bug springen. Gebräunt, athletisch, in einer schneeweißen Badehose.

»Ich wollte nicht, dass du den Platz meiner Partnerin einnimmst. Sie ist tot.«

»Das tut mir sehr leid.«

Er starrte ins Leere. »Ich habe sie getötet. Ich konnte nicht anders. Es war letztes Jahr um diese Zeit, ein paar Monate nach dem Atomgipfel in Den Haag. Es gab deutliche Hinweise darauf, dass ein Anschlag auf Obama geplant war. Ich habe diesen Anschlag zusammen mit Vera vereitelt, aber später haben sie sie erwischt. Ich kam zu spät. Sie wollten sie mit Salzsäure foltern und ermorden.«

»Mein Gott! Genau wie bei dir.«

»Klassische russische Foltermethode.«

Sie schwieg. Was sollte sie sagen?

Nachdem er einmal tief inhaliert hatte, fuhr er fort: »Es war gar nicht leicht, dorthin vorzudringen, wo sie gefangen gehalten wurde, hoch oben in einem leer stehenden Bürogebäude. Ich musste mich durch enge Luftschächte zwängen und bin zwischendurch immer wieder stecken geblieben.« Er erzählte jetzt leise, tonlos.

»Hast du davon die Narbe?«, fragte sie und deutete auf seinen Bauch.

Er strich kurz über das Mal, das sich mitten durch seinen Nabel zog und diesen gleichsam teilte. »Nein«, sagte er und zog die Badehose höher. »Die ist schon alt.« Er schwieg einen Moment. »Ich habe Vera durch ein Gitter unter mir liegen sehen, konnte mich aber nicht rühren. Nur schießen. Von den drei Männern, die sie gefoltert haben, habe ich einen erschossen, die anderen sind entwischt. Ich konnte sie nicht richtig erkennen. Einer hatte glattes schwarzes Haar, der andere eine Glatze. Den getöteten Mann konnten wir nie identifizieren. Wenn ich mein Messer hätte werfen können, hätte ich vielleicht noch einen erwischt, aber ich kam nicht ran. Pistolen mag ich eigentlich nicht. Zu laut, zu schwer.« Er sah sie neugierig an. »Woher hattest du eigentlich die Pistole?«

»Das ist die von Monti.«

»Aha. Und wie hast du sie durch den Zoll gekriegt?«

»Genau wie du dein Gras«, antwortete sie. »Steck italienischen oder griechischen Zöllnern hundert Euro zu, und du kommst mit einer Bazooka durch. Gibst du mir was ab?«

Er gab ihr das Päckchen Gras. Sie rauchten eine Weile schweigend, und Carrie genoss die Sonne auf ihrer Haut. »Silvio will seinen Bruder rächen«, sagte sie dann. »Giovanni. Mein Vater hatte mich ihm versprochen. Ich war das Unterpfand für ein Abkommen zwischen zwei Mafia-Familien, die gemeinsam einen noch mächtigeren Clan gebildet hätten. Eines Nachts waren Giovanni und ich in seinem Auto unterwegs, um ein Päckchen abzuliefern.« Sie erschauerte bei der Erinnerung. »Er hat irgendwo zwischen den Felsen am Meer angehalten und ist ausgeflippt, als ich ihm eröffnete, dass ich ihn nicht heiraten wollte. Mit einer Hand hat er mir die Kehle zugehalten, mit der andern gewaltsam meine Beine auseinandergedrückt. Niemand hörte mich schreien, als er … na ja …«

Adam legte ihr die Hand auf den Arm. »Du brauchst es nicht zu erzählen.«

»Ich will aber.« Sie inhalierte so tief, dass sie husten musste. »Wie ich es geschafft habe, weiß ich nicht, aber es gelang mir, die Pistole aus seinem Schulterholster zu ziehen. Ich habe sie ihm gegen die Schläfe gehalten, und ich sehe seinen erstaunten Blick bis heute vor mir, als ich den Abzug gedrückt habe.«

Sie starrte vor sich hin. »Sein Blut tropfte von den Scheiben. Ich habe mich kotzend unter ihm hervorgezwängt, seine Leiche aus dem Auto gezerrt und bin dann zu Padre Paolo geflüchtet. Er hat mir zur Flucht aus Sizilien verholfen. Aus Rache hat Silvio meinen Vater und meinen Bruder ermorden lassen.« Sie inhalierte noch einmal. Das Gras half. Sie fühlte, wie sich ihre Muskeln entspannten.

Das Schweigen, das eintrat, war nicht unangenehm. Sie sahen Dimitrios zu, der gegen die Wellen zum Schiff schwamm.

»Wie lange machst du diese Arbeit schon?«, fragte sie.

»Schon lange. Schon bevor ich Charles kennengelernt habe, nur anderswo. Nach den Anschlägen des elften Septembers wurde eine Sondereinsatzgruppe gebildet. Ich war eine Weile dabei, aber danach wollte ich nur weg aus Amerika. Ich ging in die Niederlande, einfach so, weil meine Eltern dort herkamen und ich das Land so gut wie nicht kannte. Auf der Suche nach meiner Identität, würde es Sarah wahrscheinlich nennen.«

Carrie lachte und freute sich, als er mit einfiel.

»Meine Eltern waren damals schon tot. Sie lebten in Israel, wo ich aufgewachsen bin, hatten aber eine Zweitwohnung auf Terschelling. Dort habe ich mich eine Weile aufgehalten, bis mich Charles über einen ehemaligen Kollegen kontaktiert hat.«

»Das Wasser ist herrlich!«, rief Dimitrios und winkte.

Carrie winkte zurück. »Ich komme!« Sie stand auf und bemerkte, wie Adam sie forschend ansah.

»Was ist?«, fragte sie.

»Du hast erwähnt, dass du glaubst, in Il Giardino jemanden gesehen zu haben. Das wäre möglich, aber woher kann derjenige gewusst haben, dass du dort bist? Weißt du, was ich glaube?«

»Was?«

»Dass Carlentini die ganze Zeit damit gerechnet hat, dass du irgendwann deine Mutter auf Sizilien besuchen würdest.«

»Amateurhaft, ich weiß.« Sie verzog das Gesicht.

»Gar nicht. Ich wünschte, ich hätte noch eine Mutter, die ich besuchen könnte.« Er stand auf und wandte sich zum Bug.

»Mir fällt noch etwas anderes ein«, sagte sie. »Wäre es nicht auch möglich, dass sie dich schon viel länger im Visier haben? Wenn sie damals deine Freundin erwischt haben, dann könnten sie auch dich gesehen haben. Oder? Überleg mal, die Salzsäure. Genau dieselbe Methode.«

Adam nickte. »Gut mitgedacht. Aber du vergisst eines.«

»Was denn?«

»Woher wussten sie von Jan-Willem de Brauw und dem Schmetterlingsatlas? Damit hatte ich nichts zu tun.«

Er kletterte auf die Reling und sprang mit einem Salto ins Wasser. Als er kurz darauf wieder auftauchte, winkte er ihr zu. »Komm schon! Zeig, was du kannst!«

18

Jan-Willem zitterte vor Kälte, und zugleich brach ihm überall der Schweiß aus. Stechende Schmerzen strahlten von seinem Magen überall in seinen Körper aus. Verletzte und überanstrengte Muskeln würden sich wieder erholen, darüber machte er sich keine Sorgen. Auch nicht um Essen und Trinken, obwohl er, seitdem er dem Bergsee entstiegen war, keine Menschenseele mehr gesehen hatte. Er hatte Früchte gepflückt, wilde Feigen und Oliven, er hatte Wasser aus den Bergbächen getrunken. Es war ihm sogar gelungen, mit einem Ast ein paar Fische zu fangen, denen er geduldig aufgelauert hatte. Wie ein Tier hatte er sie mit den Zähnen aufgerissen und danach auf einem flachen, von der Sonne glutheißen Stein gegart. Etwas später hatte er beobachtet, wie Geier ein totes Kaninchen zerrupft hatten. Er hatte die Vögel verscheucht und die Reste des Kleintieres verschlungen.

Sein eigentliches Problem war, dass er keine Ahnung hatte, wo er sich befand, und keine Möglichkeit, sich zu orientieren. Seit seiner Flucht war er auf keine menschlichen Spuren gestoßen, kein Dorf, keine Felder, nur Wald, Seen und hoch aufragende Berge. Der blonde Mann hatte von Adana gesprochen. Möglicherweise war er in der Türkei. Aber er war bisher auf keine Straße gestoßen. Seine Entführer mussten ihn von der Küste aus kilometerweit landeinwärts gebracht haben.

Sein allergrößtes Problem war jedoch, dass er sich fiebrig fühlte. Zwar brannte die Sonne tagsüber gnadenlos vom

Himmel, aber auch nachts, wenn es kühler wurde, lief ihm der Schweiß in Strömen über den Körper. Vielleicht waren es Keime im Wasser gewesen, das er getrunken hatte. Oder die Wunden an seinem Arm hatten sich entzündet.

Außerdem machte ihm sein Geisteszustand Sorgen. Manchmal versank er in einem schwarzen Loch, manchmal sah er nichts als Flecken oder hörte fiktive Stimmen: die des blonden Mannes, des Italieners, die von Gina und Marije, eine Kakofonie, die ihn in den Wahnsinn trieb. Ebenso wenig wusste er, wie lange er schon in dieser unwirtlichen Einöde umherirrte. Er wusste nichts, hatte nichts außer einem Brillenglas. Damit konnte er scharf sehen, doch es gab ringsum nur wenig zu entdecken. Endlose Variationen von Grün und Braun. Sehr viel länger würde er nicht mehr durchhalten. Seine Haut war mit Blasen bedeckt, und seine Beine waren so steif, dass er nur noch stolpern konnte. Er hatte seine Unterhose in Fetzen gerissen und sich die Lappen um die Füße gebunden, aus Angst vor Schlangen und Skorpionen. Der Stoff war blutdurchtränkt, weil er sich an Felsen und Dornenbüschen verletzt hatte. Warum kam ihm niemand zu Hilfe?

So schwer konnte es doch nicht sein, herauszufinden, dass er in dieser Bar in Karimou gewesen und auf das Schiff entführt worden war. Jedes Schiff, das an- oder ablegte, wurde registriert, und es musste sich um ein großes Schiff oder eine Jacht gehandelt haben, denn er hatte Treppen steigen müssen und war viele Meter weit über das Deck gezerrt worden.

Er klemmte sich das Brillenglas vor das Auge, spähte hinauf in den strahlend blauen Himmel und horchte auf das Geräusch eines Hubschraubers. Doch er hörte nur ein Rascheln. Vielleicht von einem Tier. Er blickte sich um, als er das Echo von Marijes ungeduldiger Stimme vernahm.

»Komm essen, Jan-Willem, jetzt beeil dich doch mal!«

»Wenn du mich noch einmal zum Essen rufst«, brüllte

er, so laut er konnte, »dann schlag ich dich höchstpersönlich zusammen, hörst du?«

Während des Rufens liefen ihm Zornestränen über die Wangen. Er war wütend auf sein Gehirn, das mit ihm derart bizarre Spielchen spielte.

Erschöpft blieb er liegen und beobachtete geistesabwesend zwei bunte Vögel, die wie Jagdflugzeuge zwischen großen flatternden Schmetterlingen hindurchschossen. Bienenfresser. Das wusste er von Charles' Frau, doch die Schmetterlinge waren keine Totenkopfschwärmer wie die, mit denen sie in der Toskana auf Il Giardino experimentierte. Er schloss die Augen und stellte sich vor, dort zu sein, zusammen mit Marije, und sie sonnten sich am Swimmingpool, während ihnen Gratia kühle Getränke servierte. Il Giardino dell'Eden. Ein Mann war dort gewesen, als er den Atlas bei Charles abholte, ein Mann mit ausdruckslosen diamantblauen Augen… Irgendetwas war mit diesem Mann gewesen. Wie hieß er gleich wieder? Etwas mit A.

Ameisen krabbelten ihm über Hals und Wangen, doch er spürte sie kaum und versank in einem dunklen Nichts.

Kalt. So kalt. Als bestünden seine Knochen aus Eis. Durst. Zähneklappernd drehte er den Kopf und roch muffige Erde. Die Kraft der Sonne hatte ein wenig nachgelassen. Er schätzte, dass es später Nachmittag sein musste. Etwas krabbelte über seine Wange. Er schüttelte kurz den Kopf, leckte sich über die Lippen und schmeckte Salz. Schweiß. Mühsam richtete er sich auf und klemmte das Brillenglas vors Auge. Laufen, er musste weiterlaufen. Irgendwann musste er in dieser gottverlassenen Gegend doch auf Anzeichen von Zivilisation stoßen, ein Haus, einen Bauernhof, Leute, die ihm helfen konnten. Zu seiner Überraschung gelang es ihm aufzustehen. Seine Beine gehorchten ihm.

»Ich komme, Marije!«, sagte er laut. »Gib mir noch ein paar Stunden, dann rufe ich dich an. Ich liebe dich, mein Schatz. Ich habe dich so lange vernachlässigt. Dich und die Kinder. Wenn ich wieder zu Hause bin, kündige ich, und wir gehen zusammen auf Weltreise. Mach dir keine Sorgen, ich habe einen Schutzengel, ganz sicher.«

Er schleppte sich zwischen den kahlen Bäumen bergauf und hörte zu seiner Freude plötzlich Wasser rauschen: ein schäumender Wasserfall zwischen dornigen Sträuchern. Außer Atem kletterte er darauf zu, doch ehe er sichs versah, stolperte er über eine Baumwurzel, fiel vornüber und wurde von der Strömung mitgerissen. Mit einem Platsch fiel er in einen dunklen kleinen See. Es dauerte einen Moment, bis er merkte, dass er sich noch bewegen konnte. Er hielt das Brillenglas fest umklammert. Das Wasser war warm und linderte seine Schmerzen, sodass er im Flachen liegen blieb, die Sonne im Gesicht. Wie herrlich es wäre, jetzt sanft wegzugleiten, langsam unter Wasser, in das Vergessen.

Einige Augenblicke lang dachte er, ein Gewitter zöge auf, bis erneut eine Salve von den Berghängen widerhallte. Reglos lag er da. Spielte ihm seine Fantasie wieder einen Streich? Doch als irgendwo hinter dem Gebüsch ein Geräusch laut wurde, das ihn an eine Motorsäge erinnerte, wurde ihm klar, dass da Menschen sein mussten. Menschen! Seine Rettung!

Aufgeregt watete er ans Ufer, die Schmerzen und den Gestank von fauligen Pflanzen ignorierend. Er kroch weiter bis zu einer Öffnung zwischen den Büschen und hielt sich das Brillenglas vors Auge. Unter ihm erstreckte sich ein Tal wie eine grüne Schlucht zwischen den Bergen. Kurz meinte er, Autos zu erkennen, graugrüne plumpe Fahrzeuge, die im grellen Sonnenlicht glänzten, aber als er mit einer Hand die Augen abschirmte, sah er, dass es Panzer, Militär-Lkws und Panzerwagen waren.

Panzer. Soldaten. Vielleicht ein Arzt.

Er lachte hysterisch, als er eine rot-weiß-blaue Flagge ausmachte. Im Süden der Türkei waren niederländische Truppen mit Patriot-Raketen stationiert… Er blinzelte, putzte noch einmal das Brillenglas und traute erst dann seinen Augen: Auf der Motorhaube eines Jeeps prangte das NATO-Symbol. Gott sei Dank, sie würden ihm helfen, das hier musste ein Übungsgelände sein. Doch dann erkannte er plötzlich eine andere Flagge – in der Mitte zwei grüne Sterne auf dem weißen Streifen. Darüber ein roter, darunter ein schwarzer Streifen. Die syrische Flagge. Die syrische Grenze lag nicht sehr weit von Adana entfernt. Waren niederländische NATO-Einheiten nach Syrien eingedrungen und hatten die Panzer erbeutet? Gerade wollte er seinen Abstieg fortsetzen, als der Jeep anhielt.

Eine Frau in Uniform stieg aus, groß, schlank. Als sie zu ihm aufblickte, spiegelte sich das Licht in ihrer Sonnenbrille wider. Sie erinnerte ihn an die Stewardess, der er im Petaloudes den Atlas übergeben hatte. Aber wieso in einer israelischen Uniform? Er schüttelte den Kopf, traute seinen Augen nicht mehr, glaubte an eine Fata Morgana. Weinend sank er auf die Knie und schlug die Hände vor die Augen. Er halluzinierte, er wurde verrückt! Verrückt durch die Sonne, die Erschöpfung, das Fieber.

»Jan-Willem?«

Die Stimme einer Frau dröhnte in seinem Kopf, aber er blickte nicht mehr auf, auch nicht, als erneut eine Stakkato-Salve ertönte.

»Jan-Willem? Gott sei Dank, du bist es wirklich!«

Zwischen den Echos der Schüsse schrie jemand auf. Er öffnete die Augen, lachte selig und streckte die Hände aus, obwohl er wusste, dass es ein Traum war. Gina schwebte auf ihn zu, sorglos, über alles hinweg wie eine Göttin, nichts war unmöglich, seine wundervolle Gina war zurück, in einer überirdischen, atemberaubenden Schwerelosigkeit.

»Gina!«

»Lieber, lieber Jan-Willem. Wie siehst du nur aus! Du blutest ja. Komm schnell. Ich bringe dich zu einem Arzt. Kannst du aufstehen?«

Natürlich. In einem Traum war alles möglich.

»Gina … Geliebte Gina!«

»Komm, wir müssen hier weg. Ins Auto.« Erneut krachten Schüsse, und sie drängte ihn zwischen dem Gestrüpp bergauf. Hinter den Büschen befand sich ein schwarzer Lieferwagen. »Schnell!«

Sie öffnete die Schiebetür und bugsierte ihn auf den warmen Beifahrersitz. Das Wasser troff ihm noch aus den Kleidern. Sie ließ den Motor an, fluchte erschrocken, als Kugeln die Heckscheibe zersplitterten, und gab derart Gas, dass er mit dem Gesicht nach vorne gegen die Scheibe prallte. Zwischen den Büschen lag eine Gestalt bäuchlings auf dem Boden. Ein Mann in weißer Jacke – mit roten Rosen auf dem Rücken? Der Wagen holperte ächzend über die steinige Piste, aber Gina ging nicht vom Gas und hielt das Lenkrad umklammert. Sie weinte. Doch als sie einen Weg zwischen den Bäumen gefunden hatte, lachte sie und holte aus dem Handschuhfach eine Plastikflasche.

»Frisches Wasser. Hier, trink.«

Er setzte die Flasche an die aufgesprungenen Lippen und schluckte mühsam. »Gina … Sag mir, dass das kein Traum ist!«

»Nein, du träumst nicht. Ich habe so lange nach dir gesucht!«

Gina hatte nach ihm gesucht?

»Wie … wie hast du mich gefunden?«

»Durch eine Freundin, die für die NATO arbeitet. Zusammen mit einem Mann mit diamantblauen Augen.«

»Adam Kaplan.« Es war ihm wieder eingefallen – der Mann, der für Charles arbeitete.

»Meine Freundin hat mich in Sizilien besucht und gefragt, ob ich etwas über einen Mafioso wüsste. Silvio Carlentini. Er hätte dich auf Rhodos entführt und auf eine Jacht verschleppt. Sie wusste, dass das Schiff hier irgendwo in einem Hafen gelegen hatte, und bat mich, ihr zu helfen.« Sie lenkte den Lieferwagen zwischen den Bäumen hindurch bergauf. »Schlau von dir, Spuren zu hinterlassen, aber als ich ihnen folgte, sah ich ein Auto, aus dem Silvio ausstieg und mit einer Pistole zu einem See ging. Ich hörte Schüsse und sah ihn fallen … Die Soldaten müssen ihn gesehen haben. Gut, dass sie dich nicht entdeckt haben!«

Sie neigte sich zu ihm und küsste ihn auf die Wange. »Trink noch etwas. Es ist ein Wunder, dass du noch am Leben bist. Deine Haut ist übersät mit Blasen, bestimmt hast du einen Sonnenstich.«

»Wo ist deine Freundin? Und wo ist Kaplan?«

»Sie sind ganz in der Nähe. In einem türkischen Küstenort. Versuch, ein bisschen zu schlafen, es dauert noch eine Weile, bis wir da sind. Aber bald bist du in Sicherheit und kannst dich von einem Arzt behandeln lassen.«

Schlafen. Er schloss die Augen. Er war also wirklich in der Türkei. Er begriff so viel, dass das alles irgendwie mit der Mafia zusammenhing. Aber jetzt würde alles wieder gut werden. Sie war hier. Gina. Und sie hatte etwas von der NATO gesagt. Sie waren also doch nach ihm auf der Suche. Er war gerettet. Ein Schutzengel – hier neben ihm. Die NATO, seine eigenen Leute, keine Syrer oder die Stewardess in einer israelischen Uniform. Natürlich nicht. Er hatte einen Sonnenstich.

19

Charles sah dem Kricketball nach, der, unerreichbar für die Feldspieler, außerhalb des Feldes aufschlug. Männer in Blazern und Frauen in schicken Kostümen erhoben sich aus ihren Liegestühlen und applaudierten. Triumphierend reckte er seinen Schläger in die Luft wie ein Feldherr seinen Säbel nach gewonnener Schlacht, und seine Stimme schallte über den Kricketplatz.

»*How's that!*«

Auch wenn ihm höllische Schmerzen wie Stiche durch das linke Bein fuhren, hier war er in seinem Element. In den letzten Stunden hatte er nun dreimal sechs Punkte geschlagen, hoch durch die Luft, weit über die Linien hinaus. Der Schiedsrichter signalisierte, dass das Spiel entschieden war. Die Spieler von Kingsbridge, allen voran Ethan Boydd, kamen lachend auf ihn zu, während die Männer aus dem benachbarten West Charleston ihre Sachen packten und sich zum Ausschank verzogen.

»Gut gespielt, alter Freund«, sagte Ethan ein wenig außer Atem. »Ich hatte nichts anderes von dir erwartet, aber es ist mir ein Rätsel, wie du es schaffst, so gut in Form zu bleiben.«

Charles schnallte seine Beinschützer ab. »Jeden Tag zwei Gläser Single Malt«, erwiderte er. Er winkte Sarah zu, die mit Ethans Frau Helen zu ihnen herüberkam. »Und eine ebenso gute Frau, die das alte Gestell in Bewegung hält.«

Ethan lachte. »Du meinst, dass sie dich mit einem Hackenporsche zum Einkaufen schickt.«

»Was sonst?«, entgegnete Charles trocken. »Hallo, Helen. Du siehst fantastisch aus, meine Liebe.« Das entsprach jedoch nicht der Wahrheit.

»Danke dir.« Helen küsste ihn, und er roch ihr schweres Parfüm. »Wie schön, dass ihr da seid. Entschuldigt, dass ich mich ein wenig verspätet habe, aber ich musste dringend mal bei Neil vorbeischauen.«

»Wie geht es eurem Jungen?«

»Gut. Er wäre gern mitgekommen, um euch zu sehen, aber das geht nun mal leider nicht.« Sie küsste auch Ethan. »Achtest du ein bisschen auf dein Herz, Darling?«

»Charles hat mir gerade erzählt, dass zwei Gläser Single Malt am Tag ihn so fit halten«, sagte Ethan. Er wies mit einer Kopfbewegung auf den Ausschank. »Also, wie sieht es aus? Trinken wir hier etwas oder zu Hause?«

»Oh, bitte nicht hier.« Helen blickte Sarah an. »Was meinst du? Zwischen den ganzen Kerlen mit ihrem Machogerede an der Theke? Außerdem ist es schon nach vier, und wir müssen noch Lammfleisch besorgen.«

»Vorausgesetzt, ihr habt noch Lust auf Saté Kambing.«

Ethans Augen leuchteten auf. »Oh, ja, köstlich! Mit Rendang und Ajam Pedis.«

»Als wärst du noch nicht dick genug«, schalt Helen. »Du solltest dir ein Beispiel an Charles nehmen.«

»Und jeden Tag mit einem Hackenporsche losziehen?«

Helen runzelte die Stirn. »Mit einem Hackenporsche?«

»Schon gut«, sagte Ethan grinsend. »Macht ihr euch doch schon auf den Weg, dann können wir uns noch schnell duschen und umziehen.«

»Und schon mal einen Single Malt trinken.« Sarah hakte sich bei Helen unter. »Bis gleich!«

Unter den Blicken der beiden Männer gingen sie über das Spielfeld zum Parkplatz. Zwei schlanke Frauen, beide Ende fünfzig, Helen groß und blond, Sarah ein wenig kleiner, dunkelhäutig und mit rabenschwarzem, hochgestecktem Haar.

Charles pfiff bewundernd durch die Zähne. »Noch genauso schön wie früher.«

»Sarah oder Helen?«

»Beide.«

Ethan nickte. »Es gibt doch nichts Besseres als eine jüngere Frau, oder? Nicht zu jung natürlich, sondern ein bisschen gereift wie guter Wein.«

Charles packte die Beinschützer und den Schläger in seine Sporttasche. »Paolo hält sich lieber an Zigarren.«

»Paolo.« Ethan schnaubte. »Hat früher die schönsten Mädchen ins Bett gekriegt, und heute geht er nur noch für den lieben Gott in die Knie. Es lebe das Gewissen. Hast du ihn noch mal angerufen?«

»Ja. Es gefällt ihm gut in Il Giardino.«

»Liegt an deinem Weinkeller.«

»Zweifellos.«

Sie gingen mit ihren Taschen zum Parkplatz. Helens Mini bog gerade auf die Straße zur kleinen Hafenstadt ab. Hoch über die Baumwipfel ragten die Türme der St.-Edmunds-Kirche empor.

»Nächster Patient«, sagte Ethan. »Erst Adam, jetzt Paolo. Vernünftig, dass er für eine Weile in Il Giardino untergetaucht ist. Es braucht nur einer der Dorfbewohner über die Sache mit Monti zu reden, und er hat die halbe Mafia am Hals.«

»Die Dorfbewohner reden nicht«, entgegnete Charles. »Sie verehren Paolo wie einen Heiligen, und Monti ist spurlos verschwunden.«

»Du vergisst, dass diese Gina Fioretti davon weiß. Und damit auch Carlentini. Hast du seit gestern noch etwas von ihnen gehört?«

»Nein. Adam nimmt an, dass sie nicht mehr auf Rhodos sind, aber sie sind auch noch nicht wieder zurück auf Sizilien.«

»Verdammt gute Leistung von Carrie, wie sie ihn befreit hat. Ich muss ehrlich sagen, dass ich ein bisschen an ihr gezweifelt hatte.«

»Da kenne ich noch jemanden«, bemerkte Charles und fragte sich, wo Adam und Carrie in diesem Moment wohl waren.

Während Ethan ihre Sporttaschen hinten in das Porsche-Cabriolet schob, dachte Charles bei sich, dass Helen recht hatte: Der Lebemann Ethan war in der Tat ziemlich korpulent geworden, vor allem, seit er bei SHAPE arbeitete, dem NATO-Hauptquartier in Europa.

»Eine Sache will mir aber nicht aus dem Kopf«, sagte Ethan, während er das Cabrio in Richtung Straße steuerte. »Woher wusste dieser Monti, dass Carrie auf Sizilien ist?«

Charles schüttelte den Kopf; der Fahrtwind zerwühlte ihm das Haar. »Carlentini ist garantiert davon ausgegangen, dass sie irgendwann ihre alte Mutter besuchen würde. Als sich dann eine junge Frau in ihrer Nähe herumtrieb ... Und vergiss nicht, dass Carlentini sie schon einmal aufgespürt hat.«

»Richtig. Aber woher wusste Carlentini, dass Adam auf Rhodos ist?« Charles seufzte tief, und Ethan fragte: »Was denkst du?«

»Möglicherweise«, seufzte Charles, »gibt es irgendwo ein Leck.«

»Unmöglich!«

»Ich meine nicht bei uns in Brüssel.«

»Wo dann, in Istanbul?«

»Schon möglich. In Plymouth ging es nicht umsonst um die Probleme mit der Türkei. Bündnispartner hin oder her –

das Land orientiert sich zunehmend hin zum Mittleren Osten und China und unternimmt nichts gegen den IS.«

Ethan nickte. »Vielleicht haben ja auch die Russen ihre Hände im Spiel?«

»Würde mich auch nicht wundern. Schau dir nur mal an, wie die Griechen die Annäherung an Moskau suchen. Und Putin unterstützt sie nur allzu gern. Ebenso, wie er es mit einigen türkischen Gruppierungen tut. Kommunisten, Muslime, Graue Wölfe, nationalistische Militärs.«

»Putin würde alles dafür tun, die Türken von der NATO loszueisen.« Schneidig bog Ethan in die Auffahrt seines restaurierten Herrensitzes ab, eines Landhauses aus dem 17. Jahrhundert mit einer herrlichen Aussicht über die Bucht von Kingsbridge.

»Ein Grund mehr«, sagte Charles, »de Brauw so schnell wie möglich zu finden.«

Es war schon spät, als sie an jenem Abend gemeinsam noch einen Absacker tranken, draußen im märchenhaft erleuchteten Garten des Landhauses. Einen exklusiven zwanzig Jahre alten Portwein. Sarah hatte noch zu tun, und Helen war schon zu Bett gegangen, müde von der Fahrt nach London hierher, aber auch, weil sich ihr am nächsten Morgen überraschend die Möglichkeit geboten hatte, an einer Studienreise nach Sardinien teilzunehmen. Sie hatte nach Neils Geburt Kunstgeschichte und Archäologie studiert und sich dabei auf das klassische Altertum spezialisiert. Jetzt reiste sie regelmäßig nach Griechenland und Italien zu Auktionen, um ihre Sammlung antiker etruskischer und römischer Kunst zu ergänzen, die Ethan eine Stange Geld kostete. Inzwischen glich das Landhaus einem Museum. So stand gegenüber der Terrasse neben einem Springbrunnen eine von Scheinwerfern erleuchtete Marmorgruppe, die Charles noch nie gesehen hatte. Drei trauernde Frauen, die an einem Grab knieten. Es erinnerte ihn an das Grab in Calibera, in dem Paolo die Leiche Luigi Montis hatte verschwinden lassen. Ein zugemauertes Wandgrab unter einem anderen Namen.

»Wunderschön«, sagte er und trank von seinem Port. »Ich will nicht wissen, was das gekostet hat, aber es muss ein Vermögen gewesen sein.«

»Und wenn sie die Venus von Milo hierherholen wollte«, sagte Ethan. »Es macht sie glücklich, und ich habe schon genug Gewissensbisse, weil ich so oft weg bin. Sie macht sich Sorgen um Neil.« Ethan füllte ihre Gläser nach. »Im Übrigen kosten II Giardino und Sarahs Schmetterlingsgarten dich doch auch ein Vermögen.«

»Ich kompensiere genauso meine Schuldgefühle damit wie du. Sarah wäre es lieber gewesen, wir wären in Indonesien geblieben. Dort hätte sie Schmetterlingsgärten anlegen können, neben denen sogar der Petaloudes verblasst wäre. Aber Italien ist eine gute zweite Wahl. Noch glücklicher wäre sie, wenn ich endlich in Pension ginge.«

»Du in Pension? Das tust du genauso wenig wie ich, Charlie.« Ethan hob sein Glas und schüttelte missmutig den Kopf. »Kaum zu glauben, dass ausgerechnet ich nächste Woche Putin in Rom die Hand schütteln muss. Eine mit Blut besudelte Hand. Putin, der kommt, um über Frieden und Entspannung zu reden. Genau wie Hitler damals mit Chamberlain. Politiker. Reden, reden. Als würden wir niemals etwas aus der Geschichte lernen.«

Charles verkniff sich die Bemerkung, dass dasselbe für Kriege galt, und blickte hinauf zu den erleuchteten Fenstern ihres Gästezimmers. Wahrscheinlich chattete Sarah dort oben jetzt begeistert mit einem befreundeten Lepidopterologen. Heute Morgen hatte sie einen Großen Wanderbläuling fotografiert, eine Art, die in England wegen der modernen Landwirtschaftsmethoden so gut wie ausgestorben war. Charlie holte seine Zigarillos hervor und bot Ethan einen an, obwohl er wusste, dass sein Freund ablehnen würde. Ethan hielt das Rauchen, sogar das von Zigarillos, für ein Zeichen von Schwäche, von Abhängigkeit.

»Wenn du mit deiner Überlegung von heute Nachmittag recht hast, dass es in Istanbul ein Leck gibt«, sagte Ethan, »dann müssten die Russen und die Syrer doch dahinterkommen können, wie der Code des Schmetterlingsatlas funktioniert, oder?«

»Könnte sein, aber dann ist die Frage, warum sie de Brauw entführt haben. Das wäre in dem Fall unnötig gewesen.«

»Stimmt. Armer Kerl. Schon etwas von Kaplan gehört?«

»Noch nicht.«

Ethan seufzte. »Es kann doch verdammt noch mal kein Zufall sein, dass die Jacht von Rhodos aus Kurs auf das türkisch-syrische Grenzgebiet genommen hat. Ausgerechnet in ein Gebiet, in dem der Totenkopfschwärmer vorkommt und wohin wir Verstärkungen entsenden.«

»Hoffen wir mal«, sagte Charles und blickte dem Rauch seines Zigarillos nach, »dass Adam herausfindet, warum sie dort waren.«

»Das tut er bestimmt. Ist Carrie schon in Istanbul?«

»Ich habe noch nichts von ihr gehört, aber ich nehme es an.«

»Und der griechische Fotograf?«

»Soviel ich weiß, will er eine Weile bei seinen Eltern in Thessaloniki untertauchen. So wie Paolo in Il Giardino. Beauftragst du jemanden von unseren Leuten in Istanbul, Kontakt zu Carrie aufzunehmen?«

»Natürlich.«

Charles blickte auf, weil er glaubte, ein Rascheln in den Sträuchern bei der Statuengruppe zu hören.

»Die Katze«, sagte Ethan. »Kein Problem, die Karpfen sind größer. Noch einen?«

»Ja, aber das ist der letzte.«

»Den Spruch habe ich schon mal gehört.« Ethan schenkte die kleinen Gläser voll. »Hoffen wir, dass die Russen noch nichts von Acheron Atropos erfahren haben. Dieser Scheißkerl von Putin würde keine Sekunde zögern, eine militärische Gegenoffensive zu starten, und wir können davon ausgehen, dass er die Mehrheit der Vereinten Nationen dabei hinter sich hätte. NATO-Truppen in den Grenzgebieten Syriens und in der Nähe Armeniens, wo seine eigenen Truppen angeblich schon Schutz bieten. Mein Gott, stell dir vor! Wenn sie wissen, wo wir sind, beruft er sich auf das Recht zur Selbstverteidigung und unterstützt die prorussischen Rebellen in dem Gebiet sowie die Dschihadisten in Syrisch-Kurdistan. Es würde ihm die einzigartige Chance bieten, seinen verrückten Traum wahr zu machen, näher an die Türkei heranzurücken und sie unter seinen Einfluss zu bringen. Und kein Politiker wird das verhindern wollen. Die haben doch alle Angst um unser Gas, unser Öl! Politiker!« Aus Ethans Mund klang es, als rede er von einer tödlichen Krankheit. »Als wären es Politiker gewesen, die am sechsten Juni neunzehnhundertvierundvierzig ihr Leben an den Stränden der Normandie gelassen hätten!«

Es war keine Frage, sondern eine Feststellung. Charles hatte diesen sinnlosen Vergleich schon öfter gehört. In dieser Hinsicht unterschieden sie sich: Ethan war der militärische Hardliner, er der besonnene Taktiker. Er hätte einwenden können, D-Day sei zuallererst von den Politikern beschlossen worden, wusste aber genau, dass es keinen Sinn hatte zu diskutieren. Nicht mit Ethan, der seine beiden Schäferhunde Ike und Monty genannt hatte, nach General Eisenhower und Marschall Montgomery, die die Invasion in der Normandie befehligt hatten. Rauchend starrte er die trauernden Frauen am Grab an, die sich durch die Schatten der Strahler zu bewegen schienen. »Das macht die Angelegenheit umso dringender«, sagte er dann. »Wir müssen dahinterkommen, ob es tatsächlich ein Leck in Istanbul gibt.«

»Du hast recht«, sagte Ethan. »Aber wer außer uns kann von dem Atlas wissen?«

»Du vergisst Tamar Offrir«, erwiderte Charles.

»Du glaubst doch nicht im Ernst, dass eine Israelin Syrern oder Russen etwas erzählen würde? Eine Türkin, okay, aber eine Israelin?«

Charles dachte bei sich, dass Adam der Erste wäre, der genau das Gegenteil behaupten würde. Tamar. Israelischer Militärattaché in der Türkei, aber ebenso für den Mossad tätig. Hatte Ethan ein Verhältnis mit ihr? Lächerlich, hatte er gesagt, als Sarah ihm erzählt hatte, Ethan habe Helen zufolge mit einer Frau in einem Hotel in Castelfiorentino übernachtet. Das war garantiert Tamar gewesen.

»Liebling«, hatte er zu ihr gesagt, »du weißt, dass ich nicht viel verraten kann, aber diese Frau war zusammen mit ihm und mir wegen wichtiger Planungen in Il Giardino. Sie bekleidet einen hohen Posten bei der NATO in Istanbul.«

Zu seiner Überraschung war Sarah nicht in ihrem Zimmer, doch gerade als er im Bad nachschauen wollte, kam sie in Jacke und mit zerzaustem Haar herein. Und mit zwei Gläsern und einer geöffneten Flasche Weißwein auf einem Tablett.

»Was hast du so spät noch gemacht? Ich dachte, du wolltest noch arbeiten?«

Sarah stellte das Tablett ab und zog ihre Jacke aus. »Ich hatte keine Lust mehr und bin spazieren gegangen. Möchtest du noch ein Glas?«

»Na schön, ein letztes.«

»Das hast du eben schon zu Ethan gesagt.«

»Wie bitte?«

Sie schenkte ein und gab ihm sein Glas. »Prost. Auf Acheron Atropos.«

Verblüfft sah er sie an. »Ich dachte doch, dass ich eine Bewegung bei der Grabesgruppe gesehen habe. Du hast uns also belauscht?«

»So würde ich es nicht nennen.« Sie setzte sich auf den Rand des Himmelbettes. »Ihr seid letzten Monat in meinem Arbeitszimmer gewesen, Ethan und du. Und vielleicht auch diese NATO-Frau. Ich bin schon misstrauisch geworden, als meine Aufzeichnungen in der falschen Reihenfolge auf dem Schreibtisch lagen. Acheron Atropos. Ganz ähnlich wie *Acherontia atropos*. Der Totenkopfschwärmer.«

Charles setzte sich neben sie. »Bist du böse deswegen?«

Sie zuckte mit den Schultern. »Nicht böse, aber es stört mich schon ein bisschen. Du weißt, dass mein Arbeitszimmer mir heilig ist, und sogar Gratia darf dort nur mit allergrößter Vorsicht sauber machen. Was ist denn los mit diesem Schmetterlingsatlas, oder darf ich das auch nicht wissen?«

Er seufzte. »Was hast du gehört?«

»Nicht viel. Jedenfalls nicht viel, was mir etwas sagen würde. NATO-Truppen in der Türkei, von denen die Russen nichts wissen dürfen, weil in dem Fall Putin zusammen mit irgendwelchen Syrern angreifen würde.«

Charles nickte. »Es handelt sich um ehemals russische und syrische Gebiete. Putin hat Angst, dass die Türken vorhaben, ihr Gebiet zu vergrößern, nicht zu Unrecht, denn Präsident Erdoğan träumt schon länger von einem großtürkischen Reich.«

»So wie Putin von einem Russland mit der Ausdehnung der alten Sowjetunion.«

»Genau. Und Assad hat ähnliche Bestrebungen. Doch sowohl die CIA als auch unsere eigenen Mitarbeiter meldeten letztes Jahr schon, dass die Russen und die Syrer Militäraktionen gegen die Türkei vorbereiteten, unter dem Vorwand, die Wünsche und Forderungen der Bevölkerung in diesen Gebieten zu unterstützen. Die NATO hat bereits Truppen bei Lettland, Estland und Litauen an den Grenzen zu Russland zusammengezogen, wo die Russen das Gleiche vorhaben. Und in Brüssel waren wir der Meinung, wir müssten die Grenzen der Türkei sichern.« Er trank einen Schluck Wein.

»Allerdings ist es in der Türkei etwas anderes. Der Widerstand türkischer Nationalisten, Militäroffiziere, fundamentalistischer Muslime und Gruppen wie den Grauen Wölfen gegen die NATO ist groß. Sogar Erdoğan zweifelt. Daher mussten wir unsere Gegenmaßnahmen gemeinsam mit unseren Leuten in Istanbul im Geheimen koordinieren. Militärische Einheiten wurden unauffällig an den Orten stationiert, wo zu erwarten ist, dass die Russen im Norden und die Syrer im Süden angreifen könnten. Das wäre nicht besonders schwer, denn es sind unwirtliche Gebiete, Gebirge, Schluchten… Du weißt ja, wie es dort aussieht.«

»Der Ort, an dem Acheron, der mythische Fluss des Schmerzes, entsprungen sein soll.«

»Unter anderem. Ethan fand den Namen passend. Genauso wie den von Atropos, der Schicksalsgöttin.« Er blies Rauch nach draußen. »Und zwar, weil du dort nach den verschiedenen Arten des Totenkopfschwärmers gesucht hast!«

»Die kommen allerdings nicht dort vor, wo angeblich der Acheron verlaufen sein soll.«

»Stimmt«, sagte er. »Das ist es ja gerade. Wir haben deine Daten in einem Atlas verschlüsselt und unsere Basislager an Orten postiert, an denen die Arten angeblich vorkommen. Nur ein Lepidopterologe oder begeisterter Schmetterlingsfreund würde erkennen, dass die Angaben falsch sind.«

Sarah schüttelte ungläubig den Kopf. »Das war garantiert deine Idee, ein chiffriertes Buch. Klingt altmodisch.«

»Nicht ganz. Die Idee habe ich zusammen mit Ethan und der Kollegin entwickelt, die mit in Il Giardino war.«

Einen Moment lang sagte keiner etwas, dann stellte sie fest: »Also hat Ethan kein Verhältnis mit ihr.«

»Aber nein. Du weißt doch, wie sehr er Helen liebt.« Er drückte seine halb gerauchte Zigarre im Aschenbecher aus, zog die Gardine zu und ging zu ihr hinüber. »Genau wie ich dich.«

Als sie im Bett lagen, sagte Sarah: »Aber Helen hat einen anderen.«

»Wie bitte? Wie kommst du darauf?«

»Ich habe schon so etwas geahnt, und dann habe ich sie heute Abend telefonieren hören.«

»Mein Gott, Sarah, mach bitte so weiter, und ich hätte ein paar großartige Missionen für dich.«

Sie küsste ihn. »Papperlapapp. Ich hatte Probleme mit dem WLAN und hörte, dass sie noch wach war. Da wollte ich sie fragen, ob sie mir helfen kann. Erst habe ich geglaubt, sie weint, aber sie redete mit jemandem und sagte, sie würde sich bald mit ihm treffen.«

»Das könnte genauso gut jemand sein, mit dem sie morgen zusammen auf Studienreise nach Sardinien geht.«

»Aber sie wusste offenbar nicht, wo sie hin soll, denn sie fragte den Mann am Telefon, ob er sie mit einem Taxi abholen kann.«

»Vielleicht hat sie mit einem Bekannten gesprochen, der sie mitnehmen soll.«

»Es ist eine Gruppenreise, Liebling. Da reist niemand zu zweit im Auto. Und noch was«, sie schmiegte sich an ihn und legte die Hand auf seinen Oberschenkel, »kein Wort darüber, bitte, sie liebt Ethan, aber du weißt ja, wie oft er weg ist, und sie wird auch ihre Bedürfnisse haben.« Zärtlich fuhr sie über seine Brust, seinen Bauch und weiter nach unten.

Er richtete sich ein wenig auf und zog sie an sich. »Und du? Mit einem Mann, der mindestens genauso viel unterwegs ist wie der arme Ethan?«

»Wer weiß.« Sie küsste ihn wieder und glitt auf ihn. »Wie war das noch mal mit dem Hackenporsche?«

20

Die Sonne brannte erbarmungslos vom Himmel. Es ging kein Lüftchen, nirgends gab es Schatten, aber trotzdem schwitzte Adam kaum. Hitze hatte ihm noch nie viel ausgemacht, schon als Kind im Kibbuz nicht und auch nicht später im Sinai, wo er zum Elitesoldaten ausgebildet worden war und es oft bis zu fünfzig Grad heiß wurde. Er genoss die Wärme sogar, als er das Pferd nach dem langen Aufstieg zum Galopp hinunter zum See anspornte. Der Fischer, von dem er das Tier gemietet hatte, hatte ihn für verrückt erklärt: bei dieser mörderischen Hitze in die menschenleeren Berge …

Am See stieg er ab und streichelte den muskulösen Hals des Hengstes. »Gut gemacht, Rüzgar, jetzt machen wir erst mal Pause.«

Er holte den Wassersack aus der Satteltasche und blickte dem Pferd nach, das gemächlich zum Ufer schritt. Ein junger, eigenwilliger Hengst, der ihm jedoch schon nach wenigen Kilometern blind gehorcht hatte. Er hatte das Reiten nicht verlernt: Praktisch sofort hatte er wieder das richtige Gefühl und den Rhythmus gefunden; vor allem hier, wo die kahlen Berge und der rote, felsige Boden ihn an seine Kindheit in der Nähe der Golanhöhen erinnerte, wo er schon als kleiner Junge gemeinsam mit seiner Mutter ausgeritten war, jeden Morgen in aller Frühe, bevor der Unterricht in der kleinen Kibbuzschule begann.

Er trank aus dem Wassersack, dehnte die Beine und blickte auf den dunklen See. In diesem unwirtlichen Gebiet sollte der Legende nach einst der Fluss des Leidens, der mythologische Acheron, verlaufen sein. Ein schwarzer, trüber Fluss, der die Grenze zur Unterwelt bildete, über den die Seelen der Toten übersetzen mussten. War auch die von de Brauw schon im Jenseits? Wer weiß, vielleicht lag seine Leiche mit Steinen beschwert hier auf dem Grund des Sees.

Hoch oben in der Luft kreiste ein Vogel. Adam nahm das Fernglas und folgte dem Tier, das in langsamen Spiralen hinunter zum See schwebte. Ein Fischadler, vermutete er, denn das Meer lag nur wenige Kilometer Luftlinie entfernt. Ebenso wie Syrien, das Land, gegen das er vor langer Zeit als israelischer Soldat gekämpft hatte. Der Fischer hatte erzählt, dass an manchen Tagen Geschützfeuer wie Donner widerhallte und Rauchwolken die Bergkämme verdunkelten. Im Internet wurde gemeldet, dass gestern im Bergland heftige Gefechte zwischen syrischen Truppen und IS-Kämpfern stattgefunden hätten.

Abgesehen von zwei F-16 der NATO hatte er nichts von Patrouillen oder Grenzwachen bemerkt. Aber als er frühmorgens mit der *Freya* den Hafen angelaufen hatte, hatte ein türkisches Marineschiff längsseits beigedreht, um ihn und die Jacht zu kontrollieren. Die Türken waren dabei sehr gründlich vorgegangen. Sie bewunderten das Foto von Vera, kamen aber nicht auf die Idee, dass Gras im Rahmen versteckt war. Niemand schmuggelte Drogen ins Land, höchstens hinaus, hier, aus der kahlen Einöde, die nie ein Tourist betreten würde. Der Hafen war außerdem nichts weiter als ein schmaler, dunkler Einschnitt, eine felsige Bucht mit nur einem Anlegesteg, und am Ufer stand nur hier und da ein kleines Haus.

Also, dachte Adam, was hatte jemand mit einem schwarzen Lieferwagen gestern in der sengenden Hitze hier gewollt? Der Fischer hatte gesagt, es sei ein Mietwagen aus Adana gewesen. Zwei Leute hätten darin gesessen, wie er glaubte, ein Mann und eine Frau. Was ihn auch beschäftigte, war, dass die *Amīr al-baḥr* vor einigen Tagen in der Bucht angelegt hatte. Adam fragte sich, ob die Türken die Jacht ebenfalls kontrolliert hatten. Wenn es so war, hatten sie Jan-Willem de Brauw nicht gefunden, denn das hätten sie der NATO gemeldet. Andererseits hatten sie sein Gras auch nicht gefunden. Es gab genügend Verstecke auf einem Schiff. Und ebenso wie Charles wollten die Türken vermutlich keine diplomatischen Verwicklungen mit Katar. Die Frage war natürlich, ob de Brauw überhaupt noch an Bord gewesen war.

Adam glaubte es. Deswegen war er hier.

Der Fischer hatte gesagt, die *Amīr al-baḥr* habe zwei Tage im Hafen gelegen. Die Flagge hatte er nicht gekannt. Ein Mann habe ihn in gutem Türkisch gefragt, ob er ein Auto besitze, und ein zweiter hatte ihm ein Vermögen für seinen alten Pick-up bezahlt.

»Deswegen dachte ich, dass es Schleuser sind«, hatte der Fischer gesagt, »die Flüchtlinge aus Syrien hier absetzen wollten. Auch weil ich nachts Licht in einem der verlassenen Häuser am Berg gesehen habe.«

Dem Fischer war das jedoch egal gewesen. Am nächsten Morgen hatte er die Jacht noch vor Sonnenaufgang wieder in westlicher Richtung verschwinden sehen. Das war möglich: Laut Charles hatte die Besatzung der Küstenwache Istanbul als Ziel genannt. Eine lange Fahrt, aber die *Amīr* konnte durchaus bereits angekommen sein. Ebenso wie Carrie und Dimitrios, die er gestern auf dem Flughafen von Adana abgesetzt hatte. Es behagte ihm immer noch nicht, dass Dimitrios Carrie begleitet hatte. Dennoch hatte er es ihm schwerlich abschlagen können. Er fand es noch immer schwierig, mit jemandem zusammenzuarbeiten, der nicht Vera war, aber

Carrie hatte ihn auf Rhodos wie ein Profi befreit. Das hätte Vera kaum besser machen können. Seine Kopfwunde verheilte gut, aber die Erniedrigung brannte umso schlimmer. Er, der Profi, hilflos mit nacktem Hintern.

I owe you one. Sein Leben wahrscheinlich, denn er machte sich keine Illusionen darüber, was geschehen wäre, wenn Carrie nicht eingegriffen hätte.

Der Vogel stürzte pfeilschnell hinunter zum Wasser, streifte kurz die Oberfläche und stieg mit einem Fisch zwischen den Klauen auf, der silbrig in der Sonne glitzerte.

Adam folgte den Reifenspuren zweier Autos. Sie hatten sechzig Meter weiter oben an dem Hang begonnen, von wo er heruntergekommen war, und eine davon hatte an einer steilen Wand aufgehört, die senkrecht in den See abfiel. An der Stelle hatte der Wagen etwas Öl verloren und den Spuren nach zu urteilen scharf gewendet. Das konnte der Pick-up gewesen sein. Die Männer hatten den Fischer am Abend nach einem Krankenhaus gefragt, weil ein Freund krank geworden sei und medizinische Hilfe brauchte. Er hatte ihnen den Weg zu einer kleinen Klinik etwa vierzig Kilometer weiter beschrieben. In der Nacht waren die beiden zurückgekehrt und hatten gesagt, der Ölschlauch sei auf dem steinigen Weg gerissen. In der Klinik, die Adam heute Morgen von der *Freya* aus angerufen hatte, wusste man von nichts. War dieser kranke Freund Jan-Willem de Brauw gewesen? Dann wäre es merkwürdig gewesen, dass die Entführer die lange Reise von Rhodos in diesen entlegenen Winkel unternommen hatten. Hatten sie ihn in der Einsamkeit hinrichten wollen? Aber warum dann nicht mitten auf dem Meer? Die anderen Reifenspuren folgten etwas weiter einem steinigen Weg zum See.

Adam glaubte nicht an Zufall. Ein Mann und eine Frau in einer Gegend, in die sich nie Touristen verirrten, in der Gluthitze und mitten in einem lebensgefährlichen Grenzgebiet. Carlentini und Gina. Gina war auf Rhodos gewesen. Carrie hatte sie dort in dem Auto gesehen, in das sich Carlentini geflüchtet hatte. Sie konnte innerhalb weniger Stunden hier an die Küste geflogen sein. Ein Auto gemietet haben. Die Frage war nur, warum, wenn de Brauw hier einige Tage zuvor getötet worden war.

Adam ging noch ein Stück weiter und suchte nach etwaigen Fußspuren, obwohl die vermutlich schon lange verschwunden waren. Das Pferd graste zwischen wilden Feigenbäumen am Fuß eines mit Büschen bewachsenen Abhangs. Adam ging hin, um eine Feige zu pflücken, und kniff die Augen zusammen, als er sah, dass die Rinde eines Baumes beschädigt war. Praktisch sofort erkannte er in den eingeritzten Linien die Initialen J und W. De Brauw war hier gewesen! Dunkle Flecken auf den Steinen zwischen dem Gras schienen geronnenes Blut zu sein. Er musste also verletzt gewesen sein. Aber offensichtlich war ihm die Flucht gelungen. Das konnte bedeuten, dass er noch lebte.

Aufgeregt stieg Adam wieder in den Sattel und lenkte den Hengst bergauf zwischen den Büschen und Bäumen hindurch. Hier und da waren Zweige abgebrochen, und nach etwa hundert Metern sah er einen roten Stofffetzen an einem der Sträucher hängen. Er roch einen Hauch Parfüm. Tief über den Hals des Pferdes gebeugt, wich er tief hängenden Zweigen aus und nickte anerkennend, als er den unbeholfen eingekerbten Stern des NATO-Emblems im Stamm eines Feigenbaums entdeckte. Klug und besser als die Brotkrümel von Hänsel, aber auch gefährlich, denn Carlentini und Gina konnten ihn dadurch vor ihm entdeckt haben. Er erreichte den Kamm der Anhöhe. Vor ihm erstreckte sich eine sandige Ebene, durch die sich ein Bergbach schlängelte. Er blickte wieder durch das Fernglas und sah, dass sich Fußspuren zu einem Bergplateau schlängelten. War de Brauw dort gewesen? Hatten sie, wer immer sie waren, ihn gefunden? Doch selbst wenn nicht, musste er hier vorher ziemlich lange umhergeirrt sein. Er hätte sich mit dem Wasser aus dem Bach und wilden Früchten am Leben halten können, wie er selbst es so oft während einer Mission getan hatte. Aber er war ein Profi, kein Diplomat.

Er spornte das Pferd zum Galopp an und folgte der Spur. Dabei stieß er auf helle Steine, die, zu einem Pfeil gelegt, in Richtung der bewaldeten Berge wiesen. Hoch über den Gipfeln stieg ein Flugzeug empor, und er erkannte die charakteristische Silhouette einer russischen MiG-29. Die Russen lieferten schon seit Jahren ihre alten Düsenjäger, Panzer und Bomber an die Syrer; also musste er in der Nähe der syrischen Grenze sein.

Adam verlangsamte das Tempo und lenkte das Pferd in die Schatten einiger Olivenbäume, als er aus dem Augenwinkel heraus plötzlich ein Glitzern zu entdecken glaubte. Er drehte sich um, blickte durch das Fernglas in die Richtung und sah zu seinem großen Erstaunen einen Panzer wie ein plumpes Tier einen Abhang hinaufkriechen. Es war ein russischer T-90, aber mit dem syrischen grünen Stern auf dem Geschützturm. Er traute seinen Augen nicht. Hatte er unbemerkt die syrische Grenze überquert? Doch dann erkannte er hinter dem Panzer Reiter und einen Jeep mit dem NATO-Emblem. Den Panzer konnten sie von den Syrern erbeutet haben. Er blickte sich um, weil der Hengst unruhig schnaubte. Zwischen den Sträuchern bei einer Gruppe von Olivenbäumen ertönte ein heiseres Gejammer. Geräuschlos stieg Adam ab und zog das Kampfmesser aus der Scheide an seiner Wade.

Wie ein Tiger schlich er von Baum zu Baum, leise, aber

alle Muskeln angespannt, aufmerksam auf jede Bewegung achtend, auf jeden plötzlichen Schatten eines Feindes. Bei den Sträuchern blieb er stehen und starrte auf eine reglose Gestalt, die einige Meter von ihm entfernt bäuchlings im dürren Gras lag. Eine Falle? Er ging noch ein paar Schritte weiter, blieb dann aber erneut stehen. Es war die Gestalt eines Mannes mit schwarzem Haar. Blut glänzte an der Schulter seines Hemdes, aber Adams Blick war auf die breite Hand fixiert, die gekrümmt im Gras lag und an deren kleinem Finger ein Siegelring glitzerte. Die Hand, die sich auf Rhodos zu einer Faust geballt und ihn mit voller Wucht getroffen hatte.

Die Hand von Silvio Carlentini.

21

Let me tell you 'bout the stars in the sky, and a girl and a guy ...
Carrie stürzte aus der Toilette zu ihrem Handy. »Vater?«

»Hallo, Töchterchen. Was schnaufst du denn so? Geht es dir gut?«

Carrie stöhnte, als eine neue Welle der Übelkeit von ihrem Magen aus nach oben stieg.

»Ich kann dich nicht richtig verstehen. Stimmt etwas nicht?«

Carrie krümmte sich vor Krämpfen und musste sich am Tisch abstützen. »Doch, alles in Ordnung.«

»Sehr schön. Ich habe heute Morgen deine Adresse erhalten. Du passt doch gut auf dich auf, ja? Mama und ich haben gerade gelesen, dass sich in Istanbul Terroristen aufhalten sollen. Ich würde dir deshalb raten, dich an Tante zu wenden.«

»Oh. Ja, natürlich.« Carrie schluckte mit zusammengebissenen Zähnen. Terroristen. Auf der *Amīr al-baḥr*.

»Und ich soll dich von deinem Bruder grüßen. Ich habe eben mit ihm gesprochen. Er hat den Freund der Anwältin getroffen. Er hatte einen Unfall. Sie war schon weg; möglicherweise mit eurem Cousin. Na ja, du kennst ja deinen Bruder, immer übervorsichtig, er kommt bald zu dir.«

Adam hatte Silvio gefunden. Und Gina vielleicht de Brauw. Carrie stöhnte erneut auf, den Mund voller Speichel.

»Irgendetwas stimmt nicht mit der Verbindung«, sagte Charles. »Ich mach dann mal Schluss. Ich soll dir ein Küsschen von deiner Mutter geben, und bitte grüß Tante von uns. Pass auf dich auf.«

Tante. Jemand von der NATO, der sie hier unterstützen sollte. Das konnte sie gut gebrauchen.

Sie würgte, warf das Handy aufs Bett, rannte mit der Hand vor dem Mund zurück zur Toilette, schaffte es gerade noch rechtzeitig und übergab sich zum zigsten Mal. Mit einem dicken Brummschädel schwankte sie zurück ins Bett und klammerte sich unterwegs an einem Stuhl und einer Schranktür fest. Ihre Welt bestand seit der letzten Nacht aus den wenigen Metern zwischen Bett und Badezimmer, zwischen Übelkeit und kurzen Erholungspausen.

Dimitrios hatte angeboten, bei ihr zu bleiben und sich um sie zu kümmern, aber das hatte sie nicht gewollt. Er plante einen Freund zu besuchen, und sie war mit ihrer Übelkeit am liebsten allein. Sie hatte ihm einen Schlüssel gegeben, sodass er später hereinkonnte, für den Fall, dass sie noch ausging.

Draußen vor dem Fenster erleuchtete die Sonne ein Minarett zwischen zwei hohen Apartmenttürmen. Sie fluchte, als sie auf ihre Armbanduhr sah. Schon nach vier! Dann hatte sie fast den ganzen Tag geschlafen. Gestern Abend hatte sie die Wohnung für eine Woche gemietet, weniger ging nicht. Es war ein luxuriöses Penthouse im fünften Stock mit Aussicht auf die Altstadt und den Bosporus und mit einer Dachterrasse, die mit Gras, blühenden Sträuchern und sogar einigen Palmen bepflanzt war. Es war eine Schande, dass sie das nicht genießen konnte. Eigentlich wollte sie Charles noch fragen, wo sich ihr Bruder jetzt aufhielt. Mit Silvio. Silvio – schwer verletzt. Die Rechtsanwältin mit ihrem Cousin unterwegs. Gina mit Jan-Willem de Brauw. Er war also nicht mehr an Bord der *Amīr al-baḥr.*

Wenn Adam mit Silvio unterwegs nach Istanbul war, konnte sie von hier aus mit dem Fernglas sogar die *Freya* in den Hafen einlaufen sehen. Silvio. Schwer verletzt, aber nicht tot.

Dieses Leckerli war für sie, und sie freute sich auf das Wiedersehen. Wobei ihr schon bei dem Wort »Leckerli« wieder übel wurde.

Während des Fluges nach Istanbul hatte sie geschlafen. Dimitrios hatte neben ihr gesessen. Irgendwann war sie aufgewacht, weil sie seine Hand auf ihrem Oberschenkel gespürt hatte, doch da sie das angenehm gefunden hatte, hatte sie sich weiter schlafend gestellt, obwohl die Hand ab und zu etwas höher gerutscht war.

Es musste der Grillspieß gewesen sein, den sie am Abend zuvor gegessen hatte. Das kleine Lokal hatte gut ausgesehen, und das Fleisch war wunderbar zart und von innen rot gewesen, aber im Grunde hatte sie vorher gewusst, dass sie ein Risiko einging. Sie hätte besser Fisch genommen wie Dimitrios. Und der Liter Wein hatte es auch nicht besser gemacht.

Als sie an das Essen dachte, rebellierte ihr Magen erneut, und Tränen traten ihr in die Augen. Sie holte ein paarmal tief und ruhig Atem, in der Hoffnung, sich nicht noch einmal übergeben zu müssen. Sie konnte sich kaum auf den Beinen halten, zwang sich aber trotzdem, heiß zu duschen und fühlte sich ein wenig besser, nachdem sie sich angezogen und geschminkt hatte. Sie wagte es, eine Schmerztablette zu nehmen, die sie mit ein wenig Wasser hinunterspülte. Was sollte sie machen? Auf Dimitrios warten? Letzte Nacht war sie froh gewesen, ihn bei sich zu haben; er hatte sich liebevoll um sie gekümmert.

Kaum trat sie aus dem Haus, wurde sie schon beinahe von einem Taxi überfahren, das mit Vollgas um die Ecke raste. Frische Luft? Konnte man vergessen. Der Verkehr in Palermo war schon schlimm, aber hier herrschte das absolute Chaos. Carrie schlenderte über einen Basar, wo Verkäufer versuchten, sie mit Gläsern voll süßem Tee in ihre Buden zu locken und ihr seidene Schals, Handys, Wasserpfeifen aus China und Lederjacken anzubieten.

»Kommen Sie rein, schöne Lady. Wo kommen Sie her?«

»Sonderpreis für Sie!«

»Sie sehen aus wie meine Schwester.«

Jedes Mal schüttelte sie lächelnd den Kopf und dachte daran, wie sie vor einigen Jahren schon einmal hier entlanggegangen war. Sie war mit Gina auf einem Wochenendtrip gewesen, wie sie sie häufiger unternahmen, wenn sie Geld für die Drogenpäckchen bekommen hatten. Sie fuhren meist nach Rom oder Neapel, manchmal aber auch weiter weg. Gina hatte einen Onkel in Istanbul, den sie besuchen konnten. Wie viel Spaß sie gehabt hatten, als die ganze Zukunft noch vor ihnen gelegen hatte und alles möglich erschienen war! Damals hatte Carrie von einer Karriere als Schwimmerin geträumt. Die fünfzig Meter Freistil war sie in unter dreißig Sekunden geschwommen, ohne spezielle Betreuung durch einen Trainer oder Verein. Mit Gina zusammen war sie flirtend und flanierend durch die Stadt gezogen auf der Suche nach den hipsten Läden, in denen sie sich Likör oder Cocktails hatten ausgeben lassen. Gina. Ihre beste Freundin. Mit der das Band so abrupt zerrissen war. So schmerzlich. Gina. Sie sah sie wieder in der kleinen Kirche von Paolo vor sich.

Ich weiß jetzt ganz sicher, dass mein Vater deinen nicht ermordet hat. Es war Silvio!

Gina hatte ihr nicht geglaubt. Hätte sie es getan, wenn Paolo die Chance gehabt hätte, mit ihr zu reden?

Am liebsten wäre Carrie zum Hafen gegangen, in dem die *Amīr* lag, aber er war auf der anderen Seite des Bosporus, und sie wollte kein Risiko eingehen, nachdem Silvio sie auf Rhodos gesehen hatte. Außerdem sollte sie warten, bis jemand von der NATO Kontakt zu ihr aufnahm.

Sie kehrte durch die Gassen zurück zum Penthouse. Ihr Magen hatte sich beruhigt, und allmählich bekam sie sogar Hunger. Ihre Armbanduhr zeigte kurz vor sieben an.

Als sie die Tür zum Penthouse öffnete und erfreut den Duft von Knoblauch und gebratenem Fisch einatmete, überlegte sie, dass dies für viele Leute normal war. Am Abend nach Hause zu einem Partner zurückzukehren. Besser noch: zu Kindern, die sich freuten, dass Mama nach Hause kam. Und dann saßen alle gemeinsam am Tisch. Sie hätte sonst was für eine Ehe wie die von Charles und Sarah gegeben. So, wie die beiden miteinander umgingen, sich so geliebt wussten und immer nach Hause zurückkehren konnten, in die offenen Arme des anderen …

»Carrie.« Dimitrios kam mit einem Kochlöffel in der Hand auf sie zu, nichts als eine Schürze über der gebräunten Brust. Er umarmte sie. »Du siehst schön aus. Geht es dir besser?«

Sie nickte. »Und ich habe Hunger!«

»Sehr gut! Es gibt Fisch mit Pasta, das muss dein italienischer Magen doch aushalten.«

»Griechisch mag ich auch«, sagte sie, und erst als er lachte, wurde sie rot.

Beim Essen flirtete er mit ihr, und sie genoss es. Sie wusste, dass er morgen wieder abreisen würde, zu seiner Familie, aber morgen schien noch sehr, sehr weit weg zu sein.

Während sie sich über die gegrillten Sardinen hermachten, unterhielten sie sich über die italienische und griechische Küche, und Carrie lobte seine Kochkunst. Überrascht zog sie die Augenbrauen hoch, als er ihr erzählte, dass er es bis ins Finale einer nationalen Fernsehkochshow geschafft hatte.

»Das ist mein großer Traum: ein eigenes Restaurant zu eröffnen. Ein exklusives Restaurant. *Chez Dimitrios.* Aber nicht auf Rhodos.«

Sie lachte. »Dann bin ich die Erste, die zum Essen kommt«, sagte sie mit einem Augenzwinkern. Er stand auf und küsste sie. »Komm, lass uns noch etwas auf der Dachterrasse trinken, es ist herrlich draußen, nachdem es sich etwas abgekühlt hat.« Er legte einen Arm um sie. Am Abendhimmel funkelten die ersten Sterne, unter ihnen erstreckte sich die Stadt wie ein riesiger erleuchteter Vergnügungspark. Hunderte Autos glitten geräuschlos über die Brücken des Bosporus, und in der Ferne ragten die Umrisse Asiens auf. »Und was ist dein großer Traum?«, fragte er.

Sie zögerte und sagte dann: »Komischerweise ging mir das durch den Kopf, als ich hereingekommen bin und es so köstlich nach Essen duftete: Das würde ich mir jeden Tag wünschen. Ganz bürgerlich, weißt du, einen lieben Mann, Kinder, für die ich sorgen könnte.«

»Manchmal sind Träume keine Schäume«, erwiderte er. »Möchtest du noch eine Nachspeise?«

Sie war sich nicht sicher, ob ihr Magen das aushalten würde, sprach es aber nicht aus. Das humorvolle Funkeln in seinen Augen war zu schön. Sie war froh, dass sie nichts gesagt hatte, denn er hatte eine Schokoladenkreation zubereitet und sogar flambiert. Das Wasser lief ihr im Mund zusammen, und schon beim ersten Bissen schloss sie die Augen, um die überwältigende Geschmackskombination noch intensiver zu genießen. Sie war überrascht, als sie plötzlich seine Lippen spürte, und seine Zunge in ihrem Mund nach der süßen Schokolade war herrlich. Das Rezept kennt er, dachte sie, und eigentlich war es ein beruhigender Gedanke. Mehr als eine Nacht hatte sie nicht zu bieten, zumindest vorläufig nicht. Aber wer wusste, wie die Zukunft aussah, wenn sie diesen Auftrag erfolgreich beendete.

Seine Hände fanden suchend, streichelnd ihren Weg über ihre Haut, und als er sie hochhob, schlang sie ihre Beine um ihn. Die ersten Berührungen waren vorsichtig und tastend, aber schnell merkte sie, dass seine Ungeduld genauso groß war wie ihre. Sie brauchte nichts zu fragen, nichts zu sagen, und sogar als sie nach einer kurzen Pause – in der sie den Rest ihres Nachtischs aufaßen – erneut begannen, diesmal langsamer, verstanden und fanden sie einander schweigend. Doch gerade als all ihre Muskeln angespannt waren und sie auf einen noch intensiveren Höhepunkt zusteuerte, klingelte ihr Telefon. *Let me tell you 'bout the stars ...*

»Lass es klingeln!«, beschwor sie Dimitrios keuchend.

Doch als es hartnäckig weiterklingelte, konnte sie es nicht länger ignorieren.

... that it's time you learn about the facts in life ...

Sie rutschte von ihm herunter. Wie ärgerlich es auch war, es musste Charles oder Adam sein. Sie hoffte auf Adam und war daher überrascht, als eine Frau sie auf Englisch fragte: »Kennen Sie Mr Fox?«

Fox. Charles. »Ja. Das ist mein Vater.«

»Aha. Dann war es Ihre Mutter, die mir erzählt hat, dass Totenkopfschwärmer und Bienen Erzfeinde sind. Aber das wussten Sie natürlich. Ihre Mutter ist eine Freundin meiner Tante.«

»Oh.«

»Kann der Mann, mit dem Sie eben auf der Dachterrasse standen, Sie hören?«

»Ja.«

»Dann sprechen Sie normal und fassen Sie sich kurz. Auch er ist ein Feind. Er war heute Nachmittag an Bord der *Amīr al-baḥr*. Er hat dort mit einem blonden Mann gesprochen.«

Aus dem Augenwinkel heraus sah sie, wie Dimitrios nackt aus dem Bett aufstand.

»Verstehen Sie mich?«

»Ja.«

»Dann wissen Sie, was Sie zu tun haben.«

»Natürlich.«

»Seien Sie vorsichtig und warten Sie auf mich. Ich komme gleich.«

Entgeistert beendete Carrie das Gespräch. Wo war ihre Pistole? Sie war sauer auf sich, weil sie die Waffe unter ihr Kopfkissen gelegt hatte.

»Das war Adam«, sagte sie. »Er … hat erzählt, dass ein Kollege von uns ermordet wurde.« Sie schlug die Hände vor das Gesicht. »Entschuldige …«

»Wie schrecklich!«

Sie schüttelte ungläubig den Kopf und ließ es zu, dass Dimitrios sie umarmte. Sie klammerte sich an ihm fest, zog ihn mit sich, zurück zum Bett. »Lass mich für einen Moment alles vergessen«, flüsterte sie. »Ich will dich, ich will dich!«

Diesmal spürte sie so gut wie nichts. Sie war kalt wie ein Fisch und ergriff die erstbeste Gelegenheit, die Waffe unter dem Kissen hervorzuziehen. Sie stieß Dimitrios von sich weg und richtete die Pistole auf ihn. Das Erstaunen auf seinem Gesicht hätte nicht größer sein können, und als sie sich etwas weiter von ihm zurückzog, wandelte sich das Erstaunen langsam in Angst.

»Was machst du denn da?« Er lachte nervös, und seine Stimme zitterte.

»Du bist ein Verräter. Für wen arbeitest du?«

»Mein Gott, Carrie …«

»Du bist an Bord der *Amīr al-baḥr* gewesen. Verdammt noch mal! Zurück! Langsam.«

Er gehorchte. Sein Gesicht war verzerrt, seine Augen voller Hass. Sie sah, wie er die Muskeln anspannte und sein Blick zu den offenen Türen der Dachterrasse huschte. Sie wollte schießen, aber es war gar nicht so einfach, den Abzug zu drücken. Nicht so leicht wie bei Giovanni. Er musste ihr Zögern gespürt haben, denn plötzlich sprang er nach vorn, griff ein Kissen, warf es auf sie und sprintete zur Terrasse. Sie verlor kurz das Gleichgewicht, rannte dann aber hinter ihm her. Sie sah ihn über das Geländer klettern. Sie schrie auf, weil sie begriff, dass er zum Haus auf der gegenüberliegenden Seite der schmalen Gasse springen wollte.

»Dimitrios! Nicht!«

Er sprang. Er griff mit den Armen nach der Dachkante, berührte sie vielleicht sogar kurz, aber dann verschwand er aus ihrem Blickfeld. Sie hörte seinen Schrei und kurz darauf einen dumpfen Aufprall. Der Atem stockte ihr in der Kehle. Sie rannte zum Geländer und beugte sich darüber. Tief unten lag er. Tot. Er konnte den Sturz nicht überlebt haben. Unten in der schmalen Gasse war niemand zu sehen. Auf der Hauptstraße rasten die Autos vorbei. Schon bald würde jemand vorbeikommen und erschrocken über den toten Mann stolpern.

Carrie atmete ein paarmal tief durch und zwang sich zur Ruhe. Sie wandte den Blick von ihm ab, ging hinein und zog sich rasch an. Am liebsten wäre sie sofort geflüchtet, aber die Frau hatte gesagt, sie solle warten. Dimitrios, tot. Ein junger Fotograf aus Rhodos. Also war er doch ein Verräter gewesen! Nervös nahm sie seine Jacke vom Stuhl, suchte in den Taschen nach seinem Portemonnaie, fühlte dann aber etwas in der Innentasche.

Im ersten Augenblick hielt sie es für ein Handy. Aber es war eine Kamera. Seine Kamera! Von der er behauptet hatte, sie wäre ihm auf Rhodos abgenommen worden. *Mannaggia!*

Carrie lauschte aufmerksam auf Polizeisirenen, schaltete die Kamera ein und ging die Fotos durch, bis sie de Brauw zusammen mit einer jungen Frau inmitten des grünen Gartens stehen sah. Die Frau trug das Kostüm von Turkish Airlines, einen großen Sonnenhut und eine Sonnenbrille, deren Rahmen mit einer Reihe von Diamanten besetzt war. Auf den darauffolgenden Fotos gab de Brauw ihr den Atlas. Sie lachte und steckte es in die Tasche.

Das erneute Klingeln des Handys schreckte Carrie auf. Sie ging sofort ran. »Ja?«

»Können Sie rauskommen?«

Die Frau von eben.

»Es ist etwas Schreckliches passiert!«

»Ich weiß«, sagte die Frau. »Man wird sich um ihn kümmern. Ich warte draußen auf Sie.«

Carrie packte ihre wenigen Sachen, verließ das Penthouse und eilte die Treppen, immer drei Stufen auf einmal nehmend, nach unten.

Als sie ängstlich und nervös hinaustrat, bog gerade ein offener Jeep mit einem dunkelhäutigen Mann am Steuer um die Ecke. Ihr gegenüber am Rand des Bürgersteigs stieg eine Frau aus einem anderen Wagen, eine schlanke Frau mit einem Sonnenhut und – trotz der Abenddämmerung – einer Sonnenbrille, deren Gestell mit einer Reihe Diamanten abgesetzt war.

Die Frau auf dem Foto.

»Steigen Sie bitte ein. Und machen Sie sich keine Sorgen um Ihren Griechen. Um den kümmern wir uns.«

Zitternd setzte sich Carrie auf den Beifahrersitz. »Wer denn?«

»Jimmy«, sagte die Frau, wies mit einem Nicken auf die Straße und startete den Wagen. Kurz wandte Carrie ihr das Gesicht zu. »Tamar. Tamar Offir. Eine Kollegin von General Ethan Boydd. Kommen Sie, ich bringe Sie irgendwo anders unter. Sie haben Glück gehabt.«

Carrie hatte Tränen in den Augen. »Er schien so ehrlich zu sein!«

»Das tun Verräter immer«, erwiderte Tamar und fuhr in dem Moment los, als der dunkelhäutige Mann mit dem Jeep wieder verschwand.

22

Die salzige Meeresluft kribbelte in seiner Nase. Jan-Willems Schläfen hämmerten, seine entzündeten Augen tränten, seine verbrannte Haut glühte höllisch, und der Schweiß lief ihm in juckenden Rinnsalen über Stirn und Wangen. Dennoch war er ganz entspannt. Die Schmerzen nahm er in Kauf, die würden vorübergehen. Schmerz war etwas, das er ausblenden konnte. Die Ruhe war Balsam für seine erschöpften Muskeln. Ich bin in Sicherheit, Marije, ich lebe, ich, Jan-Willem, lebe noch. Schau, hier liege ich, ganz ruhig, alles ist gut, ich habe es dir so oft gesagt, ich habe einen Schutzengel. Ich weiß nicht, wo ich bin, aber alles wird gut, und ich komme bald zu dir.

Ein kalter Windhauch traf ihn, und er erschauerte. Es war, als streifte ihn der Tod. Zugleich hörte er Schritte. Schwere Schritte, daneben zierliche in hohen Absätzen wie die von Gina. Stimmen ertönten. Flüche auf Italienisch. Eine Welle der Panik durchfuhr ihn. Carlentini. Nein, das konnte nicht sein, er war von einer Patrouille angeschossen und schwer verwundet worden. Gina hätte ihn am liebsten mitgenommen, aber das hätte ihren Tod bedeutet, wie sie sagte.

Er wusste nicht mehr viel davon, wie er krank und erschöpft im Lieferwagen gesessen hatte. Sie hatte versprochen, ihn in Sicherheit zu bringen, Marije zu informieren, dass sie ihn gefunden hatte, und bei der NATO anzurufen. Er hatte ihr sein Passwort gegeben, sodass sie Sir Charles direkt im Hauptquartier erreichen konnte.

Erst langsam wurde ihm klar, was er da angestellt hatte. Wenn sie das getan hatte, warum war Charles dann noch nicht hier? Warum war sie nicht bei ihm? Und weshalb lag er hier, in dieser Kälte? Allmählich begriff er, dass Gina ihn erneut betrogen hatte. Er musste hier weg! Aber er konnte sich nicht auf den Beinen halten.

Sie hatte ihm versprochen, ihn in eine sichere Wohnung zu bringen, wo ein Arzt sich um ihn kümmern würde. Er hatte ihr vertraut. Ihr vertrauen wollen.

Doch bisher war niemand gekommen. Er war hier gefangen.

Die Schritte kamen näher. Hielten inne. Sein Herz hämmerte wie wild. Als er ein metallisches Klicken hörte, erstarrte er. Ein Schatten fiel auf sein Gesicht, und plötzlich wurde der kühle Wind bitterkalt. Jemand hielt ihm eine Pistole an den Kopf.

»Los, *amico*, wir machen einen Spaziergang. Keine Sorge, es wird ein kurzer. Das Meer ist ganz nah, du kannst es hören.«

Er wurde hochgezerrt. Den Mann selbst kannte er nicht. Im Hintergrund erkannte er verschwommen Gina. Willenlos ließ Jan-Willem sich mitführen. Gina blickte ihn an, Todesangst in den Augen. Seine Hoffnung auf ein Wunder, auf einen Schutzengel verflog. Der letzte Rest Energie floss aus seinem Körper, als ihm klar wurde, dass sein Tod unvermeidlich war. Er drehte sich um, um einen letzten Blick auf Gina zu werfen. Der Mann schoss auf sie, und Gina klappte vornüber und blieb reglos auf dem Boden liegen. Er ließ sich weiter drängen, den Wind im Haar, goldgelben Sand unter den nackten Füßen. Warmer, weicher Sand, in dem seine Abdrücke nach jedem Schritt sofort verschwanden. Er musste sich beherrschen, um nicht laut zu schreien. Doch da war niemand, kein Geräusch, nur das Rauschen des Windes und des Meeres. Er dachte an Marije, an die Kinder, die noch eine Weile an ihn denken würden, aber im Laufe der Zeit ihr Leben anders einrichten würden, sodass er zu einem Moment der Erinnerung an seinem Geburtstag verblasste – ein gerahmtes Foto auf einem Büfett.

»Halt!«

Automatisch blieb er stehen.

»Auf die Knie!«

Er ließ sich zu Boden sinken, gehorsam, weil er wusste, dass dies die gnädigste Art zu sterben war. Er spürte, wie seine Knie von allein unter ihm nachgaben. Doch plötzlich stieg Wut in ihm auf, Wut darüber, dass sie ihn im Stich gelassen hatten, die NATO, Boydd, Charles, dass sie ihn bewusst geopfert hatten. Sie hatten ihn Gina überlassen, die so getan hatte, als wolle sie ihn retten. »Augenblick!«, sagte er verzweifelt. »Ich kenne den Code nicht, aber ich weiß, wer ihn kennt. Wenn ihr mich am Leben lasst, nenne ich euch den Namen des Mannes.«

Zur Antwort erhielt er nur ein spöttisches Lachen. »Kann schon sein. Aber leider bist du genau wie unsere Carabinieri. Die kommen auch immer zu spät.«

Im Bruchteil einer Sekunde begriff er, dass nun wirklich, wirklich alles vorbei war, und während er auf den Schuss wartete, spürte er plötzlich eine Hand auf seiner Schulter.

»Ruhig, Jan-Willem, ganz ruhig. Alles ist gut, Liebling.«

Er blinzelte, während sein Herz wie wahnsinnig raste. Nicht imstande, auch nur ein vernünftiges Wort über die Lippen zu bringen, ließ er sich hintenüberfallen und fing an, wie ein kleines Kind hysterisch zu weinen. Gina streichelte seine verschwitzte Stirn. »Du hattest einen Albtraum. Du hast geschrien wie ein abgestochenes Schwein. Hier, deine Tabletten.« Sie schob sie ihm zwischen die ausgetrockneten Lippen und gab ihm ein wenig Wasser zu trinken. »Kein Wunder, aber du musst dich entspannen. Du brauchst Zeit, um dich zu erholen. Du hast einen Sonnenstich, Verbrennungen zweiten Grades und ein paar hässliche Wunden. Du bist völlig erschöpft.«

Ein Lächeln lag auf ihren Lippen, und sie streichelte ihm zärtlich über die Wangen, Mitleid in ihren bezaubernden Augen. »Du hast geschrien, du würdest den Code im Atlas kennen. Stimmt das?«

Er schüttelte den Kopf. »Nein. Hast du Marije schon erreicht?« Das Sprechen fiel ihm schwer. »Meine Vorgesetzten in Brüssel?«

»Noch nicht. Es gibt Probleme mit der Verbindung zwischen der Türkei und Europa. Aber Carrie ist unterwegs nach Brüssel.« Sie drückte ihm einen Kuss auf die Stirn. »Mach dir keine Sorgen. Alles wird gut, ganz bestimmt. Versuch, an etwas Schönes zu denken.« Sie zwinkerte ihm zu. »An mich zum Beispiel. Ich bringe dir gleich noch etwas zu essen, aber dann musst du wirklich versuchen zu schlafen.«

Zu Tode erschöpft schloss er die Augen und hörte, wie sie leise die Tür hinter sich zuzog.

Kein Schloss. Natürlich nicht.

Gina. Der er sein Leben verdankte. In Gedanken durchlebte er seine gesamte Flucht noch einmal. Wie er aus dem Entführerauto sprang. Und fiel. Endlos lange, in Erwartung seines Todes. Der eiskalte Bergsee, die Spuren, die er gelegt hatte, die wilden Beeren, die dornigen Zweige, den Fisch, den er fast roh verschlungen hatte, die Hitze, die Verzweiflung. Ein Spaziergang im Grünen würde für ihn nie mehr dasselbe sein, denn er würde jede essbare Frucht bewusst wahrnehmen und sich bei jedem Schritt daran erinnern, wie schön, aber auch erbarmungslos die Natur sein konnte.

Wir lassen ihn in den Bergen verschwinden.

Der Italiener war nicht dabei gewesen, aber er erinnerte sich vage daran, dass jemand auf Türkisch geflucht hatte. Der blonde Mann war auch dort gewesen. Sie hatten auf ihn warten müssen. Einer hatte ihn Saladow genannt. Das klang Russisch. Was für ein Glück er gehabt hatte im Vergleich zu seinem Kollegen in der MH17! Er hatte also doch einen Schutzengel. Gina.

Eine weitere Nacht dort in den Bergen hätte er wahrscheinlich nicht überlebt. Der Hunger, das Fieber, der Sonnenstich und die Halluzinationen. Syrische Truppen zusammen mit der NATO. Die Stewardess in einer Militäruniform.

Aber Gina war kein Traum. Sie hatte ihm das Leben gerettet, und er würde ihr auf ewig dankbar dafür sein. Sie sagte, Carlentini sei bei ihr zu Hause eingebrochen, um den Schmetterlingsatlas zu kopieren. Sie habe nichts von dem Atlas gewusst, bis ihr eine Jugendfreundin, die für die NATO – also für Charles – arbeitete, davon erzählt habe. Eine junge Frau, die schon seit Jahren auf der Flucht vor Silvio Carlentini war, weil sie seinen Bruder ermordet hatte, der sie vergewaltigt hatte. Gina habe selbst die ganze Zeit vergeblich versucht, Carlentini hinter Schloss und Riegel zu bringen. Deswegen habe sie ihn auch zurückgelassen, nachdem ihn die Soldaten angeschossen hatten, und erst geweint, als sie wegfuhren. »Deinetwegen habe ich geweint, Jan-Willem, weil ich solche Angst hatte, du könntest tot sein.«

Es war kein Traum.

Bald würde er wieder zu Hause sein. Aber wollte er das überhaupt? Wollte er zurück zu Marije oder hier bei Gina bleiben? Das alles ging ihm durch den Kopf, und die Gesichter der Frauen verschwammen ineinander, bis er aufschreckte. Die Tür ging auf. Gina.

»Schau mal, türkische Bouillon.«

Sie half ihm, sich ein wenig aufzusetzen, und reichte ihm die Suppentasse.

»Ich habe auch eine Zeitung für dich geholt. Den *Daily Telegraph*, niederländische Zeitungen gab es nicht mehr.«

Sie legte ihm die Zeitung hin und hielt ihr Handy hoch. »Wäre es nicht nett, wenn ich ein Foto von dir machte und es deiner Frau schickte?«

23

Silvio Carlentini glich in nichts mehr einem Mafioso, sondern eher dem Opfer einer blutigen Vendetta. Sein Gesicht war beinahe so weiß wie der Verband um seinen Kopf, sein Mund war hilflos geöffnet, und er atmete unregelmäßig. Manchmal schien er aus dem Schlaf aufzuschrecken. Adam wartete gespannt darauf, dass er wieder zur Besinnung kam, aber er tat es nicht. Vielleicht schlief er auch gar nicht, sondern stand noch immer unter dem Einfluss der Narkose. An der Stelle, wo sein linkes Ohr gewesen war, sickerte dunkelrotes Blut durch den Verband. Jedes Mal, wenn die *Freya* schlingerte, rollte sein rechter Arm schlaff hin und her wie der lahme Flügel eines angeschossenen Vogels. Silvio Carlentini wird nie mehr mit rechts schießen können, dachte Adam grimmig. Wobei es ohnehin die Frage war, ob er je wieder würde schießen können, auch wenn er viel Glück gehabt hatte. Hätte er ihn einen Tag später gefunden, wäre er tot gewesen, hatte man ihm in dem kleinen Krankenhaus in dem türkischen Bergstädtchen gesagt. Dann wäre er entweder durch den Blutverlust oder durch die Hitze gestorben. Oder er wäre zum Fraß der Geier geworden.

Ein Arzt hatte zwei Kugeln aus Carlentinis Körper entfernt, eine aus dem Arm und eine aus dem Brustkorb, wo sie eine Rippe zersplittert hatte. Eine dritte Kugel hatte seinen Kopf gestreift.

»Mein Freund wurde von Soldaten verwundet, die wahrscheinlich glaubten, dass er illegal die Grenze überqueren wollte.«

Der Arzt hatte nur den Kopf geschüttelt. »Das kommt öfter vor. Es ist lebensgefährlich dort draußen mit den syrischen Spionen und den Verbrechern vom IS.«

Adam war zutiefst erschöpft. Am liebsten hätte er auch geschlafen. Carlentini war noch keinen Augenblick bei Bewusstsein gewesen, seitdem er ihn gefunden hatte. An der Stelle, an der er gelegen hatte, waren Fußspuren zweier Menschen gewesen, eine davon von ihm selbst. Neben den anderen, kleineren, führten Schleifspuren zurück zu der Stelle, wo das Auto gestanden hatte. Auf der trockenen Erde glänzte geronnenes Blut. Es war nicht schwer, sich auszumalen, was dort geschehen war.

Gina musste Carlentini für tot gehalten und de Brauw mitgenommen haben. Hatte sie ihn zurück zur *Amīr al-baḥr* gebracht oder ihn getötet? Letzteres hielt er für nicht ganz unwahrscheinlich. Carlentini und sie mussten von Rhodos aus hierhergeflogen sein, um ihn im Auftrag des blonden Mannes zu liquidieren.

Er stand auf und ging die Treppe nach oben aufs Deck. Der Sternenhimmel war klar, und in der Ferne erkannte er verschwommen die Umrisse der türkischen Küste. Hier und da brannte ein Licht. Vor einigen Nächten hatte die *Amīr al-baḥr* in dem kleinen Hafen abgelegt, den er inzwischen meilenweit hinter sich gelassen hatte. Warum war der blonde Mann dort gewesen? Adam konnte sich nicht vorstellen, dass es nur darum gegangen war, de Brauw loszuwerden. Warum ausgerechnet in einem entlegenen Winkel des unwirtlichen, lebensgefährlichen Grenzgebiets zu Syrien anstatt auf See?

Er blickte hinauf zu den Sternen und sah in Gedanken wieder die Panzer, die Kämpfer zu Pferd, die Jeeps vor sich. Syrer, die von der NATO und türkischen Truppen gefangen genommen worden waren? Das würde zu dem passen, was Charles in der Toskana gesagt hatte: »Im Schmetterlingsatlas sind diejenigen Orte chiffriert verzeichnet, an denen die Syrer im Süden und die Russen im Norden die Türkei überfallen wollen. Daher schickt die NATO dorthin Verstärkungen.«

Wenn die *Amīr al-baḥr* dort gewesen war, um die Syrer zu kontaktieren, mussten die Russen den Code bereits geknackt haben, denn de Brauw kannte ihn nicht. Hatte der blonde Mann die Syrer warnen wollen?

Adam streckte sich. Seine Muskeln waren noch steif von dem stundenlangen Ritt mit dem bewusstlosen Carlentini zum Krankenhaus. Natürlich wollten sie den Italiener dort behalten.

»Ihr Freund hat viel Blut verloren. Sie können ihn nicht einfach mitnehmen.«

»Entschuldigen Sie, Herr Doktor. Ich bezweifle weder Ihre Fähigkeiten noch Ihren guten Willen, aber ich finde es trotzdem vernünftiger, ihn ins Militärhospital nach Adana zu bringen.«

»Unser Krankenwagen ist kaputt.«

»Dann nehmen wir ein Taxi.«

»Als sein behandelnder Arzt muss ich Ihnen das verbieten.«

Doch dreihundert Dollar brachen seinen Widerstand. Türken. Genau wie Israelis. Allah und Jahwe waren groß, aber Geld war größer. Und greifbarer. Noch mal hundert für das Taxi und fünfhundert für den Fischer, der sein Pferd vom Krankenhaus abholen musste.

Er konnte jetzt die Lichter der kleinen Hafenstadt erkennen und auch die der schaukelnden Jachten in der dunklen Bucht. Er fragte sich, wo Carrie jetzt war. Wahrscheinlich schon in Istanbul, zusammen mit Dimitrios, der auf sein Motorrad wartete. Er würde mit der *Freya* noch vierundzwanzig Stunden brauchen bis dorthin. Bestimmt schlief Carrie bereits, möglicherweise in den Armen von Dimitrios. Der Grieche hatte sie förmlich angehimmelt und mit ihr geflirtet, und der Art nach zu urteilen, wie sie ihn angelacht hatte, war sie nicht ganz unempfänglich dafür gewesen. Er seufzte. Wie sehr er sich in diesem Moment nach Vera sehnte!

Dann nahm er sich vor, doch zu versuchen, ein wenig zu schlafen, und stieg wieder die Treppe hinunter, um den Kurs zu kontrollieren, als er innehielt, weil Carlentini sich rührte.

»Sitzen bleiben!«

In den Monaten, die er bei Sarah auf Il Giardino verbracht hatte, hatte er genügend Italienisch aufgeschnappt, um ein Gespräch führen zu können. Carlentinis dunkle Augen sahen ihn an, aber offenbar war er noch zu betäubt, um ihn zu erkennen. Adam holte eine kleine Flasche Wasser aus dem Kühlschrank.

»Weißt du, wer ich bin? Ich habe dich in den Bergen an der syrischen Grenze aufgelesen.«

Carlentini schluckte mühsam und nickte dann mit geschlossenen Augen. »Du bist der Freund von Carrie.«

Die Stimme des Italieners war nicht mehr als ein heiseres Flüstern.

»Hör zu«, sagte Adam. »Niemand weiß, dass du hier bist. Ich habe zwar keine Salzsäure, aber nichts hindert mich daran, dich über Bord zu werfen. Es ist Nacht, und hier ist weit und breit niemand, außer den Haien, und selbst wenn die keinen Appetit auf dich hätten, kommst du mit deinem geschundenen Körper kaum hundert Meter weit. Außerdem brauchst du medizinische Versorgung. Wenn ich dir die verweigere, stirbst du sowieso. Kapiert, *amico*?«

Carlentini schwieg.

»Wo ist der niederländische Diplomat?«

»Keine Ahnung.«

»Gina hat ihn, und ich war ihm dicht auf der Spur. Was hattest du vor? Ihn zu töten?«

»Warum sollte ich dir das verraten?«

»Weil ich dir das Leben gerettet habe. Ich hätte dich da liegen lassen können als Festmahl für die Geier. Wie viel zahlen die Russen?«

Der Italiener murmelte einen Fluch, den Adam nicht verstand.

»Warum«, fragte Adam, »glaubst du wohl, dass ich dich dort gefunden habe?« Die dunklen Augen leuchteten auf. »Irgendwo im Niemandsland? Du bist nicht nur ein Arsch, Carlentini, du bist auch noch blöd dazu. Wir haben einen Tipp bekommen, dass ihr dort unterwegs wart, Gina und du. Wir glauben, dass dieser Tipp von einem Russen stammte, einem blonden Mann, den ihr dem Diplomaten auf den Hals geschickt hattet.«

Carlentini kniff die Augen zusammen. Sehr gut, dachte Adam, er glaubt mir. »War de Brauw geflüchtet und ihr musstet die Drecksarbeit trotzdem zu Ende bringen? Verstehst du nicht, was der Tipp bedeutet, Carlentini? Er wollte nicht nur de Brauw loswerden, sondern auch euch. Du kannst davon ausgehen, dass ich dich getötet hätte, so wie du es mit mir auf Rhodos tun wolltest.« Er pokerte hoch, das wusste er, aber der Italiener schien nicht in der Lage zu sein, logisch zu denken. »Er hat euch verraten. Wer ist er?«

Es schien eine Ewigkeit zu dauern. Dann flüsterte Carlentini mit geschlossenen Augen: »Aslan.«

Adam glaubte im ersten Moment, ihn nicht richtig verstanden zu haben. »Wer?«

»Aslan.«

Aslan. Das klang nicht russisch. »Aslan? Ist das ein Vor- oder Nachname?«

»Keine Ahnung …«

Log er oder sank er wieder zurück in seine Bewusstlosigkeit?

»Willst du noch etwas trinken?«

»Whisky ...«

Whisky nach einer Narkose? Warum nicht? Adam holte die Flasche Glenfiddich, schenkte ein Glas halb voll, hielt es an Carlentinis Mund und schüttete ein wenig hinein. »Hast du den Schmetterlingsatlas kopiert, während sich Gina mit de Brauw vergnügte?«

Carlentini nickte und griff mit der gesunden Hand nach dem Glas. Er trank gierig, wobei die Hälfte über sein unrasiertes Kinn tropfte.

»Kann ich noch etwas haben?« Wieder setzte er an mit verzerrtem Gesicht, weil jeder Schluck ihn schmerzte. »Wer bist du? Fickst du mit Caressa?«

»Wie kommt Aslan an eine Jacht aus Katar?«

Carlentini schüttelte den Kopf und schloss die Augen.

»Sei vernünftig, Carlentini. Ohne mich schaffst du es nicht.«

»Attila.«

»Wie bitte?«

»Attila.«

Attila? Der Hunne? Das ergab überhaupt keinen Sinn, er redete wirres Zeug. Plötzlich ließ Carlentini das Glas fallen und sank keuchend zurück in die Kissen.

»Lupi.«

Lupi. Wölfe. War er in den Bergen von Wölfen angefallen worden? Doch er hatte keine Wunden von Zähnen oder Klauen.

»Was ist mit Wölfen?«

Doch Carlentini antwortete nicht. Reglos blieb er liegen. Adam fühlte seine Stirn, die heiß und verschwitzt war. Er stand auf, als die Stille in der Kajüte von *The Birds and the Bees* durchbrochen wurde. Rasch griff er nach dem Handy und nahm das Gespräch an.

»Dad?«

»Wo bist du?«

»Auf der *Freya*. Ich bringe gerade unseren italienischen Gast zu Bett. Er fühlt sich nicht besonders wohl.«

Adam sah Charles vor sich, irgendwo in Brüssel oder in Il Giardino, im Pyjama in seinem Arbeitszimmer.

»Ich rufe wegen unseres griechischen Freundes an«, sagte Charles. »Er hatte einen Unfall. Deine Schwester hat gerade angerufen und gesagt, dass er tot ist.«

24

Sarah trank bedrückt von ihrem Chablis. Es war gerade erst zwölf Uhr mittags. Sie trank sonst nie allein Alkohol, aber sie war so tief erschüttert, dass sie sich nicht anders zu helfen wusste. Es war eine Katastrophe! Als sie vorgestern nach Il Giardino zurückgekehrt war, war Gratia ihr bereits weinend entgegengelaufen.

»Signora! Oh, Signora! Es ist so furchtbar!«

»Was ist denn los? Luca? Ist Luca ...?«

Mehr als die Hälfte der Falter war tot. Mehrere Hundert Exemplare der neuen Totenkopfschwärmer-Art, die sie *Acherontia sophia* nennen wollte. Und am nächsten Tag waren alle übrigen gestorben. Diesmal hatte es nichts mit Bienen, Bienenfressern oder anderen schmetterlingshungrigen Tieren zu tun. Was den Tod der Falter verursacht hatte, war ihr ein Rätsel. Hilflos musste sie das Drama mit ansehen, ohne es verhindern zu können. Die Natur gab und die Natur nahm. Vielleicht war das ein Zeichen von oben, ein Fingerzeig, dass das Leben nicht manipuliert werden konnte. Charles hatte am Telefon versucht, sie so gut wie möglich zu trösten.

Sie hatte kaum geschlafen. Es widerstrebte ihr, gegenüber ihren wissenschaftlichen Kollegen ihr Versagen eingestehen zu müssen. Was hatte sie falsch gemacht? Sollte sie wieder von vorn anfangen? Schon bei dem Gedanken daran wurde sie ganz mutlos. Nach all den Jahren der Feldforschungen, den Monaten intensiver Arbeit im Labor in Rom, ihrem Büro zu Hause, im Schmetterlingsgarten … Sie wusste nicht, ob sie die Kraft noch einmal aufbringen würde, haderte mit sich und der Welt. Vielleicht sollte sie sich mal eine Auszeit nehmen und zu Sophie und den Jungs nach Java reisen.

Sie sprang auf, als sie ein Auto kommen hörte, hoffte im ersten Moment erwartungsvoll, es wäre vielleicht Charles, egal, wie viel er in Brüssel zu tun hatte. Aber nein, das leise Motorgeräusch passte nicht zum Bentley. Überrascht sah sie einen Fiat im Schatten des Nebengebäudes parken. Helen stieg aus. War sie nicht auf Studienreise?

»Helen! Was für eine Überraschung!« Doch als sie ihre Freundin umarmen wollte, zuckte diese mit schmerzverzerrtem Gesicht zusammen.

»Was ist denn, Liebes? Brauchst du einen Arzt?«

Helen schüttelte den Kopf mit Tränen in den Augen. »Ein bisschen Ruhe würde mir sicher guttun.«

»Die sollst du haben. Nirgends ist es so ruhig wie hier. Möchtest du ein Glas Wein? Entschuldige, es ist noch ein bisschen früh, aber du siehst aus, als könntest du eins gebrauchen. Komm, wir setzen uns in den Innenhof, hier ist es schon fast zu heiß.«

Sie nahm ihr Glas und legte den anderen Arm um Helen. »Wo ist dein Gepäck?«

»Ich habe nur eine Tasche dabei. Sie ist noch im Auto«, antwortete Helen mühsam beherrscht.

»Ich lasse sie gleich reinbringen.«

Sarah legte ein zusätzliches Kissen auf den Stuhl im Innenhof, einem schattigen, geschützten Fleckchen zwischen den Mauern der Villa mit Aussicht auf den Swimmingpool und die toskanischen Hügel und jetzt, im Frühling, als zusätzlichen Genuss die Sonnenblumenfelder.

»Ich hole den Wein und ein Glas für dich. Geht's einigermaßen?«

Helen nickte. »Ja, vielen Dank.« Sie sah aus, als hätte sie ebenso wenig geschlafen wie ihre Freundin.

Sarah erinnerte sich an den letzten Abend in England. Charles hatte nicht geglaubt, dass Helen einen Liebhaber hatte. Einen Mann, mit dem sie sich treffen wollte.

In der Küche bat sie Gratia, das Bett im großen Bungalow zurechtzumachen und das Mittagessen für Helen und sie gleich im Innenhof zu servieren. Als sie mit dem Wein zurückkehrte, beendete Helen gerade ein Telefongespräch und zündete sich eine Zigarette an.

»Was musst du von mir denken!«

»Schon gut. Trink erst mal einen Schluck Wein. Kommst du gerade aus Sardinien?«

»Nein, aus Rom.«

»Aus Rom? Warst du bei Ethan? Der müsste doch jetzt dort sein, um sich mit Putin zu treffen. Entschuldige, Liebes, aber soll ich nicht doch besser den Arzt rufen? Du siehst gar nicht gut aus.«

Helen trank einen Schluck Wein. »Es geht schon wieder. Du siehst übrigens auch fix und fertig aus, wenn ich das mal sagen darf.«

»Kann schon sein. Meine Falter sind eingegangen. Die neue Art.«

»Wie ist das denn passiert?«

»Ich weiß es noch nicht. Ich will die Tiere nach Rom ins Universitätslabor bringen.«

»Wie furchtbar für dich!«

Sarah zögerte, konnte dann aber die Frage nicht länger für sich behalten: »Helen, hast du einen Geliebten?«

Sie sah einen Moment des Zweifels in den blauen Augen aufblitzen. »Ist es so offensichtlich?«

»Ich dachte es mir schon, als im Auto unterwegs nach England das Thema aufgekommen ist.«

Helen verdrehte die Augen. »Du und deine indonesische Intuition.«

»Nenn es, wie du willst. Und, ist es wahr?«

»Ja und nein. Ich habe keinen Geliebten mehr, aber ich hatte einen.«

»Und Ethan weiß natürlich nichts davon.«

»Natürlich nicht. Ich will ihm auf gar keinen Fall wehtun! Deswegen bin ich auch nach Rom gefahren, um ein für alle Mal einen Schlussstrich zu ziehen. Mein Ex wollte mich zurückhaben, aber ich habe ihm gesagt, dass das für mich nicht infrage kommt. Es war so furchtbar dumm von mir damals, aber Ethan ist nun mal ständig unterwegs …« Sie trank einen großen Schluck Wein, und Tränen traten ihr in die Augen. »Aber er wollte mich in Rom nicht wieder gehen lassen.«

»Dein Geliebter.«

»O Gott, Sarah, es war, als würde er sich plötzlich in einen Teufel verwandeln! Er war rasend, angetrunken, er hat geschrien, mich beschimpft, geschlagen, mich in den Bauch getreten. Ich …« Sie stellte das Glas ab und fing an zu weinen.

Wieder legte Sarah besorgt einen Arm um sie. »Ich möchte doch gern einen Arzt rufen, nicht dass du innere Verletzungen hast.«

»Verletzt bin ich durchaus«, antwortete Helen voller Selbstverachtung, »und zwar in meinem Stolz. Du brauchst dir wirklich keine Sorgen zu machen, ich habe mich schon untersuchen lassen. Quetschungen und Prellungen, nichts Schlimmes, obwohl es furchtbar wehtut. Mein Gott, Sarah, und ich habe diesen Mann geliebt.« Sie lachte unter Tränen. »Aber ich hätte Neil ja sowieso niemals verlassen können.«

»Aber Ethan schon?«

Helen seufzte. »Ich bin mir nicht sicher, aber ich muss dir sagen, dass ich am Rand einer Klippe gestanden und ernsthaft überlegt habe hinunterzuspringen.«

Sarah schwieg und drückte sie an sich. Sie betrachtete die Schmetterlinge in ihrem Garten, und ihr wurde klar, wie klein ihre eigenen Probleme im Vergleich zu denen von Helen waren. Sie hatte kurz vor dem Selbstmord gestanden. Aber löste man damit seine Schwierigkeiten? Sarah glaubte fest daran, dass man in einem nächsten Leben wieder mit denselben Problemen konfrontiert werden würde, wenn man sie im jetzigen nicht löste. Da sie jedoch wusste, dass Helen Reinkarnation als Unsinn abtat, sagte sie nur: »Ich bin froh, dass du es nicht getan hast und dass Neil dir wichtiger war. Und dass du das Verhältnis beendet hast. Wir finden schon eine Lösung.«

»Ich danke dir, Liebes. Wie froh ich bin, hier zu sein! Und es tut so gut, endlich einmal darüber reden zu können. Und ich habe Ethan verdächtigt fremdzugehen!« Sie wischte sich die Tränen weg und stand auf. »Ich muss mir mal kurz die Nase pudern gehen.«

»Kannst du laufen?«

»Ja, natürlich.«

Sarah blickte Helen nach. Auf den ersten Blick eine Frau, die alles hatte. Aber wie war das noch mit den Kirschen in Nachbars Garten? Irgendwie hatte sie das Gefühl, als ob sie in letzter Zeit Schicksalsschläge anzöge. Sophie war von ihrem Mann verlassen worden, das Resultat ihrer jahrelangen Forschungen war mit einem Schlag zunichte, und jetzt war auch noch Helen zutiefst unglücklich. Hinzu kamen noch ihre Sorgen um Charles. Charles, der offenbar mit einem Projekt beschäftigt war, das ihm das Äußerste abverlangte. Nicht umsonst zog er stärker als gewöhnlich das Bein nach. Und sie hatte durchaus bemerkt, dass sich die Whiskyflaschen schneller leerten als sonst. Auch jetzt war er wieder fort, wo sie ihn so dringend gebraucht hätte. Hoffentlich zog sie nicht noch mehr Leid an, und Ethan hatte doch ein Verhältnis mit dieser Frau, mit der er in das Hotel in Castelfiorentino gegangen war! Ethan, stets ein Fels in der Brandung, Ethan, der unverwüstliche Eisenfresser, stark wie ein Panzer, der selbst in der Hitze des Gefechts ruhig blieb und die Übersicht behielt. So beschrieb Charles seinen Vorgesetzten. Loyal, treu bis in den Tod. Sarah goss sich noch etwas Wein nach, obwohl ihr bereits ein wenig schwindelte. Was für ein Leben!

25

Istanbul hatte sich seit seinem letzten Besuch vor ein paar Jahren verändert. Die Stadt wirkte wohlhabender und westlicher mit ihren luxuriösen Boutiquen, den Riesenkaufhäusern, den schicken Restaurants und Nachtklubs. Die breiten, von modernen Hochhäusern gesäumten Straßen erinnerten an Städte wie Paris oder London. Doch der Verkehr war genau wie damals ein einziges Chaos, obwohl schon lange nicht mehr klapprige Chevys und rostige Mercedes die Staus verursachten. Brandneue Maserati und SUVs rasten links und rechts aneinander vorbei, als wären es Kirmesautos. Am Steuer saßen modisch gekleidete und frisierte Männer und Frauen, die ununterbrochen ein Smartphone am Ohr hatten.

Adam grinste, als er an einem Wäschegeschäft vorbeikam, das genau in dem Moment zwei verschleierte Frauen mit vollen Taschen verließen. Das Schaufenster überließ nichts der Fantasie: pikante Korsagen, winzige Slips, Spitzenstrapse … Die Frauen stiegen hinten in einen luxuriösen Chrysler ein, in dem vorn zwei Männer in weißen Anzügen saßen, die Haare im Wetlook nach hinten gegelt. Türkische Mafia, spekulierte Adam, dieselbe Sorte wie Silvio Carlentini. Einer der Männer steckte sich eine dicke Zigarre an, zweifellos eine kostbare kubanische.

East is East and West is West, and never the twain shall meet, hatte Rudyard Kipling einmal geschrieben. Diesen Spruch zitierte Charles gelegentlich, wenn er andeuten wollte, dass Ost und West wieder einmal aufeinanderprallten. Das Istanbul des 21. Jahrhunderts schien diese Auffassung Lügen zu strafen, und dennoch wusste Adam, dass die sogenannte Verwestlichung häufig nur oberflächlich war. Obwohl die Türkei sich im Eiltempo modernisierte, ein wichtiger NATO-Partner war und unter Präsident Erdoğan eine blühende Wirtschaft aufgebaut hatte, schwelten unter der Oberfläche Konflikte zwischen Politikern und Militärs. Und, mehr noch, zwischen den progressiven und den orthodoxen Muslimen, von denen Letztere lieber heute als morgen einen islamischen Staat gegründet hätten. Das alte Osmanische Reich. Genau wie Erdoğan übrigens, der angeblich insgeheim den IS unterstützte. Bisher war seine Position unantastbar, aber nicht umsonst fuhren zwischen all den teuren Limousinen Militärjeeps umher und patrouillierten überall bewaffnete Soldaten.

Im Grunde, dachte Adam, während er genau die Route im Blick behielt, die der Taxifahrer einschlug, sind sich Erdoğan und Wladimir Putin gar nicht so unähnlich. Zwei Diktatoren, die vom Wiederaufbau ihrer alten Großreiche träumten und die angeblich vom Volk gewählt worden waren, die jedoch im Wesentlichen ihre Machtposition durch knallharte Unterdrückung des eigenen Volkes aufrechterhielten. Währenddessen weinte der Westen Krokodilstränen, und all die Proteste gegen Menschenrechtsverletzungen waren nichts anderes als scheinheilige Politik. Sogar nach dem Abschuss der MH17 und den Sanktionen gegen Russland machte die Türkei Geschäfte mit Moskau, als wäre nichts geschehen, und spielte weiterhin eine wichtige Rolle innerhalb der NATO.

Politik.

Adam graute davor. Dies war, abgesehen von dem Tod Aarons, der von der Hamas im Gazastreifen ermordet worden war, der wichtigste Grund dafür gewesen, dass er Israel verlassen hatte, das Land, in dem seine Eltern bei einem

Bombenattentat umgekommen waren. Er war nicht auf ihrer Beerdigung gewesen, es gab auch kaum etwas zu beerdigen, und es gab andere, bessere Methoden, seine Eltern in Ehren zu halten.

Er stützte sich ab, als der Taxifahrer plötzlich Gas gab und quer durch den Gegenverkehr um einen Kreisverkehr raste.

Charles war einer der wenigen, dem er hundertprozentig vertraute, seit dem Tag, als ein ehemaliger Kamerad aus dem israelischen Militär auf Terschelling mit dem hochgewachsenen englischen Aristokraten bei ihm erschienen war. Sir Charles Spencer Cavendish. Eine Woche nachdem der Engländer wieder abgereist war, erhielt er eine Mail von ihm, ob er zu einem Orientierungsgespräch ins NATO-Hauptquartier nach Brüssel kommen wolle.

Das Taxi rammte beinahe einen Stadtbus, wich einem Handkarren aus, schleuderte mit quietschenden Reifen in eine Seitenstraße und schlüpfte in eine Lücke zwischen zwei Luxuslimousinen. Adam blieb sitzen und sah verblüfft zwei Frauen an, die das *Park Hotel* betraten. Eine von ihnen war Carrie. Und die andere … eine schöne, dunkelhaarige Frau, schwarz gekleidet, die Haare hochgesteckt, schlank, mit einem selbstsicheren Gang, der ihm bekannt vorkam.

Noch bevor das Taxi stehen blieb, glaubte er zu wissen, woher. Vor Monaten hatte er sie eines Abends gesehen, als er von Piombino zurück nach Il Giardino fuhr. In Castelfiorentino. Dort war sie mit Ethan Boydd in ein Hotel gegangen. Damals hatte er sie für Ethans Geliebte gehalten. Hatte diese Frau etwa mit dem Tod von Dimitrios zu tun und mit der Mail, die Carrie ihm heute Morgen geschickt hatte, sie wohne jetzt im *Park Hotel*?

»Später mehr«, hatte Carrie geschrieben. »Und lass mir noch etwas von unserem italienischen Freund übrig.«

Carrie hätte Carlentini am liebsten wie ein Spanferkel am Spieß langsam über dem Feuer geröstet.

Noch immer verwundert, betrat auch Adam das Luxushotel.

Als er sich an der Rezeption nach Carrie de Graaff aus den Niederlanden erkundigte, blickte die Rezeptionistin ihn befremdet an. Doch als er erklärte, sie sei gerade mit einer großen, dunkelhaarigen Frau in schwarzer Lederjacke und Lederhose hereingekommen, antwortete sie: »Ah. Miss Offir. Zimmer dreihundertsieben, dritte Etage.«

Adam runzelte die Stirn. Offir. Ein israelischer Name.

Er ging die breite, mit flauschigem Teppichboden ausgelegte Treppe hinauf, blieb vor der Tür von Nummer dreihundertsieben stehen und klopfte an.

»Ja?«

Er summte laut *The Birds and the Bees,* und fast zur gleichen Zeit wurde die Tür aufgerissen, und Carrie stürzte sich auf ihn.

»Adam! Wie schön, dass du da bist!« Sie umarmte ihn, und er roch ihren süßen Duft. »Komm rein! Wo ist Silvio? Auf der *Freya*?«

Adam schüttelte den Kopf und machte sich los. »Im amerikanischen Krankenhaus in Istanbul. Aber mach dir keine Sorgen, er ist zu krank, um zu flüchten, und wird rund um die Uhr bewacht.«

Hinter Carrie schenkte die hochgewachsene Frau mit dem kurzen schwarzen Haar an der Minibar Getränke in Gläser, und Adam war sich jetzt ganz sicher, dass sie an jenem Abend Boydd begleitet hatte. Carrie schloss die Tür und ging ihm voraus.

»Tamar, das ist Adam Kaplan. Adam, das ist Tamar Offir von der NATO Istanbul.«

Sie kniff kurz die dunklen Augen in ihrem schmalen

Gesicht zusammen, als sie ihm die Hand reichte. Erkannte sie ihn ebenfalls wieder? Aber das war nicht möglich, sie konnte ihn beim Hotel unmöglich gesehen haben.

»Willkommen in Istanbul«, sagte sie. Ihre Hand fühlte sich kühl an. Sie hatte eine kleine, leicht gebogene Nase und schmale Lippen.

»Sind Sie Israelin?«, fragte er.

»Ist das so offensichtlich?«

»Ich habe früher viele Israelis gekannt. Aber nicht bei der NATO.«

Sie schüttelte den Kopf. »Ich gehöre auch nicht der NATO an. Ich bin Militärattaché. Tel Aviv hat mich auf Ersuchen von General Boydd hinzugezogen.«

Eine Israelin, angeheuert von Boydd. Dann arbeitete sie zweifellos für den Mossad. Die Israelis waren zwar keine Verbündeten der Türkei, aber der Amerikaner und der NATO, vor allem, was die Beziehungen zu Russland und Syrien anging.

»Möchten Sie etwas trinken?«, fragte sie. »Weißwein, Whisky, Raki?«

»An Alkoholfreiem hast du die Wahl zwischen Uludağ und Orangensaft«, fügte Carrie hinzu.

»Dann Uludağ bitte«, sagte er.

»Und woher stammen Sie ursprünglich?«, fragte Tamar.

»Aus den Niederlanden. Die Familie meines Vaters kam aus Polen, die meiner Mutter aus Norwegen.« Er hatte keine Lust, über Israel zu reden, und wandte sich an Carrie. »Wie hast du herausgefunden, dass Dimitrios ein Verräter war?«

Sie reichte ihm sein Glas. »Ich habe es nicht von selbst herausgefunden. Tamar hat es mir gesagt.«

»Ich habe ihn im Petaloudes auf Rhodos gesehen«, erklärte Tamar. »Ich dachte erst, er gehöre zu diesen Griechen, die gerne dunkelhaarige Frauen fotografieren.«

Adam blickte überrascht auf. »Sie waren die Stewardess!«

»Ja. Aber wollen wir uns nicht duzen? Ich bin Tamar. Nun, als ich Carrie gestern aufsuchen wollte, sah ich zu meiner Überraschung diesen griechischen Fotografen aus der Tür kommen. Er telefonierte und hat mich glücklicherweise nicht erkannt. Ich hörte, wie er sagte, er sei unterwegs und hätte Informationen über euch. Natürlich bin ich ihm gefolgt. Er ließ sich an der Marina auf der asiatischen Seite absetzen und ging dann an Bord der *Amīr al-baḥr.*« Tamar trank einen Schluck und griff nach ihrer Tasche. »Er blieb ziemlich lange an Bord, und bevor er ging, verabschiedete er sich von einem kräftigen blonden Mann.« Sie holte ihr Smartphone aus der Tasche, schaltete es ein und hielt es hoch. »Hier sind sie.«

»Weißt du, wer der Blonde ist?«

»Noch nicht. Die Jacht wird observiert, aber wir müssen vorsichtig sein, denn Erdoğan hat hochgestellte Freunde in Katar. Ebenso wie einige Türken hier bei der NATO.«

Adam blickte überrascht auf. »Also deshalb.«

»Deshalb was?«

»Deshalb hast du die Stewardess gespielt. Du hast den Auftrag persönlich übernommen, weil du den Türken nicht vertraust.«

»Genau. Du etwa?«

26

Auf fünf großen Bildschirmen waren zehn gestochen scharfe Fotos des Blonden und eines dunkelhaarigen jungen Mannes an Deck der *Amīr al-baḥr* in Istanbul zu sehen – Aufnahmen, die Tamar Offir am Tag zuvor gemacht hatte. Bei dem jungen Mann handelte es sich um den Griechen Dimitrios Karamanlis. Charles betrachtete die Bilder aufmerksam. Er hatte persönlich den Auftrag erteilt, seine Leiche einzuäschern und die Urne seiner Familie in Thessaloniki zu schicken, mit der Nachricht, er sei bei einem Motorradunfall ums Leben gekommen. In seinen Sachen war nichts gefunden worden, was auf eine Verbindung mit den Russen hinwies, doch in seinem Smartphone hatte er die Mobilnummer von Silvio Carlentini gespeichert und in seinem Portemonnaie fünfhundert amerikanische Dollar bei sich getragen, die er wahrscheinlich gerade ausbezahlt bekommen hatte, als Tamar ihn an Bord der *Amīr* gesehen hatte.

Interessanter noch: An seiner Kleidung waren einige Haare gefunden worden, die nicht von ihm stammten und auch nicht von Carrie. Blondierte Haare, deren DNA die NATO-Techniker isoliert hatten. In diesem Augenblick verglichen sie diese mit dem Bestand der gewaltigen Datenbank hier im Hauptquartier der NATO in Brüssel.

Charles interessierte sich jedoch mehr für einen anderen Bildschirm, auf dem sich das lebensgroße Gesicht des blonden Mannes blitzschnell veränderte. Die Nase spitzer, die Augen kleiner, die Haarlinie höher, dann wieder niedriger, die Lippen geschlossen, geöffnet. Als würden Dutzende Gesichter im Schnelldurchlauf übereinander projiziert. Das kurze Haar war plötzlich länger, schwarz und glatt, die Ohren klein, die Wangen eingefallen.

»Faszinierend!«, bemerkte Ethan, der neben ihn getreten war. »Überleg mal: Als wir 1949 die NATO gegründet haben, haben wir noch mit Kohlepapier und Dunkelkammern gearbeitet.«

Charles sehnte sich oft nach der altmodischen Schreibmaschine und der analogen Fotokamera zurück, aber er musste zugeben, wie beeindruckend das war. Wie es funktionierte, wusste er nicht. Ihm schwindelte, als das Bild zum Stillstand kam und er das wettergegerbte Gesicht eines Mannes mit glattem schwarzem Haar, dichtem schwarzem Bart und blitzenden schwarzen Augen erblickte.

»Sieh mal einer an«, sagte Ethan.

Unter dem Bild stand:
Aslan Saladow, 8.9.1974–6.9.2014.
Tschetschenischer Rebellenführer.
Islamischer Name: Abdellah Idris Abu.

Charles erstarrte, und nicht nur, weil er das unangenehme Gefühl hatte, die Augen würden quer durch ihn hindurchstarren.

Ein neues Foto erschien. Auf diesem trug der Mann ein Militärbarett und lag mit geschlossenen Augen auf dem Rücken. Der Text lautete: *Getötet am 6. September 2014 von russischen Truppen im Grenzgebiet zu Inguschetien. Tod bestätigt von Rebellen-Website.*

»Das kann doch nicht wahr sein!« Ethans Stimme überschlug sich. »Ein Tschetschene, der letztes Jahr von den Russen getötet wurde!«

»Ich erinnere mich daran«, sagte Charles zögernd. »Aber wie kann er dann für Moskau arbeiten?«

»Unglaublich.« Ethan starrte entgeistert auf den Bildschirm. »Wie funktioniert das? Plastische Chirurgie?«

»Wie bei Caressa«, sagte Charles.

»Wem?«

»Carrie.«

»Ach so. Aber von einem ganz anderen Kaliber. Diesen Mann hat man in einen ganz anderen Menschen verwandelt, sogar die Gesichtsform ist anders. Unglaublich.« Ethan wandte sich an den Informatiker. »Vielen Dank. Ich möchte jetzt erst mal nicht gestört werden. Komm, Charles, ich kann einen Drink gebrauchen.«

Schweigend gingen sie durch die stillen Korridore. Der Regen prasselte gegen die hohen Fenster, hinter denen man bleigraue Wolken über Brüssel hängen sah. Ein blondierter Tschetschene, dachte Charles, offiziell für tot erklärt. Es war ein alter Trick unter gesuchten Islamisten, aber Saladow arbeitete offenbar für die Russen.

Sie schwiegen, bis Ethan die Tür seines großzügigen Arbeitszimmers hinter ihnen geschlossen und aus dem antiken Schrank eine Flasche Aberfeldy und Gläser geholt hatte. Charles setzte sich in einen der Chesterfield-Sessel und zündete sich einen Zigarillo an. Ihm gegenüber hingen neben einer großen Weltkarte zwei gerahmte Fotos. Eines von Helen und Neil in einem Ruderboot im pittoresken kleinen Hafen von Kingsbridge. Das andere war das Hochzeitsfoto von Helen und Ethan, ein glückliches Paar vor der Berliner Mauer. Ob sie damals schon geahnt hatten, dass diese bald darauf fallen würde?

Ethan reichte ihm sein Glas. »Ein tot geglaubter tschetschenischer Islamist, der für Putin arbeitet?«

Charles trank einen Schluck von seinem Whisky, spürte, wie er warm durch seine Kehle rann, und sagte: »Es wäre möglich. Putin gerät immer weiter in die Isolation und ist ein ausgesprochener Opportunist. Er schert sich nicht darum, ob er mit Syrien oder mit Nordkorea zusammenarbeitet, solange es ihm in den Kram passt. Und wie es aussieht, macht er auch mit Katar gemeinsame Sache. Also warum nicht mit seinem alten Erzfeind, den Tschetschenen?«

Er stand auf, ging mit seinem Glas zur Weltkarte und fuhr mit dem Finger die nördlichen Grenzen der Türkei entlang. »Ich gehe mal davon aus, dass er auch dort keine russischen Truppen offiziell angreifen lassen würde. Er würde das Spiel genauso spielen wollen wie auf der Krim und in der Ukraine. Prorussische Armenier, Tschetschenen oder vielleicht Abchasier, die angeblich in die Türkei einfallen, um ihre islamischen Brüder dort und in Georgien zu schützen. So wie es syrische Rebellen im Süden tun würden. Verstehst du? Moskau würde nicht in Erscheinung treten, ebenso wenig, wie sich eine Mitschuld der Russen am Abschuss der MH17 beweisen ließ.«

Ethans Gesichtsausdruck war düster. »Wenn es nach mir ginge, mein lieber Charles ...«

»... würdest du sofort ein Geschwader von F-16-Maschinen nach Moskau schicken und den Roten Platz bombardieren lassen. Ich weiß. Aber abgesehen davon, dass du dafür niemals die Erlaubnis erhalten würdest, würde das einen Dritten Weltkrieg entfesseln, das weißt du genauso gut wie ich.«

»Also was machen wir dann, verdammt noch mal?«

Charles seufzte. »Ich würde gern abwarten, was Adam und Carrie auf der *Amīr al-baḥr* finden und ...« Er blickte auf, weil das rote Telefon auf Ethans Schreibtisch klingelte. Ethan meldete sich.

»Ja?«

Er schwieg überrascht, fluchte, schaltete seinen Laptop ein und winkte Charles zu sich.

Auf dem Bildschirm blickte ihnen ein sichtlich erschöpfter und abgemagerter Jan-Willem de Brauw entgegen. Er lag von Kissen gestützt in einem Bett und hielt den *Daily Telegraph* hoch, dessen Schlagzeile auf dem Titel von Protesten in Rom gegen den Überraschungsbesuch Wladimir Putins kündete. De Brauw lächelte, als gefiele ihm das.

Unter dem Foto stand ein kurzer Text auf Englisch, grammatisch nicht korrekt, wie Charles sofort bemerkte, aber dennoch klar verständlich:

Im Gegenzug für das Leben von Jan-Willem de Brauw fordern wir ein Lösegeld von 10 Millionen Dollar.
Weitere Instruktionen folgen, nachdem Sie spätestens in 48 Stunden eine Anzeige im Daily Telegraph *mit der Botschaft geschaltet haben: ›Übereinkunft JW akzeptiert‹.*

»Die Nachricht ist über meinen persönlichen Zugangscode reingekommen«, sagte Ethan. »Wie ist das möglich?«

»Gina Fioretti«, stellte Charles fest und setzte seine Lesebrille auf. »Adam hatte recht. Sie muss de Brauw gefunden haben, als Carlentini in der Nähe der kleinen Hafenstadt angeschossen wurde, wo die *Amīr al-baḥr* einen Tag lang vor Anker gelegen hat. Vermutlich hält de Brauw sie für seinen rettenden Engel. Und er kennt deinen Zugangscode.« Er neigte sich zum Bildschirm. »Die Zeitung ist von vorgestern. Und ...«

»Was denn?«

Charles antwortete nicht und deutete auf den Monitor. »Da. Rechts oben. Der Stempel des Flughafens, auf dem die Zeitung an diesem Tag eingeflogen wurde. Und ein Aufkleber mit dem Bestimmungsort: Kuşadası. Und man sieht hinter dem Fenster Gebäude und das Meer.«

Ethan schüttelte den Kopf. »Kuşadası. Vollkommen überfüllt um diese Zeit. Eine Stecknadel im Heuhaufen. Falls sie überhaupt noch dort sind.«

»Etwas anderes haben wir nicht.« Charles zog sein Handy aus der Tasche, wählte, lauschte verärgert und beendete den Anruf wieder. »Sämtliche Verbindungen mit Istanbul sind ausgefallen wegen eines Bombenanschlags auf die Zentrale.« Er schaute auf seine Armbanduhr, die halb sieben anzeigte. »Kannst du von hier aus über die Sonderleitung bei der NATO in Istanbul oder Izmir anrufen oder ihnen eine Mail schicken?«

Ethan nickte und zog das rote Telefon zu sich heran.

Charles griff seufzend zu seinen Zigarillos. »Hoffen wir nur, dass wir Adam, Carrie oder Tamar irgendwie an den Apparat bekommen.«

27

Carries Bluse klebte ihr am Rücken, als sie mit dem Toyota auf den Parkplatz des amerikanischen Krankenhauses einbog. Obwohl es bei guter Verkehrslage keine zwanzig Minuten vom Hotel entfernt lag, hatte sie dreimal so lange gebraucht. Istanbul am Samstagvormittag war ein Irrenhaus auf Rädern. Ein himmelweiter Unterschied zum stillen Seeländisch Flandern, wo sie abends durch menschenleere Straßen gefahren war, um für Marco Wein zu den verschiedenen Restaurants zu bringen. Marco. Wie es ihm wohl ging? Sie hatte die Niederlande erst vor etwas über einer Woche verlassen, aber es kam ihr vor, als wären Monate vergangen. Sie hätte ihm gerne gemailt oder notfalls eine Ansichtskarte geschickt, aber Charles hatte es verboten und ihr versprochen, ihn zu informieren.

Sie stieg aus, schloss das Auto ab und ging zum Haupteingang, über dem Neonbuchstaben flackerten. *Amerikan Hastanesi*. Links und rechts der gläsernen Schiebetüren flatterten die türkische und die amerikanische Flagge.

Drinnen war es still und kühl. Und luxuriös. Am Empfang zeigte sie den Ausweis vor, den Tamar ihr besorgt hatte. Einen internationalen Ausweis mit ihrem Foto und dem Vermerk, dass sie Mitarbeiterin der NATO war. Mit anderen Worten: Niemand konnte ihr etwas anhaben. Hände weg.

Silvio lag auf der zweiten Etage, bewacht von einem Soldaten der NATO Istanbul. Äußerlich ruhig, ging Carrie zu den Aufzügen.

Die Sohlen ihrer Sneakers quietschten auf dem glatten

Krankenhausboden. Jetzt, so dicht vor ihrem Ziel, beschlich sie ein Gefühl, das sie nicht so recht einordnen konnte und das in nichts der Euphorie glich, die sie erwartet hatte. Unbestimmt. Widerstrebend. In der Nacht hatte sie immer wieder Dimitrios vom Balkon stürzen sehen. Wieder und wieder hatte sie seinen Verzweiflungsschrei und den dumpfen Schlag gehört, mit dem er auf dem Boden aufgetroffen war. Von einem Moment auf den anderen konnte es vorbei sein. Den Tod mit eigenen Augen zu sehen, daran gewöhnte man sich nie.

Vor den Doppeltüren zu der Station, auf der Silvio lag, verlangsamte sie zögernd ihren Schritt.

Im letzten Moment kneifen? Niemals. Es war einzig ihr Verdienst, dass sie jetzt hier entlangging und nicht von Kugeln durchlöchert war und dass Silvio auf Zimmer zweihundertvierzehn lag und krepierte.

Sie straffte die Schultern und drückte die Tür auf. Ein paar Meter weiter saß ein junger türkischer Soldat und las eine Fußballzeitschrift. Er interessierte sich mehr für sie als für ihren Ausweis. In den doppelten Glastüren zur Intensivstation sah sie, wie er ihr hinterherstarrte.

Auf der Station waren die Wände hellblau und die Fußböden dunkelblau. Eine hübsche himmlische Atmosphäre für Silvio. Der Flur war verlassen. Wenn alles nach Plan lief, hatten die Schwestern bereits zum letzten Mal ihre Runde gemacht und gingen davon aus, dass ihre Patienten schliefen, sodass sie niemandem begegnen würde. Doch kurz bevor Carrie Zimmer zweihundertzwölf erreicht hatte, wurde die Tür von Zimmer zweihundertvierzehn geöffnet, und ein Arzt trat heraus auf den Gang. Er sah sie nicht und eilte hastig in die andere Richtung, während er sich eine grüne Chirurgenmütze über den Kopf zog. Wahrscheinlich ein amerikanischer Arzt, der zu einem Notfall gerufen worden war. Er hatte die Tür einen Spalt offen gelassen.

Carrie drückte sie weiter auf und schloss sie unmittelbar hinter sich. Im Zimmer brannte Licht. Das Bett an der Tür war leer, aber im hinteren lag er. Silvio. Mit blau angelaufenem Gesicht und geschlossenen Augen schnappte er pfeifend und hilflos nach Luft. Fieberhaft das Gewirr von Schläuchen verfolgend, stellte sie fest, dass der für die Sauerstoffzufuhr neben seinem Bett baumelte. Wie war das möglich, wenn doch gerade der Arzt hier gewesen war? Hastig beugte sie sich über Silvio und schob den Sauerstoffschlauch zurück in den Anschluss an der Maske auf seinem Gesicht. Dann rannte sie hinaus auf den Flur. Niemand mehr da. Wen immer sie da eben gesehen hatte, war kein Arzt gewesen. Verdammt noch mal! Keuchend stürzte sie wieder ins Zimmer, schloss die Tür, zückte ihr Handy und gab Adams Nummer ein. Frustriert lauschte sie einer Stimme auf Türkisch, verstand aber so viel, dass keine Verbindung möglich war.

Nervös suchte sie Tamars Nummer, schickte ihr eine Nachricht und steckte dann das Handy weg, weil neben Silvios Bett eine Maschine anfing zu piepen und ein blaues Lämpchen daran aufleuchtete. Um zu verhindern, dass der Lärm die Schwestern alarmierte, zog sie den Stecker heraus. Sie vermutete, dass es die Maschine war, die seine Morphiumzufuhr regelte, weil ein Kabel mit einem Knopf damit verbunden war, den er selbst bedienen konnte – jedenfalls, solange er in Reichweite war. Doch sie würde ihm sicherlich kein Morphium geben. Das würde ihm so passen. Sie wartete. Silvio. Das war nicht mehr ihr alter Feind, wie sie ihn gekannt hatte. Sein Kopf war verbunden, sein Gesicht bleich und stark abgemagert. Er war vollkommen hilflos.

Neben der Maschine lag ein Rosenkranz, genau wie der ihrer Mutter. Silvio Carlentini, Mörder, bigotter Katholik.

Sobald sein Atem ein wenig stabiler und ruhiger wurde, nahm sie die Sauerstoffmaske ab.

»Guten Abend, Silvio.« Zunächst schien er sie nicht zu erkennen, doch dann sperrte er die Augen auf.

»Du hast mich vermisst«, sagte sie, »das sehe ich dir an. Ich hoffe, dir ist klar, dass ich soeben dein Leben gerettet habe. Nicke, wenn du das kapierst.«

Er tat es. Stöhnend, aber gehorsam, und beinahe hätte sie Mitleid mit der armseligen Gestalt in dem weißen Bett gehabt. Aber nur beinahe.

»Im Moment jedenfalls. Du bekommst kein Morphium mehr, die Anzeige bleibt auf null.« Sie zeigte ihm den losen Stecker, als wäre er eine Trophäe. »Bis du mir erzählst, was ich wissen will. Es liegt an dir.«

Sie zeigte ihm eines der Fotos, die Tamar von Dimitrios und dem blonden Mann aufgenommen hatte. »Kennst du Dimitrios?«

Er schwieg.

»Dein Blick verrät dich, Silvio. Er ist tot, genau wie du es gleich sein wirst, wenn du lügst. Hat Dimitrios uns verraten?«

Seine Lippen bewegten sich. *»Si.«*

»Der andere war eben hier und wollte dich ermorden. Aus Angst, du würdest reden. Schöne Freunde hast du, Silvio. Er heißt Aslan, hast du meinem Partner gesagt. Wer ist er?«

Silvio schwieg, keuchend, Angst in den Augen.

»Stell dich nicht dumm, Silvio. Du kannst ruhig sterben oder schmerzhaft, ganz wie du willst.«

Sein Gesicht verkrampfte sich.

»Für wen arbeitet er, Silvio? Für die Russen?«

Silvio schwieg, bis sie ihm eine harte Ohrfeige verpasste. Er zuckte zusammen, seine Augen rollten hin und her, sein Mund ging halb auf, und er schnappte nach Luft.

»Verdammt, Silvio, er wollte dich gerade umbringen! Ist er ein Russe?«

Er flüsterte etwas. Sie beugte sich zu ihm. »Was sagst du?«

Er schloss die Augen und stöhnte leise: *»Lupi …«*

Wölfe? Adam hatte er auch schon so etwas gesagt. Er hatte geglaubt, Silvio wäre in den Bergen von Wölfen angefallen worden, andererseits hatte er keine Bisswunden gehabt. Hatte er Halluzinationen durch das Morphium? Lupi.

»Aslan Lupi?«

»Lupi … Si …« Er röchelte vor Atemnot, aber Carrie gab ihm die Sauerstoffmaske nicht zurück.

»Was sonst noch, Silvio?«

Schweißtropfen glänzten auf seinen bleichen Wangen und seinem Schnurrbart, aber er schwieg. War er tot? Bloß nicht. Sie nahm den Rosenkranz und drückte ihm die Schnur in die linke Hand, in der keine Infusionsnadeln steckten. Mit den Fingern betastete er die Perlen eine nach der anderen, dann legte er die Faust um die Schnur und murmelte etwas, was sie nicht verstand. Ob er betete? Sie holte ihr Handy aus der Tasche. Sie musste sich beeilen.

»Hör zu, Silvio. Ich will, dass du gestehst, Ginas Vater ermordet zu haben.«

Erleichtert sah sie, dass er die Augen öffnete und sie erstaunt anstarrte.

»Ich weiß, dass du es getan hast. Deine Mutter hat es auf ihrem Sterbebett Padre Vizzini gebeichtet. Ich will wissen, warum und warum mein Vater dafür büßen musste. Danach lasse ich dich in Ruhe.« Dann kannst du in Frieden sterben, dachte sie, während sie das Handy neben seinen Kopf hielt und auf »Aufnahme« drückte. »Sag es! Jetzt! Ginas Vater.«

Es dauerte einen Moment, aber dann sagte er tonlos und stockend: »Ginas Vater … Ich … Ich habe geschossen … Die Drogen, er hatte einen Teil davon gestohlen. Ich wollte nicht dafür büßen müssen … Dein Vater … war Zeuge … Ich habe ihn …. niedergeschlagen und … ihm die Pistole in die Hand gedrückt.«

Seine Stimme geriet immer wieder ins Stocken, aber als

Carrie die Aufnahme abspielte, konnte sie die Worte mit etwas Mühe verstehen. Sie hatte genug. Sie musste hier weg.

Silvios Augen wanderten zum Morphiumknopf und sahen sie dann an. Die Augen des Mannes, für den ihr Vater jahrelang unschuldig im Gefängnis gesessen hatte und der ihn später ermordete. Als Vergeltung für Giovanni.

»Willst du Morphium?«

Er sah sie aus flehenden Augen an, ein Blick, der sie an das eine Mal erinnerte, bei dem ihr Vater sie mit auf die Jagd genommen hatte, und an den Hirsch, den er damals angeschossen hatte und der zuckend um den Tod gebettelt hatte.

»Du glaubst doch nicht, dass ich deine letzten Stunden auch nur im Geringsten erträglicher machen will, oder? Hattest du Mitleid, als du meinen Vater und meinen Bruder ermordet hast? Als du mir Luigi auf den Hals gehetzt hast oder deine Auftragsmörder in Stockholm? Dann unterschätzt du mich, Silvio.«

»Wo warst du?« Seine Stimme war nicht mehr als ein Hauch.

Sie lachte und holte ein Fläschchen aus der Tasche. »Warum sollte ich dir das erzählen? Was hast du davon, in der Hölle?« Sie hielt das Fläschchen hoch, und das Licht funkelte auf der dunkelgrünen Flüssigkeit. »Erkennst du das wieder, Silvio? Das Gift der Kegelschnecke. Unverdünnt. Wie viele Menschen hast du damit umgebracht? Hattest du das auch für mich in petto, wenn du mich erwischt hättest?«

Er riss die Augen weit auf, als sie ihm in die Wangen kniff und tat, als träufele sie ihm das Gift zwischen die Lippen.

»Vergiss bitte nicht, nachher in der Hölle Giovanni von mir zu grüßen, ja?«

Sie widerstand dem Drang, ihn tatsächlich zu vergiften, wovon sie so lange geträumt hatte. Aber das wäre dumm gewesen, denn schließlich hatte sie ihren Ausweis mit ihrem Namen vorgezeigt, auch wenn es nicht ihr richtiger war, und sie war seine letzte Besucherin. Doch der Effekt war der Mühe wert: Seine Augen schienen aus den Höhlen zu treten, und er unternahm verzweifelte, aber vergebliche Versuche zu schreien. Ohne die zusätzliche Sauerstoffzufuhr kostete es ihn immer mehr Mühe, Atem zu schöpfen. Sie sah reglos zu, mit einem seltsam leeren Gefühl und ohne einen Funken Mitleid.

Nach einer Weile ging sein Atem flacher, und als sie die Hand auf seine Brust legte, um seinen Herzschlag zu kontrollieren, spürte sie, wie sein Körper mehrmals zuckte. Erst als er reglos dalag, stülpte sie ihm die Sauerstoffmaske wieder auf, steckte die Flasche in die Tasche und verließ das Zimmer. Sie war keine zehn Minuten drin gewesen. Sie ließ die Tür einen Spalt offen stehen und eilte hinaus zu dem Soldaten. »Könnten Sie bitte eine Schwester rufen? Herrn Carlentini geht es nicht gut.«

»Natürlich.« Er sprang auf und rannte los.

Draußen holte sie tief Luft. In der Ferne hinter den dunklen Minaretten glitzerte der Bosporus, und noch weiter weg auf der anderen Seite zeichneten sich die Hügel Asiens ab. Sie stieg ins Auto und hörte ihre Nachrichten ab. Eine neue von Charles, weitergeleitet von Tamar. Mit einem Foto von Jan-Willem de Brauw, der sie ein wenig amüsiert über den *Daily Telegraph* hinweg anblickte.

»Soweit wir feststellen konnten, wurde das Foto gestern im Badeort Kuşadası von Gina Fioretti in einem Hotel oder Apartment am Boulevard gegenüber einem irischen Pub aufgenommen. Toppriorität. Fox.«

Darunter stand: »Pass auf dich auf. T.«

Das T von Tamar.

Carrie gab Kuşadası ins Navigationssystem ein und sah, dass der Badeort gut vierhundert Kilometer weiter südlich lag. Sie verschwendete keinen Gedanken mehr an Silvio.

Umso mehr dachte sie an Gina.

28

Der blonde Mann hieß tatsächlich Aslan. Aslan Saladow, ein tot geglaubter Islamist. Aslan Saladow alias Abdellah Abu. Der Mann, der Vera die Salzsäure in den Unterleib gespritzt hatte. Ein dunkler Typ, der sich in einen Nordeuropäer mit gerader Nase, blondem Haar und blauen Augen hatte verwandeln lassen. Ein erstaunliches Kunststück plastischer Chirurgie. Davon verstanden die Russen etwas. Aslan. Ein Psychopath, der imstande war, ohne mit der Wimper zu zucken, eine Frau zu foltern.

Während Adam unter der Galatabrücke hindurchfuhr, sah er das magere Gesicht mit den dunklen Augen wieder vor sich. Und die Spritze. Er war es, der Mann auf dem Foto, das Charles ihm geschickt hatte.

Ein Tschetschene auf einer Luxusjacht aus Katar, der für die Russen arbeitete. Wie Charles gesagt hatte: Putin suchte seine Verbündeten überall. Russen. Carlentini hatte den Namen Attila genannt. Der Hunne, der einst eine Spur der Verwüstung quer durch Europa hinterlassen hatte. Andererseits war Attila auch ein ungarischer und türkischer Jungenname. Falls Carlentini nicht halluziniert hatte und es diesen Attila wirklich gab, war er auch einer von Veras Folterknechten gewesen? War er vielleicht der Mann mit der nasalen Stimme? Verdammt! Konnte es sein, dass sie es nun auf ihn, Adam Kaplan, abgesehen hatten? War einer von ihnen der Mann, den Carrie in Il Giardino dell'Eden zu sehen geglaubt hatte?

Er erschrak, weil plötzlich ein unbeleuchtetes kleines Boot

vor ihm auftauchte, dem er nur knapp ausweichen konnte. Irgendwo in der Dunkelheit ertönte ein lauter türkischer Fluch. Er atmete auf und brachte das kleine Beiboot, mit dem er unterwegs war, wieder auf Kurs. Genau wie im Stadtverkehr schien sich auch auf dem Wasser niemand an die Regeln zu halten. Falls es denn überhaupt welche gab.

Vorsichtig schlängelte er sich zwischen der dichten Ansammlung von Ausflugsbooten, Fischerkähnen und Fähren hindurch und orientierte sich dabei mühelos an den Umrissen der Stadt, die sich vor der untergehenden Sonne abzeichnete. Kurz nachdem er von der *Freya* aufgebrochen war, hatte Tamar Bescheid gegeben, dass die Pizzen bei der *Amīr al-baḥr* abgeliefert worden waren und zwei der vier Besatzungsmitglieder an Deck aßen. Saladow war vor einer Stunde mit dem Taxi weggefahren. Laut Tamars Adjutanten Jimmy, einem hünenhaften schwarzen Sergeanten, der sich um die unauffällige Entsorgung von Dimitrios' Leiche gekümmert hatte, hatte sich Saladow zu einem Luxushotel im Westen der Stadt bringen lassen, in dem reiche Türken und Ausländer die Nächte mit Escortgirls verbrachten.

Adam bedauerte Jimmy, der, in seinem Wagen sitzend, mit Hamburgern oder einer Portion Kebab vorliebnehmen musste, während sich der Tschetschene mit einer teuren Nutte und Austern in einem Schaumbad vergnügte. Doch dass er in das Hotel gegangen war, konnte auch ein Ablenkungsmanöver sein. Möglicherweise schlüpfte er durch einen Hinterausgang wieder hinaus oder war dort, um sich mit jemandem zu treffen.

Wenn Saladow aber wirklich in diesem Hotel mit einer Hure im Bett lag, wäre es eine ausgezeichnete Gelegenheit, ihn auszuschalten, selbst wenn Charles die Türken nicht brüskieren wollte, die ohnehin der NATO skeptisch gegenüberstanden.

Wer die anderen drei Besatzungsmitglieder der *Amīr al-baḥr* waren, war noch immer nicht bekannt. Derjenige, der die Pizzen bezahlt hatte, hatte jedenfalls fließend Türkisch gesprochen.

Adam hielt auf die asiatische Küste zu und fragte sich, ob Carrie noch etwas aus Carlentini herausbekommen hatte, denn sein Zustand war unverändert schlecht. Wobei ihr das wahrscheinlich Genugtuung bereitete. Vielleicht war sie auch schon unterwegs nach Kuşadası, wo Gina Fioretti sich irgendwo mit de Brauw verschanzt hatte. Zehn Millionen Dollar Lösegeld forderte sie. Mafia.

Er hätte gern gewusst, wie es Carrie ging, und dachte kurz daran, sie anzurufen, tat es aber nicht. Trotz des dichten Verkehrs genoss er den überwältigenden, märchenhaften Anblick, den die Stadt in der hereinbrechenden Dunkelheit bot. Die zauberhaft erleuchteten Moscheekuppeln, die Minarette, die Lichtergirlande der Atatürk-Brücke. Doch er wusste auch, dass es nur ein schöner Schein war. Hinter dieser märchenhaften Fassade verbarg sich ein Sumpf von Verbrechen, Betrug und Terrorismus. Die Türkei war ein Land, in dem Fundamentalisten, aufständische Militärs, Faschisten und, und, und sich heftige Kämpfe lieferten. Ein Dampfkochtopf ohne Ventil.

Er musste an Carries Giftmischung in den Pizzen denken. Von Kegelschnecken. In Israel hatte er schon einmal davon gehört. Die Hamas tauchte nach ihnen. Die Schnecken waren giftig, manche Arten sogar tödlich, und schmiegten sich im Flachwasser an Korallen. Nicht nur in Sizilien, auch hier an der Küste. Sie produzierten ein Nervengift, das, vermischt mit beispielsweise Kokain, nicht nur innerhalb kurzer Zeit betäubte, sondern auch lähmend auf das Nervensystem wirkte. Kokain gab es genug in dieser Millionenstadt, und gestern hatte er die *Freya* zu einer Stelle im Meer gesteuert, an der Korallenriffe lagen. Carrie tauchte tiefer, als er es konnte, und im Nu war sie wieder oben und brachte die Schnecken mit. Sie presste sie aus, als wären es Knoblauchzehen, erhitzte ihren Inhalt und vermischte ihn anschließend mit dem Koks.

»Dieser Cocktail ist nicht tödlich, wirkt aber innerhalb einer halben Stunde, und die Wirkung hält garantiert ein paar Stunden an.«

Ebenfalls Mafia.

Er steuerte das Beiboot unter der Atatürk-Brücke hindurch zur anderen Seite, dem asiatischen Teil der Stadt, wo die *Amīr al-baḥr* vor Anker lag. Und wo Tamar auf ihn wartete. Er hatte nicht damit gerechnet, jemals noch mit einer Israelin zusammenarbeiten zu müssen. Tamar Offir. Er kannte Typen wie sie. Auf den ersten Blick nur eine schöne Frau, doch hinter der Schönheit verbarg sich eine durchtrainierte, fanatische und knallharte Soldatin, die ihren männlichen Kollegen in nichts nachstand. Natürlich arbeitete sie unter dem Deckmäntelchen der Diplomatin für den Mossad. Die Türken hatten ihre Beziehungen mit Israel wegen der Palästinenserfrage zwar stark eingeschränkt, aber die NATO arbeitete gern mit den Israelis zusammen.

Am Abend zuvor hatte er lange mit Tamar diskutiert. Auch sie hatte den Code für den Schmetterlingsatlas nicht. Ihr zufolge kannten ihn nur Boydd, Charles und einige Spitzenmilitärs der NATO. Sie erzählte zwar, dass man sich Anfang des Jahres mit ihnen in Rom beraten hatte, erwähnte aber mit keinem Wort ihren Aufenthalt mit Boydd in Castelfiorentino. Adam klammerte das Thema ebenfalls aus.

Dies war ihre gemeinsame Aufgabe. Keine Unterstützung, kein doppelter Boden, falls etwas schiefging. Sie mussten jeglichen diplomatischen Zwischenfall vermeiden. Am besten auch Gewalt. Kaplan hoffte, dass sich Carrie auch im Krankenhaus bei Silvio Carlentini daran halten würde.

Er näherte sich dem Jachthafen und drosselte den Motor. Die *Amīr al-baḥr* lag ganz hinten zwischen Reihen von Segelbooten und Jachten, deren Eigentümer in der Regel erst Anfang des Sommers kamen oder andernfalls um diese Zeit in der Stadt unterwegs waren.

Seine Uhr zeigte kurz vor zwanzig Uhr dreißig an. Wenn die drei an Bord der Jacht ihre Pizzen gegessen hatten, mussten sie jetzt ausgeschaltet sein. Das Essen war von demselben jungen Mann geliefert worden, der es ihnen jeden Abend brachte und der keine Ahnung hatte, dass die Schachteln ausgewechselt worden waren, als er vorher noch einen anderen Kunden besucht hatte. Einige Minuten später sah Adam die arabischen Schriftzeichen auf dem breiten weißen Bug über sich auftauchen. *Amīr al-baḥr.* Eine Superjacht, gegen die die *Freya* wie ein Spielzeugboot anmutete und die von einer niederländischen Werft zu einem Preis von gut anderthalb Millionen Euro gebaut worden war. Eine schwimmende Villa, aber pfeilschnell dank der beiden Caterpillar-Motoren. Er fuhr am Schiff entlang und hielt dabei Ausschau nach dem Schnellboot, auf dem Tamar und der Adjutant ihn erwarteten. Er schrak auf, als sein Handy klingelte. Er hatte also endlich wieder Netz.

»Ja?«

»Ich bin's, Tamar. Fahr zurück auf die andere Seite der *Amīr.* Wir sind schon oben.«

Noch bevor er fragen konnte, warum sie bereits an Bord waren, brach sie das Gespräch ab.

Er drehte das Boot und fuhr langsam zurück. Dann schaltete er den Außenbordmotor aus und ließ es längsseits der Jacht treiben, bis er das Schnellboot daneben dümpeln sah. Vom ersten Deck hinunter schwang eine Strickleiter im

Wind hin und her, und als er hochblickte, sah er zwei Gestalten an der Reling nach ihm winken. Eine davon war Tamar. Neben ihr ragte der dunkelhäutige Amerikaner auf.

»Bleib unten!«, rief Tamar.

Was war da los? Jimmy sollte doch Saladow beschatten.

Adam blickte hinauf zu dem Hünen, der mit einem kleinen Koffer über die Reling kletterte, das schwarze Gesicht glänzend in der Dunkelheit. In dem Moment, als der Amerikaner von der Strickleiter ins Beiboot sprang, ertönte *The Birds and the Bees*.

»Schwesterchen?«

»Ja. Wo steckst du?«

»Ich bin gerade bei der Jacht.«

»Ach so«, sagte sie. »Ich konnte dich nicht erreichen.«

»Wo bist du?«

»Unterwegs nach Kuşadası. Ist Tamar auch da?«

»Ja«, antwortete er, während er die Hand nach Tamar ausstreckte, um ihr ins Dinghi zu helfen. »Sie kommt gerade von Bord. Warum? Hat Silvio noch etwas gesagt?«

Carrie antwortete etwas Unverständliches, und dann hörte er nur noch Rauschen, sodass er wütend das Gespräch beendete.

»Carrie?«, fragte Tamar.

»Ja. Aber die Verbindung ist schon wieder abgerissen.«

Sie trug einen Trainingsanzug und hatte das Haar unter einer Wollmütze verborgen. Er roch ihr schweres Parfüm.

»Ich fahre los«, sagte Jim. »Wenn etwas ist, nehmen wir Kontakt auf.«

Tamar nickte. »Danke, Jim. Wir sehen uns morgen.«

Jim verabschiedete sich von Adam und stieg mit dem kleinen Koffer hinüber ins Schnellboot. Er löste die Leine von der Strickleiter, startete den Motor und brauste davon, Gischtwolken hinter sich herziehend.

»Warum wart ihr schon an Bord?«, fragte Adam.

»Wegen Saladow.«

»Wieso?«

»Carrie hat mir aus dem Krankenhaus eine SMS geschrieben, dass jemand bei Carlentini war. Als Arzt verkleidet. Es muss Saladow gewesen sein, denn Jim hat ihn in dem Hotel verloren. Er hat versucht, Carlentini zu ermorden.«

»Scheiße!«

»Carrie kam gerade noch rechtzeitig. Er hat sie nicht gesehen. Lass uns bitte losfahren. Er kann jeden Moment hier sein.«

»Und was ist mit der Besatzung? Das Gift wirkt mehrere Stunden. Er braucht doch nur eins und eins zusammenzuzählen.«

»Ich weiß«, sagte sie. »Aber vielleicht vermutet er einen Raubüberfall. Oder eine Lebensmittelvergiftung.«

»Das glaubst du doch selbst nicht.«

Sie seufzte. »Wir konnten sie ja kaum über Bord werfen oder das Schiff in Brand stecken. Entschuldige, es gibt keine andere Möglichkeit.«

»Konntet ihr denn wenigstens das Überwachungssystem anbringen?«

»Natürlich.«

Er startete den Motor und entfernte sich von der Jacht. »Wo soll ich dich absetzen?«

Tamars Telefon klingelte. Sie nahm ab und lauschte angespannt. Nachdem sie das Gespräch beendet hatte, sagte sie: »Saladow ist zurück im *Ottoman-Palast* und hat ein Zimmer für die Nacht genommen.«

»Okay.«

»Aber Carlentini ist tot.«

»Ermordet?«

»Wenn ich recht verstanden habe, war etwas mit dem Beatmungsgerät nicht in Ordnung.«

Na klar. Carrie. Kein Zweifel. Sie hatte es klug angestellt. Adam gab Gas und steuerte das kleine Boot in Richtung Bosporus. »Wo willst du hin?«

»Fährst du zur *Freya*?«, fragte sie und fügte auf sein Nicken hinzu: »Kann ich mitkommen?«

»Natürlich.« Als er sie ansah, blickte sie über das Wasser. Warum fuhr sie nicht einfach nach Hause?

»Ich habe deinen Namen schon mal gehört«, sagte sie.

»Ach, deshalb kam es mir gestern so vor, als würdest du mich wiedererkennen.«

Er blickte sie an, wandte dann jedoch den Blick eilig zurück aufs Wasser. Sie war eine wichtige Mossad-Agentin. Sie wusste viel. Vielleicht mehr als er.

»Ich gehöre zu den wenigen Menschen auf dieser Erde, die etwas über deine Vergangenheit wissen«, sagte sie. »Dass du einmal einen Kameraden erschossen hast und danach desertiert bist. Möchtest du mir erzählen, was geschehen ist?«

»Warum sollte ich?«

Sie zuckte mit den Schultern. »Vielleicht, weil ich nicht glaube, dass du der Typ bist, der desertiert?«

Er spürte, dass sie ihn ansah. Das letzte Mal hatte er Sarah von Aaron erzählt, und dabei hatte ihn ein unkontrollierbarer Weinkrampf erfasst. Auf eine Wiederholung war er nicht scharf. Zugleich war es unerträglich, dass sie ihn für feige halten könnte.

»Wir dachten, es wäre ein Tunnel«, sagte er und starrte dabei in die Ferne, »wie es damals so viele in Gaza gab. Die meisten waren gegraben worden, um Waren aus Ägypten herauszuschmuggeln, aber zugleich hatte die Hamas damals bereits begonnen, sie für Anschläge auf israelischem Gebiet zu nutzen. Es war im Sommer neunzehnhundertsechsundneunzig. Wir waren zu viert, vier Elitesoldaten.«

»Wie alt warst du damals?«

»Gerade mal zwanzig. Wir suchten zwei junge Frauen«, sagte er, »die tags zuvor aus einer Siedlung an der Grenze zum Negev verschwunden waren. Sie hatten Ziegen gehütet. Ein Junge hatte mir erzählt, er hätte vier maskierte Männer zwischen den Felsen hervorkommen sehen, die sie mitgenommen hätten. Er zeigte uns eine Höhle, in der sie verschwunden waren. Wir gingen mit vier Mann rein, in einen langen Tunnel. Aaron zuerst.« Er roch wieder die unterirdische Luft, als krieche er wie damals gebückt durch den Gang, die Uzi im Anschlag, vier Granaten und seine Armeepistole am Gürtel, das Soldatenmesser in der anderen Hand, hinter dem Licht von Aarons Taschenlampe her. »Es war eine Falle. Der Junge muss uns verraten haben. Der Tunnel wurde immer enger, sodass wir kriechen mussten.«

Er verringerte die Geschwindigkeit und steuerte das Boot in den Kanal, der zu dem kleinen Jachthafen führte. »Es muss einen Seitentunnel gegeben haben, denn wir wurden von hinten beschossen. Yitzhak und Ariel müssen sofort tot gewesen sein. Wir konnten das Feuer nicht einmal erwidern, so eng war es. Wir krochen zu zweit weiter durch eine Felsspalte, bis wir frische Luft rochen und schräg über uns eine Öffnung sahen, durch die die Sterne schienen. Aaron wollte, dass ich als Erster raufgehe. Auf halbem Weg blieb ich stecken.« Adam durchlebte erneut, wie er hilflos eingeklemmt zwischen den Felsen steckte, die ihn zu zerquetschen schienen. Das Wegbröckeln der Steine unter seinen Stiefeln, seine blutigen Hände. »Aaron schrie auf, als wieder geschossen wurde. Er versuchte, mich hochzustemmen, aber es ging nicht. Er rief, ich solle mich auf ihn stützen, aber zugleich fühlte ich, wie er nach meiner Pistole griff. Kurz danach krachte wieder ein Schuss.« Er geriet ins Stocken, und ihm kamen die Tränen.

»Er hat sich selbst erschossen«, sagte Tamar leise, »um dir

die Flucht zu ermöglichen. Um dir als Schutzschild zu dienen.«

Adam nickte und manövrierte das Dinghi an die Längsseite der *Freya*. »Ich weiß nicht mehr genau, was geschah, nur, dass es plötzlich still wurde, jemand über mir unsere Namen rief und mir ein Seil zuwarf.«

»Und man glaubte, du hättest ihn erschossen, um dich zu retten.«

»Es war schließlich meine Pistole. Es half nichts, dass ich beschwor, er habe seine eigene Waffe nicht erreichen können. Sie behaupteten, er hätte niemals Selbstmord verübt.«

»Ich habe das damals auch nicht geglaubt.«

»Und jetzt?«

Sie richtete sich ein wenig auf. »Jetzt? Jetzt brauche ich dringend etwas zu trinken.«

29

Die tiefe Männerstimme klang erfreut, als sie berichtete, sie habe, was er von ihr haben wollte.

»Sehr schön, Maria«, sagte er. »Ich wusste doch, dass wir mit dir rechnen können. Du hast die richtige Entscheidung getroffen.«

»Als hätte ich eine Wahl gehabt.«

»Jeder hat die Wahl. Immer.«

»Du hast leicht reden«, erwiderte sie, »solange es dich nicht betrifft. Ich will dein Wort, dass ich das Material zurückbekomme. Den Film.«

»Das hast du bereits.«

»Schwöre es beim Grab deiner Mutter.«

»Ich schwöre es beim Grab meiner Mutter«, wiederholte er.

»Gut. Wo sollen wir uns treffen?«

»Ruf mich an, sobald du in Rom bist«, antwortete er. »Bis dann. Ich freue mich auf ein Wiedersehen.«

Sie legte sofort auf und fluchte leise. Sie hatte schreckliche Angst, Todesangst, dass ihre Informationen etwas auslösen könnten, wodurch Hunderte, vielleicht sogar Tausende oder noch mehr Menschen sterben würden. Jeder hat die Wahl, hatte er gesagt. Sie wollte sich nicht eingestehen, dass er möglicherweise recht hatte. Eine innere Stimme, die sie zu ignorieren versuchte, die aber immer lauter wurde, flüsterte ihr zu, dass sie kurz davor stand, den größten Fehler ihres Lebens zu begehen.

Ein Atlas mit verschlüsselten Informationen. Ein Atlas, der von der NATO chiffriert worden war. Charles hatte damit zu tun und Ethan, und daher mussten die Informationen brisant sein. Die Russen wollten sie unbedingt haben. Man brauchte kein Genie zu sein, um zu begreifen: Es drohte ein internationaler Konflikt, der nicht mit Diplomatie würde beigelegt werden können.

Und wenn es dazu käme, wäre sie schuld daran.

Sie hatte das Bedürfnis, mit jemandem darüber zu reden. Ihr Vater, ja, ihr Vater war ein Mann, dem man ein Geheimnis anvertrauen konnte. Ein besonnener Mann, der wenig sprach, jede Antwort sorgfältig bedachte und dann beschloss, sie dennoch für sich zu behalten und zu sagen: »Folge deinem Herzen.« Das hatte sie nach dem Tod ihrer Mutter, einer distanzierten Frau, stets getan. Ihre Mutter war niemals über den Tod ihres älteren Bruders hinweggekommen. Eines schönen Tages, oder besser: eines bösen, hatte sie ihre Manteltaschen mit Steinen gefüllt und war ins Meer gegangen. Früher war Helen wütend auf ihre Mutter gewesen, aber inzwischen dachte sie häufig: Es war ein mutiger Entschluss. Sie selbst hatte es nicht gewagt, von der Klippe zu springen.

Sie war früh zu Bett gegangen, machte aber kein Auge zu. Sollte sie die Informationen übergeben? Oder nicht? Sollte sie alles Ethan beichten oder Charles? In einem Traum, der so realistisch war, dass sie mit einer Gänsehaut aufwachte, musste sie Hunderte Leichen identifizieren, eine unmögliche Aufgabe, denn sie waren, eine wie die andere, fürchterlich verstümmelt. Mit schrecklichen Kopfschmerzen stand sie auf und warf einen kurzen Blick durch die Gardinen. Der Swimmingpool war erleuchtet. Die Abende waren jetzt bereits schwül, und morgen erwartete sie zweifellos wieder ein warmer toskanischer Tag, auf den sie sich nicht freute.

Seufzend ging sie wieder zu Bett, warf sich in der kühlen Leinenbettwäsche herum, drehte sich auf die linke und dann wieder auf die rechte Seite. Die Stille zermürbte sie. Die Lügen fraßen sie auf. Sie konnte nicht mehr, wollte nicht mehr. Doch die Alternative war genauso schlimm. Bekennen, alles erzählen, die Konsequenzen auf sich nehmen. Doch dann … Würde sie es aushalten, dass Neil darunter leiden musste?

Eine Tragödie. Das war es.

Sie könnten zusammen flüchten. Irgendwo untertauchen, weit weg, wo sie niemand finden würde. Aber vorausgesetzt, es gab einen solchen Ort, was wäre das dann für ein Leben? Ihm einen sanften Tod zu ermöglichen, sogar das hatte sie erwogen. Tabletten in seinen Joghurt zu rühren oder ihm im Schlaf eine Plastiktüte über den Kopf zu stülpen. Ihn gehen zu lassen. Irgendwann würde sie diese schreckliche Entscheidung vielleicht sowieso treffen müssen. Er würde es mit seinem kindlichen Verstand nicht einmal begreifen und lachend, sabbernd den Joghurt aufessen.

»Ethan ist nicht dein Vater«, sagte sie zu seinem lachenden Gesicht auf ihrem Handydisplay. »Ich weiß, es ist unverzeihlich, dass ich es dir nie erzählt habe, dass ich dich all die Jahre mit einer Lüge leben ließ, aber ich habe mich nicht getraut, die Wahrheit zu sagen. Es tut mir leid. Es wäre zu schmerzlich gewesen. Du würdest mich nie mehr wiedersehen wollen, und dann wäre mein Leben nichts mehr wert.«

Auf dem Foto lachte Neil weiterhin. Er lachte immer.

30

Adam nickte, als Tamar fragte, ob sie noch ein Glas bekommen könne. Er stand auf. Anscheinend hatte der Whisky keine Wirkung auf sie, und sie schien auch nicht müde zu sein. Er dagegen schon. Aber zugleich war er erleichtert.

Er hatte ihr erzählt, wie er aus Israel geflüchtet und umhergezogen war.

»Ich war fix und fertig, funktionierte nicht mehr, konnte das absurde Paradox, dass ich nur lebte, weil er gestorben war, nicht einordnen. Ich schwor auf das Grab meiner Eltern, nie mehr einen Fuß nach Israel zu setzen.«

»Vielleicht solltest du gerade wegen Aaron noch einmal zurückkehren«, erwiderte sie. »Das Land hat auch viel Schönes zu bieten, weißt du, und es könnte dir helfen, dein Trauma zu verarbeiten. Ich könnte dich sogar begleiten.«

Von draußen schallte Musik herein, manchmal Gelächter oder das Tuckern eines Motorbootes, mit dem Leute vom abendlichen Ausgehen zurückkehrten. Ab und zu schaukelte die *Freya*, sodass die Lichter hinter den Bullaugen zu verlöschen schienen. Die Takelage klapperte im Wind. Adam horchte auf, weil auf einmal Stakkatopiepsen ertönte und gleich darauf Husten und ein türkischer Fluch.

Zwischen ihnen leuchtete Tamars Laptop grün auf. Auf dem Bildschirm huschte eine dunkle Gestalt gebückt dahin, als liefe sie durch ein Aquarium. Der Mann blieb bei einer Funkanlage stehen, setzte sich und zündete sich eine Zigarette an.

»Der Steuerraum der *Amīr*«, erklärte Tamar. »Die Kamera

ist schräg über ihm bei der Lampe angebracht. Sie schaltet sich automatisch ein, sobald sich etwas bewegt oder die Raumtemperatur steigt.«

Der Mann fuhr einen Computer hoch, doch der Rauch seiner Zigarette vernebelte die Sicht. Offenbar entdeckte er nichts Wichtiges, denn einige Sekunden später schaltete er den Rechner wieder aus und erhob sich. Adam erhaschte einen Blick auf einen jungen Mann mit bleichem Gesicht, altmodischem Backenbart und halblangem schwarzen Haar. Der Mann hielt die Hand vor den Mund, hüstelte einmal und schlurfte dann auf unsicheren Beinen aus dem Bild. Er schaltete das Licht aus, und der Monitor wurde langsam schwarz.

»Er lag an Deck«, bemerkte Tamar. »In seiner eigenen Kotze.« Sie lächelte. »Die anderen schlafen wahrscheinlich noch. Hoffentlich glauben sie, dass die Pizza verdorben war.«

Adam nickte und trank von seinem Saft.

»Und du? Wie bist du zu dieser Arbeit gekommen?«

»Wir waren zu Hause nie antiislamisch eingestellt, aber ich habe mich in die Richtung entwickelt, und zwar immer mehr.«

»Und deswegen bist du beim Mossad.«

Sie blickte auf. »Merkt man mir das an?«

»Nein, aber mir erscheint das durchaus logisch.«

»Meine Familie hat mich dafür verurteilt. Früher glaubte ich auch, dass man mit Gewalt keine Konflikte lösen und dass Auge um Auge nie der richtige Weg sein kann. Ich bin aufgewachsen mit dem Glauben an Gott, und Gott lehnt jede Form der Rache ab.«

Adam dachte an Sarah. »Mein ist die Rache, spricht der Herr.«

»So ähnlich. Aber seitdem einer meiner Cousins in Paris bei einem Geiseldrama ums Leben gekommen ist, haben auch meine Verwandten es begriffen. Du brauchst dich doch nur umzusehen, und du weißt: Es geht nicht anders.«

Plötzlich küsste er sie auf den Mund, einfach so, er wollte es gar nicht, hatte es nicht vorgehabt. Sie war überrumpelt, wie er an ihrer erschrockenen Reaktion merkte, doch dann erwiderte sie seinen Kuss, gierig, genauso ungeduldig wie er. Streichelnd und küssend zogen sie einander langsam aus.

Nie mehr lieben, nie mehr den Schmerz des Verlustes spüren, das hatte er sich vorgenommen. Aber es war schön, ihre warme, weiche Haut an seiner zu spüren. Seit Veras Tod hatte er nicht mehr das Bedürfnis danach gehabt. Obwohl, als er vor ein paar Tagen Carries schlanke Gestalt von der *Freya* aus ins Wasser hatte springen sehen …

»Warte.« Sie stand auf, holte ihre Tasche und zog ein Päckchen Kondome heraus. Sie lachte, als sie über seinen beschnittenen Penis rieb. »Einmal ein jüdischer Junge, immer ein jüdischer Junge.«

Geschickt rollte sie das Kondom über seinen Penis und hielt ihn fest, als sie sich rittlings auf ihn setzte. Sanft wiegten sie sich zum Rhythmus der *Freya* auf den Wellen, doch er hatte Mühe, sich zu beherrschen, sich Zeit zu nehmen und sich ihrem ruhigen Tempo anzupassen, und mit einem überwältigenden Gefühl und einem Schrei kam er.

»Tut mir leid«, sagte er. »Ist eine Weile her.«

Sie beruhigte ihn und versicherte ihm, sie würde es genießen. »Idiot«, fügte sie hinzu, »ein Mann, der mein Heimatland hasst.«

Er küsste sie. »Findest du das schlimm?«

»Im Gegenteil. Vielleicht gelingt es mir, deine Meinung zu ändern.«

Später, als sich sein Herzschlag wieder einigermaßen beruhigt hatte, revanchierte er sich. Sie war nicht schüchtern, sagte ihm, wie sie es wollte und was ihr gefiel. Vera hatte nie etwas gesagt, und er hatte sich oft gefragt, ob sie es wirklich schön fand, obwohl sie es ihm immer wieder versicherte.

Er wollte nicht an sie denken, nicht jetzt, nicht mit Tamar neben sich. Es gelang ihm allmählich, Vera loszulassen, und das war gut so. Ein Joint und Tamars Körper dicht an seinem. Tamar. Ihr Name ließ ihn schwindeln. Er fühlte sich leichter. Ein Moment des Genusses, des Glücks, der vorübergehen würde und von dem er fast sicher war, dass er einmalig war. Doch die Kunst bestand darin, diesen Moment so intensiv zu erleben, dass er ihn nicht vergessen würde. Dass er zu einer Erinnerung wurde, die er nachts erneut durchleben konnte.

Er war schon fast eingeschlafen, als er hörte, wie der Computer meldete, dass sich die Kamera auf der Jacht wieder eingeschaltet hatte. Auf der *Amīr al-baḥr* passierte etwas. Er und Tamar sprangen gleichzeitig auf und eilten zum Laptop.

Derselbe Mann wie vor einer Stunde blickte auf den Bildschirm, auf dem wiederum in einem Skypefenster ein anderer Mann mit tief in die Stirn gezogener Mütze in der Dunkelheit saß. Doch als Adam ihn etwas auf Türkisch ausrufen hörte, erkannte er schockiert die nasale Stimme wieder, die auf Deutsch mit östlichem Akzent langsam und drohend rückwärts gezählt hatte.

Machen Sie sich keine Illusionen, Fräulein … Sieben …

»Veras Folterer«, sagte er und hörte selbst, wie heiser seine Stimme klang. »Oder besser: derjenige, der den Auftrag gab, sie zu foltern. Ich erkenne seine Stimme wieder.«

Tamar wirkte genauso entsetzt wie er und starrte auf den Bildschirm, während sie leise fluchte. »Attila Onar.«

»Wie bitte?«

»Attila Onar, Chef des türkischen Nachrichtendienstes.«

»Bist du dir sicher?«

»Absolut. Ein fanatischer Muslim und lupenreiner Faschist. Kennst du ihn?«

Adam starrte auf den Monitor. Der Mann beugte sich aus

dem Schatten nach vorn, und das Licht fiel auf eine zackige Narbe an seinem Hals. Wie vom Biss eines Tieres. Eines Wolfs. Meinte Carlentini das mit *»lupi«*? Mit Wölfen? »Carlentini hat seinen Namen genannt. Kann es sein, dass er für die Russen arbeitet?«

Tamar zuckte mit den Schultern. »Vielleicht als Mittelsmann für Katar oder die Syrer. Still! Es sagt etwas zu dem Mann auf der *Amīr*.«

Adam lauschte, obwohl er kein Türkisch verstand, aber er war sich sicher: Dies war der Mann, der den Auftrag erteilt hatte, Vera zu töten. Der Chef des türkischen Geheimdienstes. Ein fanatischer Muslim, ebenso wie der Tschetschene Saladow.

Plötzlich wurde der Bildschirm schwarz, und für einen Moment herrschte Stille, bis auf den Wind und die Musik.

»Was hat er gesagt?«

Tamar reagierte nicht. Ihre Haut leuchtete bleich im Schein des Laptops auf.

»Tamar, was hat er gesagt?«

»Dass der erste Angriff an *Lailat al-Barā'a* erfolgt. Dort, wo der Fluss des Schmerzes entspringt.«

»Was bedeutet das?«

Sie schüttelte den Kopf. »Keine Ahnung.«

»Und dieses *Lailat*?«

»*Lailat al-Barā'a*. Das islamische Fest in der Nacht der Schicksalsbesiegelung. An diesem Tag entscheidet Allah, wer in diesem Jahr sterben und wer geboren werden wird.« Nervös googelte sie das Stichwort *Lailat*. »Der dritte Juni.«

Der dritte Juni. In vier Tagen. Es setzte sich neben sie und gab »Fluss des Schmerzes« ein und knurrte, weil nur Ergebnisse über Schmerz und Schmerzbehandlung erschienen. Tamar drehte mit einem Ruck den Kopf, in diesem Moment hörte auch er das Brummen eines Außenbordmotors und gleich darauf eine Dreiklanghupe.

»Jimmy. Es muss etwas passiert sein.« Sie sprang auf und schlüpfte in ihren Trainingsanzug, während er eilig seine Hosen anzog.

Draußen schlug ihm der Regen ins Gesicht. Im Dunkeln glühte die Lampe am Bug des Schnellbootes. Im Schein einer schwankenden Laterne auf dem Anlegesteg glänzte Jimmys dunkles Gesicht. Seine Augen waren weit aufgerissen.

»Was ist los, Jim?« Tamars Stimme schallte über das Wasser. »Was ist …?« Sie fluchte erneut.

Adam duckte sich hinter sie, nachdem er einen Blick von einem blonden Mann erhascht hatte, der eine Pistole mit Schalldämpfer gegen Jimmys Schläfe gedrückt hielt.

»Zurück!«, sagte eine Stimme. »Hände hoch, sonst erschieße ich den Neger!«

»Saladow?«

Adam bewunderte Tamars ruhige Stimme, als fragte sie nach dem Namen einer ihr vorgestellten Person.

Adam kroch bäuchlings zurück in die Kajüte, wo er das Schnellboot gegen den Rumpf der *Freya* schlagen hörte.

»Sie klingen, als hätten Sie mich erwartet, Miss Offir.«

»Haben Sie meinen Namen von Attila Onar?«

»Ach, das wissen Sie also.« Saladows Stimme klang zynisch. »Dann ist es ja umso besser, dass ich …«

Adam erstarrte, als Jimmy sich losriss. Gleich darauf ertönte zweimal ein dumpfes Knallen und ein Klatschen.

»Das war ziemlich unvernünftig von Ihrem Adjutanten, Miss Offir.«

»Dafür wirst du in der Hölle schmoren!« Tamars Stimme überschlug sich.

»Wegen des Mordes an einem Ungläubigen?« Freudloses Lachen, dann dröhnten Schritte über das Deck. »Sagen wir einfach, das war für den armen Dimitrios. Wo ist Kaplan?«

Adam hatte die Treppe fast erreicht, und das zynische

Lachen hallte in seinem Kopf wider. Dasselbe Lachen, das er in dem engen Luftschacht gehört hatte.

»Nicht hier«, antwortete Tamar.

»Sie lügen. Sein Beiboot liegt dort.«

»Er ist vor einer Stunde ins Jachthafenrestaurant gegangen, um etwas zu essen zu holen.«

»Und die Frau, die sich Carrie nennt? Oder sollte ich lieber Caressa sagen?«

»Ist auch nicht hier.«

Gebückt schlich Adam die Treppe hinunter und griff nach seinem Messer. Er machte sich keine Illusionen, dass Saladow ihn schonen würde. Er schlich wieder hinauf und blieb auf halbem Weg im Schatten stehen.

»Kaplan und ich haben noch eine alte Rechnung zu begleichen.«

Allerdings! Er sah Vera wieder vor sich, nackt, die Beine gespreizt, und die Hand, die die Spritze in die Luft hielt.

Schritte näherten sich. Hielten inne.

»Ich nehme an, Carlentini hat meinen Namen und den Onars genannt. Er konnte mir das leider nicht mehr selbst sagen.«

»Haben Sie auch ihn getötet?«

»Natürlich. Auf einen Mann ohne Glauben, der für Geld arbeitet, ist kein Verlass.«

»Sie haben viele Menschen auf dem Gewissen, Saladow.«

»Weniger als das jüdische Volk, Miss Tamar Offir.«

Sie lachte schrill. »Aber es werden mehr werden, wenn ihr so weitermacht. Wie viele unschuldige Männer, Frauen und Kinder sollen noch für euren Wahn sterben?«

Es blieb einen Augenblick lang still. Adam hörte nur den Wind rauschen und die Musik aus der Ferne.

»Wir warten drinnen auf Kaplan«, befahl Saladow. »Gehen Sie vor.«

Bis zum Äußersten gespannt, lauschte er auf die Schritte, sah dann Tamars nackte Füße auf der obersten Stufe und wartete ruhig atmend auf den Moment, in dem Saladow sich bückte, um die Treppe hinunterzugehen. Im Halbdunkel leuchteten ihre Augen kurz auf, als sie ihn ansah, dann drängte sie sich an ihm vorbei, sodass er einige Augenblicke lang für Saladow unsichtbar war. Er sprang auf, zog ihn an sich und setzte ihm das Messer an die Kehle.

»Eine alte Rechnung, Saladow, aber unbezahlbar für dich. Lass die Pistole fallen!«

Saladow war einen Moment lang wie erstarrt. Dann ließ er die Pistole los, sodass sie klappernd die Stufen hinunterfiel.

»Du kannst nicht gewinnen, Kaplan«, stieß er hervor. »Wir sind viele.«

»Wo liegt der Fluss des Schmerzes?«

Saladow lächelte. »Du kennst den Code also nicht?«

»Ihr etwa? Von de Brauw?«

»Der Diplomat?« Saladow kräuselte verächtlich die Lippen. »Weißt du, wo er ist?«

Er spielte auf Zeit, bemerkte Adam. Er stieß ihm die Messerspitze oberflächlich in die Haut. »Ich gebe dir fünf Sekunden, bevor ich dir die Kehle durchschneide. Wo ist der Fluss und …«

Es ging so schnell, dass er es erst begriff, als Tamar aufschrie und ihm warmes Blut ins Gesicht spritzte. Saladow hing an dem Messer, das bis zur Hälfte in seiner Kehle steckte.

Adam stöhnte und keuchte mit der schweren Leiche auf sich. Das Blut trübte seine Sicht. »Scheiße! Er hat sich selbst getötet!«

Er hörte Tamar hinter sich, stolperte aber rückwärts und fiel dann zusammen mit dem toten Saladow ungeschickt die Treppe hinunter. Er spürte einen heftigen Schmerz im Hinterkopf, griff verzweifelt um sich, dann wurde ihm schwarz vor Augen.

31

Die Sonne war bereits aufgegangen. Sarah gähnte. Sie saß mit einer Tasse Kräutertee im Innenhof und blickte hinüber zu den geschlossenen Gardinen des Bungalows am Rande des Schmetterlingsgartens. Helen schlief noch immer. Kein Wunder, noch bis spätnachts hatte Licht in ihrem Bungalow gebrannt. Sie selbst hatte auch nicht schlafen können und war bis weit nach Mitternacht draußen herumgelaufen, nachdem sie mit Sophie geskypt hatte. Sie wolle eine Weile alleine wohnen, hatte ihre Tochter gesagt, und darüber nachdenken, was sie mit ihrem Leben anfangen wolle.

»Bimo wird sich eben solange um die Kinder kümmern müssen. Bisher hat er ja alles mir überlassen.«

Sophie wollte die Kinder im Stich lassen? Der Gedanke daran tat Sarah geradezu körperlich weh, aber sie hatte nichts gesagt, denn Sophie hätte es wahrscheinlich in den falschen Hals bekommen. Doch ganz schweigen konnte sie auch nicht, und so hatte sie ihr vorgeschlagen, mit den Kindern zu ihr zu kommen.

In Jakarta war es eine Weile still geblieben. Dann hatte Sophie ziemlich kurz angebunden erwidert: »Ich will mein eigenes Leben leben. Was verstehst du schon davon?«

Darüber hatte sich Sarah geärgert. Als hätte sie es immer so leicht gehabt.

Als sie noch Licht im Bungalow hatte brennen sehen, war sie hinübergegangen und hatte Helen weinen hören. Ein herzzerreißendes Schluchzen, das ihr durch Mark und Bein gegangen war. Sie hatte schon klopfen wollen, aber in diesem Moment war das Licht ausgeschaltet worden und das Weinen verstummt.

Wenn Charles nur da gewesen wäre!

»Ich habe frisches Brot gebacken, Signora. Kann ich das Frühstück servieren?«

Sie hatte Luca nicht kommen hören und wischte sich geschwind eine Träne weg. »In einer halben Stunde. Ich gehe Helen gleich wecken. Könntest du bitte auch Kaffee aufsetzen? Dein Cappuccino schmeckt besser als meiner.«

Luca erwiderte grinsend: »Ein Italiener, der keinen Kaffee kochen kann, ist kein richtiger Italiener, Signora. Wann kommt eigentlich Padre Vizzini zurück?«

»Er müsste morgen Nachmittag wieder hier sein.«

»Bene.«

Paolo war für einige Tage zu einem Freund nach Assisi gefahren, mit dem er im Priesterseminar gewesen war. Er wohnte jetzt schon seit über einer Woche im anderen Gästebungalow, zusammen mit seinem Hund Johannes. Paolo glaubte an die heilsame Wirkung der Natur und sogar an übernatürliche Kräfte. Ein milder, nachsichtiger Mann, der sie dennoch jedes Mal wieder mit seinem tiefen Hass gegen den Kommunismus und Putin erschreckte, den er gern mit dem Satan verglich. Er empörte sich darüber, dass Putin demnächst in Rom empfangen werden würde. »Er ist ein Mörder, Sarah, ein Mann, der vor nichts zurückschreckt!«

Sarah trank ihren Tee aus und beschloss zu duschen. Als sie eine Viertelstunde später wieder hinaustrat, sah sie, dass die Gardinen in Helens Bungalow aufgezogen waren. Sie ging hinüber, klopfte an und öffnete die Tür. »Helen, das Frühstück ist fertig!«

Doch zu ihrer Überraschung war Helen nicht da, auch nicht im Bad. Dann sah sie sie durch das Fenster im Swimmingpool, Bahnen ziehend wie Carrie, nur nicht so schnell. Sie wandte sich ab und sammelte kopfschüttelnd Helens Kleider und Schultertasche auf, die sie heute Nacht offenbar in ihrem Kummer auf dem Boden hatte liegen lassen. Doch als sie die Tasche hochhob, flatterten rot-schwarze Falter auf, die an ihr vorbei nach draußen flogen. Ungläubig ließ sie die Tasche wieder fallen. Also doch! Es gab noch welche! *Acherontia sophia!* Bestimmt sechs, nein, an die zehn, vielleicht sogar noch mehr. Wie konnte das sein, wie kamen sie hierher? Sie traute ihren Augen kaum.

Was für ein Glück!

Sie wollte sich schon aufrichten, erstarrte aber. Die Tasche war aufgegangen und der Inhalt auf den Boden gefallen. Ein Portemonnaie, Schminkutensilien, ein Päckchen Zigaretten, Helens Handy – aber all das interessierte sie nicht. Sie hatte nur Augen für ihre Notizen. Was machte Helen mit ihren Aufzeichnungen über die Verbreitungsgebiete der verschiedenen Arten von Totenkopffaltern in der Türkei?

»Sarah, was machst du denn, bist du gestürzt? Oh... Durchwühlst du meine Sachen?« Totenbleich starrte Helen sie an.

»Deine Sachen?« Wütend stand Sarah auf, die Papiere in der Hand. »Wieso deine Sachen? Warum hast du das hier in deiner Tasche? Was willst du damit?«

»O Gott, Sarah...« Helen zog sich die Badekappe vom Kopf und sank auf den Stuhl neben dem Tisch. Sie barg den Kopf in den Händen. »Es tut mir so furchtbar leid!«

»Was tut dir leid? Hat das etwas mit deinem Liebhaber zu tun?«

»Er ist nicht mein... Oder doch, das ist er, das heißt, er war es.« Helens Hand zitterte, als sie sich heftig atmend eine Zigarette anzündete. »Ich habe keinen Liebhaber. Schon lange nicht mehr.« Sie inhalierte so tief, dass kaum Rauch aus ihrem Mund drang. »Ich wollte dir die ganze Wahrheit erzählen, aber ich habe mich nicht getraut. Außerdem dachte ich: Je weniger du weißt, desto weniger bringe ich dich in Gefahr.«

»In Gefahr?«

»Ja, ich hatte Angst um dich.«

»Um mich? Helen, du sprichst in Rätseln.«

»Ich werde erpresst. Ich muss Informationen liefern, sonst, äh, sonst werden Dinge aus meiner Vergangenheit offengelegt, die mich mindestens meine Ehe kosten könnten. Und ich will Ethan nicht verlieren.«

»Also doch eine Affäre.«

Helen lachte freudlos. »Wenn das alles wäre! Dann hätte ich Ethan längst alles gestanden. Ich glaube nicht, dass er es mir sehr lange verübelt hätte. Nein, es hat etwas mit meiner Vergangenheit zu tun.«

»Als du noch in Amerika gelebt hast?«

»Nein, etwas später. Es war Ende der Achtzigerjahre, als ich in Deutschland bei der amerikanischen Botschaft gearbeitet habe. Ich … ich habe dort einen Mann kennengelernt … einen Russen.«

Sarah runzelte die Stirn und glaubte zu wissen, was jetzt kommen würde. »Als du schon mit Ethan zusammen warst?«

»Ja, aber es war ganz zu Anfang unserer Beziehung. Der Mann arbeitete in Ostdeutschland für den KGB.«

Jetzt erschrak Sarah doch. Der KGB. Sie kannte die Geschichten über junge Frauen, die von Offizieren verführt und anschließend erpresst worden waren. Aber doch nicht Helen! Draußen rief Luca, das Frühstück sei serviert. »Möchtest du frühstücken?«

Helen schüttelte den Kopf.

»Aber du solltest einen Kaffee trinken. Wir beide brauchen jetzt einen.« Sarah wedelte den Zigarettenrauch weg. »Und es würde uns sicher besser bekommen, uns draußen hinzusetzen. Wie konntest du nur? Der KGB!«

Helen drückte ihre Zigarette aus und stand auf. »Ich verstehe es heute selbst nicht mehr. Er war nicht einmal besonders attraktiv, aber ich war unglaublich verliebt in ihn. Und ich wollte ihm helfen. Er behauptete, er wolle überlaufen…«

»Und du hast ihm geglaubt.«

Helen nickte. »Ethan war so viel unterwegs. Ich war oft allein in Bonn, und ich habe mich so schrecklich gelangweilt.« Sie ging ins Schlafzimmer. »Und er war charmant, brachte mir Geschenke, nahm mich mit nach Berlin, manchmal auch für ein Wochenende in die Schweiz oder nach Österreich.«

»Er muss ein wichtiger Mann gewesen sein, wenn er solche Möglichkeiten hatte.«

»Eines Tages erklärte er mir, er habe Angst, seine Vorgesetzten misstrauten ihm. Er habe Familie in Russland, und ob ich nicht ein paar Akten aus der Botschaft für ihn kopieren könne, um seine Chefs in Moskau zufriedenzustellen. Nichts Wichtiges, sagte er, etwas über eine Gipfelkonferenz.«

»Und das hast du getan und konntest dann nicht mehr zurück.« Ungläubig schüttelte Sarah den Kopf und blickte auf ihre Notizen. Das alles musste natürlich mit dem Atlas zu tun haben, über den Charles mit Ethan gesprochen hatte.

»Nein«, hörte sie Helen sagen. »Ich wurde von ihm schwanger.«

Draußen am Fenster saß ein schwarz-roter Totenkopffalter, aber Sarah beachtete ihn kaum.

»Ich wollte das Kind unbedingt, verheimlichte ihm die Schwangerschaft jedoch so lange wie möglich. Ich konnte auch nicht sagen, dass es von ihm war, verstehst du, denn dann hätten sie ihn sofort zurück nach Moskau beordert.«

»Sagte er.«

»Ja. Verstehst du?«

Nein, hätte Sarah am liebsten geantwortet. »Und das Kind?«

»Neil.«

Helen hatte sich inzwischen angezogen.

»Wie bitte?«

Sarah hatte plötzlich bohrende Kopfschmerzen. »Neil ist nicht von Ethan?«

»Nein.«

»Sondern von diesem Russen.«

»Ja. Aber Ethan glaubte, er wäre von ihm.«

»Und das glaubt er noch immer.«

»Ich wollte es ihm ja sagen, aber…« Helen wischte sich über die Augen und griff nach ihren Zigaretten. »Wenn du wüsstest, wie oft ich darüber nachgedacht habe, mich umzubringen!«

Entsetzt ging Sarah ihr voraus in den Innenhof, wo der Tisch gedeckt war. Neil nicht das Kind von Ethan! Ethan, dem, was immer man sonst über ihn sagen konnte, nichts zu viel war, wenn es um den Jungen ging. Er war stolz auf ihn und ging geduldig mit ihm um, wenn ihn auch dessen Behinderung unendlich bekümmerte. Und wie sehr er darunter litt, dass er und Helen keine weiteren Kinder mehr bekommen hatten!

»Es war neunzehnhundertachtundachtzig«, begann Helen, als sie saßen. Sie hatte sich eine neue Zigarette angezündet und trank einen Schluck von ihrem Kaffee. »Gorbatschow. Glasnost, Perestroika, du weißt schon. Ich dachte, alles würde gut werden. Und das sagte er auch.«

»Er?«

Helen nickte. Warum nannte sie seinen Namen nicht? War es zu schmerzlich für sie?

»Und dann? Als die Geburt näher rückte?«

»Ich wollte Ethan die Wahrheit sagen«, antwortete Helen, »aber er war in New York, und es schneite wie verrückt, sodass er nicht rechtzeitig zurückkehren konnte.« Ihr Blick schien auf die Sonnenblumen gerichtet zu sein, aber Sarah vermutete, dass ihre Freundin etwas anderes sah. Oder besser: jemand anderen.

»Aber der Russe war da?«

»O ja. Wenn es ein Mädchen gewesen wäre, hätte er sie gerne Maria genannt, nach seiner Mutter. Er schärfte mir ein, noch nichts zu sagen. Er würde nach Moskau zurückkehren, weil dort große Veränderungen bevorstünden, versprach mir aber, dass wir heiraten würden, sobald ...« Sie stockte und brach in Tränen aus.

»Und Ethan?«

»Ethan ... Ethan freute sich wie ein Schneekönig«, flüsterte Helen so leise, dass man es kaum verstehen konnte. »Er hatte keine Kinder mit seiner Exfrau gehabt, obwohl er sich immer welche gewünscht hatte.«

Sarah blickte auf. »Und weshalb warst du dir so sicher, dass Neil nicht von ihm war?«

»Ganz einfach. Ich war schon schwanger, als ich zum ersten Mal mit ihm ins Bett gegangen bin. Er glaubte mir, als ich ihm erzählte, Neil sei zu früh geboren worden. Warum auch nicht?« Sie stellte ihre Tasse ab, nahm sich eine Traube und spielte damit herum. »Von dem anderen habe ich nichts mehr gehört. Ich erkannte sofort, dass mit Neil etwas nicht stimmte. Und von diesem Moment an war seine Gesundheit das Einzige, woran ich dachte. Ich war am Boden zerstört. Ethan auch, aber er war so lieb, er ... Entschuldige ...«

Sarah legte ihr die Hand auf den Rücken und spürte, wie ihr ebenfalls die Tränen kamen. »Ganz ruhig, alles wird gut, bestimmt.«

»Ein Mann kam auf mich zu, ein Freund von ihm. Er verlangte von mir, erneut Akten aus der Botschaft zu kopieren.«

»Weil Ethan sonst alles erfahren würde.«

Helen nickte. »Was hätte ich tun sollen? So ging es ein Jahr. Bis die Mauer fiel und Ethan nicht lange darauf nach Brüssel versetzt wurde. Ich hörte nichts mehr. In Russland hatte sich alles verändert. Jeder dachte, der Kalte Krieg wäre vorbei, ich auch, ich liebte Ethan, ich wollte ein Leben mit ihm und mit Neil aufbauen. Und so kam es auch. Ich sorgte für Neil, ich studierte. In all den Jahren habe ich nichts mehr von den Russen gehört.«

»Also auch nichts mehr von Neils leiblichem Vater.«

»Nein, aber …«

»Was denn?«

Helen seufzte. »Ich lebte in ständiger Angst, dass die Vergangenheit mich irgendwann einholen würde. Und letzten Monat erhielt ich dann den Anruf.«

»Von ihm?«

»Von seiner rechten Hand, Iwan, diesem Freund von ihm. Ich erkannte sofort seine Stimme wieder. Er nannte mich Maria und drohte mit Beweisen, dass ich damals für die Russen spioniert hätte. Kannst du dir das vorstellen? Die Frau des NATO-Generals Boydd. Eine Spionin. Ich würde nicht nur unsere Ehe, sondern auch seine Karriere, sein Leben ruinieren. Ich sollte Informationen für ihn beschaffen. Über Ethan.«

»Hierüber.« Sarah deutete auf ihre Notizen.

»Ja.«

»Und Iwan hat dich gestern in Rom geschlagen?«

Sarah blickte kurz auf, weil Luca fragte, ob sie noch Cappuccino wollten. Als er in die Küche zurückkehrte, sagte sie: »Es geht um den Schmetterlingsatlas für die NATO. Du hast Iwan abends von England aus angerufen, als wir bei euch waren.«

»Das weißt du?«

»Ich dachte, du hättest einen Geliebten und die Studienreise deshalb erfunden.«

Helen schüttelte den Kopf. »Ich hörte Charles und Ethan draußen über diesen Diplomaten und den Atlas reden. Und dass er etwas mit deinen Versuchen zu tun hätte. Ich habe mit Iwan telefoniert, und er wollte, dass ich nach Rom komme.«

»Warum nach Rom?«

»Weil er dort ist, um … um den Besuch von Putin vorzubereiten.«

»Und er wollte, dass du dorthin kommst.«

Helen nickte.

»Und er hat dich geschlagen«, ergänzte Sarah, »weil du ihm keine Unterlagen liefern wolltest.«

»Ja. Und er drohte, Ethan den Beweis zu zeigen, dass er nicht Neils Vater ist.«

»Was für einen Beweis? Einen Gentest?«

»Einen Film. Einen Film von der Geburt.«

Sie schwiegen, weil Luca den Kaffee brachte. Dann sagte Sarah: »Was hast du mit ihm verabredet?«

Helen schaute auf die Notizen. »Dass ich ihn anrufe, sobald ich deine Aufzeichnungen habe.«

»Um sie nach Rom zu bringen.«

»Ja. Im Tausch gegen den Film.«

Das glaubst du doch selbst nicht, hätte Sarah am liebsten gesagt, schaute aber stattdessen auf ihre Armbanduhr und stand dann auf.

»Was hast du vor?«

»Charles anrufen.«

»Charles? Das ist nicht dein Ernst. Sarah!«

»Mach dir keine Sorgen.« Sie beugte sich zu Helen und küsste sie auf die Wange. »Charles. Nicht Ethan.«

32

Sie erwachte mit dem Duft von Lavendel in der Nase in einem bequemen Bett, in dem sie herrlich geschlafen hatte. Carrie reckte sich. Es dauerte einen Moment, bis ihr einfiel, wo sie war und weshalb. Kuşadası, ein ausufernder Badeort an der türkischen Westküste. Jener Ort, wo Gina de Brauw als Geisel gefangen hielt und zehn Millionen Dollar Lösegeld für ihn forderte. Zehn Millionen! Wollte sie weg aus Sizilien, ihr Aussehen verändern, ein neues Leben anfangen? Genau wie sie?

Auf dem Foto, das Gina von Jan-Willem de Brauw gemailt hatte, sah er krank und geschwächt aus. Kein Wunder, er musste tagelang im Gebirge umhergeirrt sein. Gina hatte ihn vermutlich aufgelesen, nachdem Silvio von türkischen Militärs angeschossen worden war, die dort patrouillierten und Adam zufolge syrische Truppen gefangen genommen hatten, gewiss zur großen Besorgnis der NATO. Ihre Sorge galt jetzt aber Gina und de Brauw sowie der Frage, ob sie sich noch hier aufhielten. Angeblich sollten sie irgendwo in einem Hotel oder Apartment in der Nähe des Boulevards abgestiegen sein. Auf dem Foto war im Hintergrund eine irische Kneipe erkennbar gewesen, aber davon gab es hier Dutzende.

Die Sonne war gerade aufgegangen.

Carrie stand auf und sah auf ihr Handy. Noch immer keine Nachricht von Adam oder Tamar. War letzte Nacht etwas schiefgegangen bei der Aktion auf der *Amīr al-baḥr*? Aber in dem Fall hätte Charles ihr Bescheid gesagt. Wahrscheinlich schlief Adam noch, wer weiß, vielleicht sogar in einer Koje mit Tamar. Carrie versuchte, die Vorstellung von den beiden im Bett zu verdrängen. Andererseits: Was ging sie das an?

Sie bestellte Frühstück und sprang dann nach kurzer Überlegung erst einmal in den Swimmingpool. Bloß nicht auffallen, das war ihr seit dem Beginn ihrer Flucht vor Silvio in Fleisch und Blut übergegangen, aber ein paar Bahnen im Swimmingpool eines großen Hotels, in dem es vor Touristen wimmelte, konnten doch nicht schaden, oder? Am liebsten wäre sie zum Strand gelaufen und hätte dort ihre Strecke in der Brandung zurückgelegt, aber das hätte sie zu viel Zeit gekostet. Gina verlangte eine Antwort innerhalb von achtundvierzig Stunden, von denen inzwischen über die Hälfte verstrichen waren. Es wäre einfacher gewesen, die Polizei einzuschalten, aber Charles war dagegen. Wenn herauskäme, dass sie hier ohne das Wissen der Türken operierten, wäre dies eine Belastung für das ohnehin schon angespannte Verhältnis.

Als sie zurück in ihr Zimmer kam, stand das Frühstück bereit. Sie duschte, zog sich an und trug das Tablett hinaus auf den Balkon im zehnten Stock mit Meerblick. Es gab reichlich Interessantes zu beobachten, darunter ein riesengroßes Kreuzfahrtschiff, das gerade im Hafen einlief und ihr die Sicht auf die Taubeninsel raubte. Unten auf den Straßen brauste dichter Verkehr, und Scharen von Touristen strömten an den Strand.

Während Carrie ihr Frühstück genoss, fühlte sie sich wohler als seit Jahren. Sie freute sich darauf, ihrem Auftrag noch das Sahnehäubchen aufzusetzen. Na schön, sie musste sich noch an die neue Arbeit gewöhnen und die ungeschriebenen Regeln lernen, aber eines war klar: Ihr lag dieser Beruf, auch wenn er gefährlich war. Dafür war er spannend und erfüllend, nicht zuletzt, weil sie Charles, Adam und auch Sarah an ihrer Seite wusste, Menschen, die sich dafür einsetzten, Kriege und Anschläge zu verhindern und Terrormilizen wie den IS zu bekämpfen. Das war etwas ganz anderes als der Mafiakodex, mit dem sie aufgewachsen war und in dem Gewalt nur dem eigenen Interesse diente. Wenn sie diesen Job sauber erledigte, war vielleicht noch ein Folgeauftrag drin. Obwohl das vermutlich Wunschdenken war. Charles arbeitete nur mit den allerbesten Profis zusammen, und sie wusste sehr genau, dass er sie nur wegen ihrer alten Freundschaft mit Gina hinzugezogen hatte. Sie litt nicht unter Minderwertigkeitskomplexen und fand, dass sie bisher durchaus gute Arbeit geleistet hatte, aber im Vergleich zu Adam war sie noch immer eine blutige Anfängerin.

Sie nahm ihre Tasche, steckte Luigis Pistole in den Gürtel und verließ das Hotel, fest entschlossen, alles daranzusetzen, um sich in die Profiliga hochzuarbeiten.

Es war noch früh, aber die Straßen waren bereits belebt. Kuşadası war ein beliebtes Ziel für Sonnenanbeter. Schon jetzt, im späten Frühling, war der Badeort mit über zweihunderttausend Menschen bevölkert. Ältere Touristen, die Wärme suchten, jüngere, die auf Saufgelage und Sex aus waren. Hunderte Hotels, Bungalows, Apartments und Ferienhäuser. Und Bars. Darunter auch irische Kneipen. Sie ähnelten sich alle, genau wie die Hotels, Restaurants und Souvenirläden. Zu dieser frühen Stunde waren die meisten noch geschlossen.

Gegen Mittag, nachdem Carrie mehrere große Hotels abgeklappert und im Foyer vergeblich das Foto von de Brauw vorgezeigt hatte, verlor sie allmählich den Mut. Sie gönnte sich eine kleine Pause auf der Terrasse eines Lokals und bestellte einen Espresso bei einem jungen Türken, der sie fragte, woher sie komme. Sie antwortete, dass sie die letzten Jahre in den Niederlanden verbracht habe, und er erzählte in fließendem Niederländisch, er sei in Rotterdam geboren und aufgewachsen, aber vor zwei Jahren von dort weggegangen.

»Warum?«

»Keine Arbeit. Mieses Klima. Geert Wilders.«

Sie lachte verständnisvoll, obwohl sie genau wusste, was er wollte.

»Hast du Verwandte in Kuşadası?«

»Ja. Mein Onkel hat hier eine Pizzeria.«

»Aha. Zufälligerweise suche ich gerade meinen Onkel. Er ist hier mit meiner Cousine in Urlaub, und ich wollte sie besuchen, habe aber dummerweise ihre Adresse verloren, und sie gehen nicht ans Telefon.« Sie zückte ihr Handy. »Ich habe nur ein Foto, das meine Cousine mir gemailt hat.« Sie zeigte ihm das Bild. »Ich mache mir Sorgen, weil er krank aussieht, verstehst du? Ich dachte, ich könnte sie vielleicht ausfindig machen, wenn ich die irische Kneipe finden würde, die man auf dem Foto sieht.«

Zu ihrer Überraschung zeigte er auf eine Reihe von Bars ein Stück weiter in Richtung Strand. »Das ist *Paddy's Bar*. Gleich neben den Büros von *Bellvilla Turkey*, einem Büro, das Apartments vermietet.« Er zwinkerte ihr zu. »Der Kaffee geht aufs Haus. Hättest du Lust, heute Abend, nachdem ich hier fertig bin, mit mir tanzen zu gehen?«

»Klar«, log sie und blickte ihm nach, als er lachend zu einem Tisch mit Touristen ging.

Dann eilte sie hinüber zu *Bellvilla Turkey International* – der Name stand in großen Neonbuchstaben an der Fassade. Sie erkannte die irische Kneipe daneben, schaute zur anderen Seite, wo schneeweiße Apartmentkomplexe in den Himmel ragten, und betrat das stille Bürogebäude.

Ein hilfsbereiter Mitarbeiter am Schalter wurde auf einmal frostig, als sie sagte, dass sie keine Wohnung mieten wolle. »Ich suche meinen Onkel und meine Cousine«, erklärte sie und zeigte ihm das Foto. »Es könnte sein, dass sie bei Ihnen ein Apartment gemietet haben. Meine Cousine heißt Gina Fioretti, aber es wäre möglich, dass das Apartment auf den Namen meines Onkels gemietet wurde. Er heißt de Brauw.«

Der Mann, der laut Namensschild auf dem Hemd Salih hieß, runzelte die Stirn. »Tja. Leider können wir keine Informationen über unsere Kunden an Dritte weitergeben. Aber …«

»Aber vielleicht hilft das?« Sie schob ihm rasch zwei Zwanzigdollarscheine über den Tresen, die blitzschnell in seiner Brusttasche verschwanden.

»Apartment zweiundzwanzig. Bar im Voraus bezahlt für drei Tage. Auf den Namen Caressa Montevagio.«

Mannaggia!

Keine fünf Minuten später stand sie zwischen den Palmen im Garten des Apartmentkomplexes schräg gegenüber der irischen Kneipe. Apartment zweiundzwanzig lag im Erdgeschoss und besaß eine schattige Terrasse. Sie schlich hin, aber die Rollläden vor den großen Fenstern waren geschlossen. Vielleicht schliefen sie noch.

Ein Spalt im Rollladen vor der Terrassentür ermöglichte ihr einen Blick in die Wohnung, doch sie erkannte nur undeutlich einen Teil des dahinterliegenden Zimmers. Die Tür war abgeschlossen. Ob sie die Scheibe einschlagen sollte? Der Verkehr würde das Geräusch dämpfen, aber sie wollte Gina nicht alarmieren. Daher beschloss sie, außen herum zu gehen zur Eingangstür in einer schmalen Seitenstraße. Gina würde irgendwann etwas essen müssen und herauskommen, ob mit oder ohne de Brauw.

Sie ging zurück zur Straßenecke, an der ein *McDonald's* gerade geöffnet hatte. Als sie ihn gerade betreten wollte, sah sie aus dem Augenwinkel heraus Gina aus der Tür kommen.

Sie schloss ab, blickte sich misstrauisch um und ging dann eilig in Richtung des Boulevards.

Jetzt galt es, keine Zeit zu verlieren! Carrie rannte zurück in den Garten, wartete angespannt, bis ein Bus vorbeidonnerte, und schlug in dem Moment mit dem Pistolenkolben die Scheibe der Terrassentür ein. Dann steckte sie vorsichtig die Hand durch die Öffnung und entriegelte die Tür. Aus dem Inneren der Wohnung ertönte eine Art gedämpftes Brummen.

Jan-Willem de Brauw lag auf einem Sofa, Handgelenke und Fußknöchel mit Kabelbindern an den Lehnen gefesselt, den Mund mit Klebeband verschlossen. Er trug nur Boxershorts. Die Haut auf seinen Schultern und Armen war genauso rot verbrannt wie die von Silvio. Schnaufend, nach Atem ringend, starrte er sie zu Tode erschrocken an. »Haben Sie keine Angst«, flüsterte sie, »ich bin eine Mitarbeiterin von Sir Charles. Carrie. Ist außer Gina sonst noch jemand hier?«

Ängstlich schüttelte er den Kopf.

Sie setzte sich zu ihm und zeigte ihm ihren Ausweis. »Okay?«

Er nickte aufgeregt, kniff aber vor Schmerz die Augen zusammen, als sie das Klebeband abriss und ein zusammengeknülltes Taschentuch aus seinem Mund zog. Anschließend schnitt sie die Kabelbinder durch und half ihm vorsichtig auf. »Wissen Sie, wann sie zurückkommt?«

Er atmete stoßweise. »Nein. Sie wollte etwas zu essen holen. Kann ich bitte etwas Wasser haben?«

Im Badezimmer füllte sie ein Glas. Auf dem Waschbecken stand ein geöffnetes Fläschchen. Leer. Sie brauchte nicht daran zu riechen, um zu wissen, was darin gewesen war. Den süßlichen Geruch hatte sie zuletzt wahrgenommen, als sie die Pizzen für die Besatzung der *Amīr al-baḥr* präpariert hatte. Neben dem Badezimmer befand sich ein kleines Schlafzimmer, aber sie nahm sich nicht die Zeit, es zu untersuchen, und kehrte mit dem Glas Wasser zu de Brauw zurück.

Während er trank, machte sie ein Foto und schickte es Charles mit der Nachricht:

Nähere Informationen folgen. Warte auf G.

»Was machen Sie da?«

»Das ist für Sir Charles.«

»Endlich!« Plötzlich fing er an zu schluchzen. »Entschuldigung, es tut mir leid.«

Sie legte einen Arm um ihn. »Ganz ruhig, alles wird gut.«

»Wie haben Sie mich gefunden?«

»Das erzähle ich Ihnen später«, antwortete sie, »auf dem Weg nach Istanbul.«

»Später? Warum nicht gleich? Ich möchte nach Hause, zu meiner Frau!«

»Verstehe ich, aber erst warten wir auf Gina.«

Sie zeigte ihm das Foto auf ihrem Handy. »Hier sieht es danach aus, als wären Sie freiwillig bei ihr gewesen.«

Er lachte abfällig. »So war es auch. Ich dachte, sie hätte mich gerettet. Sie sagte, wir müssten einige Tage hierbleiben, weil sie nicht sicher sei, dass Carlentini tot ist.«

»Das war er auch nicht. Wir haben ihn gefunden, aber er ist gestern Abend im Krankenhaus gestorben. Was sonst hat sie gesagt?«

»Sie wollte gestern Kontakt zu Brüssel aufnehmen, damit man uns holen kommt, aber sie muss mich betäubt haben, denn als ich wach wurde, lag ich hier.«

Carrie nickte. »Sie fordert Lösegeld für Sie.«

»Dachte ich mir schon. Wie viel?«

»Zehn Millionen Dollar.«

»Dann bin ich ihr wohl doch etwas wert.«

Jedenfalls hatte er Sinn für Humor.

»Wurde ich von den Russen entführt?«, fragte er.

»Von einem Tschetschenen, der für die Russen arbeitete, das war der blonde Mann. Er heißt Aslan Saladow und hatte durch Gesichtschirurgie sein Aussehen verändert, nachdem man ihn für tot erklärt hatte.«

»Kennt er den Code?«

»Das wissen wir noch nicht. Momentan liegen er und seine Leute mit ihrem Schiff in einem Jachthafen.« Carrie erschrak, als sie vor der Haustür Absätze klappern und gleich darauf den Schlüssel hörte, der ins Schloss geschoben wurde. Sie drückte de Brauw wieder auf das Sofa. »Bleiben Sie liegen, und drehen Sie Ihr Gesicht weg, als schliefen Sie.«

Sie zog die Pistole, sprintete zur Eingangstür und schmiegte sich gegen die Wand dahinter. Sie roch frisches Brot und Parfüm. Gina schloss die Tür hinter sich und ging zu de Brauw ins Zimmer.

»Schläfst du noch? *Bene*.« Dann sah sie die kaputte Scheibe und fluchte.

»Wenn das Padre Paolo hören würde, Gina!«

Gina stand reglos da und blickte sich nicht um.

»Lass die Taschen fallen und setz dich auf den Stuhl am Fenster.«

»Wie hast du mich gefunden?«

»Setz dich hin, sage ich! Diesmal schieße ich nicht nur auf deinen Ohrring.« Sie wartete, jede Faser in ihrem Körper angespannt, den Zeigefinger am Abzug. Erst als Gina saß und überrascht aufblickte, weil de Brauw aufstand, ließ Carrie die Pistole ein wenig sinken. Dennoch hielt sie einen Sicherheitsabstand ein.

»Viele Grüße von Silvio.«

»Silvio?« Gina lachte schrill. »Silvio ist tot.«

»Ja, aber er ist nicht an der Stelle gestorben, an der du Jan-

Willem gefunden hast. Die Militärs haben vielleicht gedacht, er wäre tot, jedenfalls haben sie ihn nicht gesucht. Aber er lebte noch und ist erst gestern in einem Krankenhaus in Istanbul gestorben. Er wollte, dass du vorher noch etwas erfährst.« Mit der freien Hand zog sie ihr Handy aus der Tasche, suchte nach der Aufnahme und spielte dann Silvios Geständnis ab. »Nenne es meinetwegen eine Beichte, so wie seine Mutter Padre Paolo gegenüber gebeichtet hat.« Trotz der schlechten Tonqualität war deutlich hörbar, wie angeschlagen Silvio war: »Ginas Vater … Ich … ich habe geschossen … Die Drogen, er hatte einen Teil davon gestohlen. Ich wollte nicht dafür büßen müssen … Dein Vater … war Zeuge … Ich habe ihn …. niedergeschlagen und … ihm die Pistole in die Hand gedrückt.«

Gina verzog das Gesicht. »Das hat er unter Zwang ausgesagt!«

»Aber es ist trotzdem die Wahrheit. Einem Sterbenden braucht man nicht zu drohen, der hat schon Angst genug. Du hast mit dem Mörder deines eigenen Vaters geschlafen. Er hat dich betrogen, Gina! Wie er es sein Leben lang mit allen getan hat.«

Ginas dunkle Augen füllten sich mit Tränen. »Was willst du? Mich gleich hier erledigen? Mach nur. Mir ist alles egal.«

»Erledigen? Ich bin nicht von der Cosa Nostra.«

»Für wen arbeitest du dann?«

»Für Leute, die die Freiheit lieben und sich dafür einsetzen. So wie du es immer wolltest, weißt du noch, als du Rechtsanwältin wurdest?«

»Ich habe noch nie jemanden ermordet.«

»In Padre Paolos Kirche hast du auf mich geschossen.«

»Wenn ich dich dort hätte erschießen wollen, hätte ich es mit Sicherheit getan. Aber du … du hast gemordet! Du machst dich zur Herrin über Leben und Tod! Giovanni.

Luigi. Vielleicht sogar noch andere, vielleicht sogar Silvio? Warum tötest du mich nicht?«

»Keine Sorge, ich schieße dir zwar mit Vergnügen die Kniescheiben weg, aber sagen wir mal, dass ich trotz allem Mitleid mit einer alten Freundin habe.«

»Mitleid?«, fragte de Brauw stöhnend. »Allmächtiger, ist Ihnen eigentlich klar, was sie mir angetan hat?«

»Natürlich. Aber wenn sie nicht gewesen wäre, wären Sie jetzt ebenso tot wie Carlentini. Was meinen Sie? Schaffen Sie es, sich anzuziehen?«

Er nickte, stand mühsam vom Sofa auf und verschwand im anderen Zimmer. Gina saß vornübergebeugt da und weinte leise, die Hände vor dem Gesicht. Ein Häuflein Elend.

»Silvio hat dich gezwungen, Jan-Willem zu verführen«, stellte Carrie fest. »Aber für wen hat Silvio gearbeitet?«

Gina blickte mit Tränen in den Augen auf. »Das hast du mich schon mal gefragt. Ich weiß es nicht. Er hat immer von seinen türkischen Freunden geredet.«

»Mafiafreunden.«

»Ja, wahrscheinlich. Er hat öfter mit ihnen zusammengearbeitet, aber ich kenne sie nicht. Warum glaubst du das?«

»Der blonde Mann ist ein Tschetschene«, antwortete Carrie, »der für die Russen arbeitet. Woher wusste Silvio von dem Schmetterlingsatlas? Von ihm?«

Gina nickte. »Jan-Willem hatte ihm davon erzählt.«

»Jan-Willem?«

»Ja. In Rom. Er war betrunken. Nach einer NATO-Konferenz ist er mit ihm in eine Bar gegangen.«

Carrie schwieg und erinnerte sich daran, dass Charles diese Möglichkeit schon in Betracht gezogen hatte.

»Ich sollte mich Jan-Willem in Rom nähern und ihn dann bitten, nach Palermo zu kommen, sodass Silvio den Atlas kopieren konnte, als wir ausgegangen waren. Er versprach mir, wir würden viel Geld dafür bekommen.«

Gina. Immer ging es ihr um Geld. Zehn Millionen. Doch am Ende würde sie leer ausgehen.

»Ich hätte mich weigern sollen.« Ginas Stimme klang gepresst. »Ich weiß, ich habe einen Fehler gemacht. Ich habe alles ruiniert.« Sie sah Jan-Willem an, der wieder das Zimmer betrat. »Es tut mir leid... Ich hätte dich natürlich sowieso freigelassen.«

Doch er wandte das Gesicht ab, nervös und ungeduldig. »Jetzt lassen Sie uns doch endlich gehen!«

Carrie nickte. Er hatte recht. Sie mussten hier weg.

»Was hast du vor?«, fragte Gina, die offenbar kurz vor dem Zusammenbruch stand.

Carrie schwieg, verwirrt, weil sie mit einer anderen Reaktion gerechnet hatte. Sie dachte, Gina würde fluchen, kämpfen, voller Hass auf sie wegen Silvio, aber nichts von alldem geschah. Beste Freundinnen. Damals. Dann getrennte Wege gegangen. Auf welche Seite fiel die Münze? Kopf oder Zahl? Falsch oder richtig? Sie sah Jan-Willem an. »Fertig?«

»Ja.«

»Okay. Dann los. Wir nehmen ein Taxi.«

Aus dem Augenwinkel heraus sah sie, wie Gina die Faust ballte. Ihr Freundschaftszeichen. »Zusammen stark?«, flüsterte sie.

Carrie ignorierte sie und unterstützte Jan-Willem.

»Und sie?«, fragte er.

»Sie bleibt hier.«

»Wie bitte?«

»Sie bleibt hier!«

»Ja, aber... Sind Sie sicher, dass Sie wissen, was Sie tun?«

»Ja, das weiß ich sehr genau.« Sie ging zur Wohnungstür und zog sie auf. »Gina ist geflüchtet, aber zum Glück habe ich Sie gefunden.« Sie sah ihn eindringlich an. »Wenn ich Sie wäre, würde ich das bestätigen, denn bestimmt wäre Ihre Frau nicht begeistert, wenn sie gewisse Einzelheiten erführe.«

Sie zog die Tür hinter sich zu, ohne sich noch einmal umzublicken.

Keine Stunde später verließ sie mit dem Toyota die Stadt. Neben ihr schnarchte leise Jan-Willem. Er musste fix und fertig sein, oder es waren noch die Nachwirkungen des Schneckengifts. War es richtig von ihr gewesen, Gina entkommen zu lassen? Carrie bezweifelte es, aber sie hatte nicht anders gekonnt. Gina hatte sie mit ihren Worten getroffen.

Du machst dich zur Herrin über Leben und Tod.

Obwohl sie nur mit der Waffe gedroht hatte, hatte Gina recht. Sie hatte Silvio den Rest gegeben, und Dimitrios war in ihrem Beisein vom Balkon gesprungen. Der Tod war ihr noch nie so nahe gerückt, und sie war schuld daran. Andererseits war ihr Leben ständig in Gefahr gewesen, seitdem sie Giovanni getötet hatte. Bei ihm hatte sie auf den Abzug gedrückt und sich tatsächlich zur Herrin über Leben und Tod aufgeschwungen. Aus Notwehr zwar, aber sie hatte sich schon oft gefragt, ob sie ihn auch einfach nur hätte unschädlich machen können. Sie hätte auf sein Bein zielen können, notfalls auf das Knie. Durch ihre Tat hatte sie indirekt auch ihren Vater und ihren Bruder auf dem Gewissen.

Aber dennoch. Sie hatte Gina entkommen lassen. Gina, die Jan-Willem mithilfe von Silvio an seine Folterknechte ausgeliefert hatte. Die, ohne mit der Wimper zu zucken, zugelassen hatte, dass Adam von Silvio gequält wurde.

Sie schaltete zurück in den dritten Gang. »Mein Gott, ist das heute wieder ein Verkehr!«

Sie hatte de Brauw gerettet, aber Gina entkommen lassen. Sie sah Adams Gesicht schon vor sich. Wie sollte sie ihm und Charles das erklären? War es ein Fehler gewesen? Sarah würde sie sicherlich verstehen. Sie bremste, als das nächste Stauende kam, griff nach ihrem Handy und schrieb Charles eine SMS.

Mit JW unterwegs nach Istanbul. Gina entkommen.
Ging nicht anders. Erkläre es später. C.

Als sie kuppelte und wieder Gas gab, blickte Jan-Willem sie an. Er wirkte klarer als vorhin in der Wohnung. »Mir fällt gerade etwas ein«, sagte er. »Wie hieß der Tschetschene gleich wieder?«

»Saladow. Aslan Saladow.«

»Er war dabei, als sie mich in die Berge brachten, um mich zu ermorden.« Er erschauerte kurz. »Aber er fuhr nicht im Auto mit. Er sagte, er wolle zum Fluss des Schmerzes. Können Sie damit etwas anfangen?«

»Der Fluss des Schmerzes?« Sie schüttelte den Kopf. »Nein.«

»Ich schon. Charles' Frau Sarah hat mir gegenüber von einem Gebiet in der Türkei erzählt, ganz in der Nähe der syrischen Grenze, wo der Legende nach der mythische Fluss Acheron entsprungen sein soll, über den die Seelen der Toten zur Unterwelt gebracht wurden. Sie ist schon einmal dort gewesen, um nach Totenkopffaltern zu suchen, hat aber keine gefunden.«

»Und dieser Saladow wollte dorthin? Hat er noch einen Namen genannt?«

»Ja. Es war die Rede von einem gewissen Attila.«

Attila. Derselbe Name, den Silvio genannt hatte. Attila Lupi.

»Sind Sie sicher?«

»Vielleicht habe ich auch halluziniert«, antwortete Jan-Willem zögernd, »denn ich sah dort auch syrische Militärs zusammen mit türkischen NATO-Truppen und diese Stewardess.«

»Wen?«

»Die Flugbegleiterin, der ich den Atlas übergeben habe. Nur trug sie da eine Militäruniform. Es kann also auch Einbildung gewesen sein.«

Carrie versuchte, sich auf den Verkehr zu konzentrieren. Er musste sich geirrt haben! Wenn Tamar dort gewesen wäre, hätte sie das Adam und ihr erzählt.

»Könnte ich vielleicht gleich von Ihrem Handy aus kurz meine Frau anrufen?«, bat sie Jan-Willem. »Sie macht sich bestimmt Sorgen und… Was ist das? Dean Martin?«

Über das Motorgeräusch hinweg ertönte die Melodie von *The Birds and the Bees*.

33

Benommen und angeekelt wusch er Saladows geronnenes Blut ab, das ihm überall am Körper klebte, schleppte sich zurück in die Kajüte und zog saubere Kleider an. Da klingelte sein Telefon. Carrie? Nein, es war Charles.

»Dad?«

»Gott sei Dank! Adam, wo bist du? Ich habe schon mindestens zehn Mal bei dir angerufen. Wir können offen reden, das ist eine sichere NATO-Leitung.«

»Einen Augenblick. Ich bin gerade erst aufgewacht.«

Obwohl ihm schwindelte und er hämmernde Kopfschmerzen hatte, fiel Adam auf, dass Charles ihn bei seinem richtigen Namen genannt hatte, was selten war während einer Operation. Außerdem klang er sehr besorgt. Mit dem Handy und einer Flasche Wasser in der Hand hievte sich Adam hinauf an Deck, um frische Luft zu schnappen. Er hatte immer noch das süßliche Aroma aus der Flasche im Mund, die beim Aufwachen neben ihm gelegen hatte. Hinter den Reihen der Jachten und Segelboote erhob sich der Bosporus goldfarben im Sonnenlicht. Minarette, Hochhäuser und protzige Villen zeichneten sich messerscharf vor dem wolkenlosen Himmel ab. Die Schiffe dümpelten sanft auf den Wellen, und neben der *Freya* schwamm eine Entenmutter mit ihren Jungen. Ebenso wie im Inneren des Schiffs war auch hier draußen keine Spur von den Ereignissen der letzten Nacht zu erkennen. Kein toter Saladow, kein Blut, kein toter Jimmy. Auch das Beiboot war weg.

Logisch.

»Hier bin ich wieder.« Adam trank Wasser und hielt sich an der Reling fest. »Jemand hat mich heute Nacht niedergeschlagen. Ich glaube, es war Tamar.«

»Wie kommst du darauf?« Zu Adams Erstaunen klang Charles keineswegs überrascht.

»Weil sie nicht mehr hier ist. Zuerst dachte ich, sie wäre vielleicht von Saladows Leuten entführt worden. Saladow ist gestern Abend hergekommen. Er muss Tamars Adjutanten gesehen und ihn gezwungen haben, unseren Aufenthaltsort zu verraten. Er hat ihn erschossen. Anschließend hat er Selbstmord begangen. Er hat sich in mein Messer gestürzt, bevor ich ihn zum Reden bringen konnte. Wir sind gemeinsam gefallen, und ich dachte erst, ich wäre mit dem Kopf irgendwo aufgeschlagen.« Er räusperte sich, trank noch einen Schluck Wasser und versuchte zu vergessen, wie es sich angefühlt hatte, als der tote Tschetschene über ihm zusammengebrochen war und ihn durch sein Gewicht mit sich gerissen hatte.

»Jetzt ist hier aber alles sauber und aufgeräumt«, fuhr er fort, »und Tamar ist verschwunden. Wenn sie sie entführt hätten, hätten sie mich auch mitnehmen müssen. Oder uns töten müssen. Aber ich bin erst vor einer halben Stunde wieder zu mir gekommen. Ich glaube, dass sie mich niedergeschlagen und danach mit dem Gift betäubt hat, mit dem Carrie hier an Bord die Pizzen für die Besatzung der *Amīr* präpariert hat. Außerdem ist mein Beiboot weg.«

Charles fluchte. Auch das geschah selten. »Warum hätte sie das tun sollen?«

»Keine Ahnung«, antwortete Adam. »Hast du eine Idee?«

»Nein. Aber sie arbeitet garantiert nicht für die Russen.«

Adam verkniff sich eine Bemerkung über unzuverlässige Israelis. Am liebsten hätte er gekotzt, um den widerlichen

Geschmack im Mund loszuwerden. Aber Charles hatte recht, Tamar arbeitete nicht für die Russen. Dann wäre Saladow jetzt noch am Leben gewesen. Und er wahrscheinlich nicht mehr.

»Sie hat es allerdings geschafft, eine kleine Kamera auf der *Amīr al-baḥr* zu installieren. Sagt dir der Name Attila Onar etwas?«

Charles schwieg einen Moment. »Das ist der Chef des türkischen Geheimdienstes. Warum willst du das wissen?«

»Das ist der Scheißkerl, der Vera gefoltert hat.«

Wieder blieb es einen Augenblick lang still.

»Bist du dir sicher?«

»Ganz sicher. Carlentini hat ebenfalls seinen Namen genannt, aber ich dachte, er würde halluzinieren. Kurz bevor Saladow uns überfallen hat, hat Onar mit der Besatzung der *Amīr* geskypt. Und er arbeitet zweifellos für die Russen, für die Syrer oder sogar für alle beide.«

»Wie kommst du darauf?«

»Weil er etwas von einem Angriff gesagt hat. In drei Tagen, an dem Morgen des dritten Juni, wenn das islamische Fest der Schicksalsbesiegelung beginnt und Allah bestimmt, wer geboren und wer sterben wird. Der Chef des türkischen Geheimdienstes! Er muss den Code kennen.«

»Wieso?«

»Durch Tamar.«

»Niemals. Wie ich schon sagte: Was immer sie vorhat, sie ist loyal.«

»Könnte er jemanden bei der türkischen NATO kennen, der den Code weiß? Denn er hat etwas von dem Ort gesagt, an dem der Fluss des Schmerzes entspringt.«

Charles fluchte leise.

»Wo ist das?«

»In den Bergen«, antwortete Charles, »dort, wo du Carlentini gefunden hast.«

Jetzt schwieg Adam.

»Ich habe gerade mit Carrie gesprochen«, fuhr Charles fort. »Sie ist zusammen mit de Brauw unterwegs nach Istanbul.«

»Und Gina Fioretti?«

»Ist entkommen.«

»Entkommen? Scheiße, wie konnte das passieren?«

»Ich weiß es nicht. Auf jeden Fall geht es de Brauw einigermaßen. Aber er hat behauptet, Tamar wäre bei den Truppen gewesen, die auch du gesehen hast, als du Carlentini gefunden hast. Laut de Brauw war Saladow dorthin unterwegs, als sie de Brauw in die Berge verschleppten, um ihn zu töten.«

»Zum Fluss des Schmerzes.«

»Ja. Acheron, wie der Codename lautet, Acheron Atropos, einer der geheimen Orte, an dem Boydd die NATO-Truppen zur Verteidigung zusammenzieht.«

»Aber was haben die Syrer dort zu suchen? Und möglicherweise die Russen? Attila Onar?«

»Keine Ahnung«, erwiderte Charles grimmig. »Sie scheinen den Code tatsächlich zu kennen. Aber wieso waren sie dort mit unseren Truppen zusammen?«

»Und mit Tamar, wenn de Brauw recht hat.«

»Bist du fit genug, um hinzufliegen?«, fragte Charles. »Sofort? Unverzüglich?«

»Äh ... Ja, ja, natürlich. Warum?«

»Weil ich glaube, dass Tamar dorthin zurückgekehrt ist. Der dritte Juni. Wenn ich mit meinen Vermutungen recht habe, stehen wir kurz vor einem Krieg.«

So erregt hatte Adam ihn selten erlebt. Nicht einmal nach Veras Tod. Damals waren alle außer sich gewesen, nur Charles hatte seine aristokratische Haltung bewahrt. Ein britischer Gentleman vom Scheitel bis zur Sohle. Aber jetzt war ihm die Angst deutlich anzumerken.

»Und was ist mit Carrie?«, fragte Adam.

»Carrie? Was soll mit ihr sein?«

»Was machen wir mit ihr?«

»Ich wollte sie eigentlich zusammen mit de Brauw nach Brüssel schicken. Sie hat ihre Aufgabe erfüllt. Was willst du? Soll sie dich begleiten?«

Adam brauchte keine Sekunde lang zu überlegen. »Ja.«

»Gut, wenn du es so willst.«

Adam grinste. »Darauf kannst du wetten.«

»In Ordnung. Ich nehme gleich Kontakt zu ihr auf und sage ihr, dass sie de Brauw am Flughafen jemandem von der niederländischen Botschaft übergeben und auf dich warten soll. Wie schnell kannst du dort sein?«

Adam drehte sich um, und sein Blick fiel auf die hellrote Kawasaki von Dimitrios, die noch immer auf dem Achterdeck stand. »Sehr schnell«, antwortete er.

34

Über das schmerzhafte Hämmern in seinem Kopf wunderte sich Charles nicht im Geringsten, zumal er, nachdem er heute Morgen mit einem starken Schwindelgefühl aufgestanden war, gesehen hatte, dass die Flasche Aberfeldy halb leer und der Aschenbecher daneben randvoll war. Nicht mal das Geheimrezept von Sarahs Vater, Gott hab ihn selig, das aus einem geschlagenen rohen Ei mit zwei zerriebenen Aspirin und einem Schuss Cognac bestand, half so recht. Kein Wunder, da die Kopfschmerzen eher von seinen Sorgen als von einem Kater herrührten. Das Telefongespräch mit Sarah gestern Nachmittag hatte sich erst ganz positiv angelassen:

»Schatz, weißt du, was passiert ist? Das errätst du nie! An die zwanzig Exemplare von *Acherontia sophia* haben überlebt! Ist das nicht wunderbar?«

»Fantastisch!«

Doch sie hatte nicht nur deswegen angerufen.

Ethan war nicht der Vater von Neil.

Im ersten Augenblick hatte er kein Wort hervorgebracht. Dann hatte er gestottert: »Das kann doch nicht wahr sein!«

»Ich wünschte, du hättest recht! Sein richtiger Vater ist ein KGB-Agent, mit dem Helen Ende der Achtzigerjahre ein Verhältnis hatte. Sie dachte, er wolle zum Westen überlaufen.«

Wie war das möglich? Ausgerechnet Helen, die Frau seines besten Freundes, die er so hoch geschätzt hatte, die stets zuvorkommend und gastfreundlich war und darüber hinaus eine liebevolle Ehefrau. Die größte Bewunderung verdiente jedoch womöglich ihre unablässige Sorge für ihren Sohn, der durch seine Behinderung so viel Zeit und Energie kostete. Charles war es schwergefallen, seiner Frau zu glauben.

»Weiß Ethan davon?«

»Nein. Und Helen will auch nicht, dass er es erfährt. Dieser Mann hat sie damals gezwungen, für ihn zu spionieren, aber sie dachte, damit wäre es vorbei, nachdem die Mauer gefallen war. Tatsächlich hat sie nie wieder etwas von ihm gehört – bis vor ein paar Wochen.«

»Wer ist dieser Mann?«

»Das weiß ich nicht. Seine Kontaktperson ist ein älterer Mann namens Iwan, Iwan Schepanowitsch, wenn ich es richtig ausspreche.«

Iwan Schepanowitsch. Ein langjähriger Kreml-Mitarbeiter, einer von Putins wichtigsten Beratern.

Jetzt war es nicht schwer zu erraten, wie die Russen von der Existenz des Schmetterlingsatlas erfahren hatten, ging ihm auf dem Weg ins NATO-Hauptquartier durch den Kopf. Er dachte auch über sein Gespräch mit Adam nach. Arbeitete Attila Onar für die Russen? Ein Muslim. Auch das schien unvorstellbar zu sein. Er kannte Onar nicht persönlich, wusste aber, dass Präsident Erdoğan schon so manchen Mitarbeiter des türkischen Geheimdienstes hatte verhaften lassen, aus Angst vor einem fundamentalistischen Staatsstreich. Wahrscheinlicher war, dass Onar für die Syrer arbeitete. Allerdings würde das an der Situation wenig ändern.

»Ein erster Angriff ist am frühen Morgen des Tags der Schicksalsbesiegelung geplant, dort, wo der Fluss des Schmerzes entspringt.«

Der Acheron. Einer der Orte, die verschlüsselt im Schmetterlingsatlas vorkamen und wo Jan-Willem und nach ihm auch Adam syrische Soldaten gesichtet hatte. Zusammen mit türkischen NATO-Truppen. Und bei ihnen Tamar. Warum war sie dort gewesen? Und wusste Ethan davon?

Charles bezahlte den Taxifahrer und stieg aus dem Wagen. Er streckte sein schmerzendes Bein und schaute auf seine Armbanduhr. Elf Uhr. Wenn alles mit rechten Dingen zuging, mussten Carrie und Adam inzwischen im Flugzeug nach Adana sitzen.

Der dritte Juni. Übermorgen. Ein erster Angriff. Ob es noch weitere an anderen Orten geben würde, die im Atlas verzeichnet waren? Das würde bedeuten, dass die Russen den Code kannten. Aber wieso war Helen dann von Schepanowitsch zum Spionieren gezwungen worden? Irgendwas stank hier gewaltig.

Auf der Suche nach dem wahrscheinlichsten Szenario hatte er sich schier das Gehirn zermartert, aber nichts wollte zu dem passen, was Adam ihm erzählt hatte. Ihm war äußerst unbehaglich zumute, als er sich fragte, ob Ethan ihn womöglich belogen hatte. Ob man ihn und sein Team mit unvollständigen Informationen in den Einsatz geschickt hatte. Nein, Ethan würde ihn nicht belügen. Oder doch? Am Telefon hatte er nichts heraushören können. Ihm war lediglich aufgefallen, dass Ethans Stimme nervöser geklungen hatte als sonst. Verdammt noch mal, vielleicht sollte er endlich einmal auf Sarah hören und sich vorzeitig pensionieren lassen.

Er klopfte an Ethans Bürotür und trat ohne zu zögern ein.

»Ah, Charles. Setz dich. Möchtest du auch eine Tasse Kaffee?« Ethan sah aus, als hätte er ebenfalls schlecht geschlafen. Blass, dunkle Ränder unter den Augen.

»Nein danke«, antwortete Charles. »Was geht hier vor, Ethan?«

»Wir haben ein Problem. Wir rechnen damit, angegriffen zu werden. Die Russen und die Syrer kennen den Code!«

Charles war für einen Moment perplex. »Du weißt also schon Bescheid?«

»Es gibt nur wenig, was ich nicht weiß, alter Freund.«

Das könnte dir noch zum Verhängnis werden, dachte Charles. »Von wem hast du es erfahren? Von Tamar Offir?«

Ethan wirkte kurz überrascht. »Wie kommst du darauf?«

»Ethan, verarsch mich nicht. Irgendetwas passt hier nicht, und ich sehe dir an, dass du davon weißt. Hat Tamar dich über Attila Onar informiert?«

Ethan nickte und griff scheinbar achtlos nach einem Dokumentenstapel auf seinem Schreibtisch, aber Charles sah, dass seine Hände zitterten.

»Sie hat Adam heute Nacht auf seinem Schiff bewusstlos geschlagen und ist verschwunden. Anschließend ist sie zur türkisch-syrischen Grenze aufgebrochen, oder irre ich mich etwa? Zum Fluss des Schmerzes?«

»Nein, du irrst dich nicht.«

»Warum hat sie Adam niedergeschlagen? Ich betrachte dich noch immer als Freund, Ethan, sogar als einen meiner beiden besten Freunde. Was ist los? Was verheimlichst du mir?«

»Die Operation Acheron Atropos ist kein Verteidigungsplan.«

»Wie bitte?«

»Acheron Atropos ist ein Angriffsplan. Es tut mir furchtbar leid, Charles, aber …«

»Was … was willst du damit sagen?«, unterbrach Charles ihn stotternd. »Wir, die NATO, greifen an?«

Ethan lächelte freudlos. »Das Militär. Nicht die Politiker. Die Politiker sind zu feige, das weißt du. Erst die Krim, dann die Ukraine. Putin streckt seine Klauen nach Georgien und den baltischen Staaten aus. Er muss aufgehalten werden, genau wie Assad!«

Charles sah ihn verblüfft an und hoffte im Stillen, dass Ethan eine Kostprobe seines berüchtigten schwarzen Humors zum Besten gab.

»Was machst du für ein Gesicht?«

»Hast du das ohne mein Wissen mit Tamar ausgeheckt, in der Nacht, in der du mit ihr in Castelfiorentino ...«

»Dann weißt du schon Bescheid?«

»Nein, das wird mir erst jetzt klar. Und ich will dir auch sagen, was ich sonst noch glaube: Sie hat Adam niedergeschlagen, weil er kurz davor stand, eure Pläne aufzudecken.« Charles hielt einen Moment inne. »O mein Gott!«, flüsterte er dann. »Jan-Willem hat sie zusammen mit syrischen Militärs auf türkischem Gebiet gesehen. Jedenfalls glaubte er, dass es Syrer wären ... Adam hat sie auch gesehen. Aber es sind keine Syrer, das ist nur Tarnung! Um euch ein Alibi für einen Angriff zu verschaffen!«

»Es sind Israelis«, erklärte Ethan, »und an anderen Stellen Türken und Georgier. Es tut mir leid, dass ich dich nicht einweihen konnte. Befehl von oben.«

»Von wem? Doch nicht von den Politikern oder den Regierungen der Mitgliedsstaaten? Also von deinem eigenen Militärkomitee!«

»Wenn wir es nicht tun, tut es niemand, und Putin wird uns überrollen.« Ethan wirkte jetzt wieder ganz gelassen, schlug die Beine übereinander und lehnte sich zurück. »Wie dem auch sei: Wir haben noch achtundvierzig Stunden. Tamar ist hinübergereist. Sie weiß, dass sich Attila Onar jetzt auf einen Angriff vorbereitet. Noch können wir eine Gegenoffensive starten, die sie kalt erwischt, verstehst du?«

»Einen Krieg also. Du hast doch nicht geglaubt, dass sich Putin oder Assad das bieten lassen würden?«

»Nein, eben deswegen. Je schneller, desto besser. Ich fliege heute Nachmittag selbst hin.«

Charles war stumm vor Entsetzen.

Sein alter Freund, mit dem er so manche lebensbedrohliche Situation gemeistert hatte, der Freund, dem er vertraut hatte, für den er notfalls gestorben wäre, ausgerechnet dieser Freund hatte ihn übers Ohr gehauen. Als wäre er ein x-beliebiger Kollege, als würden sie sich nicht seit Jahren aufeinander verlassen, einander blind vertrauen und perfekt zusammenarbeiten.

»Wenn ich es recht verstehe«, sagte er mit mühsam unterdrückter Wut, »opferst du also diese angeblichen syrischen und russischen Infiltranten für diesen wahnsinnigen Plan und riskierst einen Weltkrieg. Und du hast mich und meine Leute falsch instruieren lassen und in Gefahr gebracht.«

»Das ist nun mal ihr Job.«

Charles schlug mit der Faust auf den Tisch. »Aber sie gehen dabei davon aus, dass sie nicht angelogen und wie Marionetten benutzt werden!«

»Tut mir leid, alter Freund, es ging nicht anders.«

Charles stand plötzlich auf.

»Was hast du vor?«, fragte Ethan.

»Du sagst mir etwas zu oft ›Tut mir leid, alter Freund‹, um noch glaubwürdig zu sein.« Zitternd vor Wut stand er auf, drehte sich um und verließ das Büro, die Lippen aufeinandergepresst. Er befürchtete, in seinem Zorn Dinge zu sagen, die er später womöglich bereuen würde. Etwas über Helen und Neil zum Beispiel. Auf der Toilette spritzte er sich Wasser ins Gesicht und sah Sarahs Antlitz im Spiegel. *Reg dich nicht auf, Schatz, überleg, was du tun kannst und was nicht, triff eine Entscheidung und steh dazu.*

Hastig eilte er die Treppe hinunter. In jedem Krieg stirbt die Wahrheit zuerst: Wer hatte das gleich wieder gesagt?

Was konnte er tun? Was konnten Adam und Carrie noch ausrichten?

Im Taxi zündete er sich einen Zigarillo an und inhalierte tief. Erst als er vor dem Eingang des Flughafens ausstieg, hatte er sich ein wenig beruhigt. Noch achtundvierzig Stunden. Etwas weniger inzwischen. Putin kam morgen nach Rom. War das eine Möglichkeit? Aber selbst wenn es ihm gelingen würde, mit dem russischen Staatschef zu sprechen, was konnte er tun, um ihn zu überzeugen? Ein Erstschlag! Und dann? Zwanzig Standorte, zwanzig mögliche Angriffsstellen. In zwei Tagen. Bei Sonnenaufgang.

Während er auf den Aufruf zum Boarding wartete, beobachtete er ein junges Paar mit einem Baby. Sie hatten nur Augen für das neue Leben in ihren Armen. Ein Schnuller, ein kleines Tuch, Kuscheltiere, alles wurde hervorgeholt, um das Kind zu unterhalten und seine Aufmerksamkeit zu fesseln.

Nie wieder Krieg, lautete das Motto der NATO.

Trotz seiner bohrenden Kopfschmerzen und der frühen Stunde bat er die Flugbegleiterin um einen doppelten Whisky. Vielleicht würde er ihm helfen, endlich einzuschlafen.

35

Gebückt rannte Adam unter den Rotorblättern hindurch, sah, dass Carrie bereits im Hubschrauber saß, und sprang hinein. Sie wechselten einen einvernehmlichen Blick, denn Worte waren in diesem Moment überflüssig, und der Rotor machte ohnehin einen Höllenlärm. Adam nickte den beiden Elitesoldaten in NATO-Kampfanzügen zu, die ihnen gegenübersaßen und beide ein halbautomatisches Maschinengewehr trugen. Einer studierte eine große Stabskarte. Sie grüßten ihn schweigend und sagten dann etwas zueinander, was er nicht verstehen konnte, aber er nahm an, dass sie Türken waren. Es war noch keine Minute vergangen, nachdem er den Sicherheitsgurt angelegt hatte, als der Hubschrauber bereits aufstieg und in südwestlicher Richtung schwenkte.

Adam setzte die Kopfhörer auf und hörte den Piloten sagen, dass sie in zwei Stunden ihren Zielort erreichen würden. Adams Armbanduhr zeigte kurz nach sechs an, aber sie würden eine Zeitzone überqueren, und daher würde es bereits später Abend sein, wenn sie dort eintrafen. Dort. Am Fluss des Schmerzes.

In der engen Kabine litt er unter Atemnot, riss sich aber zusammen, löste den Sicherheitsgurt und rutschte neben Carrie, die eine detaillierte Karte auf dem Schoß hielt.

»Alles in Ordnung?« Er brauchte nicht mehr zu schreien; das Rotorengeräusch hörte man nur noch gedämpft.

»Ja. Und bei dir?«

»Ganz okay. Nur noch ein bisschen Kopfschmerzen.«

»Charles hat mir alles erzählt. Unglaublich! Hältst du Tamar für eine Verräterin?«

»Ich weiß nicht. Fast sieht es so aus.«

»Weil de Brauw sie bei den Syrern gesehen hat, meinst du.«

»Ja. Obwohl das auch Überläufer gewesen sein könnten, Deserteure. Andererseits: Wenn Sie eine Verräterin wäre, würde ich jetzt nicht hier neben dir sitzen. Und wenn sie für die Russen und Attila Onar arbeiten würde, wäre sie nie auf die *Amīr al-baḥr* gegangen.«

»Charles meint, dass die Russen und die Syrer den Code kennen und deswegen angreifen wollen. Er glaubt, dass Tamar ins Gebirge zurückgereist ist, um ihnen zuvorzukommen.«

Adam rieb sich über den Kopf. »Das ist immer noch kein Grund, mich niederzuschlagen und zu betäuben.«

»Stimmt. Ich habe eben noch mit Charles gesprochen, aber er hat nur gesagt, dass irgendetwas gewaltig stinkt und wir auf einen Dritten Weltkrieg zusteuern. General Boydd ist auch auf dem Weg zum Acheron.«

»Boydd?«

Carrie nickte.

»Dann wird es wirklich Ärger geben. Boydd würde am liebsten Atombomben auf Moskau und Damaskus werfen. Und was ist mit Charles?«

»Er wollte gerade nach Il Giardino aufbrechen.«

»Il Giardino? Was will er denn da, um Himmels willen?«

»Keine Ahnung«, antwortete Carrie. »Er hatte es eilig, und die Verbindung war schlecht, aber er hat irgendetwas über Putins morgigen Italienbesuch gesagt.«

»Typisch Charles«, erwiderte Adam kopfschüttelnd. »Die Welt steht in Brand, aber er glaubt, er könnte Putin umstimmen. Ausgerechnet Putin. Der bereit wäre, uns alle umzubringen. Was hat er sonst noch gesagt?«

»Dass wir versuchen sollen, Tamar aufzuhalten. Und Boydd.«

»Wir? Zusammen mit den beiden türkischen Soldaten?«

»Das hat er gesagt. Wir sollen ihnen ausrichten, dass sie noch warten müssen.«

»Warten? Worauf? Verdammt, wir haben den ersten Juni!«

»Ich weiß. Und die beiden sind übrigens keine Türken, sondern Griechen.«

»Noch schlimmer.«

Carrie rutschte gegen ihn, weil der Hubschrauber plötzlich schlingerte. Einer der Griechen hob grinsend einen Daumen. Adam tat das Gleiche, voller Sehnsucht nach einem Joint. »Gute Arbeit übrigens«, sagt er dann zu Carrie, »dass du de Brauw gefunden hast.«

»Vielen Dank.«

»Aber ich habe gehört, dass du Gina hast entkommen lassen.«

»Ich habe sie nicht entkommen lassen. Sie kam herein, als ich de Brauw von seinen Fesseln befreit habe, und ist geflüchtet, bevor ich nach meiner Waffe greifen konnte.«

Adam kniff die Augen zusammen, sagte aber nichts.

»Ich weiß, was du denkst«, sagte sie. »Amateurin.«

»Hellsehen ist nicht gerade deine Stärke. Ich glaube, du lügst. Du hast sie absichtlich laufen lassen, stimmt's?«

Kurz zitterte ihr Mundwinkel. »Warum hätte ich das tun sollen?«

»Aus Freundschaft trotz allem? Schließlich ging es dir vor allem um Silvio.«

»Du kommst auf seltsame Ideen, Adam Kaplan.«

»Hast du eine Ahnung.«

Einer der Griechen bot ihm aus einer Flasche etwas zu trinken an. »Möchten Sie?«

»Was ist das? Alkohol?«

»Nein, natürlich nicht. Griechischer Tee.«

»Gern.« Adam streckte eine Hand aus. »Adam.«

»Alexis.« Der Grieche schenkte den Deckel voll und reichte ihn Carrie. »Mein Freund heißt Nikos. Wir sind Ihre Schutzengel.«

»Gut zu wissen. Wie lauten Ihre Befehle?«

»Sie ins Grenzgebiet zu Syrien zu bringen.« Er deutete auf die Karte. Adam erkannte den Bergsee und den verschlungenen Lauf eines Flusses.

»Wer ist dort stationiert? Türkische NATO-Einheiten?«

»Nein, Sir. Die Türken sind nicht dabei.« Alexis zwinkerte. »Ich glaube, jemand in Brüssel hält sie für unzuverlässig.«

Adam nahm die Flaschenkappe. »Zu Recht.«

»Eine niederländische Einheit ist in das Gebiet unterwegs«, fuhr der Grieche fort. »Das Problem ist nur, dass sie nicht vor morgen Abend eintreffen können.«

»Morgen Abend.«

»Ja. Wir haben übles Wetter, Sir. Überflutungen. Und ihr Flugplatz wird vom IS bombardiert.«

Carrie nahm die Karte von dem Soldaten an. »Aber dort liegen doch bereits NATO-Einheiten?«

»Schon, aber nicht viele, und wir haben keine genaue Position von ihnen. Sie haben sich verteilt, weil es dort angeblich Kämpfe gibt.«

»Mit dem IS?«

»Könnte sein. Oder auch mit syrischen Rebellen. Oder Kurden. Scheint ein ziemliches Durcheinander zu sein. Aber gut, dafür sind wir ja da.«

Er kehrte zurück an seinen Platz und unterhielt sich gestenreich mit seinem Kameraden.

Carrie hielt sich die Karte ein wenig näher vor die Augen. »Ein ziemliches Durcheinander. Wundert es dich, dass ich mich hier nicht besonders wohlfühle? Die Terrormilizen des

IS, dieser Attila, Kurden, Syrer, möglicherweise Russen … In Sizilien ist es zwar auch nicht gerade ruhig, aber da weiß man zumindest genau, wem man vertrauen kann und wem nicht. Außerdem sind die Typen von der Cosa Nostra zahme Schäfchen im Vergleich zu den Kopfabschneidern des IS. Erinnerst du dich an das Video, in dem Dschihadisten diesen jordanischen Piloten lebendig angezündet haben? Das sind Bestien.«

Adam wusste nicht recht, was er dazu sagen sollte. Er konnte ihr die Angst nicht nehmen, denn ihm ging es ähnlich. Sie waren auf einer gefährlichen Mission, sogar hier oben in der Luft, umso mehr, je näher sie ihrem Ziel kamen. Jeden Augenblick konnten sie vom Boden aus vom Radar oder, sobald sie tiefer flogen, auch mit bloßem Auge entdeckt werden.

»Sobald wir gelandet sind, nehmen wir Kontakt zu Charles auf«, sagte er. »Wenn Boydd dort ist, ist er garantiert bei Tamar, und dann weiß Charles möglicherweise, wo er sich aufhält.«

Carrie sah Adam mit großen Augen an. »Warum sollte Boydd bei Tamar sein?«

»Vor ein paar Monaten«, antwortete er nachdenklich, »habe ich die beiden zusammen in Castelfiorentino gesehen. Abends. Sie gingen in ein Hotel. Ich dachte, er hätte eine Affäre mit ihr, vor allem, weil er nichts davon erwähnt hatte und auch Charles offensichtlich nichts davon wusste.«

»Aber?«

Er seufzte. »Keine Ahnung. Ich weiß nur, dass verdammt merkwürdige Dinge geschehen. Jan-Willem de Brauw hat dort draußen syrische Truppen und NATO-Fahrzeuge gesehen, genau wie ich … Ausgerechnet in einem der schwerstbewachten Grenzgebiete überhaupt, du hast es eben selbst gehört. Patriot-Raketen, eine ganze Verteidigungslinie, und alles unter dem Befehl von General Ethan Boydd.« Er schwieg einen Moment, weil der Hubschrauber wieder schlingerte.

»Komisch«, bemerkte Carrie. »Nicht dass sie möglicherweise eine Affäre hatten, sondern dass sie sich ausgerechnet dort, in der Nähe von Il Giardino, getroffen haben.«

Adam nickte. »Genau.«

Carrie sah müde aus, aber das war ja auch kein Wunder nach allem, was geschehen war. Sie wirkte nervös. Er zog sie sanft zu sich hin. »Komm, versuchen wir, ein bisschen zu schlafen. Wir werden unsere Kräfte dringend brauchen.«

Draußen wurde es Abend, und der Hubschrauber flog jetzt im Flüstermodus.

Carrie lehnte den Kopf an Adams Schulter. Die beiden griechischen Soldaten ihnen gegenüber sahen aus wie Wachsfiguren. Adam atmete den Jasminduft von Carries Haar ein und dachte an Vera, während er einschlief.

Wie lange er tatsächlich geschlafen hatte, hätte er nicht sagen können, als er aufschreckte, weil der Pilot erregt durchgab, dass sie gesichtet worden waren. Adams Puls beschleunigte sich.

Gesichtet. Von wem? Der Hubschrauber sank schnell, aber draußen war wenig zu erkennen.

Die griechischen Soldaten unterhielten sich flüsternd, die Maschinengewehre vor der Brust.

Adam sah Carrie an. Offenbar war sie schon vor ihm erwacht, denn sie wirkte konzentriert. Sie hielt ihre Waffe in der Hand, die Mündung zu Boden gerichtet. Überrascht erkannte er, dass sie noch immer die Pistole von Luigi Monti bei sich trug. Eine Beretta 9000, Kaliber 40.

»Hast du genügend Munition?«, fragte er.

Sie nickte.

»Vergisst du diesmal nicht, rechtzeitig nach deiner Waffe zu greifen?«

Sie streckte ihm die Zunge raus. Er sah ihr an, dass sie kurz zögerte, und dann sagte sie: »Du hattest recht. Ich habe sie entkommen lassen.«

»Wegen eurer Freundschaft.«

»Ja. Was hättest du getan?«

Er wollte gerade antworten, schwieg aber, weil der Pilot sich erneut identifizierte. »Zwei NATO-Agenten mit Begleitung. Sie kommen, um …«

Plötzlich wurde der Hubschrauber in gleißend helles Scheinwerferlicht getaucht. Zugleich ratterten Abwehrgeschütze im Stakkato, der Hubschrauber begann, hin und her zu schlingern wie ein angeschossener Vogel und verlor rasend schnell an Höhe. Die Griechen fluchten, der Pilot rief, dass er eine Notlandung versuchen wolle, und der Hubschrauber geriet derart aus dem Gleichgewicht, dass Adam Carrie packte und sich mit ihr zu Boden warf, ihre Gesichter dicht beieinander. Der Blick in ihren Augen war entschlossen, auch wenn ihre Lippen zitterten.

»Partner?«

Er sah sie gerade noch nicken, bevor der Hubschrauber mit einem ohrenbetäubenden Knall auf dem Boden aufschlug und schief hängend zum Stillstand kam.

Sie wollten aufspringen, aber Alexis schrie etwas, das vom Rattern des Motors übertönt wurde, sodass sie sich wieder hinwarfen. Kugeln schlugen im Rumpf ein, dumpfe Schläge auf das Metall. Dann schrie der andere Grieche auf und fiel vornüber. Alexis trat die Luke auf, feuerte ein paarmal und sprang hinaus, als der Pilot den Motor abschaltete. Eine weitere Salve hallte wider, dann war es plötzlich still.

Adam richtete sich ein wenig auf und blickte durch die zerschossene Scheibe. Draußen sah er den toten Alexis liegen und ein Stück weiter einige uniformierte Gestalten halb verborgen hinter einem Jeep. Er erstarrte, als er eine hohe, nasale Stimme hörte. »Ich würde das an Ihrer Stelle nicht tun,

Kaplan. Kommen Sie raus mit der Italienerin. Hände hoch, wenn ich bitten darf.«

Eine Stimme, die er unter Tausenden wiedererkannt hätte.

»Wer ist das?«, flüsterte Carrie.

»Onar. Attila Onar.« Er hörte selbst, wie heiser er klang.

»Ich zähle von zehn rückwärts, Kaplan. Sie werden sich gewiss daran erinnern, dass ich das schon einmal getan habe. Zehn … neun … Sie auch, Fräulein Graaff. Oder Signorina Montevagio, wenn Ihnen das lieber ist. Und lassen Sie die Pistole fallen. Sofort!«

Drei Männer tauchten auf, die Waffen im Anschlag.

Einer von ihnen, der mittlere, ein Mann von gedrungener Gestalt, ließ die Pistole sinken und zog den Helm ab. Darunter kamen ein kahl geschorener Schädel und ein Gesicht mit kleinem, schwarzem Schnauzer zum Vorschein. Im Licht schimmerte eine zackige weiße Narbe an seinem Hals. Attila Onar.

Die Hitze lag trotz der späten Stunde fast greifbar schwer und feucht zwischen den Bäumen. Adam wischte sich den Schweiß von der Stirn, hob die Hände und sprang aus dem Hubschrauber.

Onars Augen waren so schwarz wie die Nacht. »Willkommen in der Türkei, Kaplan. Auf dieses Wiedersehen habe ich mich schon lange gefreut.«

»Das Vergnügen ist ganz meinerseits.«

»Aha. Wie ich sehe, haben Sie den gleichen britischen Sinn für Humor wie Ihr Vorgesetzter Sir Charles Fox. Oder soll ich sagen, Sir Charles Caven…?«

Onars Stimme wurde von einem Schuss übertönt. Aus dem Augenwinkel heraus sah Adam, wie der Pilot aus dem Hubschrauber sprang und wegrannte. Onar zielte und schoss, aber im gleichen Moment stürmte Carrie auf ihn zu und riss ihn zu Boden.

»Adam! Renn!«, schrie sie auf Niederländisch. »Lauf, so schnell du kannst! Los!«

Er zögerte. Sollte er sie zurücklassen?

»Mach schon, Idiot!«

Schon sprintete er los, im Zickzack, um den Kugeln, die er jeden Moment erwartete, auszuweichen. Sobald ihm die erste um die Ohren pfiff, versuchte er, hinter dem Helikopter in Deckung zu gehen. Er zog das Messer aus der Scheide, als einer der Männer auf ihn zulief, und warf es nach dessen Augen. Der Mann sank lautlos vornüber, fast auf ihn. Adam riss das Messer aus dem blutenden Gesicht, griff rasch nach der Maschinenpistole und rannte ins Dunkel hinein. Bis ihn ein stechender Schmerz an der Seite zum Stolpern brachte. Er war getroffen worden, das wurde ihm jetzt klar. Weiter! Weiter, bevor sie ihn einholten.

Fluchend vor Schmerz sprang er wieder auf, drückte die Hand auf die Seite, wollte das Feuer erwidern, tat es aber nicht, um seinen Standort nicht zu verraten. Und Carrie? War sie besser dran, wenn er jetzt aufgab? Natürlich nicht. Onar wollte ihn. Und solange sie ihn nicht hatten, bestand die Chance, dass sie Carrie am Leben ließen und er sie retten konnte, auch wenn er bei Gott nicht wusste, wie. Die Hand in die Seite gepresst, versuchte er, noch schneller zu laufen. Irgendwo vor sich hörte er Wasser rauschen. Er musste ein Versteck finden, warten, bis es hell wurde, versuchen, die NATO-Truppen in der Gegend zu kontaktieren. Zusammengekauert hielt er still und suchte im Mondlicht die Umgebung ab.

Als er die weißen Schaumkronen eines Wasserfalls entdeckte, ahnte er, dass er hier schon einmal gewesen war, und zwar auf der Suche nach de Brauw. Ein Stück weiter mussten sich Felsen befinden und dort wahrscheinlich auch Höhlen oder Spalten. Stimmen ertönten. Er rannte weiter, zwischen Gebüsch und Bäumen hindurch. Keuchend kletterte er empor, kalte Steine umklammernd. Die Felsen. Während der Wind zunahm, gähnte vor ihm eine tintenschwarze Spalte. Er zögerte nur einen Augenblick, als er wieder den toten Aaron unter sich sah, dann zwängte er sich hinein. Die Felszacken bohrten sich wie Messer in seinen Körper, aber dennoch kämpfte er sich tiefer in die Grotte hinein, bis der Spalt sich weitete, sodass er die Arme wieder bewegen konnte. Reglos blieb er stehen und lauschte in absoluter Dunkelheit. Nichts. Kein einziges Geräusch. Er ging in die Knie. Trotz der Kälte zog er erst seine Jacke und dann sein Shirt aus und legte es als eine Art Druckverband um seine Taille. Vorläufig schien er hier sicher zu sein. Vorläufig. Zitternd zog er die Jacke wieder an und fühlte sich ein wenig besser, als er nach dem Tütchen Gras in der Brusttasche tastete.

Er rollte sich einen Joint, inhalierte tief und spürte, wie die Spannung in seinem Körper allmählich nachließ. Carrie. Scheiße! Erst Vera, jetzt Carrie. Eines stand fest: Und wenn es ihn selbst das Leben kosten würde, er würde Onar töten. Einen Moment lang glaubte er verwundert, hier drinnen den Wind zu hören, erkannte aber dann, dass das Geräusch durch eine Öffnung irgendwo weiter weg kommen musste, ein hohes, lang gezogenes Heulen wie von einem Wolf. Hatte Carlentini das gemeint?

Die Narbe am Hals von Onar. Wie der Biss eines Wolfs.

36

Der Taxifahrer auf dem Weg nach Il Giardino wollte wohl Fernando Alonso Konkurrenz machen. Dennoch versuchte Charles zum zigsten Mal, Adam und Carrie zu erreichen, vernahm aber auch diesmal nichts als Rauschen. Wo waren sie, um Himmels willen?

In Italien war es kurz vor siebzehn Uhr. Dort, wo sie waren, vier Stunden später. Sie hätten ihr Ziel längst erreicht haben müssen. Möglicherweise hatten sie dort keinen Empfang, doch zumindest der Hubschrauberpilot hätte sich melden müssen, sobald sie gelandet waren. Charles blickte auf, als sein zweites Handy klingelte. Es war Sophie. Er hätte lieber in einem ruhigeren Moment mit ihr gesprochen, aber vielleicht brauchte sie ihn.

»Sophie! Wie geht es dir, mein Schatz?«

»Hat Mum dir noch nichts gesagt?«

»Nein, was hätte sie mir denn sagen sollen?«

»Ich will mich scheiden lassen.«

Beinahe hätte er ihr gratuliert, hielt sich aber zurück. Schließlich war Bimo der Vater seiner Enkel.

»Warum denn?«

»Bimo hat eine andere. Ein javanisches Fotomodell. Mit einem IQ von drei, aber dafür mit Riesenmöpsen.«

»Sophie …«

»Na ja, du hast mich schließlich gefragt, oder? Er hat mich mindestens zweimal mit diesem Weib betrogen.«

Heißer Zorn flackerte in ihm auf. Seine Tochter war

betrogen worden – genau wie er von Ethan. Sie war wie er enttäuscht worden. Und Sarah hatte ihm nichts davon erzählt. Typisch Indonesier. Egal, wie lange er sie kannte, diesen Wesenszug würde er wohl nie ergründen.

»Hast du dir das auch gründlich überlegt?«

»Darauf kannst du wetten«, erwiderte sie verbittert. »*East is East and West is West, and never the twain shall meet*. Hast du das nicht immer gesagt?«

»Schon; ich möchte nur nicht, dass du irgendetwas überstürzt.« Obwohl er seinen Schwiegersohn nicht leiden konnte, meinte er es ernst. »Wenn ich mich recht erinnere, warst du vor ungefähr einem Jahr auch nicht immer das treue Heimchen am Herd, wenn ich mal so sagen darf.«

Einen Augenblick blieb es still. »Davon weiß Bimo aber nichts«, erwiderte Sophie.

»Aha, und das macht es besser? Jetzt komm schon, Sophie, da hätte ich aber etwas mehr Gerechtigkeitssinn von dir erwartet.«

Wieder schwieg sie, diesmal etwas länger. Dann sagte sie: »Ich würde auf jeden Fall gern für eine Weile mit den Jungs zu euch kommen.«

»Natürlich, Schatz. Wann denn?«

»Ich habe mir überlegt, dass ...«

Ihre Stimme erstarb, und stattdessen ertönte nur noch lautes Knistern. »Sophie? Bist du noch da?« Verärgert beendete Charles das Gespräch, und in derselben Sekunde klingelte sein anderes Handy.

»Sir Charles?« Es war sein Sekretär.

»Ja?«

»Ich wollte Ihnen nur Bescheid geben, dass eine F-16 vor einer Stunde einen havarierten Hubschrauber an der türkischen Grenze entdeckt hat, in der Nähe des Acheron. Es war einer von uns. Der Pilot ist sich nur nicht sicher, ob es sich um den mit unseren Agenten handelte. Seine Maschine wurde von Syrern beschossen, und er musste abdrehen. Personen hielten sich nicht in der Nähe der Absturzstelle auf, soweit er erkennen konnte.«

»Aha.« Charles starrte hinaus auf die hügelige Landschaft. »Schon etwas von General Boydd gehört?«

»Nein, Sir.«

»Okay. Vielen Dank, und halten Sie mich auf dem Laufenden.«

»Verstanden, Sir.«

Der Hubschrauber war also nicht auf der kleinen NATO-Basis gelandet. Das an sich brauchte noch keine beunruhigende Nachricht zu sein. Es war möglich, dass Adam oder Carrie Tamar an anderer Stelle erspäht hatte. Eine israelische Einheit, die, als syrische Guerillatruppe getarnt, in die Türkei eingeschleust worden war, unter Umständen sogar mit russischen Waffen – es war noch immer unvorstellbar.

Das Taxi bog nach Castelfiorentino ein und kam an dem Hotel vorbei, wo laut Helen Ethan mit Tamar zusammen übernachtet und sie betrogen hatte. Auf sehr bizarre Art und Weise stimmte das sogar. Hatten sie in jener Nacht ihren wahnsinnigen, hochgefährlichen Doppelplan erdacht? Ethan, geblendet von seinem Hass auf die Russen und frustriert vom Zaudern der Politiker?

Charles warf einen Blick in die Zeitung auf seiner Aktentasche. *La Nazione* brachte als großen Aufmacher einen Bericht über Putins Ankunft in Rom, wo er mit seinen Beratern im berühmten *Hotel de Russie* abgestiegen war. Zwei Tage lang wollte er sich zunächst mit dem italienischen Premier und dann mit der NATO-Führung über den drohenden Krieg in der Ukraine beraten.

Und nicht nur dort droht ein Krieg, dachte Charles. Putin, Despot, Kriegsverbrecher, aber auch ein brillanter Schachspieler. Ein Stratege, der Züge weit vorausplanen konnte und wusste, dass seine Gegenspieler Angst vor seinen unberechenbaren Manövern hatten. Doch wenn Charles mit seinen Vermutungen richtiglag, bot sich ihm die Möglichkeit zu einem Zug, den Putin unmöglich vorausahnen konnte.

Das Taxi bog in die Auffahrt von Il Giardino ein. Charles sah Paolos alten Fiat vor dem Gästebungalow stehen. Paolo, der so gerne Jesus zitierte, man solle siebzig mal sieben Mal vergeben, doch für Putin und die Russen gelte das nicht.

Charles bezahlte. Beim Aussteigen fuhr ihm ein Stich durch das kranke Bein. Luca stand am Swimmingpool und beobachtete ihn besorgt. »Geht es Ihnen gut, Signore? Soll ich die Sauna für Sie anheizen? Bestimmt würde Ihrem Bein eine Massage guttun.«

»Vielen Dank, Luca, vielleicht später. Ich brauche jetzt erst mal einen Drink, und ich muss meine Frau und ihre Freundin begrüßen.«

»Gern. Ich kümmere mich darum. Die Signore sitzen auf der Terrasse.«

Fünf Minuten später saß er den Frauen mit einem Glas Single Malt gegenüber. Paolo sei spazieren gegangen, erklärte Sarah, werde aber gleich wiederkommen. Charles fragte sich, ob Sophie sie bereits angerufen hatte. Sie sah gut aus, aber Helen war sichtlich nervös. Die Hand, in der sie ihr Glas Weißwein hielt, zitterte, als hätte sie Fieber. »Ich bin so froh, dass du gekommen bist, Charles!«

Als könnte er ihr Problem im Handumdrehen lösen. Schön wär's.

»Und ich bin froh, dass wir endlich sprechen können. Sarah hat mir schon das ein oder andere erzählt, aber ich möchte es gerne von dir hören.«

Sie nickte unsicher und erzählte dann abgehackt, was

er bereits wusste. Was in Deutschland geschehen war, wie sie sich verliebt hatte, schwanger geworden war, sich nicht traute, es Ethan zu erzählen, und wie sie nach Neils Geburt erpresst worden war.

Ein KGB-Funktionär, der sich als russischer Dissident ausgegeben hatte – so etwas war damals durchaus öfter vorgekommen.

»Und seitdem hast du ihn nie wiedergesehen?«, fragte Charles.

Sie wischte sich die Tränen aus den Augen. »Nein.«

»Aber Schepanowitsch hast du noch mal getroffen.«

»Er hat mich angerufen. Er war in England.«

»Unglaublich«, bemerkte Sarah.

Charles schüttelte den Kopf. »Trotz seines Alters ist er noch viel für Putin unterwegs, jetzt beispielsweise in Rom.« Wieder nickte er Helen zu. »Hat er schon Kontakt zu dir aufgenommen? Weißt du, was du tun sollst?«

»Er will, dass ich morgen ins *Hotel de Russie* komme.«

»Um Sarahs Notizen abzuliefern.«

Helen nickte und fing wieder an zu weinen, sodass Sarah den Arm um sie legte. Merkwürdig, dachte Charles, warum brauchen die Russen die Notizen noch, wenn sie den Code ohnehin schon kennen?

»Vielleicht können wir das Problem gemeinsam lösen«, sagte er.

Sarah blickte auf. »Wie denn?«

»Das Hotel hat doch einen Schmetterlingsgarten. Den Geheimen Garten.« Er hielt *La Nazione* hoch. »In der Zeitung steht, dass die russische Delegation morgen Nachmittag eine Führung erhält. Dich kennt man dort doch gut. Ich dachte also, wenn du Putin bei der Führung einige Exemplare von *Acherontia sophia* anbieten würdest, schließlich ist es eine Kreuzung zwischen türkischen und russisch-kaukasischen Totenkopffaltern … Eine neue Falterart. Falter für den Frieden. Vielleicht würde Putin sie von dir annehmen.«

»Und dann?«

»Ich könnte in der Zwischenzeit versuchen, zwischen Helen und Schepanowitsch zu vermitteln.«

»Dann müsste es erst mal etwas zu vermitteln geben.«

»Stimmt.«

»Charlie!«

Er blickte auf. Paolo stand vor seinem Bungalow. »Warum trinken wir nicht hier drinnen etwas zusammen? Ich befürchte, du langweilst die Damen.«

Sarah legte Charles kurz die Hand auf den Arm. »Geh nur.«

Stirnrunzelnd blickte Charles Helen an, die in Gedanken versunken zu sein schien.

»Weiß Paolo von alldem?«, fragte er.

Sarah nickte.

Paolo saß drinnen am Tisch. Er trug keine Schlinge mehr und bewegte den Arm geschmeidig, als er ihnen Whisky einschenkte. »Cheerio, Charlie. Du siehst aus, als könntest du einen Drink vertragen. Schlechte Nachrichten?«

Charles nickte, zündete sich einen Zigarillo an und gab dann seinem Freund eine Kurzfassung dessen, was in den vergangenen Tagen geschehen war.

»Ethan!«, sagte Paolo erschrocken. »Du weißt, dass ich über die Russen genauso denke wie er, aber er muss verrückt geworden sein! Das ist doch *die* Chance für Putin, zurückzuschlagen. Gibt es keine Möglichkeit, ihn aufzuhalten?«

»Ich hoffe, dass Adam und Carrie etwas erreichen können, aber ich halte es nicht für sehr wahrscheinlich. Und ich glaube ehrlich gesagt nicht, dass wir Putin aufhalten können.«

Paolo kniff kurz die Augen zusammen, schwieg aber.

Charles legte ihm die Hand auf den Arm. »Ich muss dich etwas fragen – und ich hoffe, du vergibst mir, wenn ich zu viel von dir verlange, aber das Wasser steht mir bis zum Hals. Ich hatte letzte Woche das Gefühl, dass du mir bei unserem letzten Gespräch etwas anvertrauen wolltest, und ich vermute, dass es dabei um deinen Vater und dessen Vergangenheit ging. Du warst eine Zeit lang ziemlich fertig, als er damals dem Tode nahe war. Stimmt's, Paolo? Ich könnte mir denken, dass du an das Beichtgeheimnis gebunden bist und deshalb eigentlich nicht darüber sprechen kannst. Aber du hast es doch schon einmal verletzt, wie ich von Carrie weiß.«

Sofort bereute er diese Bemerkung. Gewiss hatte Paolo zahllose Gebete gen Himmel geschickt, bevor er beschloss, dass Carries Mutter die Wahrheit erfahren musste. Und jetzt wollte er ihn schon wieder in diese Zwickmühle drängen.

Paolos Stimme klang monoton, als spräche er mit sich selbst. Und vielleicht war es auch so. »Der Mord an Ginas Vater war eine Familientragödie.«

Charles griff nach diesem Strohhalm. »Ich weiß, es war sehr tragisch, aber diese Familie ist bei Gott nicht als einzige betroffen. Und diesmal ist es noch viel schlimmer. Hier geht es um Tausende Familien, Paolo, Zehntausende. Du hast Putin zu Recht als den neuen Hitler bezeichnet. Wobei Stalin vielleicht passender wäre.« Unwillkürlich drückte er Paolos Arm fester als beabsichtigt.

»Das tut durchaus noch weh, Charlie.«

»Tut mir leid.«

Paolo nahm sich einen Zigarillo. »Du hast recht, aber wenn irgendjemand erfährt, von wem diese Information stammt, und mein Vater wird aufgespürt, dann wird er eines grausamen Foltertodes sterben.«

Charles schwieg.

»Mein Vater«, begann Paolo zögerlich, »war früher Mitglied der Roten Brigaden. Das weißt du. Aber ich habe dir nie erzählt, dass er damals Terroraktionen im Auftrag eines hohen KGB-Funktionärs durchgeführt hat. Ich habe Beweise dafür. Vater hat sie mir gegeben, schon vor einer Weile, als er so krank war, dass er glaubte, sterben zu müssen. Er hat gebeichtet und mir erzählt, was er alles getan hat damals, und es waren schreckliche Dinge.« Paolo schlug die Augen nieder, leerte sein Glas in einem Zug und stand auf. »Selbst wenn ich für den Rest meines Lebens für ihn betete, würde es nicht reichen. Auch nicht für meine Vergebung. Nun gut. Also, ich war gar nicht in Assisi, sondern zu Hause, um etwas zu holen.«

»Du wusstest, dass ich dich darum bitten würde.«

»Ja, ich habe es geahnt.«

Charles nickte. »Weißt du, wer dieser KGB-Funktionär war?«

Eine Viertelstunde später verließ Charles erschüttert den Bungalow. Seine Vermutungen waren bestätigt worden. Er gesellte sich nicht sofort zu den Frauen auf der Terrasse, sondern spazierte zunächst durch den Schmetterlingsgarten. Er musste einen Moment allein sein, um seine Gedanken zu ordnen. Er blickte noch einmal auf den Umschlag, den Paolo ihm gegeben hatte. Wenn die Bedrohung nicht so schwer auf seinen Schultern gelastet und sein Bein nicht so sehr geschmerzt hätte, hätte er wohl einen Freudentanz aufgeführt. Er hielt etwas Unschätzbares in den Händen, etwas so Ungeheuerliches, dass er Putin damit zum Schweigen bringen konnte.

Gott schütze dich, Paolo, dachte er und betrachtete Sarahs Falter. Gott schütze dich.

Und die Welt.

37

Ein Knall schreckte ihn auf. Einige Sekunden lang lag er vollkommen desorientiert in der Dunkelheit. Hoch über ihm funkelte ein kleiner Lichtpunkt wie ein Stern, und er glaubte, es wäre Nacht und er wäre irgendwo im Freien eingeschlafen. Doch dann wurde ihm klar, dass das Licht von der Sonne stammte, die durch eine Öffnung in die Höhle hineinschien. Die Strahlen spiegelten sich auf der Maschinenpistole neben ihm. Vage erinnerte er sich an den Mann, den er letzte Nacht mit seinem Messer getötet hatte. Was hatte dieser Knall zu bedeuten? Waren das seine Verfolger? Attila Onar mit syrischen, vielleicht auch russischen Truppen? Carrie! Er musste herausfinden, wie es ihr ging. Ob sie noch lebte. Er musste hier raus.

Er krümmte sich vor Schmerzen, als er sich mühsam vom steinharten Boden erhob, sah aber zu seiner Erleichterung, dass das Blut auf seinem Hemd geronnen war. Ein Streifschuss also. Es steckte keine Kugel in seinem Körper. Wieder blieb er stehen, weil jetzt Donner ertönte. Zunächst glaubte er an ein Gewitter, was nicht besonders logisch war mit der Sonne am Himmel, dann an ein Erdbeben. Mit der Waffe und dem Messer lief er im Halbdunkel zu dem engen Spalt, durch den er sich in der Nacht hier hereingezwängt hatte.

Auf halbem Wege nach draußen ertönte ein lautes Rattern, Steinstaub wirbelte auf, und die Höhle schien zu beben. In Panik drang er weiter vor, mit geschlossenen Lidern, bis er plötzlich frische Luft einatmete und zugleich die Augen weit aufriss. Von dem schmalen Vorsprung aus, auf dem er an der Bergwand stand, blickte er über ein Tal hinweg, das aussah, als würde dort ein Kriegsfilm gedreht – ein Film mit Tausenden Komparsen, die zu Pferde, in Panzerwagen, mit Jeeps und Panzern von Rauch umnebelt über die Hügel zogen.

Das musste der Angriff sein, von dem Onar geredet hatte, der erste Überfall am Tag der Schicksalsbesiegelung. War denn schon der dritte Juni? Dann hätte er zwei Tage und Nächte in der Höhle verbracht. Doch seine Uhr zeigte sieben Uhr vierzehn an, am Morgen des zweiten Juni. Onar hatte seinen Erstschlag also vorgezogen, möglicherweise alarmiert vom Tod Saladows, wahrscheinlich aber hauptsächlich wegen ihres Eintreffens gestern Abend.

Fast platzte ihm das Trommelfell, als ein Flugzeug tief über ihn hinwegdonnerte. Er erkannte einen alten Northrop-F-5-Jagdbomber. Im Sonnenlicht glänzte der türkische Halbmond auf der spitzen Schnauze. Das war nicht die türkische NATO-Luftwaffe, die flog nämlich die F-16. Aber auch keine Russen. Syrer, vermutete er, aber dann, als das Flugzeug wie ein Raubvogel auf einen Panzer hinunterstieß, traute er seinen Augen nicht. Er, Adam Kaplan, ehemaliger Elitesoldat beim israelischen Militär, kannte diesen Typ Kampfpanzer nur allzu gut, dafür brauchte er den blau-weißen Davidstern auf dem Geschützturm gar nicht erst zu sehen. Er hatte selbst oft genug in so einem gesessen. Ein Merkava MK IV. Was hatten Israelis hier zu suchen? Israel war kein NATO-Mitglied … Tamar! Militärattaché von Israel, Agentin des Mossad, von Boydd der NATO Istanbul zugeteilt. Adam zuckte zusammen, als sich der Panzer in einen Feuerball verwandelte, erholte sich wieder von seinem Schrecken und kletterte, so schnell er konnte, den Hang hinunter. Er hatte recht gehabt. Es war die reinste Apokalypse. Israel, Syrien, die Russen … Das musste unwiderruflich zu einem Krieg im Mittleren Osten führen. Verdammt! Wo waren die echten NATO-Kampfverbände?

Wusste Charles hiervon? Gehetzt griff er zu seinem Handy und fluchte, als das Gerät kein Lebenszeichen von sich gab.

Er zog die Pistole und rannte mit ihr im Anschlag gebückt zwischen den Sträuchern und Bäumen hindurch, dankbar für den Morgennebel, der ihm genügend Deckung bot. Er gelangte zum Wasserfall und versuchte, sich daran zu erinnern, wo der Helikopter stand. Onars Truppen konnten nicht weit davon entfernt sein.

Und Carrie! Mehr als eine Chance, wenn überhaupt, würde ihm nicht gegönnt sein, um sie zu retten. Doch wer immer versuchen würde, ihn aufzuhalten, war tot. Er rannte weiter, ignorierte die stechenden Schmerzen in der Seite. Durch den Nebel und das Laub konnte er jetzt nichts anderes mehr erkennen, hörte aber die Schüsse und Granateinschläge, als befände er sich direkt daneben.

Er blieb stehen und hielt unwillkürlich den Atem an, weil ihm der penetrante Gestank von Kordit in die Nase stieg. Keine hundert Meter von ihm entfernt lag der Helikopter schräg auf der Seite wie eine riesenhafte verwundete Heuschrecke. Und dahinter, im Schatten eines Berghangs, stand eine Reihe von Armeezelten, bedeckt mit olivgrünen Tarnnetzen. Fünf Stück, im Halbkreis aneinandergedrängt. Zelte, die groß genug waren, mehrere Panzer darin zu verbergen oder mehreren militärischen Einheiten Schutz zu bieten. Dazwischen standen Jeeps. Er konnte keine Flaggen oder Embleme erkennen, aber NATO-Zelte waren das mit Sicherheit nicht. Vom Gebüsch aus beobachtete er die Umgebung, achtete auf jede Bewegung, jeden möglichen Feind. War dort niemand, nicht mal ein Wachtposten? Vielleicht, weil Onar alle seine Männer brauchte. Adam versuchte, nicht daran zu denken, dass Carrie möglicherweise beseitigt worden war wie überflüssiger Ballast. Und dass man sie vorher gefoltert hatte, genau wie Vera. Er schüttelte den Kopf, als könne er dadurch die finsteren Gedanken verscheuchen.

Mit der Maschinenpistole im Anschlag zog er den Kragen seiner Jacke hoch. Er hatte noch neun Kugeln im Magazin. Zu wenige für einen Überraschungsangriff, wenn er nicht wusste, wie viele Männer in den Zelten waren. Charles mahnte ihn stets zur Geduld. Geduld sei mindestens ebenso wichtig wie Mut, um den Frieden zu bewahren. Aber er war nicht Charles. Charles hatte nicht mit eigenen Augen gesehen, wie Attila Onar Vera gefoltert hatte. Und der Scheißkerl war hier, er konnte seinen Gestank förmlich riechen. Er fuhr mit der Hand kurz zur Wade, als schöpfe er Mut aus der Berührung des Messers. Wenn er alle Kugeln verschossen hätte, müsste er sich darauf verlassen. Angst hatte er keine – er hatte solche Situationen schon öfter erlebt, damals im Gazastreifen, auf den Golanhöhen. Er hatte keine Angst, jedenfalls nicht vor anderen. Höchstens vor seiner eigenen Unsicherheit, weil er bei Vera zu spät gekommen war.

Aus dem ersten Zelt kamen zwei Soldaten, und er erstarrte. Es konnten Türken sein, aber ebenso gut Syrer: Ihre Uniformen glichen Standard-Kampfanzügen. Sie trugen automatische Waffen und eilten zu einem der Jeeps. Als sie damit wegfuhren, kam ein dritter Soldat aus dem Zelt. Er trug einen Gefechtshelm und hielt sein Gewehr in beiden Händen. Adam spannte alle Muskeln an, als der Mann sich in seine Richtung wandte. Ein paar Meter vor ihm, nicht weit von einem Jeep, ging er ins Gebüsch.

Adam zog das Messer aus der Scheide, schlich so geräuschlos wie möglich weiter, sah, wie sich der Mann umdrehte, sah auch, dass er pinkelte, sprang auf ihn zu, umfasste mit einem Arm seinen Hals, riss den Kopf zurück, stach ihm das Messer in die Kehle und trat fast gleichzeitig die Leiche von sich weg. Keuchend blieb er stehen. Lauschte. Von fern ertönte unaufhörlich Geschützfeuer, und zwei Kampfbomber jagten wie Blitze über den stahlblauen Himmel. Waren noch andere in den Zelten?

Er holte tief Luft, bückte sich, hob den Helm auf und zog ihn über beide Ohren – für mehr reichte die Zeit nicht, aber angesichts des Nebels sollte das genügen. So lässig wie möglich, als wäre er der Mann, der gerade pinkeln gegangen war, schlenderte er zu dem Zelt, aus dem eben die Soldaten gekommen waren. Wieder blieb er stehen, versuchte, sich an seine wenigen Brocken Türkisch zu erinnern, und rief dann, ob jemand ihm helfen könne. *»Lütfen.«* Bitte.

Keine Reaktion.

»Ist da jemand?«

Er wollte gerade die Zeltplane zurückschlagen, die Pistole im Anschlag, erstarrte aber zu Stein, vollkommen verblüfft, als er Gesang hörte.

»Let me tell you 'bout the birds and the bees, and the flowers and the trees … and a thing called love.«

Carrie!

Er riss die Zeltplane zur Seite und stand genau vor ihr. Sie saß auf dem Boden.

Ihre Hände waren hinter ihrem Rücken gefesselt, ihre Kleidung war derangiert, aber sie schien nicht verletzt zu sein.

»Mein Gott, bin ich froh, dass du da bist«, stöhnte sie, als er sich zu ihr hinunterbeugte und mit seinem Messer die Stricke durchschnitt.

»*I owe you one*, weißt du noch?« Er half ihr auf. »Haben die dir was getan?«

Sie blickte ihn einen Augenblick lang zögernd an, schüttelte dann aber zu seiner Erleichterung den Kopf. »Onar ist gestern Abend gleich wieder verschwunden.«

»Um anzugreifen! Er muss seine Pläne geändert haben,

weil wir gekommen sind. Er greift mit seinen syrischen Freunden und vielleicht auch Russen Tamar und ihre israelischen Truppen an, und es sieht danach aus, dass sie die Oberhand gewinnen, wenn wir nicht so schnell wie möglich das NATO-Quartier in Istanbul erreichen. Komm mit!«

»Das sind keine Syrer oder Russen«, erwiderte sie. »Ich habe sie gehört. Es sind *lupi.*«

»Was?« Er drehte sich in der Zeltöffnung um.

»Es sind Türken. Islamistische Militärs, die gegen die NATO sind, Rebellen, Graue Wölfe … *lupi*. Attila Onar ist der Anführer der Grauen Wölfe. Silvio hat nicht halluziniert, er wusste es.«

Im ersten Augenblick schien Adam sie nicht zu verstehen, doch dann nahm er sie an der Hand und zog sie aus dem Zelt.

»Wo willst du hin?«

»Wir brauchen einen Jeep. Warte einen Moment.« Er rannte ihr voraus zur Leiche des Soldaten, schickte ein Stoßgebet zum Himmel und murmelte ein Dankeschön, als er in der Seitentasche des Kampfanzugs den Schlüssel fand. Er rannte damit zurück, sackte neben dem Jeep jedoch plötzlich stöhnend zusammen.

Carrie war mit einem Sprung bei ihm. »Du bist verletzt!«

Benommen stand er wieder auf. »Ein Streifschuss. Kannst du fahren?«

»Ja. Wohin?«

Mit einem grimmigen Nicken wies er auf die in Rauchwolken gehüllten Hügel ihnen gegenüber.

»Ich will zu Tamar. Was immer sie ausheckt, sie arbeitet für die NATO. Und laut Charles war Ethan Boydd zu ihr unterwegs.«

38

Normalerweise genoss Charles seine Reisen nach Rom. Er liebte die Villa Borghese mit ihren Parkanlagen, in denen man sich verlieren konnte, und ihrer unglaublichen Sammlung von Gemälden und Skulpturen, in der es immer wieder etwas Neues zu entdecken gab. Van Gogh, Caravaggio, Monet. Anschließend konnte man über die breiten Boulevards schlendern, sich draußen vor ein Lokal setzen oder in einem der besseren, noch original italienischen Restaurants zu Mittag essen. Bis Sarah die Geduld verlor und zum nahe gelegenen Bioparco strebte, dem Zoo, der natürlich einen Schmetterlingsgarten besaß. Einen solchen, die sogenannte Butterfly Oasis, gab es auch im – ebenfalls englisch bezeichneten – Secret Garden des luxuriösen *Hotel de Russie.*

Diesmal jedoch freute sich keiner von ihnen auf den Besuch in der Heiligen Stadt. Auf der langen Fahrt mit dem Bentley, begleitet von Helen, hatten sie zumeist geschwiegen, jeder mit seinen eigenen Sorgen beschäftigt. Charles dachte an Adam und Carrie, hauptsächlich aber an Boydd. Am Morgen hatte er in aller Frühe noch einmal mit Istanbul und dem NATO-Stützpunkt in Izmir gesprochen, wo man zu seiner Verzweiflung jedoch auch nichts über ihren Verbleib wusste.

Er konnte nur beten, dass Boydd beizeiten wieder zur Vernunft kam oder dass Adam und Carrie ihn und Tamar rechtzeitig erreichten. Der dritte Juni. Morgen früh, vor Sonnenaufgang. In der Nacht hatten ihn die Grübeleien über Ethan kaum schlafen lassen. Ethan, sein alter Kamerad, der in seiner Frustration das Risiko einging, einen Weltkrieg zu entfachen. Ethan, der ihn mit dem Schmetterlingsatlas betrogen hatte. An den verschlüsselten Orten zog er nicht etwa NATO-Verteidigungskräfte zusammen, sondern er errichtete Stützpunkte für fingierte Angriffe von Russen und Syrern.

Er konnte es noch immer kaum glauben.

Es war derselbe Größenwahn, der auch Wladimir Putin beseelte. Putin, der mit Attila Onar und zweifellos anderen unzufriedenen türkischen Militärs und Aufständischen gegen Präsident Erdoğan zusammenarbeitete. Das Gleiche perfide Vorgehen wie zuvor auf der Krim und in der Ukraine – such dir Verbündete in diesen Ländern, unterstütze sie militärisch und finanziell und biete ihnen Schutz gegen vermeintliche Aggression vom Westen her an. Wobei von »vermeintlicher« Aggression keine Rede mehr sein konnte. Putin musste sich ins Fäustchen gelacht haben, als er von Onar erfahren hatte, dass Ethan Boydd und Tamar Offir als Repräsentantin Israels einen Angriff planten.

Rund um das *Hotel de Russie* herrschte Gedränge. Trauben von Schaulustigen versuchten, einen Blick auf den russischen Staatschef zu erhaschen, Demonstranten waren aufmarschiert, die Presse lag auf der Lauer, und ein polizeiliches Großaufgebot war im Einsatz. Zwei bewaffnete Wachtposten überprüften Charles' NATO-Ausweis und winkten ihn durch. Über dem herrschaftlichen Eingangsportal wehte die russische Fahne. Das *Hotel de Russie*, in dem früher die Zaren abgestiegen waren, war nun das vorübergehende Domizil der Vertreter einer anderen Art von Autokratie.

Was für ein Wahnsinn, dachte Charles, während er mit dem Bentley auf den Hotelparkplatz einbog, dass seine einzige Hoffnung ausgerechnet auf dem Mann ruhte, der die Wurzel allen Übels war. Wladimir Putin.

Sein Plan stand fest. Die Frage war nur, ob er funktionieren würde. Helen sollte Iwan während der kurzen Führung für die russische Delegation im Schmetterlingsgarten die Notizen übergeben.

Putin wusste also noch nichts vom gegenwärtigen Stand der Dinge, und dafür war Charles mehr als dankbar. Jetzt war nur noch die Frage, ob der russische Staatschef an der Führung teilnehmen würde. Charles musste ihn allein sprechen, notfalls in Gegenwart von Schepanowitsch, aber nicht mitten im Gedränge und nicht dort, wo er von Leibwächtern umgeben war. Putin logierte in einer luxuriösen Suite im dritten Stock. Dort wollte Charles mit ihm reden. Daher hatte er am Abend zuvor nach seinem Gespräch mit Paolo den russischen Botschafter in Rom angerufen. Diesen kannte er als umgänglichen Mann, der, wichtiger noch, ein großer Bewunderer des Kricketspiels war. Einmal hatte Charles ihm ein Autogramm des berühmten britischen Spielers Graham Gooch besorgt.

»Bitte sagen Sie dem Präsidenten, ich würde ihn gerne eine Viertelstunde sprechen. Es geht um einen gemeinsamen Bekannten, den er neunzehnhundertsechsundachtzig in Dresden kennengelernt hat.«

Während des Abendessens hatte er Sarah und Helen nicht in seinen Plan eingeweiht, auch wenn Sarah offensichtlich vor Neugier brannte. Helen war weiterhin still und in sich gekehrt gewesen und hatte nicht einmal nach Ethan gefragt, obwohl er sich seit Tagen nicht bei ihr gemeldet hatte. Umso besser.

Gleich nach dem Abendessen kam der erlösende Anruf. Putin könne sich eine Viertelstunde für Sir Charles Cavendish Zeit nehmen, von vierzehn Uhr dreißig bis vierzehn Uhr fünfundvierzig. Natürlich, Putin hatte ein hervorragendes Gedächtnis und wusste verdammt genau, um wen es sich bei diesem alten Bekannten handelte.

Die Führung für die hohen Gäste würde in einer Viertelstunde stattfinden. Sarahs Kollegin, die den Schmetterlingsgarten verwaltete, war von der Idee entzückt, bei dieser Gelegenheit den Russen zwei Exemplare von *Acherontia sophia* als Symbol des Friedens anzubieten. Auch die Russen waren begeistert. Eine Lepidopterologin von Weltrang, die speziell für sie eine neue Falterart gezüchtet hatte! Es konnte nicht schaden, die Wahrheit ein wenig zu verbiegen.

Charles hatte ihr absichtlich erst im letzten Moment gesagt, was er von ihr verlangte, und sie damit mehr oder weniger vor vollendete Tatsachen gestellt, in der Hoffnung, dass sie ihn nicht im Stich lassen würde. Sie war zwar eine berühmte Wissenschaftlerin, doch vor einer Gruppe von Zuschauern zu sprechen und diese zu fesseln war eine andere Sache. Vor allem, da es sich nicht um gleichgesinnte Wissenschaftskollegen, sondern um eine bedeutende Regierungsdelegation handelte.

»Halte sie so lange wie möglich auf, Schatz, versuche, die Führung in die Länge zu ziehen.«

»Unter einer Bedingung, Charles. Tut mir das nie wieder an!«

Charles hoffte, dass Putin sich vorher mit Schepanowitsch, seinem wichtigsten und ältesten Berater, besprechen würde und ihn auch bei dem Treffen dabei haben wollte, sodass Schepanowitsch die Verabredung mit Helen auf später würde verschieben müssen. Der Russe hatte jedoch bis jetzt nichts mehr von sich hören lassen.

Aber, so dachte Charles, während ein russischer Soldat vor der bewachten Garage ihre Pässe und seinen Ausweis kontrollierte, wenn es nach ihm ginge, würde es gar kein Treffen mit Helen geben.

Er parkte den Wagen, öffnete Sarah die Tür und nahm ihr die Ledertasche ab, in der sie das perforierte Glasgefäß mit den Faltern transportierte. Helen trug ihre Schultertasche mit den Notizen. Beide Frauen waren höchst ansprechend gekleidet. Sarah wie eine javanische Prinzessin im reich bestickten Sarong, der einst ihrer Mutter gehört hatte, und einem goldenen Diadem im hochgesteckten Haar, Helen in einem Kostüm, das Ethan ein Vermögen gekostet haben musste.

Die Lobby war verlassen bis auf mehrere Leibwächter und ein paar römische Polizisten. Die Delegation saß noch beim Mittagessen. Sarahs Kollegin begrüßte sie freudig und voller Neugier auf die Falter. Sie nahm Sarah und Helen schon einmal mit in den Secret Garden. Charles entschuldigte sich. Er ging an die Bar, bestellte einen Whisky und zog sich mit dem Glas in eine Ecke zurück, wo er sogleich seinen Sekretär in Brüssel anrief. Auch Henry hatte noch nichts aus der Türkei gehört. Charles war besorgt und nervös. Schwebte auch er selbst in Gefahr? Nein, vermutlich nicht, er als hoher NATO-Beamter in einem römischen Hotel, in dem es von internationaler Presse wimmelte. Andererseits hatten die Russen in der Vergangenheit mehrfach bewiesen, dass sie sich um so etwas nicht scherten, und Putin würde kein Risiko eingehen wollen.

Eine halbe Stunde später stand er im Schatten einer Baumgruppe, rauchte einen Zigarillo und beobachtete bewundernd seine Frau, die die Delegation herumführte, als sei das ihr tägliches Geschäft. Wie erwartet, hatte sich Putin entschuldigen lassen, doch Iwan Schepanowitsch folgte Helen dicht auf den Fersen. Aus den Akten wusste Charles, dass er sechsundsiebzig war, doch er sah jünger aus, elastisch und aufrecht. Helen blickte sich nicht einmal nach ihm um.

»Es ist in der Tat eine Oase, meine Herren«, hörte er Sarah sagen. »Nicht umsonst wurde dieser Ort auf dem Pincio einst

Garten der Lüste genannt, da der berühmte römische Gourmet Lukullus hier seine üppigen Bankette abzuhalten pflegte. Willkommen in einer wundersamen Welt voller bunter Tag- und Nachtfalter. Der Secret Garden bildet ein gesundes biologisches Kleinod inmitten der Stadt, denn wo es Schmetterlinge gibt, herrscht keine Umweltverschmutzung. Sie können hier außerdem unbesorgt umherflattern, weil sie weder von Insektiziden noch von Fungiziden bedroht werden. Das *Hotel de Russie* bietet also ein sicheres Refugium für reizende Gäste aus wirklich aller Welt.«

Die Russen lachten, auch Schepanowitsch, aber Charles sah, dass er versuchte, sich Helen zu nähern. Er hatte vor, unauffällig ihre Tasche an sich zu nehmen und sich dann still und leise zurückzuziehen. Erleichtert stellte Charles fest, dass Sarah dies ebenfalls aufgefallen war. Sie blieb an dem Tisch stehen, auf dem das Gefäß mit den zwei Faltern stand, und winkte Helen zu sich.

»Würdest du mir bitte einmal meine Tasche geben, meine Liebe?«

Schepanowitsch blieb abwartend stehen und sah dann mit zusammengekniffenen Augen zu, wie Sarah eine Akte mit ihren Notizen aus der Tasche zog und neben das Gefäß legte.

»Wir befinden uns hier«, fuhr sie fort, »inmitten eines einzigartigen wissenschaftlichen Schmetterlingsprojektes, das zusammen mit dem World Wildlife Fund entwickelt wurde. Neue Pflanzenarten wie der Erdbeerbaum, dazu wilder Fenchel, Blumenkohl und andere Kohlsorten, ja sogar Nesseln wurden im klassisch angelegten Garten gepflanzt, um Puppen, Raupen und selbst Motten ein gastliches Quartier zu bieten. Auf diesem Kalender können Sie sehen, zu welcher Zeit welche Falterart schlüpft. Die Cleopatra, der bekannteste Schmetterling in den römischen Gärten, schlüpft Anfang Februar und dann noch einmal Mitte September. Außerdem sehen wir hier …«, fuhr sie fort und zeigte geduldig auf die verschiedenen farbenfrohen Falter, »Vanessa, Zitronenfalter, Orange Tip, hervorgegangen aus Pasha und Painted Lady, umherfliegen. Aber …«, sie legte eine Kunstpause ein, griff nach ihren Notizen und deutete damit auf das Gefäß, in dem die rot-schwarzen Falter flatterten, »obwohl wir vieles wissen, war es bisher unklar, warum sich plötzlich manche Arten ohne offensichtliche evolutionäre Ursachen miteinander kreuzen und eine neue Art hervorbringen. Hier auf diesem Tisch sehen Sie zwei Exemplare von *Acherontia*, dem Totenkopffalter, eine Art, die auch in Ihrem Land häufig vorkommt. Diese beiden Exemplare sind jedoch alles andere als gewöhnlich. Das Einzigartige an diesem Projekt, dessen Leitung ich mich glücklich schätzen darf innezuhaben, besteht darin, dass …«

Schepanowitsch schüttelte wütend den Kopf und zwängte sich sichtlich erregt zwischen den Delegationsmitgliedern hindurch zur Treppe ins Hotel. Charles pries Sarah im Stillen und sah auf die Uhr. Noch zehn Minuten. Er eilte hinein in die Lobby, hielt dann aber inne, weil Schepanowitsch vor den Aufzügen stand und telefonierte.

Es dauerte lange, und Charles beschlich das Gefühl, dass der Russe irgendetwas im Schilde führte, doch dann nickte er, schaute auf seine Armbanduhr und öffnete mit einem Knopfdruck den Aufzug. Charles wartete, bis er eingestiegen war und die Türen sich schlossen. Trotz seines schmerzenden Beins nahm er die Treppe, entlang der Porträts und Fotos prominenter Gäste. Darunter befanden sich nicht nur Filmstars und Sportgrößen, sondern auch die illustren Vorgänger von Wladimir Putin, an denen er sich so gerne maß. Chruschtschow, Breschnew, Andropow. Die Zeit des Kalten Krieges.

Es war still im majestätischen Treppenhaus. Die dritte

Etage wurde von Bodyguards in eng anliegenden Anzügen bewacht, mit denen, wie Charles wusste, nicht zu spaßen war. Schon kam einer auf ihn zu. Da trat Schepanowitsch aus dem Aufzug. Er sah immer noch wütend aus, doch seine Augen leuchteten auf, als er Charles erblickte.

»Sir Charles?«

Charles nickte und schüttelte eine knochentrockene Hand. »Das ist in Ordnung«, sagte Schepanowitsch zu dem Leibwächter. »Öffnen Sie die Tür. Bitte nach Ihnen, Sir Charles. Darf ich Ihnen etwas zu trinken anbieten? Der Präsident trinkt keinen Alkohol, aber ich kann Ihnen einen hervorragenden Aberfeldy empfehlen. Ihre Lieblingsmarke, nicht wahr?«

Charles verzog keine Miene. »Sehr gern.«

Er betrat die Suite und versank mit seinen Schuhen im Hochflorteppichboden. Als Schepanowitsch an ihm vorbeiging und eine zweite Tür öffnete, blieb er abrupt stehen. Denn aus dem Raum hinter dieser Tür ertönte Helens Stimme. Sie stöhnte und schluchzte. Was war das? Sie konnte unmöglich hier sein, jetzt, so schnell. Erschrocken sah er Schepanowitsch an. Der Russe lächelte.

»Der Präsident schaut sich gern alte Filme an.«

Charles ging ein paar Schritte weiter, blieb dann aber wiederum wie angewurzelt stehen. Wenige Meter vor ihm saß Wladimir Putin und sah sich einen Schwarz-Weiß-Film an.

»O Gott«, stammelte Charles und suchte Halt an einer Sessellehne.

Auf dem Bildschirm sah er Helen, um Jahre jünger, die mit blassem und erschöpftem Gesicht auf einem Gynäkologenstuhl saß. Ihre Beine waren gespreizt, ein Arzt mit Mundschutz beugte sich dazwischen, und Charles wurde klar, dass sie gerade ein Kind zur Welt brachte. Sie öffnete den Mund zu einem stummen Schrei. Doch Charles starrte nicht sie an, sondern den Mann, der am Kopfende stand und ihre Hand hielt. Auch er war Jahre jünger, ein kleiner Mann mit bereits schütterem Haar in einem hellen Anzug.

»Sehen Sie ruhig genau hin.«

Schockiert nahm Charles das Glas Whisky an. Unvorstellbar! Putin und Helen. Putin, der damals bereits beim KGB in Ostdeutschland gearbeitet hatte.

Wladimir Putin, der Vater von Neil.

Putin erhob sich, den Anflug eines Lächelns um die dünnen Lippen. Seine blaugrauen Augen musterten Charles mit kühlem Blick. Er reichte ihm nicht die Hand. Obwohl er einen Kopf kleiner war, strahlte er eine überlegene Größe aus.

»Sir Charles. Ich sehe, Sie sind verwirrt. Vielleicht hilft Ihnen ein Schluck von diesem flüssigen Gold aus dem Land Ihrer Vorväter.«

Charles nickte automatisch und trank von dem Whisky.

»Nehmen Sie Platz, wenn Sie möchten.« Putin wies mit der Hand auf den Bildschirm. »Ein alter Film. Eine alte Liebe. Maria. Oder Helen, wie Sie sie kennen, die liebende Gattin von General Boydd und die Mutter meines Sohnes. Wie schade, dass ich sie hier nicht begrüßen und mit ihr in alten Erinnerungen schwelgen kann.«

Charles setzte sich. Durch den Whisky entspannte er sich ein wenig. »Ich nehme an, sie würde keinen Wert darauf legen.« Er starrte unverwandt auf den Fernseher, auf dem Putin lachend das Baby in die Luft hielt. »Erpressung ist nun einmal nicht der romantischste Anlass für ein Wiedersehen.«

»Gewiss. Aber dies ist doch auch nicht der Grund Ihrer Anwesenheit hier?« Putin schaltete den Film aus und nahm gegenüber von Charles Platz. »Von Iwan habe ich erfahren«, sagte er, »dass Sie wohl nicht vorhaben, mir die Notizen Ihrer Frau im Austausch gegen den Film zu überlassen.«

»Das ist korrekt«, bestätigte Charles. »Außerdem hätte das auch keinen Sinn mehr, denn soweit ich weiß, wissen Sie über Ihre Handlanger Attila Onar und den verstorbenen Aslan Saladow inzwischen über die NATO-Operation Acheron Atropos Bescheid und haben Ihre Truppen sowie die Ihrer syrischen Verbündeten auf den Verteidigungsfall vorbereitet.«

Putin blickte stirnrunzelnd zu Iwan Schepanowitsch.

»Sie irren sich«, sagte Schepanowitsch. »Attila Onar ist ein Faschist, der Anführer der Grauen Wölfe, der mit dem muslimischen Fundamentalisten Saladow zusammengearbeitet hat.«

Reglos ließ Charles diese Eröffnung auf sich wirken. Die Grauen Wölfe gemeinsam mit tschetschenischen Aufständischen? Unterstützt von Katar?

»Onar wird von hochrangigen Militärs protegiert, die Erdoğan schon seit Langem loswerden und einen islamischen Staat errichten wollen«, fuhr Putin fort. »Deswegen unterstützt er auch den IS und die islamischen Aufständischen im Kaukasus. Ich vermute, Ihr General Boydd und seine Freunde sind ihren eigenen Verschwörungstheorien auf den Leim gegangen, ganz zu schweigen von ihrem eigenen Interesse an einem neuen Kalten Krieg. Doch wir versetzen nicht umsonst unsere Truppen am Schwarzen Meer in Alarmbereitschaft. Auch Syrien unterstützen wir nicht grundlos. Sie sind ein vernünftiger Mann, Sir Charles. Ich glaube, ich brauche Sie auch nicht zu fragen, was Ihnen lieber wäre: der dortige Status quo oder ein neues Osmanisches Reich, in dem die Scharia gilt.«

Charles schwieg. Auf einmal ergab das Ganze einen Sinn.

»Bis vor Kurzem wussten wir nichts von Ihren Plänen«, fuhr der russische Staatschef fort, »bis unsere Leute erfuhren, dass General Boydd einen Kurier mit einer geheimen Mission in der Türkei beauftragt hatte. Der Schmetterlingsatlas. Es war daher eine logische Folge, dass Iwan nach all den Jahren wieder Kontakt zu Maria aufnahm.«

Charles nickte. »Aber woher wussten Sie von dem Schmetterlingsatlas? Darf ich fragen, von wem oder durch welche Umstände?«

»Ach, Sir Charles.« Putin schüttelte bedauernd den Kopf. »Sie sind doch schon genauso lange in dem Geschäft wie ich.«

»Das Flugzeug in der Ukraine.«

Putin runzelte die Stirn. »Die MH17 wurde von den Faschisten in Kiew abgeschossen, die eine unserer Raketen gestohlen hatten, um uns zu kompromittieren.«

Charles wusste, dass weitere Diskussionen keinen Sinn hatten. Ebenso wusste er, dass Putin seine Quellen niemals preisgeben würde. Hatte Jan-Willem de Brauw auch gegenüber einem russischen Diplomaten geplaudert? Betrunken, irgendwo in einer römischen Kneipe während des NATO-Gipfels, nachdem er den Schmetterlingsatlas erhalten hatte? Dann wurde es ihm plötzlich klar. »Carlentini! Es war Silvio Carlentini. Er arbeitete für Attila Onar und hat sein Wissen auch an Sie weiterverkauft.« Die Russen schwiegen, doch mehr war nicht nötig, um Charles davon zu überzeugen, dass er recht hatte. »Onar greift morgen früh an«, sagte er. »Bei Sonnenaufgang. Ein Erstschlag. An der Grenze zu Syrien, in der Bergregion, wo der Fluss Acheron entspringt. Den Angriff wird er dadurch legitimieren, dass dort israelische Einheiten liegen.«

Putin erschrak sichtlich. »Israelis?«

»Ja. Die sich als Syrer tarnen. Boydds Alibi, um dort NATO-Truppen zu stationieren.«

»Klug«, bemerkte Schepanowitsch, »aber nicht klug genug. Ein Erstschlag, sagen Sie?«

Charles nickte. »Im Schmetterlingsatlas sind etwa zwanzig weitere Orte überall entlang den Grenzen zu Syrien und Armenien verzeichnet, für die das Gleiche geplant ist.«

»Sodass die NATO dort auch zum Schein zurückschlagen kann«, bemerkte Putin.

»Ja. Allerdings sind wir noch nicht dort, und daher wird Onar mit seinen Rebellen in Ihren ehemaligen Staaten so gut wie sicher siegen.«

Putin stand auf, trat an das hohe Fenster und blickte nach draußen. »Sie haben eine schöne Frau, Sir Charles. Und auch Maria ist immer noch schön.« Er schützte seine Augen mit der Hand. »Es hat eine Zeit gegeben, als ich überlegte, ob ich nicht tatsächlich mit ihr und unserem Sohn irgendwo anders eine Zukunft aufbauen sollte, vor allem, nachdem ich erfahren hatte, dass er behindert ist.«

Dies überraschte Charles. »Und warum haben Sie es nicht getan?«

»Sie werden es zweifellos pathetisch finden, wenn ich sage, dass die Liebe zu meinem Vaterland stärker war. Wie geht es dem Jungen?«

»Gut. Den Umständen entsprechend.«

»General Boydd weiß nicht Bescheid, nehme ich an.«

»Nein.«

»Obwohl er Sie betrogen hat, haben Sie ihm nichts gesagt.«

Charles nickte. »Vermissen Sie Ihren Sohn?«

»Natürlich. Welcher Vater täte das nicht?«

Es war einen Moment lang still im Zimmer, und Charles hörte Gelächter von draußen.

»Morgen früh bei Sonnenaufgang«, sagte Putin dann. »Wie werden Ihrer Meinung nach Washington und Brüssel reagieren, wenn unsere Truppen Ihrem Verbündeten, Präsident Erdoğan, zu Hilfe kommen?« Er drehte sich um. Sein Lachen klang zynisch. »Ich bin hier, um die Gefahr eines Krieges abzuwenden, Sir Charles. Es ist auch im Interesse Russlands, dass die Lage nicht eskaliert, wo auch immer, durch wen auch immer. Wie paradox es auch sein mag, meinen Gegnern zu Hilfe zu kommen, so kann ich mir kein geeigneteres Mittel vorstellen, um dies zu erreichen. Wie Ihnen bekannt ist, stehen unsere Truppen an der armenisch-türkischen Grenze bereit und auch an der unserer syrischen Freunde im Süden. Ich nehme an, dass meine Freundin Angela Merkel genügend Einfluss hat …« Er schwieg verwundert, und auch Schepanowitsch blickte überrascht auf, als die Melodie von *The Birds and the Bees* erschallte.

»Einen Augenblick bitte, wenn Sie erlauben«, sagte Charles, weil er sah, dass es Adam war. »Ja, mein Sohn.« Er lauschte mit gerunzelter Stirn. »Ich habe es gerade erfahren.« Dann erschrak er. »Boydd! Dieser Blödmann! Und Tamar? Hallo? Hallo!« Heftig schüttelte er den Kopf, beendete das Gespräch und blickte aufgeregt die beiden Russen an. »Boydd hat die Israelis angreifen lassen. Aber sie sitzen in der Falle. Onars Truppen sind bei Weitem in der Überzahl. Laut meinen Leuten ist es nur eine Frage von wenigen Stunden, bis sie den Sieg errungen haben!«

»Iwan!« Putins Stimme klang messerscharf. »Nimm Kontakt zu unseren Generalstäben und mit Damaskus auf. Sofort! Ich sage Merkel Bescheid, dass sie Brüssel und Washington informieren soll.«

Schepanowitsch war bereits im Flur, als Putin nach dem Telefon auf dem Schreibtisch griff. Er hielt inne und blickte Charles an. »Sie haben von einem gemeinsamen Bekannten aus Dresden gesprochen.«

Charles nickte. »Alessandro Vizzini.« Er erhob sich und zog einen Umschlag aus der Innentasche seines Jacketts. »Ihre Befehle an die Roten Brigaden mit Ihrer Unterschrift als KGB-Offizier, neunzehnhundertsechsundachtzig und neunzehnhundertsiebenundachtzig in Dresden für die Summe von zehn Millionen amerikanischen Dollars drei Morde zu begehen, an einem Bankier, einem westdeutschen General und dem britischen Gesandten. Morde, die bisher unaufgeklärt geblieben sind. Bisher …«

Putin verzog keine Miene. »Haben Sie die geringste Ahnung davon, wie viele meiner Landsleute in jenen Jahren von der CIA liquidiert wurden?«

»Tut das etwas zur Sache?«

Putin zuckte mit den Schultern. »Sie wissen genauso gut wie ich, dass man mich damit nicht erpressen kann. Dass ich eine passende Lösung finden werde, die mir zum Vorteil gereicht.«

Charles versuchte, sich die aufsteigende Panik nicht anmerken zu lassen. Zugleich wurde ihm klar, dass Ethans Plan letzten Endes vielleicht doch nicht so abwegig gewesen war.

Doch dann seufzte Putin tief. »Aber nun gut, Sir Charles. Ich glaube, Sie und ich können verhindern, dass es demnächst Tausende und Abertausende Witwen und Waisen geben wird.« Er drückte auf den Knopf des DVD-Players, der daraufhin die Scheibe ausspuckte. »Sie haben zweifellos eine Kopie der Dokumente, ebenso wie ich eine Kopie dieses Films besitze. Wie wäre es, wenn wir einander vertrauen und vereinbaren, dass wir diese vernichten, sobald ich meinem Versprechen nachgekommen bin?«

Charles zögerte, nickte dann, legte den Umschlag auf den Schreibtisch und nahm schweigend die DVD in Empfang.

Putin griff zum Hörer und wählte eine Nummer. »Verstehen Sie Russisch?«

»Ein wenig.«

»Dann werde ich besser Deutsch sprechen. Wenn Sie noch ein Glas Whisky möchten, bitte bedienen Sie sich. Sie können sich auch ruhig einen Zigarillo anzünden. Die rauchen Sie gern, oder?«

39

Mit Grausen starrte Adam durch die Büsche und Bäume hindurch hinunter zum Fluss, dessen Wasser sich blutrot färbte.

»Hieronymus Bosch«, flüsterte er. »Die Hölle.«

Hunderte Leichen wurden langsam vom Strom davongetrieben. Am Ufer stand ein rauchender Panzerwagen, aus dem ein toter Soldat hing. An einer zerschossenen Brücke hingen nackte, enthauptete Leichen. Adam konnte es nicht erkennen, vermutete aber, dass auch die Geschlechtsteile abgeschnitten worden waren. Etwas weiter entfernt loderten die Flammen geräuschlos brennender Bäume.

»Der Fluss des Schmerzes«, sagte Carrie tonlos.

Adam nickte. Er war sich sicher, dass es sich bei den Toten um israelische Soldaten handelte, Männer wie Frauen, die Truppe von Tamar. Es war wirklich die Hölle. Die grauenvolle Szenerie erinnerte ihn an den Kampf gegen die Hisbollah im Libanon, als er selbst in einem Panzerwagen der israelischen Spezialeinheit Sajeret Matkal an den Ufern des Litani gestanden hatte. Auch in diesem Fluss hatten Dutzende Leichen getrieben, nicht nur von Soldaten, sondern auch von unschuldigen Frauen und Kindern.

Zwischen den Bäumen hingen noch dicke Rauchschwaden, als wäre es Morgennebel, doch sie stanken nach Feuer und Kordit. Es war längst Mittag. Die Sonne hing wie eine riesige weiße Untertasse über den Bergen.

Seit einer knappen Stunde war es unheimlich still. Man hörte keine Explosionen mehr zwischen den Bergen widerhallen, keine ratternden Salven, kein Geheul von Bombern, keine gebrüllten Befehle oder Schmerzensschreie. Als wäre ein Film angehalten worden.

Hoch über ihnen schwebten Greifvögel reglos am hellblauen Himmel. Geier.

Carrie stieg aus und rannte ins Gebüsch. Kurz darauf hörte Adam, wie sie sich übergab. Er zog das Tütchen Gras aus seiner Brusttasche und drehte einen Joint. Die Wunde in seiner Seite stach noch immer, aber das Marihuana linderte die Schmerzen. Und was war auch der kleine Streifschuss gegen dieses Gemetzel? Carrie hatte wieder ein wenig Farbe auf den Wangen, vermied es aber, zum Fluss zu blicken, als sie zurückkehrte.

»Was ist mit Boydd? Und Tamar?«

Finster schüttelte Adam den Kopf und zündete den Joint an. »Vielleicht sind sie geflüchtet. Vielleicht sind sie tot. Es spielt keine Rolle. Sie hätten niemals angreifen dürfen, sie hätten bis morgen warten müssen, bis zum Tag der Schicksalsbesiegelung. Dann hätten wir Zeit gehabt, mehr Truppen in Stellung zu bringen. Das hier war sinnlos. Onar muss nach dem Tod Saladows damit gerechnet haben, dass Tamar die Offensive vorziehen würde.«

Carrie nickte. »Kann ich mal ziehen?« Sie inhalierte so tief, dass sie husten musste. »Der erste Angriff. Wann kommt der nächste?«

»Garantiert bald«, antwortete Adam, griff nach dem Joint und saugte den Rauch tief in die Lunge. »Das Problem ist, dass wir keine Verbindung mehr zu Charles oder der NATO Istanbul bekommen. Wir müssen hier weg und versuchen, Adana zu erreichen, wenn es nicht schon zu spät ist.«

»Und wenn da unten noch Überlebende liegen?«

»Glaub mir, da sind keine. Ich habe das schon öfter …« Er erstarrte. »Hör mal!«

An ihrem Blick erkannte er, dass sie es auch gehört hatte. Motorengeräusche, aufgeregtes Geschrei, Jubel, der von den Berghängen widerhallte.

»Die Wölfe! Schnell!« Er sprang aus dem Jeep und zog sie hinter sich ins Gebüsch.

Der Motorenlärm wurde lauter, ebenso wie der Gesang, auf Türkisch, erregt, trunken, rau, ab und zu unterbrochen von einem gebrüllten: *»Allāhu akbar!«*

Keine Minute später holperten drei offene Lkws die Bergstraße hinunter. Soldaten hielten johlend Flaggen erhoben, auf denen statt des Halbmondes der Kopf eines Wolfs abgebildet war.

Erschrocken blickte Adam Carrie an und sah an ihren aufgerissenen Augen, dass auch sie Tamar und Boydd erkannt hatte, hinten im letzten Lkw, von Gewehren in Schach gehalten. Vorne, neben dem Fahrer, stand mit triumphierend hochgerecktem Arm die gedrungene Gestalt von Onar, dessen Helm wie eine Aureole im Sonnenlicht glänzte.

»Allāhu akbar! Türkiye! Türkiye!«

Die Lkws donnerten vorbei, und Schwaden von Auspuffgasen drangen ins Gebüsch, aber als Carrie sich aufrichten wollte, drückte sie Adam zu Boden. »Liegen bleiben! Sie halten an!«

Etwa zwanzig Meter weiter kamen die Lkws zum Stehen. Sie hielten auf einem Plateau, unter dem sich tief unten der Fluss wie eine hellrote Schlange zwischen den Felsen hindurchwand.

»Was machen sie?«, fragte Carrie leise.

»Der Sieger zeigt den Verlierern seinen Triumph, bevor er sie töten lässt.«

»Ist das dein Ernst?«

Adam nickte nur grimmig und schlich zurück zum Jeep.

»Was hast du vor?«

Doch da sah sie es schon. Adam bückte sich und holte das Maschinengewehr des Soldaten heraus, den er bei den Zelten getötet hatte.

Gebückt rannte Carrie zu ihm. »Adam!« Doch er hörte nicht auf sie, blieb reglos neben dem Jeep stehen und zielte. »Das ist Selbstmord!«, flüsterte sie. »Adam, das sind mindestens zwanzig Mann, vielleicht erwischst du drei von ihnen, aber du kämst in jedem Fall zu spät, um Boydd und Tamar zu retten.«

Soldaten zerrten die beiden vom Lkw. Man hatte ihnen die Hände auf dem Rücken gefesselt. Boydd hielt den Kopf gesenkt, Tamar dagegen stand stolz aufrecht.

»Du wirst niemals siegen, Onar«, hörte Adam Tamar sagen. »Innerhalb von vierundzwanzig Stunden sind unsere Truppen und die Amerikaner hier, um euch zu töten.«

Onar trat einen Schritt auf sie zu und schlug ihr so heftig ins Gesicht, dass sie rückwärts taumelte. »Schweig! Innerhalb der nächsten vierundzwanzig Stunden wird die Türkei von westlichen Ungläubigen und Ketzern befreit sein! Du und der Engländer, ihr werdet das nicht mehr erleben. Eine Mossad-Agentin und ein NATO-General, da stehen sie nun, ein Weib und ein alter Mann, die Helden des Westens.«

Die Soldaten lachten und grölten.

»Schauen Sie mal da hinunter, Boydd. Sehen Sie sich an, was Allah mit seinen Feinden tut.«

Boydd reagierte nicht, ein Zombie, ein lebender Toter.

»Die Feinde der Türkei«, schrie Onar, »die die islamischen Völker gegeneinander aufhetzen wollen, unsere syrischen und tschetschenischen Brüder, unsere tapferen Soldaten, die, wenn die Stunde gekommen ist, die Ungläubigen wie Ungeziefer zertreten werden! Und niemand kann uns aufhalten!« Wieder lachte er. »Weder der schwarze Mann im Weißen Haus noch der Verrückte im Kreml. Sollen sie doch kommen, eure Diplomaten, eure Journalisten, lasst sie mit eigenen Augen sehen, dass ihr uns angegriffen habt! Zerschmettern werden wir euch.« Er deutete auf die gezackte Narbe an seinem Hals und wandte sich an Boydd. »Sehen Sie das, Boydd? Das war ein Bär, der mich töten wollte. Mich, Attila Onar, den Anführer der Grauen Wölfe. Ich habe ihn mit meinen bloßen Händen erledigt. Und so werde ich den russischen Bären töten und den amerikanischen Adler als Vergeltung für unsere Millionen ermordeter Brüder!«

Die Soldaten jubelten. *»Allāhu akbar! Allāhu akbar!«*

»Geh noch ein Stück zur Seite, Arschloch«, zischte Adam, »damit ich diesmal deinen Kopf zerplatzen lassen kann wie eine Melone.«

Doch plötzlich riss Onar Tamars Uniformjacke auf und anschließend ihren BH. Die Männer schrien und lachten, als er ihr in den Bauch trat und sie zu Boden schlug.

»Scheiße, Boydd!«, seufzte Adam entsetzt. »Jetzt tu doch was!«

Doch Boydd stand noch immer vollkommen teilnahmslos da. Einer der Männer lachte und deutete auf die Hose seines Kampfanzugs, wo sich rings um den Schritt ein dunkler Fleck abzeichnete. Entsetzt sah Carrie, wie zwei Soldaten Tamar in die Büsche schleifen.

»Starte den Jeep!«, befahl Adam.

»Mein Gott!«

»Es ist ihr Jeep. Sie werden glauben, wir gehören dazu.« Doch seine letzten Worte wurden plötzlich vom lang gezogenen Heulen eines Flugzeugs übertönt, und als sie aufblickten, sahen sie tief über die Berge hinweg eine Formation von vier blaugrauen Jagdbombern herbeidonnern. Die Sonne funkelte auf dem roten Stern am spitz zulaufenden Flugzeug.

»Russen!«, stieß Adam perplex hervor. »Russische MiGs!« Er fluchte. »Also doch Putin.«

Onar drehte sich zu den Flugzeugen um. Er schrie seinen Männern etwas zu, und diese rannten zu den Lkws, als die erste MiG wie ein monströser Greifvogel auf sie hinunterstürzte. Adam zerrte Carrie beiseite und ließ sich mit ihr zusammen flach zwischen die Büsche fallen. In der nächsten Sekunde schien der Boden aufzureißen, und die Erde bebte unter ihnen, während sie von einer Reihe Explosionen und dem hohen Heulen der Bombenwerfer betäubt wurden. Sträucher und Erdklumpen wurden in die Luft geschleudert, die Hitze versengte ihre Haut, Felsbrocken fielen hinunter, und dichter Rauch raubte ihnen den Atem. Adam riss Carrie hoch und mit sich in den Jeep. Sie kauerte sich ins Fahrzeug, hielt sich mit beiden Händen die Ohren zu, und Adam raste los, mit einer Hand am Steuer, durch die Rauchwolken zum Plateau, die Maschinenpistole im Anschlag. Eine Gestalt tauchte vor ihnen auf, doch er hielt nicht an, als er sie rammte, und gab noch mehr Gas.

Hoch über den Bäumen schwenkten die vier MiGs hintereinander über die Bergkämme ab. Adam grinste, weil von ferne erneut das Echo einschlagender Bomben erklang. Doch dann hörte er auch, dass nicht weit von ihnen ein Lkw angelassen wurde. Er fluchte, bremste und zielte erneut, als der Lkw versuchte, zwischen den Bäumen zu verschwinden. Adam richtete sich auf und schoss nacheinander auf die Räder. Der Lkw schien zu schwanken, schoss noch ein paar Meter vorwärts und blieb dann am Rande des Plateaus stehen. Adam war schon aus dem Jeep gesprungen, als Carrie sah, wie Onar Tamar aus der Fahrerkabine schubste und mit der Pistole an ihrem Kopf hinter ihr ausstieg. Blut floss ihm vom kahlen Schädel über die Narbe, als wäre er frisch gebissen worden, doch er lachte, als er Adam sah.

»Sieh da, sieh da! Kaplan. Schon wieder Sie, was für ein Vergnügen!«

Adam zielte mit seinem Maschinengewehr auf ihn. Er blickte sich kurz zu Carrie um und sah den Furcht einflößenden Blick eines Raubtieres in ihren Augen, das Blut gewittert hat. Für einen Augenblick beruhigte ihn das. Partner.

»Eine merkwürdige Laune des Schicksals, nicht wahr, Kaplan? Wieder eine Frau, die Sie retten könnten.«

»Du weißt, dass ich dich diesmal töten werde, Onar.«

»Ohne Rücksicht auf sie?«

Im selben Moment begriff Adam, dass er nicht von Tamar, sondern von Carrie sprach. Aus dem Augenwinkel heraus sah er, wie sie sich mit einem Ruck umdrehte und mit dem Ellbogen die Kehle eines Mannes rammte, der von der Seite auf sie zusprang.

Ohne weiter nachzudenken, eröffnete er das Feuer.

Onar schrie auf, ließ die Pistole fallen und griff sich schwankend ans Bein. Tamar riss sich los, schlug die Zähne in seinen Hals, dass das Blut spritzte und er mit den Armen ruderte, bis sie ihn losließ und er zusammensank. Indessen hatte Adam sich schon längst einem Soldaten, der auf dem Lkw mit seiner Kalaschnikow aufgestanden war, zugewandt. Er stürzte wie eine Stoffpuppe aus dem Wagen.

Plötzlich war es totenstill. Tamar spuckte Blut aus. Sie war kreidebleich, lächelte aber, als Adam an ihr vorbei auf Onar zuging. Er zielte auf ihn. »Aufstehen!«

Stöhnend richtete er sich auf, die Hand auf die blutende Wunde gepresst. »Was willst du?« Seine Stimme klang schwach. Er brachte nicht mehr als ein Flüstern heraus.

»Du hast die Wahl, Onar. So, wie du sie damals Vera gelassen hast.« Adam drängte ihn mit dem Maschinengewehr rückwärts bis an den Rand des Plateaus. »Der Countdown, weißt du noch? Jetzt bin ich an der Reihe. Solange du nicht springst, werde ich bei jeder Zahl auf dich schießen. Erst in die Knie, dann in die Eier, dann in den Bauch …« Er warf einen kurzen

Blick in die Tiefe. »Du hast die Wahl.« Seine Stimme klang flach, ohne jedes Gefühl.

Irgendwo schrie jemand auf, doch er hörte es kaum. Onar blickte sich um. Adam folgte seinem Blick. Unter ihm glänzte der Fluss, dessen Wasser jetzt hellrosa war. Die Leichen trieben wie große tote Fische an der Oberfläche.

»Zehn …«

»Hör zu, Kaplan, wir können …« Er schrie auf, als ihn der Schuss ins linke Knie traf. Er schwankte und wäre beinahe in die Tiefe gestürzt.

»Denk an die zweiundsiebzig Jungfrauen, die im Paradies auf dich warten, Onar.«

»Zehn, neun, acht«, zählte Carrie. »Könntest du dich bitte mal ein bisschen beeilen?«

In dem Moment, als Adam zwischen seine Beine zielte und erneut schoss, schrie der Türke auf, lachte hysterisch und sprang rückwärts, wedelte mit den Armen, als wolle er fliegen, und stürzte ab, wobei seine Stimme unverständlich an der Bergwand widerhallte.

Das Echo seines Schreis gellte in Adams Ohren, und als er aufblickte, sah er Carrie auf die Stelle starren, an der Onar gerade verschwunden war. Auch Tamar stand reglos da.

Adam wollte gerade an den Rand treten, als ihn jemand rief.

»Kaplan?«

Zwischen den Sträuchern stand Ethan Boydd, die Uniform zerrissen, der dunkle Fleck über beide Beine ausgebreitet. Er hinkte auf sie zu. »Gott sei Dank, Adam. Mensch, bin ich Ihnen dankbar! Und Ihnen auch, Carrie. Verdammte Scheiße, was für ein Schlamassel!«

40

Charles schaltete sein Handy aus und starrte durch die offenen Balkontüren auf ein Flugzeug, das so tief über die toskanischen Hügel angeflogen kam, dass es fast die Wipfel der Zypressen zu berühren schien. Es konnte die Maschine sein, mit der Ethan planmäßig um sechzehn Uhr dreißig auf Galileo Galilei landen sollte. Seufzend trank er einen Schluck von seinem Whisky. Der Anruf eben war von Philip Breedlove persönlich gekommen, dem Oberbefehlshaber der NATO.

»Zu meinem Bedauern muss ich Ihnen mitteilen, dass ich General Boydd soeben habe suspendieren müssen.«

Natürlich hatte er dies erwartet, aber trotzdem war es ein Schock. »Weiß General Boydd schon davon?«

»Ich habe ihn soeben angerufen. Und Ihnen, Sir Charles, und Ihrem Team möchte ich noch für Ihren Einsatz danken. Ich hoffe, Ihnen nächsten Monat in Brüssel persönlich die Hand schütteln zu dürfen.«

Ethan suspendiert. Wegen Insubordination. Das Ende einer glänzenden Karriere, nach dreißig Jahren. Dreißig Jahre, Seite an Seite, dreißig Jahre als enge Freunde, trotz heftiger Streitigkeiten über Krieg und Frieden, die jedoch immer wieder beigelegt worden waren, Streitigkeiten über den Libanon, Libyen, den Kosovo, Afghanistan. Ethan, der Eiserne, der Angriffslustige, er der Mann des Dialogs. Dreißig Jahre, in denen ihre Frauen Freundinnen geworden, in denen Sophie und Neil auf die Welt gekommen waren.

Er hörte Helen draußen lachen, zum ersten Mal, seitdem

sie gestern Abend aus Rom zurückgekehrt waren. Sie hatte geweint, als er ihr die DVD übergeben hatte.

»Ist es nun wirklich vorbei?«

»Er hat sein Wort gegeben, Helen.«

»Sein Wort. Ihr traut dem Wort eines Verbrechers?«

Charles hatte Paolo zugezwinkert. »Ich habe ihm ein Angebot gemacht, das er nicht ablehnen konnte, Helen. Du musst mir vertrauen. Außerdem hat er uns in der Türkei beigestanden.«

Die Türkei. Er hatte hier in seinem Arbeitszimmer in Il Giardino in der Nacht und heute früh Dutzende Telefonate geführt. Mit der NATO-Führungsspitze in Brüssel, mit der NATO Istanbul und Izmir, mit seinem Pressesprecher, mit Jerusalem und ganz kurz mit Wladimir Putin, der ihn aus seiner Präsidentenmaschine auf dem Rückweg nach Moskau angerufen hatte. »Ich nehme an, Sir Charles, dass Sie zufrieden sind.«

»Sehr, Herr Präsident.«

»Und Maria?«

»Ich nehme an, dass auch sie zufrieden ist.«

»Freut mich. Es war mir ein Vergnügen, die Faschisten ausschalten zu können. Wer weiß, vielleicht treffen wir uns doch einmal wieder. Sie sind in Moskau immer willkommen. Ich würde es sehr begrüßen, wenn Ihre Frau dann einige Exemplare ihrer neuen Falterart für den hiesigen botanischen Garten mitbringen könnte. Wie heißt sie gleich wieder?«

»*Acherontia sophia*, Herr Präsident. *Acherontia* bedeutet Totenkopffalter, unsere Tochter heißt Sophie.«

»Aha. Nun, *do swidanja*, Sir Charles.«

»Auf Wiedersehen, Herr Präsident.«

Ein Verbrecher, der der NATO geholfen hatte – hoffentlich kam das niemals heraus.

Charles trank sein Glas in einem Zug aus. Im Hinuntergehen hörte er, wie sich Gratia in der Küche mit Paolo stritt.

»Das ist meine Küche, und ich will, dass Sie rausgehen, und wenn Sie zehnmal Padre sind.«

»Aber hören Sie mir doch zu, Signora, in *Agnello trippato* gehört keinesfalls Rosmarin!«

»Vielleicht nicht auf Sizilien, hier schon. Und ich will auch diesen Hund nicht mehr hier drin haben.«

Paolo trat kopfschüttelnd aus der Küche, gefolgt von Johannes. »Eine gute Frau, aber stur wie ein Esel.«

Lachend legte ihm Charles den Arm um die Schultern. »Zum Trost haben wir ja noch Palari.«

»Wie ich rieche, hattest du schon einen Drink. Kann ich jetzt eigentlich nach Sizilien zurückkehren? Was meinst du?«

Charles zögerte. »Ich glaube schon. Aber du weißt genauso gut wie ich ...«

»Gottes Wege sind unergründlich. Ich verstehe, Charlie. Du siehst übrigens erschöpft aus.«

»Ich weiß. Die letzten vierundzwanzig Stunden werde ich nicht so schnell vergessen. Und jetzt auch noch die Sache mit Ethan. Er ist suspendiert worden.«

Paolo wirkte nicht überrascht. »Kein Wunder. Alle, die zum Schwert greifen, werden durch das Schwert umkommen.«

»Du klingst schon wie Sarah.«

Sie gingen hinaus. Der Hund rannte ihnen voraus in den Innenhof, wo Sarah Helen Fotos von Sophie und den beiden Enkeln zeigte. In dem Moment, als Charles ansetzte, um sie zu fragen, was sie trinken wollten, blickte er auf, weil ein Taxi in die Einfahrt einbog. Sarah sprang erfreut auf und rannte darauf zu.

»Sophie! Endlich!« Doch dann blieb sie abrupt stehen, denn zu Charles' Erstaunen stieg Ethan aus. So schnell? Das war unmöglich … Es sei denn, er hätte eine Maschine früher genommen.

»Ethan.« Sarah küsste ihn, doch er blickte sie nicht an, als er mit seinem Koffer in den Innenhof ging. Er sah aschfahl und ausgezehrt aus, die Kleidung schlampig, sein Blick stumpf, als er Helen erblickte, die ihn mit unsicherem Lächeln betrachtete, dann aufstand und ihn ebenfalls küsste.

»Liebling, du siehst krank und müde aus. Setz dich erst mal, ja? Möchtest du etwas trinken? Ein Glas Wein?«

»Die Mistkerle haben mich suspendiert.«

»Wie bitte?«

Ethan nickte düster. »Wegen Putin.«

Helen erschrak. »Putin?«

»Lass nur«, sagte Charles rasch. »Ich glaube, es ist besser, wenn sich Ethan erst ein wenig ausruht. Komm, ich nehm dir deinen Koffer ab, und dann trinken wir erst mal gemeinsam einen im Bungalow.« Er nahm den Koffer und legte, genau wie eben bei Paolo, den Arm um Ethans Schultern. Als er sich kurz umblickte, sah er, wie Paolo mit Helen und Sarah redete.

Erst als er im Bungalow zwei Gläser Whisky eingeschenkt hatte, fragte Ethan nach Tamar.

»Sie ist nach Israel zurückgekehrt«, antwortete Charles und reichte ihm sein Glas. »Ich verstehe, wie sehr dich die Suspendierung trifft, aber etwas anderes ist denen in Brüssel nicht übrig geblieben.«

Ethan trank gierig, seine Augen blitzten vor Wut. »Die haben mit diesem Dreckskerl von Putin zusammengearbeitet: die Krim, die Ukraine, die MH17! Die gehören alle an die Wand gestellt!«

»Du hast es nur Putin zu verdanken, dass du jetzt hier bist, Ethan.«

»Wenn die NATO uns von Izmir aus Deckung aus der Luft

gegeben hätte, hätte Onar nicht den Hauch einer Chance gehabt.«

»Du weißt genau, dass uns das nicht möglich war, Ethan. Und schuld daran waren nur deine Eigenmächtigkeit und deine Heimlichtuerei.«

»Aber irgendjemand musste doch die Initiative ergreifen, verdammt noch mal! Keiner von diesen feigen Politikern hat sich getraut einzugreifen. Assad, der IS, Erdoğan, Putin. Niemand, verstehst du? Wenn sich niemand erhebt und deutlich klarmacht, dass jetzt Schluss ist, dann wird die Welt untergehen.«

Er klang noch immer kämpferisch, aber Charles vermisste die Überzeugung in Ethans Worten.

»Es wäre zu einem Krieg gekommen, Ethan.«

Doch Ethan schien ihn nicht zu hören und starrte mit Tränen in den Augen auf sein Glas. »Dafür hat man all die Jahre gelebt. Ein Anruf. ›Sie sind suspendiert.‹ Wegen Insubordination, Charles. Hörst du? Ich, General Ethan Boydd, weggeworfen wie Müll… Und Putin lacht sich im Kreml ins Fäustchen. Der Mann, der die NATO gerettet hat. Verdammt noch mal, was glaubst du denn? Jetzt hält diese Ratte alle Trümpfe in der Hand.«

Mitleidig schüttelte Charles den Kopf. »Nein. Das tut er nicht.«

Ethan blickte auf. »Was soll das heißen?«

»Ich kann dir nicht alles sagen, aber Paolo besitzt etwas, was Putin davon abhält, seine Hilfsbereitschaft für seine Zwecke auszunutzen.«

»Paolo?« Ethan lachte abfällig. »Padre Paolo?«

»Er hat deinen Respekt verdient, Ethan. Er hat das Leben eines Angehörigen aufs Spiel gesetzt und das Beichtgeheimnis verletzt für uns!«

»Hört, hört!«

»Ich glaube, es ist das Beste, wenn du jetzt erst mal versuchst, dich ein wenig auszuruhen.« Charles wurde langsam wütend, beschloss aber, sich seinen Ärger nicht anmerken zu lassen. Ethan schien momentan genug mit seinen eigenen Sorgen zu tun zu haben. »Gratia kocht *Agnello trippato*. Trink noch etwas, schlaf ein Stündchen, und du wirst sehen, dass es dir danach gleich viel besser geht. Was haben wir uns immer in den Kellern Gaddafis gesagt? Das Glas ist halb voll. Du hast Helen, du hast Neil, so vieles liegt noch vor dir.«

Charles lächelte, aber Ethan saß mutlos vornübergebeugt da und schwieg.

»Möchtest du, dass Helen zu dir kommt?«, fragte Charles.

»Nein.«

Charles seufzte. »Okay. Dann lasse ich dich jetzt allein und wecke dich in einer Stunde.«

Erleichtert schloss er die Tür hinter sich und ging bedrückt in den Innenhof, als er aufgeregte Kinderstimmen hörte. »Opa! Opa!«

Zwei kleine Jungen rannten auf ihn zu und sprangen an ihm hoch, gefolgt von dem wedelnden Johannes, sodass er lachend rücklings auf den Rasen fiel und sie dabei mit sich zog. »Charlie! Doddy!«

Sie krabbelten auf ihn. »Komm, wir kämpfen, Opa! Ich kann dich jetzt in den Schwitzkasten nehmen! Schau mal!«

»Au! Nicht! Gnade! Ich ergebe mich.«

»Aufhören, Jungs, ihr tut Opa noch weh.« Sophie stand lachend neben ihm und reichte ihm die Hand. »Hallo, Vater.«

Als er wieder stand, nahm er sie fest in die Arme. »Hallo, Schatz. Wie schön, dass du da bist.« Er nahm Doddy auf den Arm und gab Charlie einen Kuss. »So. Und jetzt trinken wir erst mal was.«

Er ging mit den Jungen auf Sarah zu, die die Begrüßungsszene mit der Kamera festhalten wollte. »Bleib kurz stehen, Schatz, und Sophie, wenn du …«

Hinter ihnen knallte ein Schuss. Im ersten Augenblick wusste Charles nicht, wo er herkam, doch dann sah er entsetzt, wie Helen schreiend aufsprang und, gefolgt von Paolo, zum Bungalow rannte.

Ihm klingelten noch die Ohren, aber trotzdem hörte er, wie Doddy fragte, ob das ein Gewehrschuss gewesen sei. Er schüttelte den Kopf, setzte den Jungen ab, hörte Helen weinen, blickte hilflos zur blassen Sophie, schwankte und fiel dann selbst weinend in Sarahs Arme.

41

Die *Freya* schaukelte auf den sanften Wellen, ruhig und kontrolliert, aber in voller Geschwindigkeit, als wittere die Jacht Heimatluft. Carrie lag auf dem Deck und ließ den Blick über das Wasser schweifen. Wenn sie nach rechts blickte, sah sie die Küste Griechenlands, weit genug entfernt, um die Illusion zu wecken, sie wären allein auf der Welt. Wenn sie die Augen schloss, hörte sie nur das Rauschen des Wassers, das an den Bug klatschte. Mehr nicht. Keine Schüsse, keine Schreie, keine Angst vor einem Feind. Einen Joint in der linken, ein Glas Wein in der rechten Hand. So entspannt wie kaum je zuvor in ihrem Leben.

»Herrlich!«, seufzte sie.

»Genießen wir es«, sagte Adam, der neben ihr lag. Zu weit weg, als dass sie ihn hätte berühren können, ob zufällig oder absichtlich, aber nahe genug, um das Bedürfnis nach Berührung in ihr zu wecken.

»Ich könnte noch eins trinken«, sagte sie, während sie mit einem Zug ihr Weinglas leerte. »Das haben wir uns verdient, oder?«

Adam stand auf.

Vor nicht einmal achtundvierzig Stunden hatten sie im amerikanischen Krankenhaus in Istanbul Adams Streifschuss behandeln lassen. Man hatte ihn über Nacht dabehalten wollen, aber er hatte sich geweigert, sich aufnehmen zu lassen.

»Zur Beobachtung, heißt es immer«, meinte er. »Ist doch nur Geldschneiderei.«

Man gab ihnen Medikamente und Verhaltensmaßregeln mit auf den Weg und ließ Adam auf eigene Verantwortung gehen. Anschließend nahmen sie mit der *Freya* Kurs auf Sizilien. Sie hatten Rückenwind, und wenn das Wetter weiterhin mitspielte, würde Carrie schon morgen ihre Mutter umarmen können.

»Wo soll ich dich absetzen?«, hatte Adam gefragt, als er den Anker lichtete.

»Bei mir zu Hause natürlich«, antwortete sie, ein wenig enttäuscht, weil er ihr nicht vorschlug, ihn nach Il Giardino zu begleiten. Sie erinnerte sich daran, wie Charles gesagt hatte, dass dort immer die Debriefings stattfanden. Bei Sarahs indonesischer Reistafel.

Sie hatten die Nachrichten gehört, eher zufällig, als Adam nach guter Musik suchte. Als der Radiosprecher verkündete, es gebe endlich Klarheit bezüglich der Flüge von F-16-Maschinen über das Gebiet rund um die türkische Grenze, bemerkte er grinsend: »Bin gespannt, wie Papa das gedeichselt hat.«

»In einer Erklärung des NATO-Führungsmitglieds Sir Charles Cavendish heißt es, es seien Übungsflüge gewesen, reine Routinemanöver. Zu den Gerüchten über Tote bei Auseinandersetzungen in einem bestimmten Gebiet an der türkisch-syrischen Grenze sagte Cavendish, es habe sich um Auseinandersetzungen zwischen Gruppen lokaler Rebellen gehandelt, bei denen es leider Tote gegeben habe, aber die Unruhen seien vom türkischen Militär niedergeschlagen worden, ohne dass die NATO hätte eingreifen müssen. Die Gerüchte, auch russische MiGs seien gesichtet worden, müssten auf Erkundungsflüge des syrischen Militärs zurückgehen, das den gleichen Typ Jagdbomber fliege.«

»Schlau«, bemerkte Carrie.

»Charles konnte ja schwerlich Putin die Lorbeeren einheimsen lassen, obwohl er sie eigentlich verdient hätte.«

»Aber er wird durchaus seinen Vorteil daraus schlagen, meinst du nicht?«

Adam nickte. »Wenn demnächst Ankündigungen folgen, dass die wirtschaftlichen Sanktionen gegen Russland gelockert werden, weißt du Bescheid.«

»Alles klar.«

Sie konnte es immer noch nicht richtig glauben: Sie war unterwegs nach Sizilien. Ihrer Heimat, wo sie jetzt wieder ein freies Leben führen, tun und lassen konnte, was sie wollte. Was genau das sein würde, wusste sie nicht recht. Noch nicht. Aber das würde schon noch kommen. Vielleicht würde sie wieder in ihrem früheren Beruf als Tauchlehrerin arbeiten. Jahrelang hatte ihr das Spaß gemacht. Sie zog noch einmal an dem Joint und hörte plötzlich die Melodie von *The Birds and the Bees*. Im ersten Augenblick glaubte sie, es wäre Adams Handy, doch dann erkannte sie, dass der Song aus den Lautsprechern kam.

»Hey!«, rief sie. »Hast du nichts Moderneres?«

Er kam zu ihr heraus und reichte ihr das Glas. »Gibt es denn bei euch in Italien gute Musik?«

»Francesco De Gregori. Sehr romantisch. Ramazzotti, auch immer noch klasse.«

»Ist doch genauso alter Kram«, erwiderte Adam kopfschüttelnd.

»Als ob ihr in eurem Käseland so viel Neues zu bieten hättet. Wir haben wenigstens große Stars hervorgebracht: Ennio Morricone, Dante Alighieri, Federico Fellini, Leonardo da Vinci, um nur ein paar zu nennen. Ich könnte so weitermachen, bis Griechenland außer Sicht ist. Ach ja. Hast du nicht etwas über Hieronymus Bosch gesagt? Die Hölle? Davon habe ich noch nie etwas gehört.«

»Das liegt an deiner mangelhaften kulturellen Bildung.

Doch wir haben zum Beispiel Vincent van Gogh, Michiel de Ruyter …«

»War das nicht dieser kriegerische Seefahrer? Den nennst du an zweiter Stelle?« Sie schnaubte. »Es ist schon eine großartige Leistung, wie ihr das Wasser beherrscht, aber auch ein bisschen bemitleidenswert, dass ein Volk sich sein eigenes Land erschaffen muss.«

»Es gibt also keine Chance, dass ich dich zu einem Besuch auf Terschelling überreden kann? Na schön, im Vergleich zu deinem Sizilien ist es klein und kalt, aber man kann sich den Wind um die Nase wehen lassen, manchmal sieht man Seehunde, und es gibt dort keine Familien, die sich gegenseitig ermorden.«

Sollte das wirklich eine Einladung sein? Nein, es war bestimmt ein Witz. Sie hob ihr Glas und ließ seine Frage unbeantwortet. Terschelling. Ob sie vorher nach Seeländisch Flandern fahren und Marco besuchen könnten?

Sie schwiegen eine Weile, rauchten noch einen Joint, tranken weiter Wein, hörten Oldies. Es waren auch Songs dabei, die sie durchaus mochte, und es fiel ihr auf, dass alle Stücke mit den natürlichen Elementen zu tun hatten. Als hätte Adam ihre Gedanken gelesen, sagte er: »Sarah hat die Liste für mich zusammengestellt. Sie hat es gut gemeint.«

»Sarah ist eine wunderbare Frau, und es freut mich, dass es nun doch mit der neuen Falterart geklappt hat. Augenblick … achtzehn Uhr. Lass uns mal hören, ob es neue Nachrichten über die Türkei gibt.«

Sie ging in die Kajüte und schaltete das Radio ein. Und erstarrte, als sie in den Nachrichten hörte: »… dass sich General Ethan Boydd vom Militärkomitee der NATO gestern das Leben genommen hat. General Boydd war gerade von den NATO-Übungen zurückgekehrt, über die bereits berichtet wurde, und sollte angeblich demnächst befördert werden.«

Sie schaltete das Radio aus und wollte gerade etwas sagen, aber in dem Moment ertönte wieder *The Birds and the Bees*. Und diesmal aus Adams Handy.

Sie fuhren die ganze Nacht durch und übernahmen abwechselnd das Steuer.. Am Morgen kam die Küstenlinie Italiens in Sicht.

»Italien«, verkündete Adam. »Und, schlägt dein Herz schon höher?«

Sie nickte verwirrt, weil sie sich überhaupt nicht darüber freute, dass sie fast da waren. Sie hatte Frühstück zubereitet und Adam gefragt, ob es in Ordnung war, wenn sie sich einen Slip und ein Unterhemd von Vera aus dem Schrank nahm. »Ich habe nichts Sauberes anzuziehen«, erklärte sie. Er war einverstanden, sah sie aber kaum an, als sie mit dem Tablett an Deck kam.

»Was willst du jetzt machen?«, fragte er, als sie ihm noch einmal Kaffee nachschenkte. Sie zuckte mit den Schultern. »Eigentlich finde ich«, sagte er dann, »dass wir nach Il Giardino fahren sollten. Ich verstehe ja, dass du zu deiner Mutter möchtest, also werden wir sie zuerst besuchen, aber wenn wir uns gleich heute Nachmittag wieder auf den Weg machen, können wir morgen früh dort sein. Ich glaube, Charles und Sarah würden uns sehr gerne sehen, ganz bestimmt, und außerdem gehört es zum Auftrag. Okay? Partner?« Er lachte, und sie erinnerte sich daran, wie sie ihn zum ersten Mal lachen gesehen hatte und es ihr eiskalt den Rücken hinuntergelaufen war, weil seine Augen kalt wie Diamanten geblitzt hatten. Diesmal jedoch nicht. Seine Augen glänzten und lachten mit. Am liebsten hätte sie ihn umarmt. Doch sie tat es nicht.

»Okay, Partner!«